U0095056

中國古典文學基本叢書

元稹集

（修訂本）

上册

冀勤 點校

中華書局

圖書在版編目(CIP)數據

元稹集/(唐)元稹著;冀勤點校.—2版.(修訂本).—北京:中華書局,2010.7(2024.3重印)
(中國古典文學基本叢書)
ISBN 978-7-101-07432-1

Ⅰ.元… Ⅱ.①元…②冀… Ⅲ.①唐詩-選集②古典散文-作品集-中國-唐代 Ⅳ.I214.232

中國版本圖書館CIP數據核字(2010)第098686號

責任編輯:劉彦捷
責任印製:陳麗娜

中國古典文學基本叢書
元 稹 集
(修訂本)
(全二册)
〔唐〕元 稹 著
冀 勤 點校
*
中 華 書 局 出 版 發 行
(北京市豐臺區太平橋西里38號 100073)
http://www.zhbc.com.cn
E-mail:zhbc@zhbc.com.cn
大廠回族自治縣彩虹印刷有限公司印刷
*
850×1168毫米 1/32 · 33¼印張 · 4插頁 · 630千字
1982年8月第1版 2010年7月第2版
2024年3月第6次印刷
印數:28101-29000册 定價:138.00元

ISBN 978-7-101-07432-1

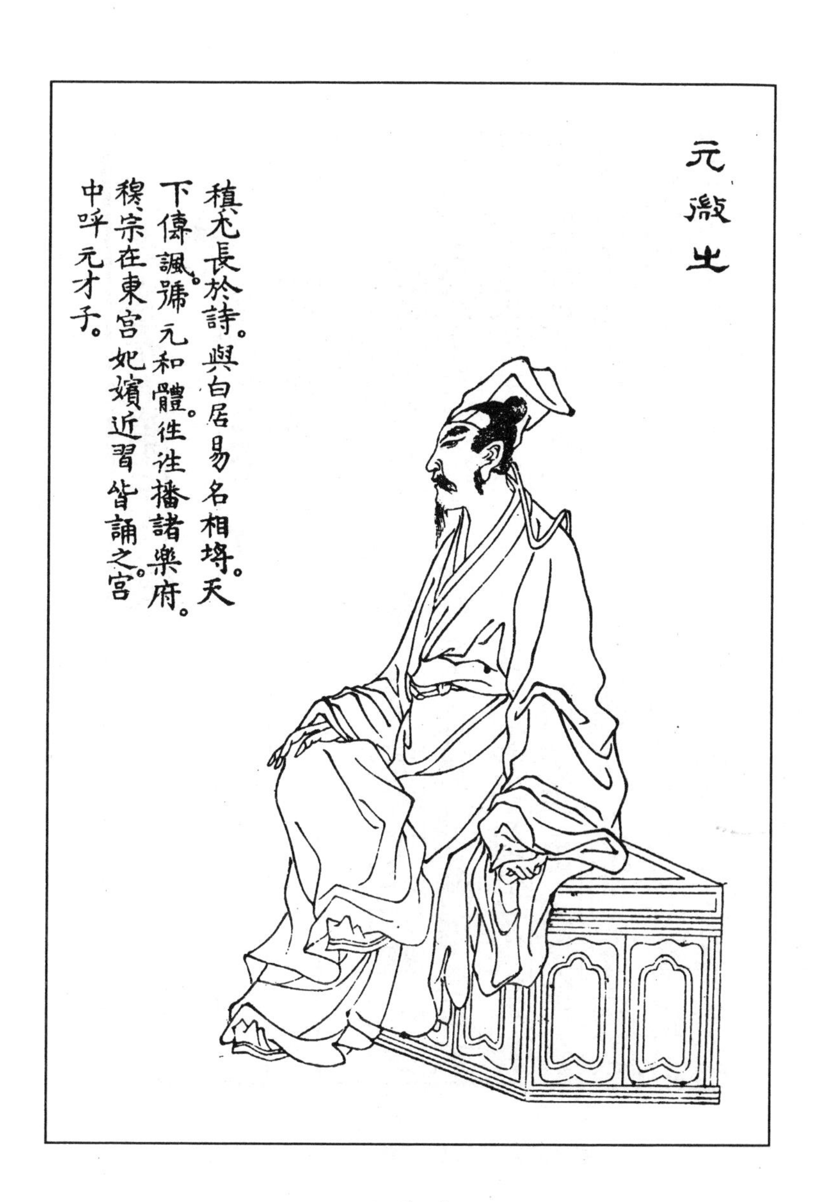
元微之
稹尤長於詩。與白居易名相埒。天
下傳諷。號元和體。往往播諸樂府。
穆宗在東宮妃嬪近習皆誦之。宮
中呼元才子。

元稹像

元微之文集卷第三十

書

叙詩寄樂天書

誨姪等書

叙詩寄樂天書

積九歲學賦詩長者往往驚其可教年十五六粗識聲病時貞元十年已後德宗皇帝春秋高理務因人最不欲文法吏生天下罪過外閫節將動十餘年不許朝覲死於其地不易者十八九而又將豪卒愎之處因喪負衆横相賊殺告変騎驛使者迭窺旋以狀聞天子曰某色將某能遏乱乱衆寧附願爲師名爲衆情其實逼詠因而可之者又十八九前置介倅因緣交授者亦十四

中國國家圖書館藏宋蜀本《元微之文集》

元稹集總目

元稹集外集補遺　馬元調輯

點校説明

元稹(公元七七九——八三一年),字微之,别字威明,排行九,因稱元九,河南洛陽人。他生於長安,自幼喪父,家庭貧困,随母刻苦自學。十五歲明經及第。唐憲宗元和元年,舉制科,對策第一。穆宗時,曾任宰相數月。後歷任同州、越州刺史,武昌軍節度使等職。大和五年,以暴疾卒於武昌任所,時年五十三歲。

元稹的一生,經歷了德宗、順宗、憲宗、穆宗、敬宗、文宗六個朝代。在這五十多年中,藩鎮割據,宦官專權,宦官與朝臣相互傾軋,社會經濟日趨凋弊,唐王朝已由開元、天寶時期的鼎盛而轉爲衰敗,加上與吐蕃的民族矛盾,兵禍連年不斷,廣大人民處於水深火熱之中。生活在這樣一個複雜多難的時代,一些關心民生疾苦的知識分子,不但在政治方面要求改革,並且在詩歌創作方面,沿着杜甫、元結諸人開拓的反映民間疾苦的創作道路,也向前邁進了,使文學創作出現了一個新的高潮。以白居易、元稹爲代表的「元和體」詩和他們所倡導的新樂府運動,以及韓愈、柳宗元領導的古文運動,都在我國文學史上有着一定的地位。孟郊、劉禹錫、杜牧、李賀、李商隱等詩人的出現,更使這一時期的文壇放射出奇異的光彩。

元稹與白居易是詩歌唱和的好友，也是新樂府運動的倡導者和參加者。他們的詩歌風格相近，世稱元白。他們對於詩歌創作的主張也近似，元稹的「傷民病痛」（《傷唐衢》二首之二）、「雅有所謂，不虚爲文」（《新題樂府序》）、「寓意古題，刺美見事」（《古題樂府序》）等見解與白居易的「文章合爲時而著，歌詩合爲事而作」、「上以補察時政，下以洩導民情」是一致的，都主張詩歌反映現實，揭露和諷刺當時腐敗的社會現象，反映廣大民衆的生活疾苦和願望。他們在詩歌的創作實踐中，雖各有所長，但總的説，元稹的成就不如白居易高，無論是在思想深度或藝術造詣上，還是在語言的通俗淺顯方面，元稹都略遜一籌；但是元稹在豔體詩、悼亡詩方面的成就卻比較突出，尤其是愛情小説《鶯鶯傳》（一作《會真記》），更膾炙人口。他的這類作品，由於有着自己的實際生活體驗，充滿了真實感，表現了他在戀愛與婚姻生活中的歡樂和痛苦，因而，格外能打動人。宋趙令時在《侯鯖録》中，對張生乃元稹的自我寫照早有考定，《鶯鶯傳》這一幕「始亂之，終棄之」的愛情悲劇，形象鮮明生動，給千百年來的讀者留下了深刻的印象，在我國文學史上也有着極大的影響。他的好友李紳衍之爲《鶯鶯歌》，趙令時衍之爲鼓子詞《商調蝶戀花》。董解元的諸宫調《西廂》、王實甫的雜劇《西廂記》等等，也都是從《鶯鶯傳》演化而來的名作。可見其

「振撼文林，爲力甚大」（魯迅《唐宋傳奇集・稗邊小綴》）。

元稹在《叙詩寄樂天書》中說他曾編定自己的詩，分爲十體：旨意可觀，而詞近古往者爲古諷；意亦可觀，而流在樂府者爲樂諷；詞雖近古，而止於吟寫性情者爲古體；詞實樂流，而止於模象物色者爲新題樂府；聲勢沿順屬對穩切者爲律詩，仍以七言、五言爲兩體；其中有稍存寄興、與諷爲流者爲律諷；悼亡怪豔爲豔詩，又分今古兩體。元稹所重是在古諷、樂諷；其實他的主要成就當在樂府詩與豔體詩。他曾對自己的作品進行過三次輯集。一次是在元和七年（八一二）至十年（八一五）任江陵士曹參軍期間，他在《叙詩寄樂天書》中說：「自十六時，至是元和七年矣，有詩八百餘首，色類相從，共成十體，凡二十卷。……昨行巴南道中，又有詩五十一首。文書中得七年已後所爲，向二百篇，繁亂冗雜，不復置之執事前。」（本集卷三十）一次是在元和十四或十五年，《上令狐相公詩啓》中說得很清楚：「積自御史府謫官，於今十餘年矣。閑誕無事，遂專力於詩章。日益月滋，有詩向千餘首。……輒寫古體歌詩一百首，百韻至兩韻律詩一百首，合爲五卷，奉啓跪陳。」（本集卷六十）一次是長慶元年（八二一），自編雜詩十卷，奉旨獻穆宗（見本集卷三十五《進詩狀》），由監軍崔潭峻轉呈（見新舊《唐書》本傳）。三次編集的目的不同，情況也不一樣。最初的一次是爲了滿足好友李景儉的要求，輯集較全；後兩種選本是爲了謀求進取，宣揚自己的聲名，希望當權者「知小生於章句中，欒櫨榱桷之材，盡曾量度」，長慶二年，他能當上幾個月的宰相，與此不無關係。然而，元稹親自編集的這三種本子早已失傳。

白居易作《元稹墓誌銘》稱著文一百卷，題曰《元氏長慶集》；《新唐書·藝文志》也載「《元氏長慶集》一百卷，又《小集》十卷，《元白繼和集》（元稹、白居易）一卷，《三州唱和集》（元稹、白居易、崔玄亮）一卷」；《宋史·藝文志》七載「《元稹集》四十八卷，《元相逸詩》兩卷」（亦見於陳振孫《直齋書録解題》引《中興書目》），又《宋志》八載「元稹、白居易、李諒《杭越寄和詩集》一卷」，這幾種本子都已失傳。北宋宣和甲辰（一一二四）建安劉麟刻的《元氏長慶集》六十卷本和南宋晁公武《郡齋讀書志》卷十八所載《元氏長慶集》（有百卷，「今亡其四十卷，又有《外集》一卷，詩五十二篇皆宫體」）六十卷、外集一卷的本子，甚至錢曾《述古堂藏書目》卷二文集所載，據「北宋本校過」的《元氏長慶集》「七十五卷十本」，今天都已不可見。

南宋乾道四年（一一六八）洪适在紹興據劉本覆刻的《元氏長慶集》，目前僅存卷四十至四十二，藏於日本静嘉堂文庫。另有南宋浙刻本卷四十三（闕末三行，原藏日本賜蘆文庫），卷四十四、四十五、四十六、四十八（至《常亮元權知橋陵臺令》篇之第一行，以下闕，原藏日本不忍文庫、青洲文庫、新井文庫），現藏於日本東大圖書館。以上八卷殘宋浙本，行款相同，皆每半葉十三行，行二十三字，結體方整，槧工精湛，傅增湘認爲是「南渡初浙刻正宗」。此外，北京圖書館藏有宋蜀本《新刊元微之文集》六十卷，現殘存二十四卷半（卷三十《叙詩寄樂天書》殘半篇），每半葉十二行，行二十一字，前有劉麟序和完整的目録。此本與浙刻本所不同者，卷五至卷八爲樂府，而浙刻本則在卷二十三至二十六。以上是兩種宋殘本。

到了明代，正德（一五〇六——一五二一）年間錫山華堅蘭雪堂銅活字印本，也是依據劉本，現存一至二十七卷，又三十二至三十九卷，藏於北京圖書館。今傳世比較通行的本子，是明嘉靖壬子（一五五二）東吴董氏據劉本翻雕於茭門別墅者，一九一九年商務印書館四部叢刊就是依據董氏翻雕本影印的。萬曆三十二年（一六〇四），松江馬元調魚樂軒據董氏翻雕本覆刊時，又補遺六卷，附録一卷，與《白氏長慶集》合刻。這個六十六卷本的前六十卷的卷帙和標目，與上述六十卷本一樣，但都與元稹自叙中所説的不同。以上幾種本子，蓋同出一源，究竟是誰輯集的不得而知。

本書採用一九五六年文學古籍刊行社印行的影宋鈔本《元氏長慶集》六十卷爲底本。這個本子原是明弘治元年（一四八八）楊循吉據宋本傳鈔的，據近人傅增湘《藏園羣書題記》（續集）介紹，這個鈔本的底本當是盧文弨所見的浙本。但據校勘，發現與上述浙本也有不同的地方，如：《才識兼茂明於體用策》（見卷二十八）云設四式以任人，而上述浙本僅設三式；二十六卷末補《集外詩》十一首，六十卷末補《集外文章》兩篇，都是上述浙本所無，據洪邁《容齋五筆》卷二稱，此乃「文惠（洪适之謚號）爲列之於集外」。錢曾《讀書敏求記》卷四《元氏長慶集》云：「弘治元年，楊君謙鈔微之集，行間多空字，蓋因宋本藏久漫滅而不敢益也。」後來，經錢謙益據另一宋本補校完整，乃成爲一種較好的本子。

這次整理，删去原集每卷之前的篇目，對書前總目録中經過删節的題目，根據正文標題增補了一些字，全書除加標點、對過長的文章分段外，着重在與宋浙本、宋蜀本、蘭雪堂活字印本、馬元調魚樂軒刻本、四部叢刊影董氏刊本校勘，同時還參校了《又玄集》、《文苑英華》、《樂府詩集》、《唐文粹》、《唐文粹補遺》、《全唐文》、《全唐詩》、日人大江維時《千載佳句》（松平文庫本）等選集和總集，改正了明顯的訛、脱、衍、倒，列出了若干可供參考的異文，對前人校訂成果，間或吸取其正確意見，都在校記中加以説明，本人如有異意，隨後加按語説明。又從馬元調重刊本中收録補遺六卷作爲外集，其絶大部分注文，也收録在文中（純係音注者未收），用〔　〕號標明。此外，又從《才調集》、《白居易集》、《唐音癸籤》、《文苑英華》、《緑窗新話》、《山谷詩集》、《蘇東坡先生詩》、《斷腸詩注》、《會稽掇英總集》、《嘉泰會稽志》、《嘉定鎮江志》、《南村輟耕録》、《永樂大典》、《詩淵》、《全唐詩》、《全唐文》、日人的《千載佳句》和《倭漢朗詠集》等書中續補了詩一卷、文一卷。最後附録五卷，收有關於元稹的碑傳和《長慶集》的序跋、書録，並唐、五代人有關元稹的詩文資料，以供研究者參考。又爲了查檢方便，書末附篇目索引。

雖然打算整理出一部較爲完備的《元稹集》，但限於水平和時間，在點校和輯補工作中，疏漏甚至錯誤之處在所難免，殷切期望讀者指正。

承蒙啓功先生爲本書封面題簽，周振甫先生爲本書提出不少删改意見，謹此誠致謝意！

冀　勤

一九八〇年九月

二〇〇九年夏修訂

目録

元稹集

卷第一

古詩

卷第二

古詩

卷第三

古詩

卷第四

古詩

卷第五

古體詩

卷第六

古體詩

卷第七

古體詩

卷第八

古體詩

挽歌傷悼詩

卷第九

傷悼詩

卷第十

律詩

卷第十一

律詩

卷第十二

律詩

卷第十三

律詩

卷第十四

律詩

卷第十五

律詩

卷第十六

律詩

卷第十七

律詩

卷第十八

律詩

卷第十九

律詩

卷第二十

律詩

卷第二十一

律詩

卷第二十二

律詩

卷第二十三

樂府

集外詩

卷第二十七

賦

卷第三十五

狀

卷第三十六

狀

卷第三十七

狀

卷第三十八

狀

卷第三十九

狀

卷第四十

制誥

卷第四十一

制誥

卷第四十二

制誥

卷第四十三

制誥

卷第四十四

制誥

卷第四十五

制誥

卷第四十六

制誥

卷第四十七

制誥

卷第四十八

制誥

卷第四十九

制誥

卷第五十

制誥

卷第五十一

序記

卷第五十二

碑銘

卷第五十三

碑銘

卷第五十四

碑銘

卷第五十五

碑銘　行狀

卷第五十六

碑銘

元稹集外集補遺

卷第一

詩

賦

卷第二

啓

表

議

卷第三

判

卷第四

制

卷第五

制

元稹集外集續補

卷第二

制

判

銘

啓

記

序

元稹集卷第一

古詩

思歸樂

山中思歸樂〔一〕，盡作思歸鳴。爾是此山鳥，安得失鄉名。應緣此山路〔二〕，自古離人征。陰愁感和氣，俾爾從此生。我雖失鄉去，我無失鄉情〔三〕。慘舒在方寸，寵辱將何驚。浮生居大塊，尋丈可寄形。身安即形樂，豈獨樂咸京。命者道之本，死者天之平。安問遠與近，何言殤與彭？君看趙工部，八十支體輕。交州二十載，一到長安城〔四〕。長安不須臾，復作交州行。交州又累歲，移鎮廣與荆〔五〕。歸朝新天子，濟濟爲上卿。肌膚無瘴色，飲食康且寧。長安一晝夜，死者如隕星。喪車四門出，何關炎瘴縈？況我三十二〔六〕，百年未半程。江陵道途近，楚俗雲水清。遐想玉泉寺，久聞峴山亭〔七〕。此去盡綿歷，豈無心賞并。紅飧日充腹，碧澗朝析酲。開門待賓客〔八〕，寄書安弟兄。閑窮四聲韻，悶閲九部經。身外皆委順〔九〕，眼前隨所營。此意久已定，誰能求苟榮〔一〇〕？所以官甚小，不畏權勢傾。傾心豈不易，巧詐神之刑。萬物有本性，况復人性靈〔一一〕。金埋無土色〔一二〕，玉墜無瓦聲。劍折有寸利，鏡破有片明。我可俘爲囚，我可刃爲兵，我心終不死，金石貫以誠。此誠患不至〔一三〕，誠至道亦亨〔一四〕。微哉滿山鳥，叫噪何足聽！

【校勘記】

〔一〕山中：蘭雪堂本、馬元調合刻本（以下簡稱馬本）、《四部叢刊》影明董氏翻刻本（以下簡稱叢刊本）均作「我作」。本集錢謙益跋云：「嘉靖壬子東吳董氏用宋本翻雕，行款如一，獨於其空闕字樣，皆妄以己意揣摩填補，如首行『山中思歸樂』，原空二字，妄增云『我作思歸樂』，文義違背，殊不可通。」

〔二〕山路：蘭雪堂本、馬本、叢刊本作「寄跡」。

〔三〕無：蘭雪堂本、馬本、叢刊本作「不」。

〔四〕一到：蘭雪堂本、馬本、叢刊本作「始對」。

〔五〕廣與荆：蘭雪堂本、馬本、叢刊本作「值江陵」。

〔六〕二：蘭雪堂本、馬本、叢刊本作「餘」。

〔七〕聞峴山：蘭雪堂本、馬本、叢刊本作「欲登斯」。

〔八〕開門：蘭雪堂本、馬本、叢刊本作「釀酒」。

〔九〕皆委順：蘭雪堂本、馬本、叢刊本作「無所求」。

〔一〇〕求苟：馬本、叢刊本作「苟求」。

〔一一〕性：蘭雪堂本、馬本、叢刊本作「至」。

〔一二〕金埋：殘宋蜀本《元微之文集》（以下簡稱宋蜀本）作「珠碎」。

〔一三〕至：蘭雪堂本、馬本、叢刊本作「立」。

〔一四〕誠至：蘭雪堂本、馬本、叢刊本作「雖困」。

春鳩

春鳩與百舌，音響詎同年。如何一時語，俱得春風憐？猶知化工意〔一〕，當春不生蟬。免教争叫噪，沸渭桃花前。

【校勘記】

〔一〕化工：蘭雪堂本、馬本、叢刊本作「造物」。

春蟬

我自東歸日，厭苦春鳩聲。作詩憐化工，不遣春蟬生。及來商山道，山深氣不平。春秋兩相似，蟲豸百種鳴。風松不成韻，蜩螗沸如羹。豈無朝陽鳳，羞與微物爭。安得天上雨，奔渾河海傾〔一〕。蕩滌反時氣，然後好晴明。

【校勘記】

〔一〕海：《唐文粹》卷一七上作「漢」。

兔絲

人生莫依倚，依倚事不成。君看兔絲蔓，依倚榛與荆。荆榛易蒙密，百鳥撩亂鳴。下有狐兔穴，奔走亦縱横。樵童斫將去〔一〕，柔蔓與之并。翳薈生可恥，束縛死無名。桂樹月中出，珊瑚石上生。俊鶻度海食〔二〕，應龍升天行。靈物本特達，不復相纏縈。纏縈竟何者，荆棘與飛莖。

【校勘記】

〔一〕斫：原闕，據宋蜀本、馬本、《唐文粹》卷一七上、《全唐詩》卷三九六補。

〔二〕度：《唐文粹》作「渡」，與「度」通。

古社

古社基阯在，人散社不神。唯有空心樹，妖狐藏魅人。狐惑意顛倒，臊腥不復聞。丘墳變城郭，花草仍荆榛。良田千萬頃，占作天荒田。主人議芟斫，怪見不敢前。那言空山燒，夜隨風馬奔〔一〕。飛聲鼓鼙震〔二〕，高焰旗幟翻。逡巡荆棘盡，狐兔無子孫。狐死魅人醒〔三〕，煙消壇墠存。繞壇舊田地，給授有等倫。農收村落盛，社樹新團圓。社公千萬歲，永保村中民。

【校勘記】

〔一〕馬：蘭雪堂本、馬本、叢刊本作「長」。

〔二〕飛：蘭雪堂本、馬本、叢刊本作「壯」。

〔三〕醒：馬本、《全唐詩》卷三九六作「滅」，疑是。

松樹

華山高幢幢〔一〕，上有高高松。株株遥各各，葉葉相重重。槐樹夾道植〔二〕，枝葉俱冥蒙〔三〕。既無貞直幹，復有罥挂蟲。何不種松樹，使之摇清風。秦時已曾種，憔悴種不供。可憐孤松意，不與槐樹同：閑在高山頂，樛盤虬與龍。屈爲大廈棟，庇廕侯與公。不肯作行伍，俱在塵土中。

【校勘記】

〔一〕幢幢：《全唐詩》卷三九六作「幢幢」。

〔二〕植：原作「值」，據宋蜀本、蘭雪堂本、馬本、叢刊本改。

〔三〕俱：原作「但」，據蘭雪堂本、馬本、叢刊本改。

芳樹

芳樹已寥落，孤英尤可嘉。可憐團團葉〔一〕，蓋覆深深花。遊蜂競鑽刺〔二〕，鬬雀亦紛拏。天生細碎物，不愛好光華。非無殲殄法，念爾有生涯〔三〕。春雷一聲發，驚燕亦驚蛇。清池養神蔡，已復長蝦蟆。雨露貴平施，吾其春草芽。

【校勘記】

〔一〕團團：原作「團圓」，據《樂府詩集》卷一七、錢謙益校宋刻本（以下簡稱錢校宋本）、《全唐詩》卷三九六改。「團團葉」對下句之「深深花」。

〔二〕鑽：《全唐詩》作「攢」。

〔三〕有生：疑當作「生有」。

桐花

朧月上山館，紫桐垂好陰。可憐暗澹色，無人知此心。舜没蒼梧野，鳳歸丹穴岑。遺落在人世，光華那復深。年年怨春意，不競桃杏林。唯占清明後，牡丹還復侵。況此空館閉，云誰恣幽尋。徒煩鳥噪集，不語山嶔岑〔一〕。滿院青苔地，一樹蓮花簪。自開還自落，暗芳終暗沉。爾生不得所，我願裁爲琴。安置君王側，調和元首音。安問宫徵角，先辨雅鄭淫。宫絃春以君，君若春日臨。商絃廉以臣，臣作旱天霖。人安角聲暢，人困鬭不任〔二〕。羽以類萬物，祆物神不歆。徵以節百事，奉事罔不欽。五者苟不亂，天命乃可忱。君若問孝理，彈作《梁山吟》。君若事宗廟，拊以和球琳。君若不好諫，願獻觸疏箴。君若不罷獵，請聽荒于禽。君若侈臺殿，雍門可霑襟。君若傲賢儁，鹿鳴有食芩。君聞祈招什，車馬勿駸駸。君若欲敗度，中有式如金。君聞薰風操，志氣在愔愔。中有阜財語，勿受來獻賝。北里當絶聽，禍莫大於淫。南風苟不競，無往遺之擒。姦聲不入耳，巧言寧孔壬。梟音亦云革，安得沴與祲？天子既穆穆，羣材亦森森。劍士還農野，絲人歸織絍。丹鳳巢阿閣，文魚游碧潯。和氣浹寰海，易若溉蹄涔。改張乃可鼓，此語無古今。非琴獨能爾，事有諭因針〔三〕。感爾桐花意，閑怨杳難禁。待我持斤斧，置君爲大琛。

【校勘記】

〔一〕岑：宋蜀本作「崟」。《楚辭·招隱士》：「嶔岑碕礒兮。」王逸注：「岑，一作崯。」「崟」同「崯」。

〔二〕困：原作「因」，據宋蜀本、蘭雪堂本、馬本、叢刊本、《全唐詩》卷三九六改。

〔三〕諭、針：何義門疑作「喻、箴」，乃通假字。

雉媒

雙雉在野時，可憐同嗜欲。毛衣前後成，一種文章足。一雉獨先飛，衝開芳草緑。網羅幽草中，暗被潛羈束。剪刀摧六翮，絲綫縫雙目。啖養能幾時，依然已馴熟。都無舊性靈，返與他心腹。置在芳草中，翻令誘同族。前時相失者，思君意彌篤。朝朝舊處飛，往往巢邊哭。今朝樹上啼，哀音斷還續。遠見爾文章，知君草中伏。和鳴忽相召，鼓翅遥相矚。畏我未肯來，又啄翳前粟。斂翮遠投君，飛馳勢奔蹙。罥挂在君前，向君聲促促。信君決無疑，不道君相覆。自恨飛太高，疏羅偶然觸。看看架上鷹，擬食無罪肉。君意定何如，依舊雕籠宿。

箭鏃

箭鏃本求利，淬礪良甚難。礪將何所用，礪以射凶殘。不礪射不入，不射人不安。爲盗即當射，寧問私與官[一]。夜射官中盗，中之血闌干。帶箭君前訴，君王悄不歡。頃曾爲盗者，百箭中心攢。競將兒女淚，滴瀝助辛酸。君王責良帥[二]，此禍誰爲端？帥言發硎罪，不使刃稍刓。君王不忍殺，逐之如迸丸。仍令後來箭[三]，盡可頭團團。發硎去雖遠，礪鏃心不闌。會射蛟螭盡，舟行無惡瀾。

【校勘記】

〔一〕問：原作「開」，據宋蜀本、蘭雪堂本、馬本、叢刊本、《全唐詩》卷三九六改。

〔二〕帥：原作「師」，據馬本、《全唐詩》及下文「帥言」改。

〔三〕令：原作「今」，據宋蜀本、蘭雪堂本、馬本、叢刊本、《全唐詩》改。

賽神

村落事妖神，林木大如村。事來三十載，巫覡傳子孫。村中四時祭，殺盡雞與豚[一]。主人不堪命，積燎曾欲燔。旋風天地轉，急雨江河翻。採薪持斧者，棄斧縱横奔。山深多掩映，僅免鯨鯢吞。主人集鄰里，各各持酒樽。廟中再三拜，願得禾稼存。去年大巫死，小覡又妖言：邑中神明宰，有意効西門。焚除計未決，伺者迭乘軒。廟深荆棘厚，但見狐兔蹲。巫言小神變，可驗牛馬蕃。邑吏齊進説，幸勿禍鄉原。踰年計不定，縣聽良亦煩。涉夏祭時至，因令修四垣。憂虞神憤恨，玉帛意彌敦。我來神廟下，簫鼓正喧喧。因言遣妖術，滅絶由本根。主人中罷舞，許我重疊論。蜉蝣生濕處，鴟鴞集黄昏。主人邪心起，氣焰日夜繁。狐狸得蹊徑，潛穴主人園。腥臊襲左右，然後託丘樊。歲深樹成就，曲直可輪轅。幽妖盡依倚，萬怪之所屯。主人一心好，四面無籬藩。命樵執斤斧，怪木寧遽髡。主人且傾聽，再爲諭清渾。阿膠在末派，罔象游上源。靈藥逡巡盡，黑波朝夕噴。神龍厭流濁，先伐鼉與黿。黿鼉在龍穴，妖氣常鬱温。主人惡淫祀，先去邪與惽。惽邪中人意，蠱禍蝕精魂。德勝妖不作，勢强威亦尊。計窮然後賽，後賽復何恩。

【校勘記】

〔一〕殺盡：《全唐詩》卷三九六注：「一作盡殺。」

大觜烏

陽烏有二類，觜白者名慈。求食哺慈母，因以此名之。飲啄頗廉儉，音響亦柔雌。百巢同一樹，栖宿不復疑。得食先返哺，一身長苦羸。緣知五常性，翻被衆禽欺。其一觜大者，攫搏性貪癡〔一〕。有力强如鶻，有爪利如錐。音聲甚㕭嗗，潛通妖怪詞。受日餘光庇，終天無死期。翱翔富人屋，棲息屋前枝。巫言此烏至，財産日豐宜。主人一心惑，誘引不知疲。轉見烏來集，自言家轉孳。白鶴門外養，花鷹架上維。專聽烏喜怒，信受若神龜。舉家同此意，彈射不復施。往往清池側，卻令鴉鷺隨。羣烏飽粱肉，毛羽色澤滋。遠近恣所往，貪殘無不爲。巢禽攫雛卵，厩馬啄瘡痍。滲瀝脂膏盡，鳳皇那得知？主人一朝病，爭向屋簷窺。呦嚶呼羣鵬，翩翻集怪鴟。主人偏養者，嘯聚最奔馳。夜半仍驚噪，鵂鶹逐老狸。主人病心怯，燈火夜深移。左右雖無語，奄然皆淚垂。平明天出日，陰魅走參差。烏來屋簷上，又惑主人兒。兒即富家業，玩好方愛奇。占募能言鳥，置者許高貲。隴樹巢鸚鵡，言語好光儀。美人傾心獻，雕籠身自持。求者臨軒坐，置在白玉墀。先問鳥中苦，便言烏若斯。衆烏齊搏鑠，翠羽幾離披。遠擲千餘里，美人情亦衰。舉家懲此患，事烏踰昔時。向言池上鷺，啄肉寢其皮。夜漏天終曉，陰雲風定吹。況爾烏何者〔二〕，數極不知危。

會結彌天網，盡取一無遺。常令阿閣上，宛宛宿長離。

【校勘記】

〔一〕摶：原作「搏」，據宋蜀本、馬本、叢刊本、《全唐詩》卷三九六改，下同。

〔二〕況：宋蜀本作「呪」。

分水嶺

崔嵬分水嶺，高下與雲平。上有分流水，東西隨勢傾。朝同一源出，暮隔千里情。風雨各自異，波瀾相背驚。勢高競奔注，勢曲已迴縈。偶值當途石，蹙縮又縱横。有時遭孔穴，變作嗚咽聲。褊淺無所用，奔波奚所營？團團井中水，不復東西征。上應美人意，中涵孤月明。旋風四面起，井深波不生。堅冰一時合，井深凍不成。終年汲引絶，不耗復不盈。五月金石鑠，既寒亦既清。易時不易性，改邑不改名。定如拱北極，瑩若燒玉英。君門客如水，日夜隨勢行。君看守心者，井水爲君盟。

四皓廟

巢由昔避世，堯舜不得臣。伊吕雖急病，湯武乃可君。四賢胡爲者？千載名氛氲。顯晦有遺跡，前後疑不倫。秦政虐天下，黷武窮生民。諸侯戰必死[一]，壯士眉亦顰。張良韓孺子，椎碎屬車輪。遂令英雄意，日夜思報秦。先生相將去，不復嬰世塵。雲卷在孤岫，龍潛爲小鱗。秦皇轉無道[二]，諫者鼎鑊親。茅焦脱衣諫，先生無一言。趙高殺二世，先生如不聞。劉項取天下，先生游白雲。海内八年戰，先生全一身。漢業日已定，先生名亦振。不得爲濟世，宜哉爲隱淪。如何一朝起，屈作儲貳賓？安存孝惠帝，摧悴戚夫人。捨大以謀細，虬盤而蠖伸。惠帝竟不嗣[三]，吕氏禍有因。雖懷安劉志，未若周與陳。皆落子房術[四]，先生道何屯。出處貴明白，故吾今有云。

【校勘記】

[一] 必：《唐文粹》卷一七上作「心」。

[二] 皇：馬本、《全唐詩》卷三九六作「王」。

[三] 竟：原作「競」，據錢校、《唐文粹》、《全唐詩》改。

[四] 皆：原闕，據宋蜀本、錢校、馬本、叢刊本、《唐文粹》、《全唐詩》補。

元稹集卷第二

古詩

青雲驛

岧嶢青雲嶺，下有千仞溪。徘徊不可上，人倦馬亦嘶。願登青雲路，若望丹霞梯；謂言青雲驛，繡户芙蓉閨；謂言青雲騎，玉勒黄金蹄；謂言青雲具，瑚璉雜象犀〔一〕；謂言青雲吏，的的顔如珪。懷此青雲望，安能復久稽？攀援信不易，風雨正淒淒。已怪杜鵑鳥，先來山下啼。纔及青雲驛，忽遇蓬蒿棲〔二〕。延我開蓽户，鑿竇宛如圭。逡巡吏來謁，頭白顔色黧。饋食頻叫噪，假器仍乞醯。嚮時延我者，共捨藿與藜〔三〕。乘我牂牁馬，蒙茸大如羝。悔爲青雲意，此意良噬臍。昔遊蜀門下，有驛名青泥。聞名意慘愴，若墜牢與狴。雲泥異所稱，人物一以齊。復聞閶闔上，下視日月低。銀城蕊珠殿，玉版金字題。大帝直南北，羣仙侍東西。龍虎儼隊仗，雷霆轟鼓鼙。元君理庭内，左右桃花蹊。丹霞爛成綺，景雲輕若綈。天池光灩灩，瑶草緑萋萋。衆真千萬輩，柔顔盡如荑。

手持鳳尾扇，頭戴翠羽笄。雲韶互鏗戛，霞服相提攜。雙雙發皓齒，各各揚輕袿。天祚樂未極，溟波浩無堤。穢賤靈所惡，安肯問黔黎？桑田變成海，寓縣烹爲齏。虛皇不願見，雲霧重重翳。大帝安可夢？閶闔何由躋？靈物可見者，願以諭端倪。蟲蛇吐雲氣，妖氛變虹蜺。獲麟書諸册，豢龍醢爲醢。鳳皇占梧桐，叢雜百鳥棲。野鶴啄腥蟲，貪饕不如雞。山鹿藏窟穴，虎豹吞其麛。靈物比靈境，冠履寧甚睽。道勝即爲樂，何慚居稗稊。金張好車馬，於陵親灌畦。在梁或在火，不變玉與鵜。上天勿行行，潛穴勿悽悽。吟此青雲諭，達觀終不迷。

【校勘記】

〔一〕雜：蘭雪堂本、馬本、叢刊本作「並」。

〔二〕棲：原作「妻」，據宋蜀本改。

〔三〕藜：原作「梨」，據馬本、《全唐詩》卷三九七改。

陽城驛

商有陽城驛，名同陽道州。陽公没已久，感我淚交流。昔公孝父母，行與曾閔儔。既孤善兄弟，兄弟和且柔。一夕不相見，若懷三歲憂。遂誓不婚娶，没齒同衾裯。妹夫死他縣，遺骨無人收。公令季弟往，公與仲弟留。相別竟不得，三人同遠遊。共負他鄉骨，歸來藏故丘。棲遲居夏邑〔一〕，邑人無苟偷。里中競長短，來問劣與優。官刑一朝恥，公短終身羞。公亦不遺布，人自不盜牛。問公何聽爾〔二〕，忠信先自修。發言當道理，不顧黨與讎。聲香漸翕習，冠蓋若雲浮。少者從公學，老者從公遊。往來相告報，縣尹與公侯。名落公卿口，湧如波薦舟〔三〕。天子得聞之，書下再三求。書中願一見，天異旱地虯〔四〕。何以持爲聘？束帛藉琳球〔五〕。何以持爲御？駟馬駕安輈。公方伯夷操，事殷不事周。我實唐士庶，食唐之田疇。我聞天子憶〔六〕，安敢專自由？來爲諫大夫，朝夕侍冕旒。希夷惇薄俗，密勿獻良籌。神醫不言術，人瘼曾暗瘳。月請諫官俸，諸弟相對謀。皆曰親戚外，酒散目前愁。公云不有爾，安得此嘉猷？施餘盡酤酒，客來相獻酬。日旰不謀食，春深仍弊裘。人心良戚戚，我樂獨油油〔七〕。貞元歲云暮，朝有曲如鉤。風波勢奔蹙，日月光綢繆。齒牙屬爲猾，禾黍暗生蟊。豈無司言者，肉食吞其喉。豈無司搏者〔八〕，利柄扼其韝〔九〕。鼻復勢氣塞，不得辨薰蕕〔一〇〕。公雖未顯諫，惴惴如患瘤。飛章八九上，皆若珠暗投。炎炎日將熾，積燎無人抽。公乃帥其屬，決諫同報仇。延英殿門外，叩閤仍叩頭。且曰事不止，臣諫誓不休。上知不可遏，命以美語酬。降官司成署〔一一〕，俾之爲贅疣。姦心不快活，擊刺礪戈矛。終爲道州去，天道竟悠悠。遂令不言者，反以言爲訧。喉舌坐成木，鷹鸇化爲鳩。

避權如避虎，冠豸如冠猴。平生附我者，詩人稱好逑。私來一執手，恐若墜諸溝。送我不出户，決我不迴眸。唯有太學生，各具糧與糇。咸言公去矣，我亦去荒陬。公與諸生别，步步駐行騶。有生不可訣，行行過閩甌。爲師得如此，得爲賢者不？道州聞公來，鼓舞歌且謳。昔公居夏邑，狎人如狎鷗。况自爲刺史，豈復援鼓桴。滋章一時罷〔一三〕，教化天下遒。炎瘴不得老，英華忽已秋。有鳥哭楊震，無兒悲鄧攸。唯餘門弟子，列樹松與楸。今來過此驛，若弔汨羅洲。祠曹諱羊祜〔一三〕，此驛何不侔。我願避公諱，名爲避賢郵〔一四〕。此名有深意，蔽賢天所尤。吾聞玄元教，日月冥九幽。幽陰蔽翳者，永爲幽陰囚〔一五〕。

【校勘記】

〔一〕夏：《唐文粹》卷一五上作「下」。

〔二〕聽：宋蜀本、馬本、《全唐詩》卷三九七作「能」，《唐文粹》作「德」。

〔三〕波蕩：蘭雪堂本、馬本、叢刊本作「數萬」。

〔四〕天：錢校、《唐文粹》、《全唐詩》作「不」。　旱地虬：蘭雪堂本、馬本、叢刊本作「呈天虬」。天異旱地虬：宋蜀本作「天驥與天虬」。

〔五〕何以持爲聘？　束帛藉琳球：《唐文粹》無。

〔六〕憶：《唐文粹》作「意」。

〔七〕油油：《全唐詩》作「由由」。

〔八〕摶：原作「搏」，據馬本、叢刊本、《全唐詩》改。宋蜀本作「諫」，錢校、《唐文粹》作「標」。

〔九〕其：原作「如」，據錢校、《唐文粹》、《全唐詩》改。

〔一〇〕得：《唐文粹》作「可」。

〔一一〕署：宋蜀本作「者」。

〔一二〕章：《唐文粹》作「彰」。

〔一三〕祠：陳寅恪據《晉書・羊祜傳》荆州人爲祜諱名，改户曹爲辭曹，疑「祠」當作「詞」。又，《能改齋漫録》卷十四《類對・避羊祜孟浩然陽城名》：「羊祜，荆州人爲祜諱名，屋室皆以門爲稱，改户曹爲辭曹。初，王維過郢州，畫孟浩然像於刺史亭，因曰浩然亭。咸通中，刺史鄭誠謂賢者名不可斥，更榜曰孟亭。商於有陽城驛，元稹以爲名與陽道州同，當避其諱，改爲避賢郵。乃知賢者爲人愛慕如此。」

〔一四〕卞孝萱認爲《全唐詩》卷五二三杜牧《商山富水驛》「驛名不合輕移改，留警朝天者惕然」，是針對元稹此詩而發。

〔一五〕陰：《唐文粹》、錢校宋本及《全唐詩》作「翳」，似勝。

苦雨

江瘴氣候惡，庭空田地蕪。煩昏一日内，陰暗三四殊。巢燕污牀席，蒼蠅點肌膚。不足生詬怒，但苦寡歡娱。夜來稍清晏，放體階前呼。未飽風月思，已爲蚊蚋圖。我受簪組身，我生天地爐。炎蒸安敢倦，蟲豸何時無。淩晨坐堂廡，努力泥中趨。官家事不了，尤悔亦可虞。門外竹橋折，馬驚不敢踰。迴頭命僮御，向我色踟躕。自顧方濩落，安能相詰誅？隱忍心憤恨，翻爲聲喣愉。逡巡崔嵬日，杲曜東南隅。已復雲蔽翳，不使及泥塗。良農盡蒲葦，厚地積潢污。三光不得照，萬物何由蘇？安得飛廉車，磔裂雲將軀。又提精陽劍，蛟螭支節屠。陰沴皆電掃，幽妖亦雷驅。煌煌啓閶闔，軋軋棹乾樞〔一〕。東西生日月，晝夜如轉珠。百川朝巨海，六龍踏亨衢〔二〕。此意倍寥廓，時來本須臾。今也泥鴻洞，黿鼉真得途。

【校勘記】

〔一〕棹：宋蜀本、蘭雪堂本、馬本、叢刊本、《全唐詩》卷三九七作「掉」。

〔二〕踏：馬本、《全唐詩》作「蹋」。

種竹并序

昔樂天贈予詩云：「無波古井水，有節秋竹竿。」予秋來種竹廳下，因而有懷，聊書十韻。

昔公憐我直〔一〕，比之秋竹竿。秋來苦相憶，種竹廳前看。失地顔色改，傷根枝葉殘。清風猶淅淅，高節空團團。鳴蟬聒暮景，跳蛙集幽欄。塵土復晝夜，梢雲良獨難。丹丘信云遠，安得臨仙壇。瘴江冬草緑〔二〕，何人驚歲寒？可憐亭亭幹，一一青琅玕。孤鳳竟不至，坐傷時節闌。

【校勘記】

〔一〕我：原作「有」，據錢校宋本、《唐文粹》卷一七上、《全唐詩》卷三九七改。

〔二〕瘴江：錢校宋本、《唐文粹》作「沿瘴」。

和樂天贈樊著作

君爲著作詩，志激詞且温。璨然光揚者，皆以義烈聞。千慮竟一失，冰玉不斷痕。謬予頑不肖，列在數子間。因君譏史氏，我亦能具陳。羲黄眇云遠，載籍無遺文。煌煌二帝道，鋪設在典墳。堯心唯舜會，因著爲話言。皋夔益稷禹，粗得無間然。緬然千載後，後聖曰孔宣。迴知皇王意，綴書爲百篇。是時游夏輩，不敢措舌端。信哉作遺訓，職在聖與賢。如何至近古，史氏爲閑官。但令識字者，竊弄刀筆權。由心書曲直，不使當世觀。貽之千萬代，疑信相並傳。人人異所見，各各私所偏。以是曰褒貶，不如都無焉〔一〕。況乃丈夫志，用捨貴當年。顧子有微尚〔二〕，願以出處論。出非利吾已，其出貴道全。全道豈虛設，道全當及人。全則富與壽，虧則飢與寒。遂我一身逸，不如萬物安。解懸不澤手，拯溺無折旋。神哉伊尹心，可以冠古先。其次有獨善，善已不善民。天地爲一物，死生爲一源。合雜分萬變，忽若風中塵。抗哉巢由志，堯舜不可遷。捨此二者外，安用名爲賓？持謝著書郎，愚不願有云。

【校勘記】

〔一〕焉：原作「儒」，據宋蜀本、蘭雪堂本、馬本、叢刊本、《全唐詩》卷三九七改。

〔二〕顧子：宋蜀本、馬本、《全唐詩》作「顧予」，蘭雪堂本、叢刊本作「願予」。

和樂天感鶴

我有所愛鶴，毛羽霜雪妍。秋望一滴露〔一〕，聲洞林外天〔二〕。自隨衛侯去，遂入大夫軒。雲貌久已隔，玉音無復傳。吟君《感鶴操》，不覺心惕然。無乃予所愛，誤爲微物遷。因兹諭直質，未免柔細牽。君看孤松樹，左右蘿蔦纏。既可習爲鮑〔三〕，亦可薰爲荃。期君常善救，勿令終棄捐。

【校勘記】

〔一〕望：錢校宋本、《全唐詩》卷三九七作「霄」。

〔二〕洞：錢校、《全唐詩》作「聞」。

〔三〕鮑：原作「飽」，據文意改。

諭寶二首〔一〕

沉玉在弱泥，泥弱玉易沉。扶桑寒日薄，不照萬丈心。安得潛淵虬，拔壑超鄧林。泥封泰山址，水散旱天霖。洗此泥下玉，照曜臺殿深。刻爲傳國寶，神器人不侵。

冰置白玉壺，始見清皎潔。珠穿殷紅縷，始見明洞澈。鏌鋣無人淬，兩刃幽壤鐵。秦鏡無人拭，一片埋霧月。驥跼環堵中，骨附筋入節〔二〕。虬蟠尺澤内，魚貫蛙同穴。艅艎無巨海，浮浮矜瀸濡〔三〕。棟梁無廣廈，顛倒卧霜雪。大鵬無長空，舉翮受羈紲。豫章無厚地〔四〕，危柢真飢𩞄。圭璧無卞和，甘與頑石列。舜禹無陶堯，名隨腐草滅。神功伏神物，神物神乃別。神人不世出，所以神功絶。神物豈徒然，用之有施設〔五〕。禹功九州理，舜德天下悦。璧充傳國璽〔六〕，圭用祈泰折。千尋豫章榦〔七〕，九萬大鵬歇。棟梁庇生民，艅艎濟來哲。虬騰旱天雨，驤騁流電掣。鏡懸姦膽露，劍拂妖蛇裂。珠生照乘光，冰瑩環座熱。此物比在泥，斯言爲誰發？於今盡凡耳〔八〕，不爲君不説。

【校勘記】

〔一〕二首：據宋蜀本、馬本、《唐文粹》卷一八及本詩補。

〔二〕筋：原作「筋」，據《唐文粹》、蘭雪堂本、叢刊本及《全唐詩》卷三九七改。

〔三〕浮浮：《唐文粹》作「浮桴」。

〔四〕章：原作「樟」，據《唐文粹》改。

〔五〕有：蘭雪堂本、馬本、叢刊本、《全唐詩》作「乃」。

〔六〕璧充傳國璽：原作「璧□充傳璽」，據錢校宋本、《唐文粹》、《全唐詩》改。

〔七〕千：蘭雪堂本、馬本、叢刊本作「木」。

〔八〕於今：原作「凡今」，據蘭雪堂本、馬本、叢刊本、《唐文粹》、《全唐詩》改。

説劍

吾友有寶劍，密之如密友。我實膠漆交〔一〕，中堂共杯酒。酒酣肝膽露，恨不眼前剖。高唱荆卿歌，亂擊相如缶。更擊復更唱，更酌亦更壽〔二〕。白虹座上飛，青蛇匣中吼。我聞音響異，疑是干將偶〔三〕。爲君再拜言，神物可見不？君言我所重，我自爲君取〔四〕。迎篋已焚香〔五〕，近鞘先澤手。徐抽寸寸刃，漸屈彎彎肘。殺殺霜在鋒，團團月臨紐。逡巡潛虬躍，鬱律驚左右。霆電滿室光，蛟龍繞身走〔六〕。我爲捧之泣〔七〕，此劍別來久〔八〕。鑄時近山破〔九〕，藏在松桂朽。幽匣獄底埋〔一〇〕，神人水心守。本用稽泥滓〔一一〕，果非雷煥有。我欲評劍功，願君良聽受：劍可剸犀兕，劍可切瓊玖，劍決天外雲，劍衝日中斗，劍隳妖蛇腹，劍拂佞臣首。太古初斷鼇，武王親擊紂。燕丹卷地圖，陳平縮花綬。曾被桂樹枝，寒光射林藪。曾經鑄農器，利用剪稂莠。神物終變化，復爲龍牝牡。晉末武庫燒，脱然排户牖。爲欲掃羣胡，散作彌天帚。自兹失所往〔一二〕，豪英共爲訽音茍。今復誰人鑄，挺然千載後。既非古風胡〔一三〕，無乃近鴉九。自我與君遊，平生益自負。況擎寶劍出，重以雄心扣。此劍何太奇？此心何太厚？勸君慎所寶〔一四〕，所用無或苟。潛將辟魑魅，勿但防妾婦〔一五〕。留斬泓下蛟，莫試街中狗。君今困泥滓，我亦坌塵垢。俗耳驚大言，逢人少開口。

【校勘記】

〔一〕實：《唐文粹》卷一八作「寶」。

〔二〕酌：蘭雪堂本、馬本、叢刊本作「舞」。

〔三〕偶：馬本、叢刊本作「鬭」，是。　干將偶：蘭雪堂本、叢刊本作「十將鬭」。宋蜀本「干」亦作「十」。

〔四〕君言我所重，我自爲君取：《唐文粹》作「君言亦可見，復言我自取」。

〔五〕篋：《唐文粹》作「匣」。

〔六〕繞身：蘭雪堂本、馬本、叢刊本作「逐奮」。

〔七〕我爲捧之泣：蘭雪堂本、馬本、叢刊本作「何人爲鑄之」。

〔八〕此劍：蘭雪堂本、馬本、叢刊本作「干將」。

〔九〕近：《唐文粹》作「堇」。

〔一〇〕幽匣獄底埋：蘭雪堂本、馬本、叢刊本作「幽質獄中埋」。　底：《唐文粹》亦作「中」，宋蜀本作「邊」。

〔一一〕用稽泥：蘭雪堂本、馬本、叢刊本作「是泥稽」。　用：《全唐詩》亦作「是」。　稽泥：原作「泥稽」，據錢校改。

〔一二〕往：盧抱經《羣書拾補》校宋越本（以下簡稱盧校）作「在」。

〔一三〕胡：原作「壺」，據《唐文粹》、《全唐詩》及《吴越春秋》改。

〔一四〕勸君慎所寶：《唐文粹》作「觀君慎所用」。　寶：錢校、《全唐詩》亦作「用」。

〔一五〕防：蘭雪堂本、馬本、叢刊本作「驚」。

書異

孟冬初寒月，渚澤蒲尚青。飄蕭北風起，皓雪紛滿庭。行過冬至後，凍閉萬物零。奔渾馳暴雨，驟鼓轟雷霆〔一〕。傳云不終日，通宵曾莫停。瘴雲愁拂地，急霤疑注瓶。洶湧潢潦濁，噴薄鯨鯢腥。跳趫井蛙喜，突兀水怪形。飛蚋奔不死〔二〕，修蛇蟄再醒。應龍非時出，無乃歲不寧。吾聞陰陽户，啓閉各有扃。後時無肅殺，廢職乃玄冥。座配五天帝，薦用百品珍〔三〕。權爲祝融奪，神其焉得靈〔四〕？春秋雷電異，則必書諸經。仲冬雷雨苦，願省蒙蔽刑。

【校勘記】

〔一〕鼓轟：宋蜀本作「若隨」。

〔二〕不：宋蜀本作「未」。

〔三〕珍：宋蜀本作「馨」。

〔四〕焉：宋蜀本作「安」。

和樂天折劍頭

聞君得折劍，一片雄心起。詎憶鐵蛟龍〔一〕，潛在延津水。風雲會一合，呼吸期萬里。雷震山嶽碎，電斬鯨鯢死。莫但寶劍頭，劍頭非此比。

【校勘記】

〔一〕憶：《全唐詩》卷三九七作「意」。

元稹集卷第三

古詩

松鶴

渚宫本坳下，佛廟有臺閣。臺下三四松，低昂勢前卻。是時晴景麗，松梢殘雪薄。日色相玲瓏，纖雲映羅幕。逡巡九霄外，似振風中鐸。漸見尺帛光，孤飛唳空鶴。徘徊耀霜雪，顧慕下寥廓。踏動樛盤枝〔一〕，龍蛇互跳躍。俯瞰九江水，旁瞻萬里壑。無心眄烏鳶〔二〕，有字悲城郭。清角已沉絶，虞韶亦冥寞。鶱翻勿重留〔三〕，幸及鈞天作〔四〕。

【校勘記】

〔一〕踏：馬本、《全唐詩》卷三九八作「蹋」。

〔二〕烏：原作「鳥」，據盧校宋本改。

〔三〕鶱：原作「騫」，據盧校宋本改。

〔四〕幸：張元濟校宋刻本（以下簡稱張校）作「半」。

競渡

吾觀競舟子，因測大競源。天地昔將競，蓬勃晝夜昏。龍蛇相噴薄〔一〕，海岱俱崩奔。羣動皆攪撓，化作流渾渾。數極鬭心息，大和蒸混元。一氣忽爲二，矗然畫乾坤。日月復照曜，春秋遞寒温。八荒坦以曠，萬物羅以繁〔二〕。聖人中間立，理世了不煩〔三〕。延綿復幾歲〔四〕，逮及羲與軒。炎皇熾如炭，蚩尤扇其燔。有熊競心起，驅獸出林樊〔五〕。一戰波委焰，再戰火燎原。戰訖天下定，號之爲軒轅。自是豈無競，瑣細不復言。其次有龍競，競渡龍之門。龍門浚如瀉，淙射不可援〔六〕。赤鱗化時至，唐突鰭鬣掀。乘風瞥然去，萬里黄河翻。接瞬電烻出，微吟霹靂喧。傍瞻曠宇宙，俯瞰卑崑崙。庶類咸在下，九霄行易捫。倏辭蛙黽穴，遽排天帝閽〔七〕。迴悲曝鰓者，未免鯨鯢吞。帝命澤諸夏，不棄蟲與昆。隨時布膏露，稱物施厚恩。草木霑我潤，豚魚望我蕃。嚮來同競輩，豈料由我存。壯哉龍競渡，一競身獨尊。捨此皆蟻鬭，競舟何足論。

【校勘記】

〔一〕噴：原作「嗔」，據《唐文粹》卷一八改。

〔二〕以：錢校、《全唐詩》卷三九八注：「一作亦。」

〔三〕了不煩：《唐文粹》作「了煩延」。

〔四〕延：《唐文粹》作「綿」。

〔五〕獸出：《唐文粹》作「戰山」。

〔六〕淙：原作「漴」，據錢校、《全唐詩》改。

〔七〕遽：《全唐詩》注：「一作遞。」

寺院新竹

寶地琉璃坼〔一〕，紫苞琅玕踴。亭亭巧於削，一一大如拱。冰碧林外寒，峯巒眼前聳。槎枒矛戟合，屹仡龍蛇動。煙泛翠光流，歲餘霜彩重。風朝竽籟過〔二〕，雨夜鬼神恐。佳色有鮮妍，修莖無擁腫。節高迷玉鏃，籜綴疑花捧。詎必太山根，本自仙壇種。誰令植幽壤，復此依閑冗。居然霄漢姿，坐受藩籬壅。噪集倦鴟烏，炎昏繁蠛蠓。未遭伶倫聽，非安子猷寵。威鳳來有時，虛心豈無奉〔三〕。

【校勘記】

〔一〕坼：原作「拆」，據宋蜀本、馬本、《全唐詩》卷三九八改。

〔二〕竽：原作「竿」，據《全唐詩》改。

〔三〕虚：宋蜀本作「靈」。

酬别致用〔一〕

風行自委順，雲合非有期。神哉心相見，無朕安得離？我有懇憤志，三十無人知。修身不言命，謀道不擇時。達則濟億兆，窮亦濟毫氂。濟人無大小，誓不空濟私。研幾未淳熟，與世忽參差。意氣一爲累，猜仍良已隨。昨來竄荆蠻，分與平生隳。那言返爲遇，獲見心所奇。一見肺肝盡，坦然無滯疑。感念交契定，淚流如斷縻。此交定生死，非爲論盛衰。此契宗會極，非謂同路岐。君今虎在柙，我亦鷹就羈。馴養保性命，安能奮殊姿。玉色深不變，井水撓不移。相看各年少，未敢深自悲〔二〕。

【校勘記】

〔一〕酬：原作「訓」，據宋蜀本、馬本、《全唐詩》卷三九八改。

〔二〕悲：宋蜀本作「非」。

竹部石首縣界

竹部竹山近，歲伐竹山竹。伐竹歲亦深，深林隔深谷。朝朝冰雪行，夜夜豺狼宿。科首霜斷蓬，枯形燒去聲餘木。一束十餘莖，千錢百餘束。得錢盈千百，得粟盈斗斛。歸來不買食，父子分半菽。持此欲何爲？官家歲輸促。我來荆門掾，寓食公堂肉。豈唯遍妻孥，亦以及童僕。分爾有限資，飽我無端腹。愧爾不復言，爾生何太蹙！

賽神

楚俗不事事，巫風事妖神。事妖結妖社，不問疏與親。年年十月暮，珠稻欲垂新。家家不斂穫，賽妖無富貧。殺牛貰官酒，椎鼓集頑民。喧闐里閭隘，兇酗日夜頻。歲暮雪霜至，稻珠隨隴湮。吏來官税迫，求質倍稱緡。貧者日消鑠〔一〕，富亦無倉囷。不謂事神苦，自言誠不真。岳陽賢刺史，念此爲俗屯。未可一朝去，俾之爲等倫。粗許存習俗，不得呼黨人。但許一日澤，不得月與旬。吾聞國僑理，三年名乃振。巫風燎原久，未必憐徙薪。我來歌此事，非獨歌政仁。此事四鄰有，亦欲聞四鄰。

【校勘記】

〔一〕鑠：宋蜀本作「削」。

競舟

楚俗不愛力，費力爲競舟。買舟俟一競，競斂貧者賕。年年四五月，繭實麥小秋。積水堰堤壞〔一〕，拔秧蒲稗稠。此時集丁壯，習競南畝頭。朝飲村社酒，暮椎鄰舍牛。祭船如祭祖，習競如習讎。連延數十日，作業不復憂。君侯饌良吉，會客陳膳羞。畫鷁四來合，大競長江流。建標明取捨，勝負死生求。一時歡呼罷，三月農事休。岳陽賢刺史，念此爲俗疣。習俗難盡去，聊用去其尤。百船不留一，一競不滯留。自爲里中戲〔二〕，我亦不寓遊。吾聞管仲教，沐樹懲墮遊。節此淫競俗，得爲良政不。我來歌此事，非獨歌此州。此事數州有，亦欲聞數州。

【校勘記】

〔一〕壞：原作「壤」，據宋蜀本、蘭雪堂本、馬本、叢刊本、《全唐詩》卷三九八改。

〔二〕戲：馬本作「獻」。

茅舍

楚俗不理居，居人盡茅舍。茅苫竹梁棟，茅疏竹仍罅。邊緣堤岸斜，詰屈簷楹亞。籬落不蔽肩，街衢不容駕。南風五月盛，時雨不來下。竹蠹茅亦乾，迎風自焚灺〔一〕。防虞集鄰里，巡警勞晝夜。遺燼一星然，連延禍相嫁。號呼憐穀帛，奔走伐桑柘。舊架已新焚，新茅又初架。前日洪州牧，韋大夫丹。念此常嗟訝。牧民未及久，郡邑紛如化。峻邸儼相望，飛甍遠相跨。旗亭紅粉泥，佛廟青鴛瓦去聲。斯事纔未終，斯人久云謝。有客自洪來，洪民至今藉。惜其心太亟，作役無容暇〔二〕。臺觀亦已多，工徒稍冤咤。我欲他郡長，三時務耕稼。農收次邑居〔三〕，先室後臺榭〔四〕。啓閉既及期，公私亦相借。度材無强略，庀役有定價。不使及僭差，粗得禦寒夏。火至殊陳鄭，人安極嵩華。誰能繼此名？名流襲蘭麝。五袴有前聞，斯言我非詐。

【校勘記】

〔一〕灺：宋蜀本作「化」。

〔二〕役：《全唐詩》卷三九八注：「一作後。」

〔三〕次：宋蜀本作「與」。

〔四〕後：宋蜀本作「復」。

後湖

荆有泥濘水〔一〕，在荆之邑郛。郛前水在後，謂之爲後湖。環湖十餘里，歲積潢與污。臭腐魚鼈死，不植菰與蒲。鄭公理三載，嚴司空綬。其理用呴愉。歲稔民四至，隘廛亦隘衢。公乃署其地，爲民先矢謨。人人儻自爲，我亦不庇徒。下俚得聞之，各各相俞俞。提攜翁及孫，捧戴婦與姑。壯者負礫石，老亦捽茅芻。斤磨片片雪，椎隱連連珠。朝餐有庭落〔二〕，夜宿完户樞。鄰里近相告，親戚遠相呼。鬻者自爲鬻，酤者自爲酤。雞犬豐中市，人民岐下都。百年廢滯所，一旦奥浩區。我實司水土，得爲官事無。人言賤事貴，貴直不貴諛。此實公所小，安用歌袴襦？答云潭及廣，以至鄂與吴。萬里盡澤國，居人皆墊濡。富者不容蓋，貧者不庇軀。得不歌此事，以我爲楷模。

【校勘記】

〔一〕荆：宋蜀本作「問」。問：疑當作「聞」。

〔二〕有：宋蜀本、蘭雪堂本、馬本、叢刊本、《全唐詩》卷三九八作「布」。

八駿圖詩〔一〕并序

良馬無世無之，然而終不得與八駿並名，何也？吾聞八駿日行三萬里，夫車行三萬里而無毀輪壞轅之患〔二〕，蓋神車也〔三〕。人行三萬里而無喪精褫魄之患〔四〕，亦神之人也。無是三神而得是八馬，乃破車掣御，躓人之乘也。世焉用之？今夫畫古者，畫馬而不畫車馭，不畫所以乘馬者，是不知夫古者也。予因作詩以辨之〔五〕。

穆滿志空闊，將行九州野。神馭四來歸，天與八駿馬。龍種無凡性，龍行無暫捨。朝辭扶桑底，暮宿崑崙下。鼻息吼春雷，蹄聲裂寒瓦。尾掉滄波黑，汗染白雲赭〔六〕。華輈本修密，翠蓋尚妍冶。御者腕不移，乘者寐不假。車無輪扁斲，轡無王良把。雖有萬駿來，誰是敢騎者？

【校勘記】

〔一〕《樂府詩集》卷九七題解云：「《穆天子傳》曰：『天子之駿赤驥、盜驪、白義、渠黃、黄騮、緑耳、踰輪、山子，所謂八駿也。』郭璞曰：『八駿，皆因其毛色以爲名號爾。赤驥，騏驥也。驪，黑色。華騮，色如華而赤。今名馬駿赤者爲驃騮。騮，赤色也。』」

〔二〕壞：原作「壤」，據宋蜀本、蘭雪堂本改。

〔三〕也：原作「者」，據張校宋本改。

〔四〕人：原無，據宋蜀本、盧校補。　褫：原作「搋」，據宋蜀本、蘭雪堂本、馬本、叢刊本改。

〔五〕辨：馬本作「辯」。

〔六〕白：錢校、《全唐詩》注：「一作浮。」

畫松

張璪畫古松，往往得神骨。翠帚掃春風，枯龍戛寒月。流傳畫師輩，奇態盡埋没。纖枝無瀟灑，頑幹空突兀。乃悟埃塵心，難狀煙霄質。我去淅陽山，深山看真物。

遣興十首

始見梨花房，坐對梨花白。行看梨葉青，已復梨葉赤。嚴霜九月半，危蔕幾時客？況有高高原，秋風四來迫。

莫厭夏日長，莫悲冬日短〔一〕。欲識短復長，君看寒又暖〔二〕。城中百萬家，冤哀雜絲管。草没奉誠園，軒車昔曾滿。

孤竹迸荒園，誤與蓬麻列。久擁蕭蕭風，空長高高節。嚴霜蕩羣穢，蓬斷麻亦折。獨立轉亭亭，心期鳳皇别。

豔豔剪紅英，團團削翠莖。託根在褊淺〔三〕，因依泥滓生。中有合歡蕊，池枯難遽呈。涼宵露華重，低徊當月明。

晚荷猶展卷，早蟬遽蕭嘹。露葉行已重，況乃江風摇。炎夏火再伏，清商暗迴飆。寄言抱志士，日月東西跳。

買馬買鋸牙，買犢買破車。養禽當養鶻，種樹先種花。人生負俊健，天意與光華。莫學蚯蚓輩，食泥近土涯。

愛直莫愛夸，愛疾莫愛斜。愛謨莫愛詐，愛施莫愛奢。擇才不求備，任物不過涯。用人如用己，理國如理家。

熌熌刀刃光，彎彎弓面張。入水斬犀兕，上山摧虎狼〔四〕。里中無老少，唤作癲兒郎。一日風雲會，横行歸故鄉。

團團規内星，未必明如月。託跡近北辰，周天無淪没。老人在南極，地遠光不發。見則壽聖明，願照高高闕。

河清諒嘉瑞，是歲黄河清。吾帝真聖人。時哉不我夢，此時爲廢民。光陰本跳躑，功業勞苦辛。一到江陵郡，三年成去塵。

【校勘記】

〔一〕悲：馬本、《全唐詩》卷三九八作「愁」。

〔二〕又：宋蜀本作「已」。

〔三〕在：宋蜀本作「枉」。

〔四〕上山摧：叢刊本作「入山椎」。

野節鞭

神鞭鞭宇宙，玉鞭鞭騏驎。緊紉野節鞭，本用鞭贔屭。使君鞭甚長，使君馬亦利。司馬並馬行，司馬馬憔悴。短鞭不可施，疾步無由致。使君駐馬言，願以長鞭遺。此遺不尋常，此鞭不容易。金堅無缴遶，玉滑無塵膩。青蛇坼生石〔一〕，不刺山阿地。烏龜旋眼斑，不染江頭淚。長看雷雨痕，未忍駑駘試。持用換所持〔二〕，無令等閑棄。答云君何奇，贈我君所貴。我用亦不凡，終身保明義。誓以鞭姦頑，不以鞭蹇躓。指撝狡兔蹤，決撻怪平聲龍睡。惜令寸寸折〔三〕，節節不虛墜。因作換鞭詩，詩成謂同志。而我得聞之，笑君年少意。安用換長鞭，鞭長亦奚爲？我有鞭尺餘，泥拋風雨漬。不擬閑贈行，唯將爛誇醉。春來信馬頭，款緩花前轡。願我遲似攣〔四〕，饒君疾如翅。

【校勘記】

〔一〕青：宋蜀本作「龍」。

〔二〕所持：疑或作「所待」。

〔三〕惜：宋蜀本作「借」。

〔四〕願：盧校宋本作「顧」。

元稹集卷第四

古詩

旱災自咎貽七縣宰同州

吾聞上帝心，降命明且仁。臣稹苟有罪，胡不災我身？胡爲旱一州，禍此千萬人？一旱猶可忍，其旱亦已頻。臘雪不滿地，膏雨不降春。惻惻詔書下，半減麥與緡。半租豈不薄，尚竭力與筋。竭力不敢憚，慚戴天子恩。纍纍婦拜姑，呐呐翁語孫。禾黍日夜長，足得盈我囷。還填折粟税，酬償貰麥鄰。苟無公私責，飲水不爲貧。歡言未盈口，旱氣已再振。六月天不雨，秋孟亦既旬。區區昧陋積，禱祝非不勤。日馳衰白顔，再拜泥甲鱗。歸來重思忖，願告諸邑君。以彼天道遠，豈如人事親。團團囹圄中，無乃冤不申。擾擾食廩内，無乃姦有因。軋軋輸送車，無乃使不倫。遥遥負擔卒，無乃役不均。今年無大麥，計與珠玉濱。村胥與里吏，無乃求取繁。符下斂錢急，值官因酒嗔。誅求與撻罰，無乃不逡巡。生小下俚住，不曾州縣門。訴詞千萬恨，無乃不得聞。强豪富酒肉，窮獨無芻薪。俱由案牘吏，無乃移禍屯。官分市井户，迭配水陸珍。未蒙所償直，無乃不敢言。有一於此事，安可尤蒼旻。借使漏刑憲，得不虞鬼神。自顧頑滯牧〔一〕，坐貽災沴臻。上羞朝廷寄，下愧閭里民。豈無神明宰，爲我同苦辛？共布慈惠語，慰此衢客塵。

【校勘記】

〔一〕頑：宋蜀本、蘭雪堂本、馬本、叢刊本作「顧」。

蟲豸詩七首并序〔一〕

天之居物於地也，有獸宜山宜穴，魚宜水宜泥，鳥宜木宜洲，蟲宜草宜腐穢。風雨會而寒暑時，山川正而原野平衍，然後郛閈屋室以州之人之宜，人不得其宜，而之鳥獸蟲魚之所宜，非蟲魚獸鳥之罪也。然而自非聖賢，人失所宜，未嘗無不得宜之歎云。始辛卯年，予掾荆州之地，洲渚濕墊，其動物宜介，其毛物宜翅羽。予所舍，又荆州樹木洲渚處，晝夜常有翅羽百族鬧，心不得閑静，因爲《有鳥》二十章以自達〔二〕。又數年，司馬通州郡，通之地，叢穢卑褊，烝瘴陰鬱，焰爲蟲蛇〔三〕，備有辛螫。蛇之毒百，而鼻褰者尤之。蟲之輩亦百，而蝱、蟆音莫、浮塵、蜘蛛、蟻子、蛒蜂之類，最甚害人。其土民具能攻其所毒，亦往往合於方籍，不知者，遭毒輒死〔四〕。予因賦其七蟲爲二十一章，別爲序，以備瑣細之形狀，而盡藥石之所宜，庶亦叔敖之意焉。

【校勘記】

〔一〕首：馬本作「篇」。宋蜀本無「七首并序」四字。

〔二〕達：疑當作「遣」。

〔三〕宋蜀本於「蟲」與「蛇」之間空闕十字。

〔四〕遭：原無，據宋蜀本、蘭雪堂本、盧校補。

巴蛇三首并序〔一〕

巴之蛇百類，其大，蟒；其毒，褰鼻。蟒，人常不見；褰鼻常遭之，毒人則毛髮皆竪起，飲溪澗而泥沙盡沸。驗方云：攻巨蟒用雄黄煙，被其腦則裂〔二〕。而鸛鳥能食其小者，巴無是物。其民常用禁術制之，尤効。

巴蛇千種毒，其最鼻褰蛇。掉舌翻紅焰，盤身蹙白花。噴人竪毛髮，飲浪沸泥沙。欲學叔敖瘞，其如多似麻。

越嶺南濱海，武都西隱戎〔三〕。雄黄假名石，鸛鳥遠難寵。詎有隳腸計，應無破腦功。巴山晝昏黑，妖霧毒濛濛。

漢帝斬蛇劍，晉時燒上天。自兹繁巨蟒，往往壽千年。白晝遮長道，青溪蒸毒煙。戰龍蒼海外，平地血浮船。

【校勘記】

〔一〕三首并序：原無，據馬本、《全唐詩》卷三九九及本詩補。

〔二〕被：宋蜀本作「破」。

〔三〕隱：宋蜀本、蘭雪堂本、馬本、叢刊本作「陷」。

蛒蜂三首并序

蛒，蜂類而大，巢在褰鼻蛇穴下，故毒螫倍諸蜂蠆。中手足輒斷落，及心胸則圮裂，用它蜂中人之方療之，不能愈。巴人往往持禁以制之，則差。

巴蛇蟠窟穴，穴下有巢蜂。近樹禽垂翅，依原獸絶蹤。微遭斷手足，厚毒破心胸。昔甚招魂句，那知眼自逢。

梨笑清都月，京開元觀，多梨花蜂。蜂游紫殿春。構脾分部伍，嚼蕊奉君親。翅羽頗同類，心神固異倫。安知人世裏，不有噬人人？

蘭蕙本同畹，蜂蛇亦雜居。害心俱毒螫，妖焰兩吹噓。雷蟄吞噬止，枯焚巢穴除。可憐相濟惡，勿謂禍無餘。

蜘蛛三首并序

巴蜘蛛，大而毒。其甚者，身運數寸[一]，而踦長數倍其身，網羅竹柏盡死。中人，瘡痏潗濕，且痛癢倍常。用雄黄苦酒塗所囓，仍用鼠婦蟲食其絲盡，輒愈。療不速，絲及心，而療不及矣。

蜘蛛天下足，巴蜀就中多。縫隙容長踦，虚空織横羅。縈纏傷竹柏，吞噬及蟲蛾。爲送佳人喜，珠櫳無奈何。

網密將求食，絲斜誤著人。因依方託緒[二]，挂罥遂容身。截道蟬冠礙，漫天玉露頻。兒童憐小巧，漸欲及車輪。

稚子憐圓網，佳人祝喜絲[三]。那知緣暗隙，忽復囓柔肌[四]。毒腠攻猶易，焚心療恐遲。看看長祆緒，和扁欲漣洏。

【校勘記】

〔一〕運：原作「邊」，據宋蜀本改。

〔二〕託：《全唐詩》卷三九九作「紀」。

〔三〕祝：原闕作「兄」，據蘭雪堂本、《全唐詩》補。宋蜀本作「況」。

〔四〕復：《全唐詩》作「被」。

蟻子三首并序

巴蟻，衆而善攻欒棟，往往木容完具，而心節朽壞。屋居者，不省其微，而禍成傾壓。

蟻子生無處，偏因濕處生。陰霪煩擾攘，拾粒苦鸎譠平聲〔一〕。牀上主人病，耳中虚藏鳴。雷霆翻不省，聞汝作牛聲。

時術功雖細，年深禍亦成。攻穿漏江海，嚙食困蛟鯨。敢憚榱欒蠹，深藏柱石傾。寄言持重者，微物莫全輕。

攘攘終朝見，悠悠卒歲疑。詎能分牝牡〔二〕，焉得有蝝蚳蟻卵？徙市竟何意，生涯都幾時？巢由或逢我，應似我相期。

【校勘記】

〔一〕鸎：馬本、《全唐詩》卷三九九作「詈」。

〔二〕分：宋蜀本作「全」。

蟆子三首并序

蟆，蚊類也。其實黑而小，不礙紗縠，夜伏而晝飛，聞柏煙與麝香輒去。蚊蟆與浮塵，皆巴蛇鱗中之細蟲耳，故囓人成瘡，秋夏不愈，膏楸葉而傅之，則差。

蟆子微於蚋，朝繁夜則無。毫端生羽翼，針喙噆肌膚。暗毒應難免，羸形日漸枯。將身遠相就，不敢恨非辜。

晦景權藏毒，明時敢噬人。不勞生詬怒[一]，衹足助酸辛。隼眥看無物，蛇軀庇有鱗。天方芻狗我，甘與爾相親。

有口深堪異，趨時詎可量。誰令通鼻息，何故辨馨香。沉水來滄海，崇蘭泛露光。那能枉焚爇，爾衆我微茫。

【校勘記】

〔一〕詬：原作「姤」，據宋蜀本、馬本、《全唐詩》卷三九九改。

浮塵子三首并序

浮塵，蟆類也。其實微不可見，與塵相浮而上下。人苦之，往往蒙絮衣自蔽，而浮塵輒能通透及人肌膚。亦巢巴蛇鱗中，故攻之用前術。

可歎浮塵子，纖埃喻此微。寧論隔紗幌，并解透綿衣。有毒能成痏，無聲不見飛。病來雙眼暗，何計辨雰霏？

乍可巢蚊睫，胡爲附蟒鱗？已微於蠢蠢，仍害及仁人〔一〕。動植皆分命，毫芒亦是身。哀哉此幽物，生死敵浮塵。

但覺皮膚憯，安知瑣細來？因風吹薄霧，向日誤輕埃。暗嚙堪銷骨，潛飛有禍胎。然無防備處，留待雪霜摧。

【校勘記】

〔一〕仁人：《全唐詩》卷三九九注「一作人人」，似是。

蝱三首并序

巴山谷間，春秋常雨，自五六月至八九月，雨則多蝱，道路羣飛，噬馬牛血及蹄角，旦暮尤極繁多。人常用日中時趣程，逮雪霜而後盡。其嚙人，痛劇浮蟆，而不能毒留肌，故無療術。

陰深山有瘴，濕墊草多蝱。衆噬錐刀毒，羣飛風雨聲。汗粘瘡痏痛，日曝苦辛行。飽爾蛆殘腹，安知天地情？

千山溪沸石，六月火燒雲。自顧生無類，那堪毒有羣。搏牛皮若截，噬馬血成文。蹄角尚如此，肌膚安可云？

辛螫終非久，炎涼本遞興。秋風自天落，夏蘗與霜澄〔一〕。一鏡開潭面，千峯露石棱〔二〕。氣平蟲豸死，雲路好攀登〔三〕。

【校勘記】

〔一〕蘖：原作「蘗」，據文意改。蘖指酒，故可與「霜」比澄。

〔二〕峯：原作「鋒」，據文意改。

〔三〕路：原作「露」，據宋蜀本、蘭雪堂本、馬本改。

楚歌十首 江陵時作

楚人千萬户，生死繫時君。當璧便爲嗣，賢愚安可分？干戈長浩浩，篡亂亦紛紛。縱有明君在〔一〕，區區何足云。

陶虞事已遠，尼父獨將明。潛穴龍無位，幽林蘭自生。楚王謀授邑，此意復中傾〔二〕。未別子西語，縱來何所成？

平王漸昏惑〔三〕，無極轉承恩。子建猶相貳，伍奢安得存？生居宮雉閟，死葬寢園尊。豈料奔吴士，鞭屍郢市門。

懼盈因鄧曼，罷獵爲樊姬。盛德留金石，清風鑒薄帷。襄王忽妖夢，宋玉復淫詞。萬事捐宮館，空山雲雨期。

宜僚南市住，未省食人恩。臨難忽相感，解紛寧用言。何如晉夷甫，坐占紫微垣？看著五胡亂，清談空自專〔四〕。

誰恃王深寵？誰爲楚上卿？包胥心獨許，連夜哭秦兵。千乘徒虚爾，一夫安可輕？殷勤聘名士，莫但倚方城。

梁業雄圖盡，遺孫世運消。宣明徒有號，江漢不相朝。碑碣高臨路，松枝半作樵。唯餘開聖寺，猶學武皇妖。

江陵南北道，長有遠人來。死别登舟去，生心上馬迴。榮枯誠異日，今古盡同灰。巫峽朝雲起，荆王安在哉？

三峽連天水，奔波萬里來。風濤各自急，前後苦相推。倒入黄牛漩〔五〕，驚衝灧滪堆。古今流不盡，流去不曾迴。

八荒同日月，萬古共山川。生死既由命，興衰還付天。栖栖王粲賦，憤憤屈平篇。各自埋幽恨，江流終宛然。

【校勘記】

〔一〕君在：原作「在下」，據宋蜀本改。

〔二〕復：張校宋本作「便」。

〔三〕王：原作「生」，據宋蜀本改。

〔四〕專：馬本、《全唐詩》卷三九九作「尊」。

〔五〕漩：疑當作「湫」。「黄牛湫」與下文之「灩澦堆」對。

襄陽道

羊公名漸遠，唯有峴山碑。近日稱難繼，曹王任馬彝。椒蘭俱下世，城郭到今時。漢水清如玉，流來本爲誰？

賦得魚登龍門〔一〕用登字

魚貫終何益？龍門在苦登。有成當作雨〔二〕，無用恥爲鵬。激浪誠難泝，雄心亦自憑〔三〕。風雲潛會合，鬐鬣忽騰凌。泥滓辭河濁，煙霄見海澄。迴瞻順流輩，誰敢望同升？

【校勘記】

〔一〕賦得：《英華》卷一八五作「河鯉」。

〔二〕成當：《英華》作「時常」。

〔三〕亦自：《英華》作「庶亦」。

永貞曆〔一〕是歲秋八月，太上改元永貞〔二〕，傳位今皇帝。

象魏纔頒曆，龍䥥已御天。猶看後元曆，新署永貞年。半歲光陰在，三朝禮數遷。無因書簡册，空得詠詩篇。

【校勘記】

〔一〕永貞：原作「貞元」，據馬本與本詩題注改。

〔二〕元：原闕，據馬本補。

塞馬

塞馬倦江渚，今朝神彩生。曉風寒獵獵，乍得草頭行。夷狄寢烽候，關河無戰聲。何由當陣面，從爾四蹄輕？

鹿角鎮洞庭湖中地名

去年湖水滿，此地覆行舟。萬怪吹高浪，千人死亂流。誰能問帝子，何事寵陽侯？漸恐鯨鯢大，波濤及九州。

感事三首此後並是學士時詩

爲國謀羊舌，從來不爲身。此心長自保，終不學張陳。

自笑心何劣，區區辨所冤。伯仁雖到死，終不向人言。

富貴年皆長，風塵舊轉稀。白頭方見絶，遥爲一霑衣。

題翰林東閣前小松

簷礙修鱗亞，霜侵簇翠黄。唯餘入琴韻，終待舜絃張。

元稹集卷第五

古體詩

清都夜境自此至《秋夕》七首，並年十六至十八時詩。

夜久連觀静，斜月何晶熒？寥天如碧玉，歷歷綴華星。樓榭自陰映，雲牖深冥冥。纖埃悄不起，玉砌寒光清。棲鶴露微影，枯松多怪形。南廂儼容衛，音響如可聆。啓聖發空洞，朝真趨廣庭。閑開蕊珠殿，暗閲金字經。屏氣動方息〔一〕，凝神心自靈。悠悠車馬上，浩思安得寧？

【校勘記】

〔一〕方：原作「万」，據宋蜀本、蘭雪堂本、馬本、叢刊本、《全唐詩》卷四〇〇改。

春晚寄楊十二兼呈趙八時楊生館於趙氏

蒙蒙竹樹深，簾牖多清陰。避日坐林影，餘花委芳襟。傾樽就殘酌，舒卷續微吟。空際颷高蝶，風中聆素琴。廣庭備幽趣，復對商山岑。獨此愛時景，曠懷雲外心。遷鶯戀嘉木，求友多好音。自無琅玕實，安得蓮花簪？寄之二君子，希見雙南金。

與楊十二李三早入永壽寺看牡丹

曉入白蓮宫，琉璃花界浄。開敷多喻草，凌亂被幽徑。壓砌錦地鋪，當霞日輪映。蝶舞香暫飄，蜂牽蕊難正。籠處綵雲合，露湛紅珠瑩。結葉影自交，摇風光不定。繁華有時節，安得保全盛？色見盡浮榮，希君了真性。

春餘遣興

春去日漸遲，庭空草偏長。餘英間初實，雪絮縈珠網。好鳥多息陰，新篁已成響。簾開斜照入，樹裊游絲上。絶跡念物閑，良時契心賞。單衣頗新綽，虚室復清敞。置酒奉親賓，樹萱自怡養。笑倚連枝花，恭扶瑞藤杖。步屧恣優游，望山多氣象。雲葉遥卷舒，風裾動蕭爽〔一〕。簪纓固煩雜，江海徒浩蕩。野馬籠赤霄，無由負羈鞅。

【校勘記】

〔一〕裾：馬本作「裙」。

憶雲之〔一〕

爲魚實愛泉，食辛寧避蓼。人生既相合，不復論窕窕。滄海良有窮，白日非長皎。何事二人心〔二〕，各在四方表？泛若逐水萍，居爲附松蔦。流浪隨所之〔三〕，縈紆牽所繞。百齡頗跼促，況復迷壽夭。芰髮君已衰，冠歲予非小。娱樂不及時，暮年壯心少。感此幽念綿，遂爲長悄悄。中庭草木春，歷亂遞相擾。奇樹花冥冥，竹竿鳳裊裊。幽芳被蘭徑，安得寄天杪〔四〕？萬里瀟湘魂，夜夜南枝鳥。

【校勘記】

〔一〕雲：何義門校、錢校「疑作靈」。

〔二〕二：原作「一」，據馬本、《全唐詩》卷四〇〇改。

〔三〕流浪：原作「流流」，據宋蜀本、蘭雪堂本、馬本、叢刊本、《全唐詩》改。

〔四〕杪：原作「抄」，據馬本、《全唐詩》改。

別李三

階蓂附瑶砌，叢蘭偶芳藿。高位良有依，幽姿亦相託。鮑叔知我貧，烹葵不爲薄。半面契始終，千金比然諾。人生繫時命，安得無苦樂？但感遊子顔，又值餘英落。蒼蒼秦樹雲，去去緱山鶴。日暮分手歸，楊花滿城郭。

秋夕遠懷

旦夕天氣爽，風飄葉漸輕。星繁河漢白，露逼衾枕清。丹鳥月中滅，莎雞牀下鳴。悠悠此懷抱，況復多遠情。

東西道

天皇開四極，便有東西道。萬古閲行人，行人幾人老？顧我倦行者，息陰何不早？少壯塵事多，那言壯年好！

分流水〔一〕

古時愁別淚，滴作分流水。日夜東西流，分流幾千里。通塞兩不見，波瀾各自起。與君相背飛，去去心如此。

【校勘記】

〔一〕《英華》卷一六三此題下之作者闕名，查《全唐詩》卷二九三司空曙名下亦有此詩。《詩淵》共收元稹詩十三首，其中有一首重複，實收十二首，詩題下之作者有曰「元微之」者，此首見於册十二，作者署名曰「元稹」。

西還

悠悠洛陽夢，鬱鬱灞陵樹。落日正西歸，逢君又東去。

含風夕 此後拾遺時作

炎昏倦煩久，逮此含風夕。夏服稍輕清，秋堂已岑寂。載欣涼宇曠，復念佳辰擲。絡緯驚歲功，顧我何成績？青熒微月鈎，幽暉洞陰魄。水鏡涵玉輪，若見淵泉璧。參差簾牖重，次第籠虛白。樹影滿空牀，螢光綴深壁。悵望牽牛星，復爲經年隔。露網裛風珠，輕河泛遥碧。詎無深秋夜〔一〕，感此乍流易〔二〕。亦有遲暮年，壯年良自惜。循環切中腸，感念追往昔〔三〕。接瞬無停陰，何言問陳積？馨香推蕙蘭，堅貞諭松柏。生物固有涯，安能比金石？況兹百齡內，擾擾紛衆役。日月東西馳〔四〕，飛車無留跡。來者良未窮，去矣定奚適[五]。委順在物爲，營營復何益？

【校勘記】

〔一〕秋夜：蘭雪堂本、馬本、叢刊本作「稠景」。

〔二〕乍：蘭雪堂本、馬本、叢刊本作「年」。

〔三〕念：蘭雪堂本、馬本、叢刊本作「今」。

〔四〕馳：叢刊本作「驅」。

〔五〕奚：宋蜀本作「所」。

秋堂夕

炎涼正迴互，金火鬱相乘。雲雷時交構[一]，川澤方蒸騰。清風一朝勝，白露忽已凝。草木凡氣盡，始見天地澄。況此秋堂夕，幽懷曠無朋。蕭條簾外雨，倏閃案前燈。書卷滿牀席，蠨蛸懸復升。啼兒屢啞咽，倦僮時寢興。泛覽昏夜目，詠謠暢煩膺。沉吟獲麟章[二]，欲罷久不能。堯舜事已遠[三]，丘道安可勝？蜉蝣不信鶴，蜩鷃肯窺鵬。當年且不偶，歿世何必稱？胡爲揭聞見，褒貶貽愛憎。焉用汨其泥，豈在清如冰。非白又非黑，誰能點青蠅？處世苟無悶，佯狂道非弘。無言被人覺，予亦笑孫登。

【校勘記】

〔一〕時：宋蜀本、蘭雪堂本、馬本、叢刊本作「暗」。

〔二〕沉：原作「況」，據錢校改。

〔三〕事：盧校宋本作「去」。

酬樂天 時樂天攝尉，予爲拾遺。

放鶴在深水，置魚在高枝。升沉或異勢，同謂非所宜。君爲邑中吏，皎皎鸞鳳姿。顧我何爲者？翻侍白玉墀。昔作芸香侶，三載不暫離。逮茲忽相失，旦夕夢魂思〔一〕。崔嵬驪山頂〔二〕，宮樹遥參差。祇得兩相望，不得長相隨。多君歲寒意，裁作《秋興》詩。上言風塵苦〔三〕，下言時節移。官家事拘束，安得攜手期。願爲雲與雨，會合天之垂。

【校勘記】

〔一〕夢魂：原作「夢夢」，據宋蜀本、馬本、《全唐詩》卷四〇〇改。

〔二〕嵬：馬本、叢刊本作「巍」。

〔三〕言：原作「有」，據《全唐詩》改。

楊子華畫三首

楊畫遠於展，何言今在兹？依然古妝服，但感時節移。念君一朝意，遺我千載思。子亦幾時客，安能長苦悲？

皓腕卷紅袖，錦韝臂蒼鶻。故人斷絃心，稚齒從禽樂。當年惜貴遊〔一〕，遺形寄丹臒。骨象或依稀，鉛華已寥落。似對古人民，無復昔城郭。子亦觀病身，色空俱寂寞。

顛倒世人心，紛紛乏公是。真賞畫不成〔二〕，畫賞真相似。丹青各所尚，工拙何足恃？求此妄中精，嗟哉子華子〔三〕。

【校勘記】

〔一〕惜：原作「昔」，據叢刊本、《全唐詩》卷四〇〇改。

〔二〕賞：原作「貴」，據宋蜀本、蘭雪堂本、馬本、叢刊本、《全唐詩》改。

〔三〕嗟：宋蜀本、蘭雪堂本、馬本、叢刊本作「哀」。

西州院東川官舍〔馬注：時公以監察御史按東川獄。〕

自入西州院，唯見東川城。今夜城頭月，非暗又非明。文案牀席滿，卷舒贓罪名。慘悽且煩倦，棄之階下行。悵望天迴轉，動摇萬里情。參辰次第出，牛女顛倒傾。況此風中柳，枝條千萬莖。到來籬下笋，亦已長短生。感愴正多緒，鴉鴉相喚驚。牆上杜鵑鳥，又作思歸鳴。以彼撩亂思，吟爲幽怨聲。吟罷終不寢，鼕鼕復鐺鐺。

臺中鞫獄憶開元觀舊事呈損之兼贈周兄四十韻

憶在開元觀，食柏練玉顔。疏慵日高卧，自謂輕人寰。李生隔牆住，隔牆如隔山。怪我久不識，先來問驕頑。十過乃一往，遂成相往還。以我文章卷〔一〕，文章甚媥爛。因言辛庾輩，亦願訪羸孱〔二〕。既迴數子顧，展轉相連攀。驅令選科目，若在闤與闠。學隨塵土墜，漫數公卿關。唯恐壞情性，安能懼謗訕？還招辛庾李，静處杯巡環。進取果由命，不由趨險艱。穿楊二三子，弓矢次第彎。推我亦上道，再聯朝士班。二月除御史，三月使巴蠻。〔馬注：按獄東川。〕蠻民詀竹感反諵訴，嚙指明痛瘝。憐蠻不解語，爲發昏帥姦〔三〕。〔馬注：劾奏節度使嚴礪，違詔過賦數百萬。〕歸來五六月，旱色天地殷。分司〔馬注：時礪黨擠公，俄分司東都。〕别兄弟，各各淚潸潸。哀哉劇部職，唯數贓罪鍰。死款依稀取，鬬辭方便删。道心常自愧，柔髮難久顯。折支望車乘，支痛誰置患？奇哉乳臭兒，绯紫棚被間。漸大官漸貴，漸富心漸慳。鬧裝轡頭觿，静拭腰帶斑。鷄子繡線韈，狗兒金油去聲鐶。香湯洗驄馬，翠篾籠白鵰。月請公主俸〔四〕，冰受天子頒。開筵試歌舞，別宅寵妖嫺。坐卧摩錦褥〔五〕，捧擁綖絲鬟。旦夕不相離，比翼若飛鸞。而我亦何苦，三十身已鰥。愁吟心骨顫，寒卧支體瘽。五閑反，又渠云反〔六〕。居處雖幽靜，尤悔少愉懶。不如周道士，鶴嶺臨鐘灣。繞院松瑟瑟，通畦水潺潺。陽坡自尋蕨，村沼看漚菅。窮通兩未遂，營營真老閑。

【校勘記】

〔一〕以：宋蜀本作「似」。

〔二〕訪：原作「放」，據宋蜀本改。

〔三〕帥：原作「師」，據馬本、《全唐詩》卷四〇〇改。

〔四〕主俸：宋蜀本、蘭雪堂本、馬本、叢刊本作「主封」，《全唐詩》作「王封」。

〔五〕錦：原作「綿」，據《全唐詩》注改。

〔六〕云：原作「去」，據宋蜀本、馬本、《全唐詩》改。

韋氏館與周隱客杜歸和泛舟

天色低澹澹，池光漫油油。輕舟閑繳繞，不遠池上樓。時物欣外獎，真元隨内修。神恬津藏滿，氣委支節柔。衆處豈自異，曠懷誰我儔？風車籠野馬，八荒安足遊？開顏陸渾杜，握手靈都周。持君寶珠贈，頂戴頭上頭。

劉氏館集隱客歸和子元及之子蒙晦之

濕墊緣竹徑，寥落護岸冰。偶然沽市酒，不越四五升。詩客愛時景，道人話升騰。笑言各有趣，悠哉古孫登。

寄隱客

我年三十二，鬢有八九絲。非無官次第，其如身早衰。今人夸貴富，肉食與妖姬。而我俱不樂，貴富亦何爲？況逢多士朝，賢俊若布棋。班行次第立，朱紫相參差。謨猷密勿進，羽檄縱横馳。監察官甚小，發言無所裨。小官仍不了，譴奪亦已隨。時或不之棄，得不自棄之。陶君喜不遇，顧我復何疑。潛書周隱士，白雲今有期。

元和五年予官不了罰俸西歸三月六日至陝府與吴十一兄端公崔二十二院長思愴曩遊因投五十韻〔馬注：時公分司東都，劾河南尹房式，詔薄式罪，召公還京。〕

小年閑愛春，認得春風意。未有花草時，先醲曉窗睡。霞朝澹雲色，霽景牽詩思。漸到柳枝頭，川光始明媚。長安車馬客，傾心奉權貴。晝夜塵土中，那言早春至。此時我獨遊，我遊有倫次。閑行曲江岸，便宿慈恩寺。扣林引寒龜，疏叢出幽翠。凌晨過杏園，曉露凝芳氣。初暘好明净，嫩樹憐低庳。排房似綴珠，欲啼紅臉淚。新鶯語嬌小，淺水光流利。冷飲空腹杯，因成日高醉。酒醒聞飯鍾，隨僧受遺施。餐罷還復遊，過從上文記。行逢二月半，始足遊春騎。是時春已老，我遊亦云既。藤開九華觀，草結三條隧。新筍踴犀株〔一〕，落梅翻蝶翅。名倡繡轂車，公子青絲轡。朝士遇旬休〔二〕，豪家得春賜。提攜好音樂，剪鏟空田地。同占杏花園，喧闐各叢萃。顧予煩寢興，復往散憔悴。倦僕色肌羸，蹇驢行跛痹。春衫未成就，冬服漸塵膩。傾蓋吟短章，書空憶難字。遥聞公主笑，近被王孫戲。邀我上華筵，横頭坐賓位。那知我年少，深解酒中事。能唱犯聲歌，偏精變籌義。含詞待殘拍，促舞遞繁吹。叫噪擲投盤，生獰攝觥使。逡巡光景晏，散亂東西異。古觀閉閑門，依然復幽閟。無端矯情性，漫學求科試〔三〕。薄藝何足云，虛名偶頻遂。拾遺天子前，密奏升平議。召見不須臾，憸庸已猜忌。朝陪香案班，暮作風塵尉。〔馬注：元和元年爲左拾遺，尋出爲河南尉。〕去歲又登朝，〔馬注：元和四年，母喪服闋，拜御史。〕登爲柏臺吏。臺官相束縛，不許放情志。寓直勞送迎，上堂煩避諱。分司在東洛，所職尤不易。罰俸得西歸，心知受朝庇。常山攻小寇，淮右擇良帥。國難身不行，勞生欲何爲？吾兄諳性靈，崔子同臭味。投此桂冠詞，一生還自恣。

【校勘記】

〔一〕株：宋蜀本作「林」。

〔二〕遇：原作「還」，據宋蜀本、蘭雪堂本、馬本、叢刊本改。

〔三〕學：宋蜀本作「有」。

元稹集卷第六

古體詩

寄吴士矩端公五十韻此後並江陵士曹時作

昔在鳳翔日，十歲即相識。未有好文章，逢人賞顔色。可憐何郎面，吴生小字何郎。二十纔冠飾。短髪予近梳，羅衫紫蟬翼。伯舅各驕縱，仁兄未摧抑。事業若杯盤〔一〕，詩書甚徽纆。西州戎馬地，賢豪事雄特。百萬時可贏，十千良易惜。寒食桐陰下〔二〕，春風柳林側。藉草送遠遊，列筵酬博塞。萎蕤雲幕翠，璨爛紅茵艷。鱠縷輕似絲，香醅膩如織〔三〕。將軍頻下城，佳人盡傾國。媚語嬌不聞，纖腰軟無力。歌詞妙宛轉，舞態能剜刻。箏弦玉指調，粉汗紅綃拭。予時最年少，專務酒中職。未解愧生獰〔四〕，偏矜任狂直。曲庇桃根盞，横講捎雲式。亂布鬬分明〔五〕，惟新間譏慝。恥作最先吐，羞言未朝食。醉眼漸紛紛，酒聲頻餃餃愛黑反。扣節參差亂，飛觥往來織。强起相維持，翻成兩匍匐。邊霜颯然降，戰馬鳴不息。但喜秋光麗，誰憂塞雲黑〔六〕？常隨獵騎走，多在豪家匿。夜飲天既明，朝歌日還昃。荒狂歲云久，名利心潛逼。時輩多得途，親朋屢相敕。閑因適農野，忽復愛稼穡〔七〕。平生中聖人，翻然腐腸賊。亦從酒仙去，便被書魔惑。脱跡壯士場，甘心豎儒域。矜持翠筠管，敲斷黄金勒。屢益蘭膏燈，猶研兔枝墨。崎嶇來掉蕩，矯枉事沉默。隱笑甚艱難，斂容還屴崱。與君始分散，勉我勞修飾。歧路各營營，別離長惻惻。行看二十載，萬事紛何極〔八〕？相值或須臾，安能洞胸臆〔九〕？昨來陝郊會，悲歡兩難克。問我新相知，但報長相憶。豈無新知者〔一〇〕，不及小相得。亦有生歲遊，同年不同德。爲別詎幾時，伊予墜溝洫。大江鼓風浪，遠道參荆棘。往事返無期，前途浩難測。一旦得自由，相求北山北。

【校勘記】

〔一〕若：宋蜀本作「在」。

〔二〕桐：原作「樹」，據宋蜀本、蘭雪堂本、馬本、《全唐詩》卷四〇一改。「桐陰」對「柳林」似勝。

〔三〕織：《全唐詩》作「職」，并誤。

〔四〕未解愧：馬本、叢刊本作「未能愧」，《全唐詩》作「未能解」。

〔五〕明：原作「朋」，據宋蜀本改。

〔六〕憂：宋蜀本作「愛」。

〔七〕愛：宋蜀本作「憂」。

〔八〕紛：原作「絲」，據《全唐詩》改。

〔九〕洞：宋蜀本作「動」。

〔一〇〕知者：宋蜀本作「相知」。

三月二十四日宿曾峯館夜對桐花寄樂天

微月照桐花，月微花漠漠。怨澹不勝情，低徊拂簾幕。葉新陰影細，露重枝條弱。夜久春恨多，風清暗香薄。是夕遠思君，思君瘦如削。但感事睽違，非言官好惡。奏書金鑾殿，步屧青龍閣。我在山館中，滿地桐花落。

酬樂天書懷見寄

本題云：初與微之别後，忽夢見之，及寤，而微之書至，兼覽《桐花》之什，悵然書懷。此後五章，並次用本韻。

新昌北門外，與君從此分。街衢走車馬，塵土不見君。君爲分手歸，我行行不息〔一〕。我上秦嶺南，君直樞星北。秦嶺高崔嵬，商山好顔色。月照山館花，裁詩寄相憶。天明作詩罷，草草從所如〔二〕。憑人寄將去，三月無報書。荆州白日晚，城上鼓鼕鼕。行逢賀州牧，致書三四封。封題樂天字，未坼已霑裳。坼書八九讀，淚落千萬行。中有酬我詩，句句截我腸。仍云得詩夜，夢我魂悽涼。終言作書處，上直金鑾東。詩書費一夕，萬恨緘其中。中宵宫中出，復見宫月斜。書罷月亦落，曉燈垂暗花。想君書罷時，南望勞所思。況我江上立，吟君懷我詩。懷我浩無極，江水秋正深。清見萬丈底，照我平生心。感君求友什，因報壯士吟。持謝衆人口，銷盡猶是金。

【校勘記】

〔一〕行行：宋蜀本作「爲行」。

〔二〕從：《全唐詩》卷四〇一作「隨」。

酬樂天登樂遊園見憶

昔君樂遊園，悵望天欲曛。今我大江上，快意波翻雲。秋空壓澶漫，澒洞無垢氛。四顧皆豁達，我眉今日伸。長安隘朝市，百道走埃塵。軒車隨對列，骨肉非本親。誇遊丞相第，偷入常侍門。愛君直如髪，勿念江湖人。

酬樂天早夏見懷

庭柚有垂實，燕巢無宿雛。我亦辭社燕，茫茫焉所如。君詩夏方早，我歎秋已徂。食物風土異，衾裯時節殊。荒草滿田地，近移江上居。八日復切九〔一〕，月明侵半除。

【校勘記】

〔一〕八日復切九：日，疑作「月」；切，疑作「初」。

酬樂天勸醉〔一〕

神麯清濁酒，牡丹深淺花。少年欲相飲，此樂何可涯？沉機造神境，不必悟楞伽。酡顔返童貌，安用成丹砂？劉伶稱酒德，所稱良未多。願君聽此曲，我爲盡稱嗟。一盃顔色好，十盃膽氣加。半酣得自恣，酩酊歸太和。共醉真可樂，飛觥撩亂歌。獨醉亦有趣，兀然無與他。美人醉燈下，左右流横波。王孫醉牀上，顛倒眠綺羅。君今勸我醉，勸醉意如何？

【校勘記】

〔一〕勸：原作「懽」，據錢校與本書目録改。

和樂天初授户曹喜而言志〔馬注：樂天爲左拾遺，歲滿當遷，帝以資淺且家貧，聽自擇官，樂天請以翰林學士兼京兆户曹參軍以便養。詔可。〕

王爵無細大，得請即爲恩。君求户曹掾，貴以禄奉親。聞君得所請，感我欲霑巾。今人重軒冕，所重華與紛。矜誇仕臺閣，奔走無朝昏。君衣不盈篋，君食不滿囷。君言養既薄，何以榮我門？披誠再三請〔一〕，天子憐儉貧。詞曹直文苑，捧詔榮且忻。歸來高堂上，兄弟羅酒樽。各稱千萬壽，共飲三四巡。我實知君者，千里能具陳。感君求禄意，求禄殊衆人。上以奉顔色，餘以及親賓。棄名不棄實，謀養不謀身。可憐白華士，永願凌青雲。

【校勘記】

〔一〕再：原作「丹」，據宋蜀本、蘭雪堂本、馬本、叢刊本、《全唐詩》卷四〇一改。

和樂天贈吴丹

不識吴生面，久知吴生道。跡雖染世名，心本奉天老。雌一守命門，迴九填血腦。委氣榮衛和，咽津顔色好。傳聞共甲子，衰隤盡枯槁。獨有冰雪容，纖華奪鮮縞。問人何能爾？吴實曠懷抱。弁冕徒挂身，身外非所寶。伊予固童昧，希真亦云早。石壇玉晨尊，晝夜長自掃。密印視丹田，遊神夢三島。萬過《黄庭經》，一食青精稻。冥搜方朔桃，結念安期棗。緑髮幸未改，丹誠自能保。行當擺塵纓，吴門事探討。君爲先此詞，終期搴瑶草。

和樂天秋題曲江

十載定交契，七年鎮相隨。長安最多處，多是曲江池。梅杏春尚小，芰荷秋已衰。共愛寥落境，相將偏此時。綿綿紅蓼水，颺颺白鷺鷥。詩句偶未得，酒盃聊久持。今來雲雨曠，舊賞魂夢知。况乃江楓夕，和君《秋興》詩。

和樂天别弟後月夜作

聞君别愛弟，明天照夜寒。秋雁拂簷影，曉琴當砌彈。悵望天澹澹，因思路漫漫。吟爲别弟操，聞者爲辛酸。况我兄弟遠，一身形影單。江波浩無極，但見時歲闌。

和樂天秋題牡丹叢

敝宅豔山卉，别來長歎息。吟君晚叢詠，似見摧隤色。欲識别後容，勤過晚叢側。

春月

春月雖至明，終有靄靄光。不似秋冬色，逼人寒帶霜。纖粉澹虚壁，輕煙籠半牀。分暉間林影，餘照上虹梁。病久塵事隔，夜閑清興長。擁抱顛倒領，步屧東西廂。風柳結柔援，露梅飄暗香。雪含櫻綻蕊，珠蹙桃綴房。杳杳有餘思，行行安可忘？四鄰非舊識，無以話中腸。南有居士儼，默坐調心王。款關一問訊，爲我披衣裳。延我入深竹，暖我於小堂。視身琉璃瑩，諭指芭蕉黄。復有比丘溢，早傳龍樹方。口中祕丹訣，肘後懸青囊。錫杖雖獨振，刀圭期共嘗。未知仙近遠，已覺神輕翔〔一〕。夜久魂耿耿，月明露蒼蒼。悲哉沉眠士，寧見兹夕良。

【校勘記】

〔一〕神：馬本作「人」。

月臨花 林檎花

凌風颭颭花，透影朧朧月。巫峽隔波雲，姑峯漏霞雪。鏡匀嬌面粉，燈泛高籠纈。夜久清露多，啼珠墜還結。

紅芍藥

芍藥綻紅綃，巴籬織青瑣。繁絲蹙金蕊，高焰當爐火。剪刻彤雲片，開張赤霜裹〔一〕。煙輕琉璃葉，風亞珊瑚朶。受露色低迷，向人嬌婀娜。酡顔醉後泣，小女妝成坐。艷艷錦不如，夭夭桃未可。晴霞畏欲散，晚日愁將墮。結植本爲誰？賞心期在我。採之諒多思，幽贈何由果。

【校勘記】

〔一〕霜：馬本、《全唐詩》卷四〇一作「霞」。

送王十一南行

夏水漾天末，晚暘依岸村〔一〕。風調烏尾勁〔二〕，眷戀餘芳樽。解袂方瞬息，征帆已翩翻。江豚湧高浪，楓樹摇去魂。遠戍宗侶泊，暮煙洲渚昏。離心詎幾許？驟若移寒温〔三〕。此别信非久，胡爲坐憂煩。我留石難轉，君泛雲無根。萬里湖南月，三聲山上猿。從兹耿幽夢，夜夜湘與沅。

【校勘記】

〔一〕依岸：蘭雪堂本、馬本、叢刊本作「映遥」。

〔二〕調：蘭雪堂本、馬本、叢刊本作「翻」。

〔三〕驟若移：蘭雪堂本、馬本、叢刊本作「歸若復」。

三歎

孤劍鋒刃澀，猶能神彩生。有時雷雨過，暗吼闐闐聲。主人閟靈寶，畏作升天行。淬礪當陽鐵，刻爲干鏌名。遠求鷿鵜瑩，同用玉匣盛。顔色縱相類，利鈍頗相傾。雄爲光電烻，雌但深泓澄。龍怒有奇變，青蛇終不驚。

仙鳳翠皇死，葳蕤光彩低。非無鴛鷺侣〔一〕，誓不同樹棲。飛馳歲云暮，感念雛在泥。顧影不自暖，寄爾蟠桃雞。馴養豈無愧，類族安得齊？願言成羽翼，奮翅凌丹梯。

天驥失龍偶，三年常夜嘶。哀緣噴風斷〔二〕，渴且含霜啼〔三〕。長恐絶遺類，不復躡雲霓。非無駉駉者，鶴意不在雞。春來筋骨瘦，弔影心亦迷。自此渥洼種，應生濁水泥〔四〕。

【校勘記】

〔一〕鷺：原作「鸞」，據宋蜀本改。

〔二〕緣：宋蜀本作「猿」。

〔三〕渴且：宋蜀本作「鶡旦」。

〔四〕生：宋蜀本作「在」。

遣晝

密竹有清陰，曠懷無塵滓。況乃秋日光，玲瓏曉窗裏。旬休聊自適，今辰日高起。櫛沐坐前軒，風輕鏡如水。開卷恣詠謡，望雲閑徙倚。新菊媚鮮妍，短萍憐霍靡。掃除田地静，摘掇園蔬美。幽玩愜詩流，空堂稱居士。客來傷寂寞，我念遺煩鄙。心跡兩相忘，誰能驗行止？

冬夜懷李侍御王太祝段丞

浩露煙壒盡，月光閑有餘〔一〕。松篁細陰影，重以簾牖疏。泛覽星粲粲，輕河悠碧虚。纖雲不成葉，脈脈風絲舒。丹竈熾東序，燒香羅玉書。飄飄魂神舉，若驂鸞鶴輿。感念夙昔意，華尚簪與裾。簪裾詎幾許？累創吞鈎魚。今聞馨香道，一以悟臭帑。悟覺誓不惑，永抱胎仙居。晝夜欣所適，安知歲云除？行行二三友，君懷復何如？

【校勘記】

〔一〕閑：原作「鬧」，據宋蜀本、蘭雪堂本、馬本、叢刊本、《全唐詩》卷四〇一改。

西齋小松二首

松樹短於我，清風亦已多。況乃枝上雪，動摇微月波。幽姿得閑地，詎感歲蹉跎。但恐廈終構，藉君當奈何？

簇簇枝新黄，纖纖攢素指。柔苙漸依條〔一〕，短莎還半委。清風日夜高，淩雲竟何已〔二〕。千歲盤老龍，修鱗自兹始。

【校勘記】

〔一〕苙：原作「笠」，據宋蜀本、蘭雪堂本、馬本、叢刊本、《全唐詩》卷四〇一改。

〔二〕竟：《全唐詩》作「意」。

周先生

寥寥空山岑，泠泠風松林〔一〕。流月垂鱗光〔二〕，懸泉揚高音。希夷周先生，燒香調琴心。神功盈三千，誰能還黄金？

【校勘記】

〔一〕泠泠：原作「冷冷」，據盧校宋本改。

〔二〕月：盧校作「雲」，似勝。

元稹集卷第七

古體詩

遣春十首

曉月籠雲影，鶯聲餘霧中〔一〕。暗芳飄露氣，輕寒生柳風。冉冉一趨府，未爲勞我躬。因茲得晨起，但覺情興隆。

久雨憐霽景，偶來堤上行。空濛天色嫩，杳淼江面平〔二〕。百草短長出，衆禽高下鳴。春陽各有分，予亦澹無情。

鏡皎碧潭水，微波粗成文。煙光垂碧草〔三〕，瓊脈散纖雲。岸柳好陰影，風裾遺垢氛〔四〕。悠然送春目，八荒誰與羣？

低迷籠樹煙，明浄當霞日〔五〕。陽焰波春空，平湖漫凝溢〔六〕。雪鷺遠近飛，渚牙淺深出。江流復浩蕩，相爲坐紆鬱〔七〕。

暄寒深淺春，紅白前後花〔八〕。顔色詎相讓，生成良有涯。梅芳勿自早，菊秀勿自賒。各將一時意，終年無再華。

高屋童稚少，春來歸燕多。葺舊良易就，新院亦已羅。俯憐雛化卵，仰愧鵬無窠。巢棟與巢幕，秋風俱奈何！

撩亂撲樹蜂，摧殘戀芳蕊〔九〕。風吹雨又頻，安得繁於綺？酒盃沉易過，世事紛何已。莫倚顔似花，君看歲如水。

繞郭高高冢，半是荆王墓。後嗣熾陽臺，前賢甘蓽路。善惡徒自分，波流盡東注。胡然不飲酒，坐落桐花樹。

花陰莎草長，藉莎閑自酌。坐看鶯鬭枝，輕花滿樽杓。葛巾竹梢挂，書卷琴上閣。沽酒過此生，狂歌眼前樂。

梨葉已成陰，柳條紛起絮。波淥紫屏風，螺紅碧籌筯。三盃面上熱，萬事心中去。我意風散雲，何勞問行處？

【校勘記】

〔一〕聲：馬本、叢刊本作「深」。

〔二〕沓：原作「沓」，據宋蜀本、蘭雪堂本、馬本、叢刊本、《全唐詩》卷四〇二改。

〔三〕垂碧：宋蜀本作「委繁」。

〔四〕遺：宋蜀本、蘭雪堂本、馬本、《全唐詩》作「遺」。

〔五〕當：宋蜀本、蘭雪堂本、馬本、叢刊本作「冪」。

〔六〕凝：《全唐詩》注：「一作疑。」

〔七〕相：宋蜀本作「胡」。

〔八〕白：原作「日」，據錢校改。

〔九〕芳：原作「房」，據宋蜀本改。

表夏十首

夏風多暖暖，樹木有繁陰。新筍紫長短，早櫻紅淺深。煙光雲幕重〔一〕，榴豔朝景侵。華實各自好，詎云芳意沉。

初日滿堦前，輕風動簾影。旬時得休浣，高臥閱清景。僮兒拂巾箱，鴉軋深林井。心到物自閑，何勞遠箕潁？

江瘴炎夏早，蒸騰信難度。今宵好風月，獨此荒庭趣。露葉傾暗光，流星委餘素。但恐清夜徂，詎悲朝景暮。

孟月夏猶淺，奇雲未成峯。度霞紅漠漠，壓浪白溶溶。玉委有餘潤，飆馳無去蹤。何如捧雲雨，噴毒隨蛟龍？

流芳遞炎景，繁英盡寥落。公署香滿庭，晴霞覆欄藥。裁紅起高焰，綴緑排新萼。憑此遣幽懷，非言念將謔〔二〕。

紅絲散芳樹，旋轉光風急。煙泛被籠香〔三〕，露濃妝面濕。佳人不在此，悵望堦前立。忽厭夏景長，今春行已及〔四〕。

百舌漸吞聲，黄鶯正嬌小。雲鴻方警夜，籠雞已鳴曉。當時客自適，運去誰能矯？莫厭夏蟲多，蜩螗定相擾〔五〕。

翩翩簾外燕，戢戢巢内雛。啖食筋力盡，毛衣成紫襦。朝來各飛去，雄雌梁上呼。養子將備老，惡兒那勝無？

西山夏雪消，江勢東南瀉。風波高若天，灩澦低於馬。正被黄牛旋，難期白帝下。我在平地行，翻憂濟川者。

靈均死波後，是節常浴蘭。綵縷碧筠粽，香秔白玉團。逝者良自苦，今人反爲歡。哀哉徇名士，没命求所難。

【校勘記】

〔一〕煙光：盧校作「楝花」，似是。

〔二〕將：宋蜀本作「誰」。

〔三〕被：宋蜀本作「繡」。

〔四〕今春：宋蜀本作「合昏」。

〔五〕螗：原作「螳」，據宋蜀本、叢刊本、《詩·大雅·蕩》「如蜩如螗」改。

解秋十首〔一〕

清晨頮寒水，動摇襟袖輕。翳翳林上葉，不知秋暗生。迴悲鏡中髮，華白三四莖。豈無滿頭黑？念此衰已萌。

微霜纔結露，翔鳩初變鷹〔二〕。無乃天地意，使之行小懲。鴟鴞誠可惡，蔽日有高鵬。捨大以擒細，我心終不能。

往歲學仙侶，各在無何鄉。同時鶩名者，次第鵷鷺行。而我兩不遂，三十鬢添霜。日暮江上立〔三〕，蟬鳴楓樹黄。

後伏火猶在，先秋蟬已多。雲色日夜白，驕陽能幾何？壞隙漏江海，絲微成網羅〔四〕。勿言時不至，但恐歲蹉跎。

新月纔到地，輕河如泛雲。螢飛高下火，樹影參差文。露簟有微潤，清香時暗焚。夜閑心寂默，洞庭無垢氛。

齋麗牀前影，飄蕭簾外竹。簟涼朝睡重，夢覺茶香熟。親烹園内葵，憑買家家麯〔五〕。釀酒并毓蔬，人來有棋局。

寒竹秋雨重，凌霄晚花落。低徊翠玉梢，散亂梔黄萼。顔色有殊異，風霜無好惡。年年百草芳，畢意同蕭索。

春非我獨春，秋非我獨秋。豈念百草死，但念霜滿頭。頭白古所同，胡爲坐煩憂？茫茫百年内，處身良未休。

西風冷衾簟，展轉布華茵。來者承玉體，去者流芳塵。適意醜爲好，及時疏亦親。衰周仲尼出，無乃爲妖人。

漠漠江面燒，微微楓樹煙。今日復今夕，秋懷方浩然。況我頭上髮，衰白不待年。我懷有時極，此意何由詮？

【校勘記】

〔一〕本詩十首的次序，宋蜀本是：二、三、四、五首作三、四、五、六首，第六首作第二首曰：「釀酒并毓蔬，人來有棋局。簟涼朝睡重，夢覺茶香熟。親烹園内葵，憑買家家麯。齋麗牀前影，飄蕭簾外竹。」

〔二〕翔：宋蜀本作「鳴」。

〔三〕日：宋蜀本作「旦」。

〔四〕絲：原作「忽」，據宋蜀本改。

〔五〕家家：疑作「鄰家」。

遣病十首

服藥備江瘴，四年方一癘。豈是藥無功？伊予久留滯。滯留人固薄，瘴久藥難制。去日良已甘，歸途奈無際。

棄置何所任？鄭公憐我病。三十九萬錢，歲人之大率。資予養頑瞑。身賤殺何益？恩深報難罄。公其千萬年，世有天之鄭。

憶作孩稚初，健羨成人列。倦學厭日長，嬉遊念佳節。今來漸諱年，頓與前心別。白日速如飛，佳晨亦騷屑。

昔在痛飲場，憎人病辭醉。病來身怕酒，始悟他人意。怕酒豈不閑？悲無少年氣。傳語少年兒，盃盤莫迴避。

憶初頭始白，晝夜驚一縷。漸及鬢與鬚，多來不能數。壯年等閑過，過上如字，下音戈。壯年已五。華髮不再青，勞生竟何補？

在家非不病，有病心亦安。起居甥姪扶，藥餌兄嫂看。今病兄遠路，道遥書信難。寄言嬌小弟，莫作官家官。

燕巢官舍内，我爾俱爲客。歲晚我獨留，秋深爾安適。風高翅羽垂，路遠煙波隔。去去玉山岑，人間網羅窄。

簷宇夜來曠，暗知秋已生。卧悲衾簟冷，病覺肢體輕。炎昏豈不倦，時去聊自驚。浩歎終一夕，空堂天欲明。

秋依静處多，況乃凌晨趣。深竹蟬晝風，翠茸衫曉露。庭莎病看長，林果閑知數。何以强健時？公門日勞鶩。

朝結故鄉念，暮作空堂寢。夢别淚亦流，啼痕暗横枕。昔愁憑酒遣，今病安能飲？落盡秋槿花，離人病猶甚？

寒

江瘴節候暖，臘初梅已殘。夜來北風至，喜見今日寒。扣冰淺塘水，擁雪深竹欄。復此滿樽醁，但嗟誰與歡？

玉泉道中作

楚俗物候晚，孟冬纔有霜。早農半華實，夕水含風涼。遐想雲外寺，峯巒眇相望。松門接官路，泉脈連僧房。微露上弦月，暗焚初夜香。谷深煙壒浄，山虚鐘磬長。念此清境遠，復憂塵事妨。行行即前路，勿滯分寸光。

續遣病自此通州後作〔一〕

自古誰不死？不復記其名。今年京城内，死者老少并。獨孤纔四十，秘書少監郁。仕宦方榮榮。李三三十九，監察御史顧言。登朝有清聲。趙昌八十餘，三擁大將旌。爲生信異異，之死同冥冥。其家哭泣愛，一一無異情。其類嗟歎惜，各各無重輕。萬齡龜菌等，一死天地平。以此方我病，我病何足驚？借如今日死，亦足了一生。借使到百年，不知何所成？況我早師佛，屋宅此身形。捨彼復就此，去留何所縈？前身爲過跡，來世即前程。但念行不息，豈憂無路行？蜕骨龍不死，蜕皮蟬自鳴。胡爲神蜕體，此道人不明。持謝愛朋友，寄之仁弟兄。吟此可達觀，世言何足聽？

【校勘記】

〔一〕續遺病：原作「遺病」，據錢校與本卷前有《遺病十首》改。　通：原作「道」，據宋蜀本、馬本、《全唐詩》卷四〇二改。

感夢 夢故兵部裴尚書相公

十月初二日，我行蓬州西。三十里有館，有館名芳溪。荒郵屋舍壞，新雨田地泥。我病百日餘，肌體顧若刲。氣填暮不食，早早掩竇圭。陰寒筋骨病，夜久燈火低。忽然寢成夢，宛見顏如珪。似歎久離别，嗟嗟復悽悽。問我何病痛，又歎何棲棲。答云痰滯久，與世復相暌。重云痰小疾，良藥固易擠〔一〕。前時奉橘丸，攻疾有神功。何不善和療，豈獨頭有風？予頃患痰，頭風，踰月不差，裴公教服橘皮朴消丸，數月而愈。今夢中復徵前説，故盡記往復之詞。殷勤平生事，款曲無不終。悲歡兩相極，以是半日中。言罷相與行，行行古城裏。同行復一人，不識誰氏子。逡巡急吏來，唤呼顧且止〔二〕。馳至相君前，再拜復再起。啓云吏有奉，奉命傳所旨。事有大驚忙，非君不能理。答云久就閑，不願見勞使。多謝致勤勤，未敢相唯唯。我因前獻言，此事愚可料。亂熱由静消，理繁在知要。君如冬月陽，奔走不必召。君如銅鏡明，萬物自可照。願君許蒼生，勿復高體調。相君不我言，顧我再三笑。行行及城户，黯黯餘日輝。相君不我言，一本握我手。命我從此歸。不省别時語，但省涕淋漓。覺來身體汗，坐卧心骨悲。閃閃燈背壁，膠膠雞去塒。倦童顛倒寢，我淚縱横垂。淚垂啼不止，不止啼且聲。啼聲覺僮僕，僮僕撩亂驚。問我何所苦，問我何所思。我亦不能語，慘慘即路歧。前經新政縣，今夕復明辰。填填滿心氣，不得説向人。奇哉趙明府，怪我眉不伸。云有北來僧，住此月與旬。自言辨貴骨，謂若識天真〔三〕。談遊費閟景〔四〕，何不與逡巡？僧來爲予語，語及昔所知。自言有奇中，裴相未相時。讀書靈山寺，住處接園籬。指言他日貴，晷刻似不移。我聞僧此語，不覺淚歔欷去聲。因言前夕夢，無人一相謂。無乃裴相君，念我胸中氣。遺師及此言，使我盡前事。僧云彼何親，言下涕不已。我云知我深，不幸先我死。僧云裴相君，如君恩有幾？我云滔滔衆，好直者皆是。唯我與白生，感遇同所以。官學不同時，生小異鄉里。拔我塵土中，使我名字美。美名何足多？深分從此始。吹噓莫我先，頑陋不我鄙。往往裴相門，終年不曾履。相門多衆流，多譽亦多毁。如聞風過塵，不動井中水。前時予掾荆，公在期復起。自從裴公無，吾道甘已矣。白生道亦孤，讒謗銷骨髓。司馬九江城，無人一言理。爲師陳苦言，揮涕滿十指。未死終報恩，師聽此男子。

【校勘記】

〔二〕易：《全唐詩》卷四〇二注：「一作宜。」

〔二〕喚呼：《全唐詩》作「呼喚」。

〔三〕若：盧校宋本作「我」。

〔四〕閟：《全唐詩》作「閟」。

和東川李相公慈竹十二韻次本韻

慈竹不外長，密比青瑶華。矛攢有森束，玉立無蹉跎。纖粉妍膩質，細瓊交翠柯。亭亭霄漢近，靄靄雨露多。冰碧寒夜聳，簫韶風晝羅。煙含朧朧影〔一〕，月泛鱗鱗波〔二〕。鸞鳳一已顧，燕雀永不過。幽姿媚庭實，顥氣爽天涯〔三〕。峻節高轉露，貞筠寒更佳。託身仙壇上，靈物神所何〔四〕。時與天籟合音閤，日聞陽春歌。應憐孤生者，摧折成病痾〔五〕。

【校勘記】

〔一〕含：宋蜀本、《英華》卷三二五作「涵」，似勝。

〔二〕鱗鱗：原作「鮮鮮」，據錢校、《英華》、《全唐詩》卷四〇二改。

〔三〕爽：錢校、《全唐詩》注：「一作陵。」

〔四〕何：宋蜀本、錢校、《英華》、《全唐詩》作「呵」。

〔五〕病：《英華》作「沉」，《全唐詩》注：「一作卧。」

元稹集卷第八

古體詩

酬東川李相公十六韻次用本韻，并啓。

稹啓：今月十二日，州吏迴，伏受相公書，示知小生所獻《和慈竹》等詩，關達鑒覽，不蒙罪退。而又賜詩一十韻，并首序一百二十三言，廢名位之常數，比朋友以字之。飾揚涓埃，投擲珠玉，幸甚！幸甚！至於廟議末學，江花陋詞，無不記在雅章，以備光寵，不勝惶駭驚悚之至。昔楚人始交，必有乘車載笠不忘相揖之誓，誠以爲貴富不相忘之難也。況貴賤之隔，不啻於車笠之相懸，而相公投貺珍重，又豈唯一揖之容易哉！稹獨何人，享是嘉惠，輒復牽課拙劣，酬獻所賜，是猶百獸與鳳凰同舞於簫韶之中，各極其歡心耳，又何暇自審其形容之不類哉〔一〕！慶歲專人封用上獻。死罪，死罪！謹啓。

昔附赤霄羽，葳蕤遊紫垣。鬬班香案上，奏語玉晨尊。戇直撩忌諱，科儀懲傲頑。自從真籍除，棄置勿復論。前時共遊者，日夕黄金軒。請帝下巫覡，八荒求我魂。鸞鳳屢鳴顧，燕雀尚籬藩。徒令霄漢外，往往塵念存。存念豈虛設，併投瓊與璠。彈珠古所訝，此用何太敦？鄒律寒氣變，鄭琴祥景奔。靈芝繞身出，左右光彩繁。碾玉無俗色，蕊珠非世言。重慚前日句，陋若蕕並蓀。臘月巴地雨，瘴江愁浪翻。因持駭雞寶，一照濁水昏。

【校勘記】

〔一〕不：宋蜀本作「相」。

酬獨孤二十六送歸通州 此後至和樂天三首，並用本韻。

再拜捧兄贈，拜兄珍重言。我有平生志，臨別將具論。十歲慕倜儻，愛白不愛昏。寧愛寒切烈，不愛暘溫暾。二十走獵騎，三十遊海門。憎兔跳趯趯〔一〕，惡鵰黑翻翻。鼇釣氣方壯，鶻拳心頗尊。下觀狰獰輩，一掃冀不存。名冠壯士籍，功酬明主恩。不然合音閤身棄，何況身上痕？金石有銷爍，肺腑無寒溫。分晝久已定，波濤何足煩！嘗希蘇門嘯，詎厭巴樹猿。瘴水徒浩浩，浮雲亦軒軒。長歌莫長歎，飲斛莫飲樽。生爲醉鄉客，死作達士魂。

【校勘記】

〔一〕憎：原作「增」，據宋蜀本、《全唐詩》卷四〇三改。

酬劉猛見送

種花有顔色，異色即爲妖。養鳥惡羽翮，剪翮不待高。非無剪傷者，物性難自逃。百足雖捷捷，商羊亦翹翹。伊余狷然質，謬入多士朝。任氣有愎戇，容身寡朋曹。愚狂偶似直，静僻非敢驕。一爲毫髮忤，十載山川遥。爍鐵不在火，割肌不在刀。險心露山嶽，流語翻波濤。六尺安敢主？方寸由自調。神劍土不蝕，異布火不焦。雖無二物姿，庶欲効一毫。未能深躄躄，多謝相勞勞。去去我移馬，遲遲君過橋。雲勢正横壑，江流初滿槽。江槽，楚語。持此慰遠道，比之爲舊交〔一〕。

【校勘記】

〔一〕比：宋蜀本、蘭雪堂本、馬本、叢刊本、《全唐詩》卷四〇三作「此」。

酬樂天赴江州路上見寄三首

昔在京城心，今在吴楚末。千山道路險，萬里音塵闊。天上參與商，地上胡與越。終天升沉異，滿地網羅設〔二〕。心有無眹環，腸有無繩結。有結解不開，有環尋不歇。山嶽移可盡，江海塞可絶。離恨若空虚，窮年思不徹。生莫强相同，相同會相别。

襄陽大堤繞，我向堤前住。燭隨花豔來，騎送朝雲去。萬竿高廟竹，三月徐亭樹。我昔憶君時，君今懷我處。有身有離别，無地無歧路。風塵同古今，人世勞新故。人亦有相愛，我爾殊衆人。朝朝寧不食，日日願見君。一日不得見，愁腸坐氛氳。如何遠相失，各作萬里雲？雲高風苦多，會合難遽因。天上猶有礙，何況地上身？

【校勘記】

〔一〕網羅：宋蜀本作「羅網」。

郵竹

庭有蕭蕭竹，門有闐闐騎。囂静本殊途，因依偶同寄。亭亭乍干雲，嫋嫋亦垂地。人有異我心〔一〕，我無異人意。

【校勘記】

〔一〕有：《英華》卷三二五作「無」。

落月

落月沉餘影，陰渠流暗光。蚊聲靄窗户，螢火繞屋梁。飛幌翠雲薄，新荷清露香。不吟復不寐，竟夕池水傍。

高荷

種藕百餘根，高荷纔四葉。颭閃碧雲扇，團圓青玉疊。亭亭自擡舉，鼎鼎難藏壓。不學着水荃，一生長怗怗。

和裴校書鷺鷥飛

鷺鷥鷺鷥何遽飛？鴉驚雀噪難久依。清江見底草堂在〔一〕，一點白光終不歸。

【校勘記】

〔一〕草：《全唐詩》卷四〇三注：「一作華。」

夜池

荷葉團團莖削削〔一〕，緑萍面上紅衣落。滿地明月思啼螿，高屋無人風張去聲幕。

【校勘記】

〔一〕團團：原作「團圓」，據宋蜀本改。

酬楊司業十二兄早秋述情見寄今春與楊兄會於馮翊，數日而別。此詩同州作。

白髮故人少，相逢意彌遠。往事共銷沉，前期各衰晚。昨來遇彌苦〔一〕，已復雲離巘。秋草古膠庠，寒沙廢宮苑。知心豈忘鮑？詠懷難和阮。壯志日蕭條，那能競朝幰！

【校勘記】

〔一〕遇彌：原作「彌遇」，據《全唐詩》卷四〇三改。

代杭民作使君一朝去二首

使君一朝去，遺愛在民口。惠化境内春，才名天下首。爲問龔黄輩，兼能作詩否？

使君一朝去，斷腸如剉蘗。無復見冰壺，唯應鏤金石。自此一州民，生男盡名白。

長慶曆

年曆復年曆，卷盡悲且惜。曆日何足悲？但悲年運易。年年豈無歎，此歎何唧唧。所歎別此年，永無長慶曆。

挽歌傷悼詩

順宗至德大聖大安孝皇帝挽歌詞三首左拾遺時作

不改延洪祚，因成揖讓朝。謳歌同戴啓，遏密共思堯。雨露施恩廣，梯航會葬遥。號弓那獨切，曾感昔年招。

前春文祖廟，大舜嗣堯登。及此踰年感，還因是月崩。壽緣追孝促，業在繼明興。儉詔同今古，山川繞灞陵。

七月悲風起，凄涼萬國人。羽儀經巷内，轀輅轉城闉。暝色依陵早，秋聲入輅新。自嗟同草木，不識永貞春。

憲宗章武孝皇帝挽歌詞三首膳部員外時作

國付重離後，身隨十聖仙。北辰移帝座，西日到虞泉。方丈言虚設，華胥事眇然。觸鱗曾在宥，偏哭墮髯前。

天寶遺餘事，元和盛聖功。二凶梟帳下，三叛斬都中。楊惠琳、李師道傳首京師，劉闢、李錡、吴元濟腰斬都市。始服沙陀虜，方吞邏逤戎。沙陀、突厥，自元和初始通中國。狼星如要射，猶有鼎湖弓。

月落禁垣西，星攢曉仗齊。風傳宮漏苦〔一〕，雲拂羽儀低。路隘車千輛，橋聲馬萬蹄〔二〕。共嗟封石檢，不爲報功泥。

【校勘記】

〔一〕漏：原作「臨」，據《全唐詩》卷四〇三改。

〔二〕聲：《全唐詩》作「危」，似是。

恭王故太妃挽歌詞二首校書郎時作

燕姞貽天夢，梁王盡孝思。雖從魏詔葬，得用漢藩儀〔一〕。曙月殘光斂，寒簫度曲遲。平生奉恩地，哀挽欲何之？

文衛羅新壙，仙娥掩暝山。雪雲埋隴合，簫鼓望城還。寒樹風難靜，霜郊夜更閑。哀榮深孝嗣，儀表在河間。

【校勘記】

〔一〕藩：錢校、《英華》卷三一〇作「官」。

哭呂衡州六首[一]

氣敵三人傑，交深一紙書。我投冰瑩眼，君報水憐魚。髀股唯夸瘦，膏肓豈暇除？傷心死諸葛，憂道不憂餘。

望有經綸釣，虔收宰相刀。江文駕風遠[二]，雲貌接天高。國待球琳器，家藏虎豹韜。盡將千載寶，埋入五原蒿。

白馬雙旌隊，青山八陣圖。請纓期繫虜，枕草誓捐軀。勢激三千壯，年應四十無。遥聞不瞑目，非是不憐吴。

鵩鶚生難敵，沉檀死更香。兒童喧巷市，羸老哭碑堂。雁起沙汀暗，雲連海氣黄。祝融峯上月，幾照北人喪？

迴雁峯前雁，春迴盡卻迴。聯行四人去，同葬一人來。鐃吹臨江返，城池隔霧開。滿船深夜哭，風棹楚猿哀[三]。

杜預春秋癖，揚雄著述精。在時兼不語，終古定歸名。耒水波文細，湘江竹葉輕。平生思風月，潛寐若爲情。

【校勘記】

〔一〕六首：《英華》卷三〇四作「二首」，即本詩的第二首「望有經綸釣」和第四首「鵬鶚生難敵」。

〔二〕江文：錢校、《英華》作「鵬心」。

〔三〕棹：原作「掉」，據宋蜀本、蘭雪堂本、馬本、叢刊本、《全唐詩》卷四〇三改。

僧如展及韋載同遊碧澗寺各賦詩予落句云他生莫忘靈山別滿壁人名後會稀〔一〕展共吟他生之句因話釋氏緣會所以莫不悽然久之不十日而展公長逝驚悼返覆則他生豈有兆耶其間展公仍賦黄字五十韻飛札相示予方屬和未畢自此不復撰成徒以四韻爲識

重吟前日「他生」句，豈料踰旬便隔生！　會擬一來身塔下，無因共繞寺廊行。　紫毫飛札看猶濕，黄字新詩和未成。　縱使得如羊叔子，不聞兼記舊交情。

【校勘記】

〔一〕靈山別：「別」原作「座」，據本集卷十八《八月六日遊碧澗寺》改。　會：原作「復」，據同上改。

公安縣遠安寺水亭見展公題壁漂然淚流因書四韻

碧澗去年會，與師三兩人。今來見題壁，師已是前身。芰葉迎僧夏，楊花度俗春。空將數行淚，灑遍塔中塵。

寒食日毛空路示姪晦及從簡

我昔孩提從我兄，我今衰白爾初成。分明寄取原頭路〔一〕，百世長須此路行。

【校勘記】

〔一〕寄：《全唐詩》卷四〇三注：「一作記。」

別孫村老人寒食日

年年漸覺老人稀，欲別孫翁淚滿衣。未死不知何處去？此身終向此原歸。

和樂天劉家花

閑坊静曲同消日，淚草傷花不爲春。遍問舊交零落盡，十人纔有兩三人。

褒城驛二首

容州詩句在褒城，幾度經過眼暫明。今日重看滿衫淚，可憐名字已前生。
憶昔萬株梨映竹，遇逢黄令醉殘春。梨枯竹盡黄令死，今日再來衰病身。

和樂天夢亡友劉太白同遊二首

君詩昨日到通州，萬里知君一夢劉。閑坐思量小來事，祇應元是夢中遊。
老來東郡復西州，行處生塵爲喪劉。縱使劉君魂魄在，也應至死不同遊。

酬樂天見憶兼傷仲遠

死别重泉閟，生離萬里賒。瘴侵新病骨，夢到故人家。遥淚陳根草，閑收落地花。庾公樓
悵望，巴子國生涯。河任天然曲，江隨峽勢斜。與君皆直戇，須分老泥沙。

與樂天同葬杓直

元伯來相葬，山濤誓撫孤。不知他日事，兼得似君無？

元稹集卷第九

傷悼詩

夜閒[一]此後並悼亡

感極都無夢，魂銷轉易驚。風簾半鈎落，秋月滿牀明。悵望臨階坐，沉吟遶樹行。孤琴在幽匣，時迸斷絃聲。

【校勘記】

〔一〕閒：宋蜀本、蘭雪堂本、叢刊本作「閑」。

感小株夜合

纖幹未盈把，高條纔過眉。不禁風苦動，偏受露先萎。不分秋同盡，深嗟小便衰。傷心落殘葉，猶識合昏期。

醉醒

積善坊中前度飲，謝家諸婢笑扶行。今宵還似當時醉，半夜覺來聞哭聲。

追昔遊

謝傅堂前音樂和，狗兒吹笛膽娘歌。花園欲盛千場飲，水閣初成百度過。醉摘櫻桃投小玉，懶梳叢鬢舞曹婆。再來門館唯相弔，風落秋池紅葉多。

空屋題十月十四日夜

朝從空屋裏，騎馬入空臺。盡日推閑事，還歸空屋來。月明穿暗隙，燈燼落殘灰。更想咸陽道，魂車昨夜回。

初寒夜寄盧子蒙〔一〕

月是陰秋鏡，寒爲寂寞資。輕寒酒醒後，斜月枕前時。倚壁思閑事，回燈檢舊詩。聞君亦同病，終夜遠相悲。

【校勘記】

〔一〕初寒夜寄盧子蒙：馬本作「初寒夜寄盧子蒙子蒙近亦喪妻」。宋蜀本、叢刊本有題注：「子蒙近亦喪妻。」

城外回謝子蒙見諭

十里撫柩別〔一〕，一身騎馬回。寒煙半堂影，燼火滿庭灰。稚女憑人問，病夫空自哀。潘安寄新詠，仍是夜深來。

【校勘記】

〔一〕撫：原闕作「無」，據蘭雪堂本、馬本、叢刊本、《全唐詩》卷四〇四改。

諭子蒙

撫稚君休感，無兒我不傷。片雲離岫遠，雙燕念巢忙。大壑誰非水，華星各自光。但令長有酒，何必謝家莊！

三遣悲懷[一]

謝公最小偏憐女，自嫁黔婁百事乖[二]。顧我無衣搜藎篋[三]，泥他沽酒拔金釵。野蔬充膳甘長藿，落葉添薪仰古槐。今日俸錢過十萬，與君營奠復營齋。
昔日戲言身後意，今朝皆到眼前來。衣裳已施行看盡，針線猶存未忍開。尚想舊情憐婢僕，也曾因夢送錢財。誠知此恨人人有，貧賤夫妻百事哀。
閑坐悲君亦自悲，百年都是幾多時。鄧攸無子尋知命，潘岳悼亡猶費詞。同穴窅冥何所望？他生緣會更難期。唯將終夜長開眼，報答平生未展眉。

【校勘記】

〔一〕三遣悲懷：馬本、《全唐詩》卷四〇四作「遣悲懷三首」。
〔二〕自嫁：《全唐詩》作「嫁與」。
〔三〕藎：原作「盡」，據宋蜀本、馬本、叢刊本改。

旅眠

内外都無隔，帷幈不復張。夜眠兼客坐，同在火爐牀。

除夜

憶昔歲除夜，見君花燭前。今宵祝文上，重疊叙新年。閑處低聲哭，空堂背月眠。傷心小兒女〔一〕，撩亂火堆邊。

【校勘記】

〔一〕兒：原作「男」，據《全唐詩》卷四〇四改。

感夢

行吟坐歎知何極？影絶魂銷動隔年。今夜商山館中夢，分明同在後堂前。

合衣寢

良夕背燈坐，方成合衣寢。酒醉夜未闌，幾回顛倒枕。

竹簟

竹簟襯重茵，未忍都令卷。憶昨初來日，看君自施展。

聽庾及之彈烏夜啼引

君彈烏夜啼，我傳樂府解去聲古題。良人在獄妻在閨，官家欲赦烏報妻。烏前再拜淚如雨，烏作哀聲妻暗語。後人寫出烏啼引，吴調哀弦聲楚楚。四五年前作拾遺，諫書不密丞相知。謫官詔下吏驅遣，身作囚拘妻在遠。歸來相見淚如珠，唯説閑宵長拜烏。君來到舍是烏力，妝點烏盤邀女巫。今君爲我千萬彈，烏啼啄啄淚瀾瀾。感君此曲有深意，昨日烏啼桐葉墜。當時爲我賽烏人，死葬咸陽原上地。

夢井

夢上高高原，原上有深井。登高意枯渴，願見深泉冷。徘徊遶井顧，自照泉中影。沉浮落井瓶，井上無懸綆。念此瓶欲沉，荒忙爲求請。遍入原上村，村空犬仍猛。還來遶井哭，哭聲通復哽。哽噎夢忽驚，覺來房舍静。燈焰碧朧朧，淚光凝炯炯。鐘聲夜方半，坐卧心難整。忽憶咸陽原，荒田萬餘頃。土厚壙亦深，埋魂在深埂。埂深安可越？魂通有時逞。今宵泉下人，化作瓶相警〔一〕。感此涕汍瀾，汍瀾涕霑領。所傷覺夢間，便隔死生境〔二〕。豈無同穴期，生期諒綿永。又恐前後魂〔三〕，安能兩知省？尋環意無極，坐見天將晒。吟此《夢井》詩，春朝好光景。

【校勘記】

〔一〕瞥：原作「瞥」，據宋蜀本改。

〔二〕隔：原作「覺」，據宋蜀本改。

〔三〕又：錢校宋本作「久」。

江陵三夢〔一〕

平生每相夢，不省兩相知。況乃幽明隔，夢魂徒爾爲。情知夢無益，非夢見何期？今夕亦何夕，夢君相見時。依稀舊妝服，晻澹昔容儀。不道間生死，但言將别離。分張碎針線，襵疊故䘸幃。撫稚再三囑，淚珠千萬垂。囑云唯此女，自歎總無兒。尚念嬌且騃，未禁寒與飢。君復不憘事，奉身猶脱遺。況有官縛束，安能長顧私？他人生間别，婢僕多謾欺。君在或有託，出門當付誰？言罷泣幽噎，我亦涕淋漓。驚悲忽然寤，坐卧若狂癡。月影半牀黑，蟲聲幽草移。心魂生次第〔二〕，覺夢久自疑。寂默深想像，淚下如流澌。百年永已訣，一夢何太悲！悲君所嬌女，棄置不我隨。長安遠於日，山川雲間之。縱我生羽翼，網羅生縶維。今宵淚零落，半爲生别滋。感君下泉魄，動我臨川思。一水不可越，黄泉況無涯。此懷何由極？此夢何由追？坐見天欲曙，江風吟樹枝。古原三丈穴，深葬一枝瓊。崩剥山門壞，煙綿墳草生。久依荒隴坐，卻望遠村行。驚覺滿牀月，風波江上聲。君骨久爲土，我心長似灰。百年何處盡？三夜夢中來。逝水良已矣，行雲安在哉？坐看朝日出，衆鳥雙徘徊。

【校勘記】

〔一〕江陵三夢：馬本作「江陵夢三首」。

〔二〕生：張校宋本作「方」。

張舊蚊幬

踰年間生死，千里曠南北。家居無見期，況乃異鄉國〔一〕。破盡裁縫衣，忘收遺翰墨。獨有纈紗幬，憑人遠攜得。施張合歡榻，展卷雙鴛翼。已矣長空虛，依然舊顔色。徘徊將就寢，徙倚情何極？昔透香田田，今無魂惻惻。隙穿斜月照，燈背空牀黑。達理强開懷，夢啼還過臆。平生貧寡歡，夭枉勞苦憶。我亦詎幾時，胡爲自摧逼？燭蛾焰中舞，繭蠶叢上織。焦爛各自求，他人顧何力。多離因苟合，惡影當務息。往事勿復言，將來幸前識。

【校勘記】

〔一〕乃：宋蜀本作「此」。

獨夜傷懷贈呈張侍御張生近喪妻

燼火孤星滅，殘燈寸焰明。竹風吹面冷，簷雪墜階聲〔一〕。寡鶴連天叫，寒雛徹夜驚。祇應張侍御，潛會我心情。

【校勘記】

〔一〕墜：宋蜀本作「墮」。

六年春遣懷八首

傷禽我是籠中鶴，沉劍君爲泉下龍。重纊猶存孤枕在，春衫無復舊裁縫。

檢得舊書三四紙，高低闊狹粗成行〔一〕。自言併食尋高事〔二〕，唯念山深驛路長。

《公無渡河》音響絶，已隔前春復去秋。今日閑窗拂塵土，殘絃猶迸細箜篌〔三〕。

婢僕曬君餘服用，嬌癡稚女遶牀行。玉梳鈿朶香膠解，盡日風吹玳瑁筝。

伴客銷愁長日飲，偶然秉興便醺醺。怪來醒後傍人泣，醉裏時時錯問君。

我隨楚澤波中梗，君作咸陽泉下泥。百事無心值寒食，身將稚女帳前啼。
童稚癡狂撩亂走，繡毬花仗滿堂前。病身一到繐帷下，還向臨階背日眠。
小於潘岳頭先白，學取莊周淚莫多。止竟悲君須自省，川流前後各風波。

【校勘記】

〔一〕粗：錢校、《全唐詩》卷四〇四注：「一作但。」

〔二〕高：疑當作「常」。

〔三〕細：錢校、《全唐詩》作「鈿」。

答友封見贈

荀令香消潘簟空，悼亡詩滿舊屏風。扶牀小女君先識，應爲些些似外翁。

夢成之

燭暗船風獨夢驚，夢君頻問向南行。覺來不語到明坐，一夜洞庭湖水聲。

哭小女降真

雨點輕漚風復驚，偶來何事去何情？浮生未到無生地，暫到人間又一生。

哭女樊

秋天浄緑月分明，何事巴猿不賸鳴？應是一聲腸斷去，不容啼到第三聲。

哭女樊四十韻[一]虢州長史時作

逝者何由見？中人未達情。馬無生角望，猿有斷腸鳴。去伴投遐徼，來隨夢險程。四年巴養育，萬里硤回縈。病是他鄉染，魂應遠處驚。山魈邪亂逼，沙虱毒潛嬰。母約看寧辨[二]，余慵療不精。欲尋方次第，俄值疾充盈。燈火徒相守，香花祇浪擎[三]。蓮初開月梵，蕣已落朝榮。魄散魂將盡[四]，形全玉尚瑩。空垂兩行血，深送一枝瓊。祕祝休巫覡，安眠放使令。舊衣和篋施，殘藥滿甌傾。乳媪閑於社，醫僧婗似酲[五]。憫渠身覺賸[六]，訝佛力難爭。騎竹癡猶子，牽車小外甥。等閑迷過影[七]，遥戲誤啼聲。涴紙傷餘畫[八]，扶牀念試行。獨留呵面鏡，誰弄倚牆箏？憶昨工言語，憐初妙長成。撩風妬鸚舌[九]，凌露觸蘭英。翠鳳輿真女〔一〇〕，紅蕖捧化生。祇憂嫌五濁，終恐向三清。宿惡諸葷味，懸知衆物名。生而不食葷血，虎、豹、狨、猿等皮毛，盡惡斥之。巴南所無之物，及北而默識其名者數輩。環從枯樹得，經認寶函盛。愠怒偏憎數，分張雅愛平。最憐貪栗妹〔一一〕，頻救懶書兄。爲占嬌饒分，良多眷戀誠。别常回面泣，歸定出門迎。解怪還家晚，長將遠信呈。説人偷罪過，要我抱縱横。騰踏遊江舫，攀緣看樂棚。和蠻歌字拗乙教反，學妓舞腰輕。迢遞離荒服，提攜到近京〔一二〕。未容誇伎倆〔一三〕，唯恨枉聰明。往緒心千結〔一四〕，新絲鬢百莖。暗窗風報曉，秋幌雨聞更。敗槿蕭疏館，衰楊破壞城。此中臨老淚，仍自哭孩嬰。

【校勘記】

〔一〕宋蜀本題作「又哭女樊四十韻」。

〔二〕辨：宋蜀本作「辯」。

〔三〕祇：原作「抵」，據《英華》卷三〇四、《全唐詩》卷四〇四改。

〔四〕魂：宋蜀本、錢校、《英華》、《全唐詩》作「雲」。

〔五〕娩：錢校、《全唐詩》注：「一作愧。」

〔六〕身覺臏：錢校、《英華》作「深覺瘠」。

〔七〕閑：錢校、《全唐詩》作「長」。

〔八〕涴：同「污」。

〔九〕妬：錢校、《全唐詩》注：「一作拓。」

〔一〇〕真：《英華》作「貞」，同。

〔一一〕憐：錢校、《全唐詩》注：「一作矜。」

〔一二〕提：原作「持」，據錢校、《全唐詩》改。

〔一三〕詩：原作「誘」，據錢校、宋蜀本、《全唐詩》改。

〔一四〕往緒心千結：錢校作「往事心千緒」。

哭子十首翰林學士時作

維鵜受刺因吾過，得馬生災念爾冤。獨在中庭倚閑樹，亂蟬嘶噪欲黄昏。

纔能辨别東西位，未解分明管帶身。自食自眠猶未得，九重泉路記何人〔一〕。

爾母溺情連夜哭，我身因事不時悲〔二〕。鐘聲欲絶東方動，便是尋常上學時。

蓮花上品生真界，兜率天中離世途。彼此業緣多障礙，不知還得見兒無？

節量梨栗愁生疾，教示詩書望早成。鞭朴校多憐校少，又緣遺恨哭三聲。

深嗟爾更無兄弟，自歎予應絶子孫。寂寞講堂基址在，何人車馬入高門？

往年鬢已同潘岳，垂老年教作鄧攸〔三〕。煩惱數中除一事，自兹無復子孫憂。

長年苦境知何限？豈得因兒獨喪明！消遣又來緣爾母〔四〕，夜深和淚有經聲。

烏生八子今無七，猿叫三聲月正孤。寂寞空堂天欲曙，拂簾雙燕引新雛。

頻頻子落長江水，夜夜巢邊舊處棲。若是愁腸終不斷，一年添得一聲啼。

【校勘記】

〔一〕記：宋蜀本、蘭雪堂本、馬本、叢刊本、《全唐詩》卷四〇四作「託」。

〔二〕不：宋蜀本、蘭雪堂本、馬本、叢刊本、《全唐詩》作「有」。

〔三〕年教：《全唐詩》注：「一作天教。」

〔四〕又：《全唐詩》注：「一作不。」

感逝浙東

頭白夫妻分無子，誰令蘭夢感衰翁〔一〕？三聲啼婦卧牀上，一寸斷腸埋土中。蜩甲暗枯秋葉墜，燕雛新去夜巢空〔二〕。情知此恨人皆有，應與暮年心不同。

【校勘記】

〔一〕衰：馬本作「哀」。

〔三〕夜：宋蜀本作「舊」。

妻滿月日相唁

十月辛勤一月悲，今朝相見淚淋漓。狂花落盡莫惆悵，猶勝因花壓折枝。

元稹集卷第十

律詩

代曲江老人百韻年十六時作

何事花前泣？曾逢舊日春。先皇初在鎬，賤子正遊秦。撥亂干戈後，經文禮樂辰。徽章懸象魏，貔虎畫騏驎。光武休言戰，唐堯念睦姻。琳琅鋪柱礎，葛藟茂河漘。尚齒惇耆艾，搜材拔積薪。裴王持藻鏡，姚宋斡陶鈞。内史稱張敞，蒼生借寇恂。名卿唯講德，命士恥憂貧。杞梓無遺用，芻蕘不忘詢。懸金收逸驥，鼓瑟薦嘉賓。羽翼皆隨鳳，珪璋肯雜珉〔一〕。班行容濟濟，文質道彬彬。百度依皇極，千門闢紫宸。措刑非苟簡〔二〕，稽古蹈因循。書謬偏求伏，詩亡遠聽申〔三〕。雄推三虎賈〔四〕，秀擢八龍荀〔五〕。海外恩方洽，淹中教不泯。儒林精閫奥，流品重清淳〔六〕。天净三光麗，時和四序均。卑官休力役，蠲賦免艱辛〔七〕。蠻貊同車軌，鄉原盡里仁。帝途高蕩蕩，風俗厚誾誾〔八〕。暇日耕耘足〔九〕，豐年雨露頻。戍煙生不見，村豎老猶純。耒耜勤千畝，牲牢奉六禋。南郊禮天地，東野闢原畇。校獵求初吉，先農卜上寅。萬方來合雜，五色瑞輪囷。池籞呈朱雁，壇場得白鱗〔一〇〕。酎金光照耀，奠璧采璘玢〔一一〕。掉蕩《雲門》發，蹁躚鷺羽振。集靈撞玉磬〔一二〕，和鼓奏金錞。建簴崇牙盛，銜鐘獸目嗔。總干形屹崒，戛敔背嶙峋。文物千官會，夷音九部陳。魚龍華外戲，歌舞洛中嬪。佳節修酺禮，非時宴侍臣。梨園明月夜，花萼豔陽晨。李杜詩篇敵，蘇張筆力勻。樂章輕鮑照，碑板笑顏竣。泰嶽陪封禪，汾陰頌鬼神。星移逐西顧，風暖助東巡。浴德留湯谷，蒐畋過渭濱。沸天雷殷殷，匝地轂轔轔。沃土心逾熾，豪家禮漸湮。老農羞荷鍤，貪賈學垂紳。曲藝爭工巧，彫機變組紃。青凫連不解，紅粟朽相因。山澤長孳貨，梯航競獻珍。翠毛開越嶲，龍眼弊甌閩。玉饌薪然蠟，椒房燭用銀。銅山供橫賜，金屋貯宜嚬。班女恩移趙，思王賦感甄。輝光隨顧步〔一三〕，生死屬摇脣。世族功勳久，王姬寵愛親。街衢連甲第，冠蓋擁朱輪。大道垂珠箔，當爐踏錦茵。軒車隘南陌，鐘磬滿西鄰。出入張公子，驕奢石季倫〔一四〕。雞場潛介羽，馬埒並揚塵。韜袖誇狐腋，弓弦尚鹿臏。紫絛牽白犬，繡韂被花騆〔一五〕。箭倒南山虎，鷹擒東郭毚。翻身迎過雁，劈肘取迴鶉〔一六〕。竟蓄朱公產，爭藏邴氏緡。橋桃矜馬鶩，猗頓數牛犉。蘁鬭冬中韭〔一七〕，羹憐遠處蓴。萬錢纔下筯，五酘未稱醇〔一八〕。曲水閑銷日〔一九〕，倡樓醉度旬〔二〇〕。探丸依郭解，投轄伴陳遵。共謂長之泰〔二一〕，那知遽構屯。姦心興桀黠，凶醜比頑嚚〔二二〕。斗柄侵妖彗〔二三〕，天泉化逆鱗。背恩欺乃祖[二四]，連禍及吾民。猰貐當前路，鯨鯢得要津。王師纔業業[二五]，暴卒已⿱虎言⿱虎言[二六]。雜虜同謀夏，宗周暫去豳。陵園深暮景，霜露下秋旻。鳳闕悲巢鵩，鵷行亂野麏。華林荒茂草，寒竹碎貞筠。村落空垣壞，城隍舊井堙。破船沉古渡，戰鬼聚陰燐。振臂誰相應，攢眉獨不伸。毀容懷赤紱，混跡戴黃巾。木梗隨波蕩，桃源斅隱淪。弟兄書信斷，鷗鷺往來馴。忽遇山光澈，遥瞻海氣真。祕圖推廢王，後聖合經綸。野杏渾休植，幽蘭不復紉。但驚心憒憒，誰戀水粼粼？盡室離深洞，輕橈盪小艑。殷勤題白石，悵望出青蘋。夢寐平生在，經過處所新。阮郎迷里巷，遼鶴記城闉。虚過休明代，旋爲朽病身[二七]。勞生常矻矻，語舊苦諄諄。晚歲多衰柳，先秋愧大椿。眼前年少客，無復昔時人。

【校勘記】

〔一〕珪璋肯雜珉：蘭雪堂本、馬本、叢刊本作「瑜璉肯稱珉」。

〔二〕措：蘭雪堂本、馬本、叢刊本作「理」。

〔三〕聽：宋蜀本作「聘」。

〔四〕雄推三虎賈：蘭雪堂本、馬本、叢刊本作「繼黜三彪賈」。　黜：《全唐詩》卷四〇五作「登」。

〔五〕秀：蘭雪堂本、馬本、叢刊本、《全唐詩》作「羣」。

〔六〕儒林精闔奥，流品重清淳：蘭雪堂本、馬本、叢刊本作「儒林一同異，冠屨盡清淳」。　屨：《全唐詩》注：「一作履。」

〔七〕繦賦免：蘭雪堂本、馬本、叢刊本作「賤職少」。

〔八〕誾誾：蘭雪堂本、馬本、叢刊本作「諄諄」，《全唐詩》注：「一作忳忳。」

〔九〕暇：蘭雪堂本、馬本、叢刊本作「秋」。

〔一〇〕鱗：疑當作「麟」。

〔一一〕采：馬本、叢刊本作「綵」。

〔一二〕玉：宋蜀本作「石」。

〔一三〕顧：宋蜀本作「故」。

〔一四〕驕：原作「嬌」，據《全唐詩》改。

〔一五〕繡韂被：蘭雪堂本、馬本、叢刊本作「錦韉覆」。

〔一六〕劈肘：蘭雪堂本、馬本、叢刊本作「坐射」。　劈：宋蜀本作「掣」。

〔一七〕虀鬬：蘭雪堂本、馬本、叢刊本作「蔬闞」。

〔一八〕酘：蘭雪堂本、馬本、叢刊本作「醑」。

〔一九〕閑銷：蘭雪堂本、馬本、叢刊本作「流觴」。

〔二〇〕樓：蘭雪堂本、馬本、叢刊本作「優」。

〔二一〕之：宋蜀本、蘭雪堂本、馬本、叢刊本作「安」。

〔二二〕囂：原作「嚻」，據宋蜀本、蘭雪堂本、馬本、叢刊本、《全唐詩》改。

〔二三〕柄：宋蜀本作「杓」，盧校宋本作「枋」。

〔二四〕背恩欺：蘭雪堂本、馬本、叢刊本作「貸恩歎」。

〔二五〕纔：蘭雪堂本、馬本、叢刊本作「方」。

〔二六〕蠨蠨：疑同「蠨蠨」。

〔二七〕病：錢校作「腐」。

開元觀閑居酬吴士矩侍御三十韻〔一〕中有問行藏求藥物之意〔二〕，十八時作。

静習狂心盡，幽居道氣添。神編啓黄簡，祕籙捧朱籤〔三〕。爛熳煙霞駐，優游歲序淹。登壇擁旄節，趨殿禮胡髯。殿有玄宗皇帝真容。醮起彤庭燭，香開白玉匳。結盟金劍重，斬魅寶刀銛。禹步星綱動，焚符竈鬼詹。冥搜呼直使，章奏役飛廉。仙籍聊憑檢，浮名復爲占。赤誠祈皓鶴，緑髮代青縑。虛室常懷素，玄關屢引枯。貂蟬徒自寵，鷗鷺不相嫌。始悟身爲患，唯欣禄未恬〔四〕。龜龍戀淮海，雞犬傍閭閻。松笠新偏翠，山峯遠更尖。簫聲吟茂竹，虹影逗虛簷。初日先通牖，輕颸每透簾。露盤朝滴滴，鈎月夜纖纖。已得餐霞味，應嗤食蓼甜。工琴閑度晝[五]，躭酒醉銷炎。几案隨宜設，詩書逐便拈。灌園多抱甕，刈藿乍腰鐮。野鳥終難縶，鷦鷯本易厭。風高雲遠逝，波駭鯉深潛。邸第過從隔，蓬壺夢寐瞻。所希顏頗練，誰恨突無黔。思拙慚圭璧，詞煩雜米鹽。諭錐言太小，求藥意何謙。本句有「永慚沾藥犬，多謝出囊錐」。語默君休問，行藏我詎兼[六]。狂歌終此曲，情盡口長箝[七]。

【校勘記】

[一]三：原作「四」，據宋蜀本、馬本、《全唐詩》卷四〇五與本詩改。

[二]意：《全唐詩》作「句」。蘭雪堂本、馬本無此題注。

[三]朱：宋蜀本作「金」。

[四]恬：《全唐詩》注：「一作沾。」

[五]工：原作「上」，據《全唐詩》改。

[六]行藏我詎兼：馬本注：「來詩有問行藏求藥物之句。」此注同本詩題注。

[七]箝：原闕，據蘭雪堂本、馬本、叢刊本、《全唐詩》補。

病減逢春期白二十二辛大不至十韻 校書郎時作

病與窮陰退，春從血氣生。寒膚漸舒展，陽脈乍虛盈。就日臨階坐，扶牀履地行。問人知面瘦，祝鳥願身輕。風暖牽詩興，時新變賣聲。飢饞看藥忌，閑悶點書名〔一〕。舊雪依深竹，微和動早萌。推遷悲往事，疏數辨交情。琴待嵇中散，杯思阮步兵。世間除卻病，何者不營營？

【校勘記】

〔一〕悶：原作「閟」，據宋蜀本、蘭雪堂本、馬本、叢刊本、錢校、《全唐詩》卷四〇五改。

黄明府詩并序

小年曾於解縣連月飲酒，予常爲觥録事。曾於竇少府廳中，有一人後至，頻犯語令，連飛十二觥，不勝其困，逃席而去。醒後問人，前虞鄉黄丞也。此後絶不復知。元和四年三月，予奉使東川，十六日至褒城東數里，遥望驛亭，前有大池，樓榭甚盛。逡巡，有黄明府見迎。瞻其形容，彷彿似識。問其前銜，則固曩時之逃席黄丞也〔一〕。説向前事，黄生憫然而癌，因饋酒一樽〔二〕，艤舟請予同載。予不違其意〔三〕，與之盡歡。遍問座隅山川，則曰：又褒次其右〔四〕。感今懷古，作《黄明府詩》云：

少年曾痛飲，黄令困飛觥。席上當時走，馬前今日迎。依稀迷姓氏，積漸識平生。故友身皆遠，他鄉眼暫明。便邀連榻坐，兼共檣音別船行〔五〕。酒思臨風亂，霜棱掃地平〔六〕。不看深淺酌，貪愴古今情。邐迤七盤路，坡陀數丈城。花疑褒女笑〔七〕，棧想武侯征。一種埋幽石，老閑千載名。

【校勘記】

〔一〕則固：《全唐詩》卷四〇五作「即」。　曩時之：《全唐詩》注：「時一作日，無之字。」

〔二〕樽：馬本、《全唐詩》作「槽」。

〔三〕違：原作「免」，據《全唐詩》注改。

〔四〕又褒次其右：《全唐詩》注：「《紀事》作『遍問褒陽山水，則褒姒所奔之城在其左，諸葛所征之路次其右』。」

〔五〕樆：《全唐詩》作「榜」。

〔六〕掃：《全唐詩》注：「一作拂。」

〔七〕疑：原作「凝」，據宋蜀本、《全唐詩》、《唐詩紀事》卷三七改。

酬翰林白學士代書一百韻并序　此後江陵時作

玄元氏之下元日，會予家居至〔一〕，枉樂天代書詩一百韻。鴻洞卓犖，令人興起心情，且置別書，美予前和七章。章次用本韻，韻同意殊，謂爲工巧。前古韻耳，不足難之〔二〕。今復次排百韻，以答懷思之貺云。

昔歲俱充賦，同年遇有司。八人稱迴拔，兩郡濫相知。同年八人，樂天拔萃登科，予平判入等。逸驥初翻步，鞲鷹暫脱羈〔三〕。遠途憂地窄，高視覺天卑。並入紅蘭署，偏親白玉規。近朱憐冉冉，伐木願偲偲。魚魯非難識，鉛黄自懶持。心輕馬融帳，謀奪子房帷。秀發幽巖電，清澄溢岸陂。九霄排直上，萬里整前期。勇贈「棲鸞」句，慚當「古井」詩。予贈樂天詩云：「皎皎鸞鳳姿」〔四〕，樂天贈予詩云：「無波古井水。」多聞全受益，擇善頗相師。脱俗殊常調，潛工大有爲。還醇憑酎酒，運智託圍棋。情會招車胤，閑行覓戴逵。僧餐月燈閣，醵宴劫灰池。予與樂天、杓直、拒非輩，多於月燈閣閑遊，又嘗與祕省同官醵宴昆明池。勝概争先到，篇章競出奇。輸贏論破的，點竄肯容絲。山岫當街翠，牆花拂面枝。昔予賦詩云：「爲見牆頭拂面花。」時唯樂天知此。鶯聲愛嬌小，燕翼玩逶迤。轡爲逢車緩，鞭緣趁伴施。密攜長上樂，偷宿静坊姬。僻性慵朝起，新晴助晚嬉。相歡常滿目，别處鮮開眉。翰墨題名盡，光陰聽話移。樂天每與予遊從，無不書名屋壁，又嘗於新昌宅〔五〕，説《一枝花》話，自寅至巳，猶未畢詞也。緑袍因醉典，烏帽逆風遺。暗插輕籌筯〔六〕，仍提小屈卮。予有篖箕草籌筯小盞酒胡之輩，當時嘗在書囊，以供飲備。本弦纔一舉，下口已三遲。逃席衝門出，歸倡借去聲馬騎。狂歌繁節亂，醉舞半衫垂。散漫紛長薄，邀遮守隘岐。幾遭朝士笑，兼任巷童隨。苟務形骸達，渾將性命推。何曾愛官序？不省計家資。忽悟成虛擲，翻然歎未宜。使回耽樂事，堅赴策賢時。寢食都忘倦，園廬遂絶窺。勞神甘感慼，攻短過孜孜。葉怯穿楊箭，囊藏透穎錐。超遥望雲雨，擺落占泉坻。略削荒涼苑，搜求激直詞。那能作牛後，更擬助鴻基。舊説：制策皆以惡訐取容爲美，予與樂天，指病危言，不顧成敗，意在決求高等〔七〕。初就業時，今裴相公戒予〔八〕，慎勿以策苑爲美。予深佩其言，然而怪其多大擬取〔九〕。有可取，遂切求潛覽，功費累月〔一〇〕，無所獲。先是穆員、盧景亮同年應制，俱以辭直見黜。予求獲其策，皆手自寫之，置在筐篋。樂天、損之輩，常詛予篋中有不第之祥，而又哂予決求高等之僭也〔一一〕。唱第聽雞集，趨朝忘馬疲。內人輿御案，朝景麗神旗。首被呼名姓，多慚冠等衰。千官容眷盼，五色照離披。鵷侶從茲洽，鷗情轉自縻。分張殊品命，中外卻驅馳。出入稱金籍，東西侍碧墀。鬭班雲洶湧，開扇雉參差〔一二〕。切愧尋常質，親瞻咫尺姿。日輪光照耀，龍服瑞葳蕤。誓欲通愚謇，生憎効喔咿。佞存真妾婦，諫死是男兒。便殿承偏召，權臣懼撓私。廟堂雖稷契，城社有狐狸。似錦言應巧，如弦數易欺。敢嗟身暫黜，所恨政無毗。予元和元年任拾遺，八十三日延英對〔一三〕，九月十日貶授河南尉。謬辱良由此，昇騰亦在斯。再令陪憲禁，依舊履阽危。使蜀常綿遠，分臺更嶮巇。匿姦勞發掘，破黨惡持疑。斧刃迎皆碎，盤牙老未萎。乍能還帝笏，詎忍折音浙吾支。虎尾元來險，圭文卻類疵。浮榮齊壤芥，閑氣詠江蘺。闕下殷勤拜，樽前嘯傲辭。飄沉委蓬梗，忠信敵蠻夷。戲誚青雲驛，譏題皓髮祠。予途中作《青雲驛》詩，病其雲泥一致；作《四皓廟》詩，譏其出處不常。貪過谷隱寺，留讀峴山碑。寺在亭側。草没章臺阯，堤横楚澤湄。野蓮侵稻隴，亞柳壓城陴〔一四〕。遇物傷凋换，登樓思漫瀰。金攢嫩橙子，瑿泛遠鸕鷀。仰竹藤纏屋，苫茅荻補蘺。南人以大竹爲瓦，用荻爲蘺也〔一五〕。麵梨通蔕朽，火米帶芒炊。麵梨軟爛無味，火米粗糲不精。葦笋針筒束，鯾魚箭羽鬐。芋羹真底可，鱸膾漫勞思。北渚銷魂望，南風著骨吹。度梅衣色漬，食稗馬蹄羸。南方衣服，經夏謂之度梅，顏色盡黦。馬食瓜蔣〔一六〕，蓋北地稊稗之屬。院榷和泥鹼〔一七〕，官酤小麴醨。訛音煩繳繞，輕去聲俗醜威儀。樹罕貞心柏，畦豐衛足葵。坳窪饒𠪚矮，游惰壓庸緇。病賽烏稱鬼，巫占瓦代龜。南人染病，競賽烏鬼〔一八〕，楚巫列肆〔一九〕，悉賣瓦卜。連陰蛙張王，瘴瘧雪治醫。雨中井作蛙池，終冬往往無雪。我正窮於是，君寧念及兹。一篇從日下，雙鯉送天涯。坐捧迷前席，行吟忘結綦。匡牀鋪錯繡，几案踴靈芝。形影同初合，參商喻此離。扇因秋棄置，鏡異月盈虧。壯志誠難奪，良辰豈復追？甯牛終夜永，潘鬢去年衰。余今年始三十二，去歲已生白髮。溟渤深那測，穹蒼意在誰？馭方輕騕褭，車肯重辛夷。卧轍希濡沫，低顏受頷頤。世情焉足怪？自省固堪悲。溷鼠虚求潔，籠禽方訝飢。猶勝憶黄犬，幸得早圖之。

【校勘記】

〔一〕居：宋蜀本作「信」。

〔二〕前古韻耳，不足難之：張校宋本作「前書□，可謂實難之」。

〔三〕逸驥初翻步，鞲鷹暫脱羈：宋蜀本作「逸驥初調步，新鷹忽斷羈」。

〔四〕皎皎：原作「皎彼」，據本集卷五《酬樂天》詩改。

〔五〕「又」字以下至本卷終，馬本、董本皆闕，叢刊本據宋本鈔補。　王國維校之云：「此下闕二葉，蓋明代所存宋越州本已然，蘭雪堂活字本亦出越本，因此詩不全，遂删去之。」

〔六〕插：叢刊本作「撞」。

〔七〕等：宋蜀本、叢刊本作「第」。

〔八〕公：宋蜀本、叢刊本作「國」。

〔九〕怪：原作「恠」，據《全唐詩》卷四〇五改。

〔一〇〕費：原闕，據宋蜀本、叢刊本補。　功費：《全唐詩》作「功及」。

〔一一〕等：宋蜀本、叢刊本作「第」。

〔一二〕開：原作「關」，據《全唐詩》及杜甫《秋興八首》之「雲移雉尾開宫扇」改。

〔一三〕八十三日：岑仲勉《讀全唐詩札記》云：「八下顯脱月字。」「十三作十」。

〔一四〕壓：原作「厭」，據《全唐詩》改。

〔一五〕用：原作「田」，據宋蜀本、《全唐詩》改。

〔一六〕瓜：原作「爪」，據宋蜀本、叢刊本改。《全唐詩》作「菰」。

〔一七〕榷：原作「搉」，據《全唐詩》改。

〔一八〕競：原作「竟」，據《全唐詩》改。

〔一九〕肆：原作「四」，據《全唐詩》改。

元稹集卷第十一

律詩

紀懷贈李六户曹崔二十功曹五十韻

昔冠諸生首，初因三道徵。公卿碧墀會，名姓白麻稱。日月光遥射，煙霄志漸弘。榮班聯錦繡〔一〕，諫紙賜箋藤〔二〕。便欲呈肝膽〔三〕，何言犯股肱。〔馬注：爲左拾遺，遇事輒舉。〕椎埋衝斗劍，消碎瑩壺冰〔四〕。赤縣纔分務，〔馬注：當事者惡公，出爲河南尉。〕青驄已迴乘。〔馬注：謂拜拾遺。〕因騎度海鶻，擬殺蔽天鵬。縛虎聲空壯，連鼇力未勝。風翻波竟蹙，山壓勢逾崩。〔馬注：公按獄東川，劾節度使嚴礪，礪黨怒；俄分司東都，又劾治河南尹房式，詔召公還。〕僇辱徒相困，蒼黄性不能。酣歌離峴頂，負氣入江陵。〔馬注：爲中人仇士良擊敗面，貶江陵士曹。〕華表當蟾魄，高樓挂玉繩。角聲悲掉蕩，城影暗稜層。軍幕威容盛，官曹禮數競。心雖出雲鶴，身尚觸籠鷹。竦足良甘分〔五〕，排衙苦未曾。通名參將校，抵掌見親朋。煦沫求涓滴，滄波怯斗升。荒居鄰鬼魅，羸馬步殑殜。白草堂簷短，黄梅雨氣蒸。霑黏經汗席，颭閃盡油燈。夜怯餐膚蚋，朝煩拂面蠅。過從愁厭賤，專靜畏猜仍。旅寓誰堪託？官聯自可憑。甲科崔並騖，柱史李齊昇。共展排空翼，俱遭激遠矰。他鄉元易感，同病轉相矜。投分多然諾，忘言少愛憎。誓將探肺腑，恥更辨淄澠。會宿形骸達〔六〕，論交意氣增。一心吞渤澥，戮力拔嵩恒。語到磨圭角，疑消破弩癥。吹嘘期指掌，患難許簪簦。鎩翮鸞棲棘，藏鋒箭在弸。雪中方睹桂，木上莫施罾。且泛畬沿水，兼過被病僧。有時鞭款段，盡日醉儚僜。躡屐看秧稻，敲船和採菱。叉魚江火合，喚客谷神應。嘯傲雖開口，幽憂復滿膺。望雲鰭撥刺，透匣色騰淩。每想潢池寇，猶稽赤族懲。夔龍勞算畫，貔虎帶威稜。逐鳥忠潛奮，懸旌意遠凝。弢弓思徹札，絆驥悶牽絙。運甓調辛苦，聞雞屢寢興。閑隨人兀兀，夢聽鼓鼟鼟他勝反。班筆行看擲，黄陂莫漫澄。麒麟高閣上，須及壯時登。

【校勘記】

〔一〕聯：蘭雪堂本、馬本、叢刊本作「張」。

〔二〕紙：蘭雪堂本、馬本、叢刊本作「路」。

〔三〕欲：《全唐詩》卷四〇六注：「一作務。」

〔四〕消碎：馬本、叢刊本作「清徹」。

〔五〕甘：盧校宋本作「安」。

〔六〕達：《全唐詩》作「遠」。

答姨兄胡靈之見寄五十韻并序

九歲解賦詩，飲酒至斗餘乃醉，時方依倚舅族。〔馬注：公舅族滎陽鄭氏也。〕舅憐，不以禮數檢，故得與姨兄胡靈之之輩十數人爲晝夜遊，日月跳擲，於今餘二十年矣。其間悲歡合散，可勝道哉！昨枉是篇，感徹肌骨，適白翰林又以百韻見貽〔一〕，余因次酬本韻，以答貫珠之贈焉。於吾兄不敢變例，復自城至生，凡次五十一字。靈之本題兼呈李六侍御，是以篇末有云。

憶昔鳳翔城，齠年是事榮。理家煩伯舅，相宅盡茲引反吾兄。詩律蒙親授，朋遊忝自迎。題頭筠管縵〔二〕，教射角弓騂。靈之善筆札，習騎射。矮馬駞鬉鞚，犛音茅牛獸面纓。對談衣趄趄〔三〕，送客步盈盈。米椀諸賢讓，蠡盃大户傾。一船席外語，三榼拍心精。傳盞加分數，橫波擲目成。華奴歌《淅淅》，媚子舞卿卿。軍大夫張生好屬詞，多妓樂，歌者華奴，善歌《淅淅鹽》。又有舞者媚子，每觥令禁言，張生常令相撓〔四〕。鬬説狂爲好〔五〕，誰憂飲敗名？屠過隱朱亥，樓夢古秦嬴。弄玉樓在鳳翔城北角。環坐唯便草，投盤暫廢觥。春郊纔爛熳，夕鼓已砰轟。荏苒移灰琯，喧闐倦塞兵。糟漿聞漸足〔六〕，書劍訝無成。抵壁慚虛棄，彈珠覺用輕。遂籠雲際鶴，來狎谷中鶯。學問攻方苦，篇章興太清。囊疏螢易透，錐鈍股多坑。筆陣戈矛合，文房棟桷撐。豆萁才敏儁〔七〕，羽獵正峥嶸。岐下尋時別，京師觸處行。醉眠街北廟，閑遶宅南營。予宅在靖安北街，靈之時寓居永樂南街廟中。予宅又南鄰弩營。柳愛凌寒軟，梅憐上番驚。觀松青黛笠，欄藥紫霞英。開元觀古松五株，靖安宅牡丹數本，皆曩時遊行之地。盡日聽僧講，通宵詠月明。正耽幽趣樂，旋被宦途縈。吏晉資材枉，留秦歲序更。時靈之作吏平陽，予酬校祕閣，自玆分散。我髯鬣數寸，君髮白千莖。芸閣懷鉛暇，姑峯帶雪晴。何由身倚玉？空睹翰飛瓊。世道難於劍，讒言巧似笙。但憎心可轉，不解跽如擎。始効神羊觸，俄隨旅雁征。孤芳安可駐？五鼎幾時烹〔八〕？潦倒沉泥滓，欹危踐矯衡。登樓王粲望，落帽孟嘉情〔九〕。龍山落帽臺去府城二十里。巫峽連天水，章臺塞路荆。章華臺去府十里。雨摧漁火焰，風引去聲竹枝聲。分作屯之蹇，那知困亦亨？官曹三語掾，國器萬尋楨。此後多述李君定交之由，用報靈之兼呈之意。逸傑雄姿迥，皇王雅論評。蕙依潛可習，雲合定誰令？原燎逢冰井，鴻流值木罌〔一〇〕。智囊推有在，勇爵敢徒爭。迅拔看鵬舉，高音侍鶴鳴。所期人拭目，焉肯自佯盲？鉛鈍丁寧淬，蕪荒展轉耕。窮通須豹變，攖搏笑狼獰〔一一〕。愧捧芝蘭贈，還披肺腑呈。此生如未死，未擬變平生。一本云：今日負平生。

【校勘記】

〔一〕見貽：馬本、叢刊本作「見贈」。

〔二〕縵：盧校宋本作「緑」。

〔三〕衣：叢刊本及《全唐詩》卷四〇六作「依」。

〔四〕相撓：馬本、叢刊本作「綱紀」。

〔五〕説：蘭雪堂本、馬本、叢刊本、《全唐詩》作「設」。

〔六〕漸：盧校宋本作「暫」。

〔七〕儁：原作「攜」，據蘭雪堂本、馬本、叢刊本、《全唐詩》改。

〔八〕五：叢刊本作「立」。

〔九〕嘉：原作「家」，據《全唐詩》改。

〔一〇〕罌：原作「罃」，據《全唐詩》改。

〔一一〕攖：原作「櫻」，據蘭雪堂本、馬本、叢刊本、《全唐詩》改。

酬許五康佐 次用本韻

奮迅君何晚？羈離我詎儔。鶴籠閑警露，鷹縛悶牽韝。蓬閣深沉省，荆門遠慢州。課書同吏職，旅宦各鄉愁。白日傷心過，滄江滿眼流。嘶風悲代馬，喘月伴吴牛。枯涸方窮轍，生涯不繫舟。猿啼三峽雨，蟬報兩京秋。珠玉慚新贈，芝蘭忝舊遊。他年問狂客，須向老農求。

送崔侍御之嶺南二十韻并序〔一〕

古朋友別皆贈以言。況南方物候飲食與北土異。其甚者，夷民喜聚蠱，祕方云：以含銀變黑爲驗，攻之重雄黄。海物多肥腥，啖之好嘔泄，驗方云：備之在鹹食。嶺外饒野菌，視之蟲蠹者無毒；羅浮生異果，察其鳥啄者可餐。大抵珠璣玳瑁之所聚，貴潔廉；湮鬱暑濕之所蒸，避溢慾。其餘道途所慎，離愴之懷，盡之二百言矣，叙不復云。

漢法戎施幕，秦官郡置監。蕭何歸舊印，自江陵士曹拜〔二〕。鮑永授新銜。幣聘雖盈篋，泥章未破緘。蛛懸絲繚繞，鵲報語詀諵〔三〕。再礪神羊角，重開憲簡函。崔君前任，已爲御史。磐纓驄赳赳，緌珮繡縿縿音衫。逸翮憐鴻翥，離心覺刃劖。聯游虧片玉，洞照失明鑒。遥想車登嶺，那無淚滿衫。茅蒸連蟒氣，衣漬度梅黰。象鬬緣溪竹，猿鳴帶雨杉〔四〕。颶風狂浩浩，韶石峻嶃嶃。宿浦宜深泊，祈瀧在至諴。瘴江乘早度〔五〕，毒草莫親芟。試蠱看銀黑，排腥貴食鹹。菌須蟲已蠹，果重鳥先啗。冰瑩懷貪水，霜清顧痛巖〔六〕。珠璣當盡擲，薏苡詎能讒。荆俗欺王粲，吾生問季咸。遠書多不達，勤爲枉攕攕。

【校勘記】

〔一〕《英華》卷二七七無「并序」及序文。

〔二〕士：原作「工」，據《全唐詩》卷四〇六改。《英華》無此字，馬本無此注。

〔三〕詁：原作「詁」，據蘭雪堂本、馬本、叢刊本、《英華》改。

〔四〕鳴：《英華》作「啼」。

〔五〕乘：錢校、《英華》作「期」。

〔六〕顧：《英華》作「頭」。

酬段丞與諸棋流會宿弊居見贈二十四韻 次用本韻

鳴局寧虛日，閑窗任廢時。琴書甘盡棄〔一〕，園井詎能窺。運石疑填海，争籌憶坐帷。赤心方苦鬬，紅燭已先施〔二〕。蛇勢縈山合，鴻聯度嶺遲。堂堂排直陣，衮衮逼羸師。懸劫偏深猛，回征特險巇。旁攻百道進，死戰萬般爲。異日玄黄隊，今宵黑白棋。斫營看迴點，對壘重相持。善敗雖稱怯，驕盈最易欺。狼牙當必碎，虎口禍難移。乘勝同三捷，扶顛望一詞〔三〕。希因送目便，敢恃指縱奇〔四〕。退引防邊策，雄吟斬將詩。眠牀都浪置，通夕共忘疲。曉雉風傳角，寒叢雪壓枝〔五〕。繁星收玉版，殘月耀冰池。僧請聞鍾粥，賓催下藥卮。

獸炎餘炭在，蠟淚短光衰。俯仰嗟陳跡，殷勤卜後期。公私牽去住，車馬各支離。分作終身癖，兼從是事隳。此中無限興，唯怕俗人知。

【校勘記】

〔一〕琴：《英華》及《全唐詩》卷四〇六注均作「詩」。

〔二〕已：原作「以」，據錢校、《英華》、《全唐詩》改。

〔三〕詞：錢校、《英華》作「擠」。

〔四〕恃：蘭雪堂本、馬本、叢刊本作「待」。

〔五〕壓：錢校、《英華》作「墮」。

酬竇校書二十韻次本韻

鷗鷺元相得，盃觴每共傳。芳遊春爛熳，晴望月團圓。調笑風流劇，論文屬對全。賞花珠並綴〔一〕，看雪璧常連〔二〕。竹寺荒唯好，松栽小更憐〔三〕。潛投孟公轄，狂乞莫愁錢。塵土抛書卷，槍籌弄酒權。令誇齊箭道〔四〕，力鬬抹弓弦。但喜添樽滿〔五〕，誰憂乏桂燃〔六〕？漸輕身外役，渾證飲中禪。及我辭雲陛，逢君仕圃田。音徽千里斷，魂夢兩情偏。足聽猿啼雨，深藏馬腹鞭。官醪半清濁，夷饌雜腥膻。顧影無依倚，甘心守静專。那知暮江上，俱會落英前。款曲生平在，悲涼歲序遷。鶴方同北渚，鴻又過南天。麗句慚虚擲，沉機懶强牽。粗酬珍重意，工拙定相懸。

【校勘記】

〔一〕賞：錢校、《英華》卷二四五作「詠」。

〔二〕常：盧校宋本作「相」。

〔三〕栽：《全唐詩》卷四〇六作「齋」，視上文「竹寺」，似以「松齋」爲是。

〔四〕道：錢校、《英華》作「到」。

〔五〕添：錢校、《英華》作「深」。

〔六〕乏：原作「泛」，據錢校、《英華》、《全唐詩》改。

泛江玩月十二韻并序

予以元和五年，自監察御史貶授江陵士曹掾。六月十四日，張季友、李景儉二侍御，王文仲司録、王衆仲判官兩昆季，爲予載酒炙，選聲音，自府城之南橋乘月泛舟，窮竟一夕，予因賦詩以紀之〔一〕。

楚塞分形勢〔二〕，羊公壓大邦。因依多士子，參畫盡敦厖。岳璧閑相對，荀龍自有雙。共將船載酒，同泛月臨江〔三〕。遠樹懸金鏡，深潭倒玉幢。委波添浄練，洞照滅凝釭。闐咽沙頭市，玲瓏竹岸窗。巴童唱巫峽，海客話神瀧。已困連飛盞，猶催未倒缸。飲荒情爛熳，風棹樂峥摐〔四〕。勝事他年憶〔五〕，愁心此夜降〔六〕。知君皆逸韻，須爲應筵撞。

【校勘記】

〔一〕因：原無，據《英華》卷一五一、《全唐詩》卷四〇六補。

〔二〕塞：《英華》作「邑」。

〔三〕同泛：蘭雪堂本、馬本、叢刊本作「況是」。

〔四〕樂：原作「藥」，據錢校、馬本、《英華》、《全唐詩》改。

〔五〕憶：蘭雪堂本、馬本、叢刊本作「盡」。

〔六〕愁：蘭雪堂本、馬本、叢刊本作「雄」。

痁卧聞幕中諸公徵樂會飲因有戲呈三十韻

濩落因寒甚，沉陰與病偕。藥囊堆小案，書卷塞空齋。脹腹看成鼓，羸形漸比柴。道情憂易適〔一〕，温瘴氣難排。治瘧扶輕杖，開門立静街。耳鳴疑暮角，眼暗助昏霾。野竹連荒草，平陂接斷崖。坐隅甘對鵩，當路恐遭豺。蛇蠱迷弓影，鵰翎落箭靫。晚籬喧鬭雀，殘菊半枯荄音皆。悵望悲回雁，依遲傍古槐。一生長苦節，三省詎行怪〔二〕。奔北翻成勇，司南卻是咼。穹蒼真漠漠，風雨漫喈喈。彼美猶溪女，其誰占館娃？誠知通有日，太極浩無涯。布卦求無妄，祈天願孔皆。藏去聲衰謀計拙，地僻往還乖。況羨蓮花侶，方欣綺席諧。鈿車迎妓樂，銀翰屈朋儕。白紵顰歌黛，同蹄墜舞釵。白紵、同蹄，皆樂人姓名。纖身霞出海，豔臉月臨淮。籌筯隨宜放，投盤止罰啀。紅娘留醉打，觥使及醒差。舞引《紅娘抛打》，曲名。酒中觥使，席上右職。顧我潛孤憤，何人想獨懷？夜燈燃檞葉，凍雪墮塼階。壞壁虛缸倚〔三〕，深爐小火埋。鼠驕銜筆硯，被冷束筋骸。畢竟圖斟酌，先須遺瘴痎。瘴痎之徒。槍旗如在手，籌筯色目。那復敢崴嵬？

【校勘記】

〔一〕適：盧校作「釋」，似是。

〔二〕怪：盧校云：宋本「怪」作恢無韻，按集中多以「怪」作「乖」用，此不當從宋本。

〔三〕壁：原作「璧」，據馬本改。

酬友封話舊敘懷十二韻依次重用本韻〔一〕

風波千里別，書信二年稀。乍見悲兼喜，猶驚是與非。身名判作夢，盃盞莫相違。草館同牀宿，沙頭待月歸。春深鄉路遠，老去宦情微。魏闕何由到，荆州且共依。人欺翻省事，官冷易藏威。但擬馴鷗鳥〔二〕，無因用弩機。開張門卷軸〔三〕，顛倒醉衫衣〔四〕。蓴菜銀絲嫩，鱸魚雪片肥。憐君詩似湧，贈我筆如飛。會遣諸伶唱，篇篇入禁闈。

【校勘記】

〔一〕《竇氏聯珠集》附此詩題作「酬竇七相贈依次重用本韻」。本：原作「爲」，據竇氏詩改。此詩竇集寫明是元稹任江陵府士曹參軍時作。

〔二〕但：竇集附詩作「剩」。

〔三〕門：蘭雪堂本、馬本、叢刊本、《全唐詩》卷四〇六作「圖」。開張門卷軸：竇集附詩作「看和松葉酒」。

〔四〕顛倒醉衫衣：竇集附詩作「閑施稻田衣」。

送王協律遊杭越十韻

去去莫悽悽，餘杭接會稽。松門天竺寺，花洞若耶溪。浣渚逢新豔，蘭亭識舊題。山經秦帝望〔一〕，壘辨越王棲。江樹春常早〔二〕，城樓月易低〔三〕。鏡澄湖面嶓〔四〕，雲疊海潮齊。章甫官人戴，蓴絲姹女提。長干迎客鬧，小市隔煙迷。紙亂紅藍壓，甌凝碧玉泥。荆南無抵物，來日爲儂攜。

【校勘記】

〔一〕望：原闕，據錢校宋本、《全唐詩》卷四〇六補。叢刊本作「葬」。

〔二〕常：《英華》卷二七七作「當」。

〔三〕樓：《英華》作「頭」。

〔四〕鏡澄湖面嶗：錢校、《全唐詩》作「鏡呈湖面出」。

送東川馬逢侍御使回十韻

風水荆門闊，文章蜀地豪。眼青賓禮重，眉白衆情高。思湧曾吞筆〔一〕，投虚慣用刀。詞鋒倚天劍，學海駕雲濤。南郡傳紗帳，東方讓錦袍。旋吟《新樂府》，便續古《離騷》。雪岸猶封草，春江欲滿槽。餞筵君置醴，隨俗我餔糟。莫歎巴三峽，休驚鬢二毛。流年等閑過〔二〕，人世各勞勞。

【校勘記】

〔一〕湧：原作「勇」，據《英華》卷二七七改。

〔二〕閑：原作「頭」，據錢校、《英華》改。

元稹集卷第十二

律詩

酬盧祕書并序

予自唐歸京之歲，〔馬注：自唐州從事還京。〕祕書郎盧拱作《喜遇白贊善學士》詩二十韻，兼以見貽。白詩酬和先出〔一〕，予草蹙未暇，盧頻有致師之挑〔二〕，故篇末不無憤詞。其次用本韻，習然也。

偶有衝天氣，都無處世才。未容榮路穩，先踏禍機開。分久沉荆掾，慚經廁柏臺〔三〕。理推愁易惑，鄉思病難裁。夜伴吴牛喘，春驚朔雁回。北人腸斷送，西日眼穿頽。唯望魂歸去，那知詔下來。涸魚千丈水，殭燕一聲雷。幽匣提青鏡，衰顔拂故埃。夢雲期紫閣，厭雨别黄梅。親戚迎時到，班行見處陪。文工猶畏忌，朝士絶嫌猜。新識蓬山傑，深交翰苑材。連投珠作貫，獨和玉成堆。劇敵徒相軋，羸師亦自媒。磨礱刮骨刃，翻擲委心灰。恐被神明哭，憂爲造化災。私調破葉箭，定飲搴旗盃。金寶潛砂礫，芝蘭似草萊。憑君毫髮鑒，莫遺翳莓苔。

【校勘記】

〔一〕詩：原作「時」，據《全唐詩》卷四〇七改。

〔二〕盧：原作「皇」，據《全唐詩》注改。

〔三〕廁：原作「廝」，據《全唐詩》改。

見人詠韓舍人新律詩因有戲贈

喜聞韓古調，兼愛近詩篇。玉磬聲聲徹，金鈴箇箇圓。高疏明月下〔一〕，細膩早春前。花態繁於綺，閨情軟似綿。輕新便妓唱，凝妙入僧禪。欲得人人伏，能教面面全。延之苦拘檢〔二〕，摩詰好因緣。七字排居敬，千詞敵樂天。侍御八兄，能爲七言絶句。贊善白君，好作百韻律詩。殷勤閑太祝，張君籍。好去老通川。自謂。莫漫裁章句，須饒紫禁仙。

【校勘記】

〔一〕高疏：張校宋本注：「一作鏗鏘。」

〔二〕之：錢校、《英華》卷二五八作「清」。　檢：原作「撿」，據馬本、叢刊本、《全唐詩》卷四〇七改。

奉和權相公行次臨闕驛逢鄭僕射相公歸朝俄頃分途因以奉贈詩十四韻

帝下赤霄符，搜求造化爐。中台歸内座，太一直南都。黄霸乘軺入，王尊叱馭趨。萬人東道送，六纛北風驅。棧閣纔傾蓋，關門已合繻。貫魚行邐迤，交馬語踟蹰。去速熊羆兆，來馳虎豹夫。昔憐三易地，今訝兩分途。别路環山雪，離章運寸珠。鋒鋩斷犀兕，波浪没蓬壺。區宇聲雖動，淮河孽未誅。將軍遥策畫，師氏密訏謨。漢上壇仍築，褒西陣再圖。公方先二虜，何暇進愚儒。

酬樂天東南行詩一百韻并序

元和十年三月二十五日，予司馬通州，二十九日與樂天於鄠東蒲池村别，各賦一絶。到通州後，予又寄一篇，尋而樂天貺予八首。予時瘧病將死〔一〕，一見外不復記憶。十三年，予以赦當遷，簡省書籍，得是八篇。吟歎方極，適崔果州使至，爲予致樂天去年十二月二日書。書中寄予百韻至兩韻凡二十四章，屬李景信校書自忠州訪予，連牀遞飲之間，悲咤使酒，不三兩日，盡和去年已來三十二章皆畢，李生視草而去。四月十三日，予手寫爲上、下卷，仍依次重用本韻，亦不知何時得見樂天，因人或寄去。通之人莫可與言詩者，唯妻淑在旁知狀。其本卷尋時於峽州面付樂天。別本都在唱和卷中。此卷唯五言大律詩二首而已。

我病方吟越，君行已過湖。元和十年閏六月至通州，染瘴危重。八月聞樂天司馬江州〔二〕。去應緣直道，哭不爲窮途。亞竹寒驚牖，空堂夜向隅。暗魂思背燭，危夢怯乘桴。此後每聯之內，半述巴蜀土風，半述江鄉物産。坐痛筋骸憯，旁嗟物候殊。雨蒸蟲沸渭，浪湧怪睢盱。索綆飄蚊蚋，蓬麻甃舳艫。短簷苫稻草，微俸封去聲漁租。泥去聲浦喧撈蛤，荒郊險鬭貙。鯨吞近溟漲，猿鬧接黔巫。芒屩泅牛婦，丫頭蕩槳夫。酢醅荷裹賣，醨酒水淋沽。巴民造酒如淋醋法。舞態翻鸜鵒，歌詞咽鷓鴣。夷音啼似笑，蠻語謎相呼。江郭船添店，山城木豎郛。吠聲沙市犬，爭食墓林烏。獷俗誠堪憚，妖神甚可虞。欲令仁漸及，已被瘧潛圖。膳減思調鼎，行稀恐蠹樞。雜蓴多剖鱔，和黍半蒸菰。綠粽新菱實，金丸小木奴。巴橘，酸澀，大如彈丸。芋羹真暫澹，䶉炙之夜反漫塗蘇。炰鼈那勝羜，烹鯀只似鱸。通州俗以鯀魚爲膾〔三〕。楚風輕似蜀，巴地濕如吳。氣濁星難見，州斜日易晡。通宵但雲霧，未酉即桑榆。此後並言巴中風俗。瘴窟蛇休蟄，炎溪暑不徂。倀魂陰叫嘯，鵩貌晝踟躕。鄉里家藏蠱，官曹世乏儒。斂緡偷印信，傳箭作符繻。椎髻拋巾幗，鑽刀代轆轤。當心鞙銅鼓〔四〕，背弝射桑弧。巴民盡射木弓，仍於弓左安箭。豈復民甿料，須將鳥獸驅。是非渾並漆，辭訟敢研朱。陋室鴞窺伺，衰形蟒覬覦。鬢毛霜點合，襟淚血痕濡。倍憶京華伴，偏忘我爾軀。此後並言與樂天同科、共遊處等事。謫居今共遠，榮路昔同趨〔五〕。科試銓衡局〔六〕，衙參典校厨。書判同年，校正同省。月中分桂樹，天上識昌蒲。應召逢鴻澤，陪游值賜酺。心唯撞衛磬，耳不亂齊竽。此後並言同應制時事。海岱詞鋒截，皇王筆陣驅。疾奔凌騕褭，高唱軋吴歈。點檢張儀舌，提攜傅説圖。擺囊看利穎，開頷出明珠。並取千人特，皆非十上徒。白麻雲色膩，墨詔電光粗。衆口貪歸美，何顔敢妬姝。秦臺納紅旭，鄠匣洗黄壚。諫獵寧規避，彈豪詎囁嚅。肺肝憎巧曲，蹊徑絶縈迂。誓遣朝綱振，忠饒翰苑輸。元和四年爲監察御史，樂天爲翰林學士。驥調方汗血，蠅點忽成盧。遂謫栖遑掾，還飛送别盂。痛嗟親愛隔，顛望友朋扶。狸病翻隨鼠，驄羸返作駒。物情良徇俗，時論太誣吾。瓶罄罍偏恥，松摧柏自枯〔七〕。虎雖遭陷穽，龍不怕泥塗。此已上並述五年貶掾江陵，樂天亦遭罹謗鑠。重喜登賢苑，方看佐伍符〔八〕。九年，樂天除太子贊善，予從事唐州也。判身入矛戟，輕敵比錙銖。馹騎來千里〔九〕，天書下九衢。因教罷飛檄，便許到皇都。十年春，自唐州詔予召入京。舟敗罌浮漢，驂疲杖過邘。郵亭一蕭索，烽候各崎嶇。餽餉人推輅，誰何吏執殳？跂家逃力役〔一〇〕，連鎖責音債逋誅。防戍兄兼弟，收田婦與姑。縑緗工女竭，青紫使臣紆。望國參雲樹，歸家滿地蕪。破窗塵埻埻，幽院鳥嗚嗚。此已下並言靖安里無人居，觸目荒凉。祖竹叢新筍，孫枝壓舊梧。晚花狂蛺蝶，殘蔕宿茱萸。始悟摧林秀，因銜避繳蘆。文房長遺閉，經肆未曾鋪。鴛鷺方求侶，鴟鳶已嚇雛。徵還何鄭重，斥去亦須臾。迢遞投遐徼，蒼黄出奥區。通川誠有咎，湓口定無辜。三月稹之通川，八月樂天之江州。利器從頭匣，剛腸到底刳。薰蕕任盛貯，稊稗莫超踰。公幹經時卧，鍾儀幾歲拘？光陰流似水，蒸瘴熱於鑪。薄命知然也，深交有矣夫。救焚期骨肉，投分刻肌膚。本題云：寄澧州李十一舍人〔二〕、果州崔二十二員外、開州韋大員外、通州元九侍御、庾三十二補闕〔三〕、杜十四拾遺、李二十助教、竇七校書，兼投弔席八舍人。二妙馳軒陛，三英詠袴襦。庾三十二、杜十四並居北省〔三〕，李十一、崔二十二、韋大各典方州。李多嘲蝘蜓，竇數集蜘蛛。李二十雅善歌詩，固多詠物之作。竇七頻改官銜，屢有蜘蛛之喜。數子皆奇貨，唯予獨朽株。邯鄲笑匍匐，燕薊受揶揄。懶學三閭憤，甘齊百里愚。耽眠稀醒素，憑醉少嗟吁。學問徒爲爾，書題盡已于。别猶多夢寐，情尚感凋枯。近喜司戎健，尋傷掌誥徂。今日得樂天書，去年聞席八歿〔四〕。士元名位屈，伯道子孫無。舊好飛瓊翰，新詩灌玉壺。幾催閑處泣，終作苦中娱。廉藺聲相讓，燕秦勢豈俱。此篇應絶倒，休漫捋髭鬚。樂天戲題篇末云：此篇擬打足下寄容州詩，故有戲譽。

【校勘記】

〔二〕瘧：原作「瘄」，據錢校宋本、蘭雪堂本、馬本、叢刊本、《全唐詩》卷四〇七改。

〔三〕聞：原作「間」，據馬本、叢刊本、《全唐詩》改。

〔三〕俗：原作「江」，據馬本、《全唐詩》改。

〔四〕輯：原作「輸」，據錢校、蘭雪堂本、馬本、叢刊本、《全唐詩》改。

〔五〕昔：原作「惜」，據《全唐詩》改。

〔六〕扃：錢校、蘭雪堂本、《全唐詩》作「局」。

〔七〕枯：張校宋本作「孤」。

〔八〕看：蘭雪堂本、馬本、《全唐詩》作「欣」。

〔九〕馹：《全唐詩》作「驛」。

〔一〇〕跂：蘭雪堂本作「跋」，馬本、《全唐詩》作「拔」。

〔一一〕李十一：原作「李十」，據盧校與《全唐詩》改，因下文亦作「李十一」。

〔一二〕庾三十二：原作「三十三」，據《全唐詩》及《唐人行第録》改，下同。

〔一三〕杜十四：原作「杜二十四」，據《全唐詩》、《唐人行第録》及上文改。

〔一四〕去年：原作「六年」，據岑仲勉《讀全唐詩札記》考定改。岑氏曰：「據詩序，此是元和十三年作，樊汝霖韓譜注，夔卒十二年，則『六年』乃『去年』之訛。」

和樂天送客遊嶺南二十韻次用本韻

我自離鄉久，君那度嶺頻。一盃魂慘澹，萬里路艱辛。江館連沙市，瀧船泊水濱。騎田迴北顧，銅柱指南鄰。大壑浮三島，周天過五均。波心踴樓閣〔一〕，規外布星辰。交廣間南極浸高，北極凌低〔二〕，圓規度外，星辰至衆。大如五曜者數十，皆不在星經。狒狒穿筒格，猩猩置屐馴。郭璞云：鸓鸓〔三〕，交廣山谷間有之，南人俗法，嘗用竹筒穿臂以受之，狒狒執臂輒笑。笑則脣蔽兩目，人因自筒中出手，以釘釘之於樹。猩猩嗜酒，好屐，南人嘗以美酒置於其所，且排十數屐，猩猩見之，驟相謂曰：「吾既就擒矣。」然而漸飲至醉〔四〕，醉則穿破屐而行，既不能去，相與泣而見獲。故《吴都賦》曰：「猩猩啼而就擒，鸓鸓笑而被格。」蓋爲此。貢兼蛟女絹，俗重語兒巾。南方去京華絶遠，冠冕不到，唯海路稍通。吴中商肆多榜云：此有語兒巾子。舶主腰藏寶，南方呼波斯爲舶主。胡人異寶，多自懷藏，以避强丐。黄家砦音柴之去聲，南夷之區落。起塵。歌鍾排象背，炊爨上魚身。夷民大陳設，則巨象背上作樂，大魚出浮，身若洲島，海人泊舟於旁，因而炊爨其上，魚不之覺。電白雷山接，旗紅賊艦新。島夷徐市種，廟覡趙佗神。鳶跕方知瘴，蛇蘇不待春。曙潮雲斬斬，夜海火燐燐。海水夜擊之，則盡如火，蓋陰火潛然之謂也。冠冕中華客，梯航異域臣。果然皮勝錦，吉了舌如人。風黖秋茅葉〔五〕，煙埋曉月輪。定應玄髮變，焉用翠毛珍。句漏沙須買，貪泉貨莫親。能傳稚子術，何患隱之貧？

【校勘記】

〔一〕踴：《全唐詩》卷四〇七作「湧」。

〔二〕凌：訛，疑當作「浸」。

〔三〕畾畾：《説文》作「畾畾」，即「狒狒」。郭璞《山海經·海内南經》同。

〔四〕飲：原作「斂」，據馬本、《全唐詩》改。

〔五〕黕：《全唐詩》作「甀」。

獻滎陽公詩五十韻并啓〔一〕

啓：今月十七日，公會儒于便廡，稹亦謬容末席。公出《棠樹》之首章，且識其目曰：客有前進士韋張在宋來會學，由我而下，聯爲五言以美之。諸生怗怗竦竦，各盡詞以獻公。公則舉其摧敵，推案析理，次至數聯，應若前定。諸儒有不安者，隨爲刮削，變媸爲妍，不廢暮而珠貫成就。瑕不可掩者，稹六聯耳，退而自咎。且盛公之所爲，因而次用所聯翩賢等五十一字，合爲一詩，止詠公之詞業力翰〔二〕，洎生徒學校之事而已也。其於勳位崇懿在國籍，族地清甲編世家，政事德美播謳謠，儉仁慈愛被親戚〔三〕，非小儒造次之所盡。大凡受褊狹者不可以語大，持盃棬而承澍雨，自滿而止，又安能測其霶霈之所至哉！惶恐無任，俯伏待罪〔四〕，謹以啓陳。不宣，謹啓。

鄭驛騎翩翩，丘門子弟賢。文翁開學日，正禮騁途年。張秀才正謨，滎陽公首薦登第也。駿骨黃金買，英髦絳帳延。趨風皆蹀足，侍坐各差肩。解榻招徐稚，登樓引仲宣。鳳攢題字扇〔五〕，魚落講經筵。盛氣河包濟，貞姿嶽柱天。皋夔當五百，鄒魯重三千。科斗翻騰取，《關雎》教授先。滎陽公寮吏生徒受詩有百數。篆垂朝露滴，詩綴夜珠聯。逸禮多心匠，焚書舊口傳。陳遵修尺牘，阮瑀讓飛箋。中的顏初啓，抽毫踵未旋。森羅萬木合，屬對百花全。詞海跳波湧，文星拂坐懸。戴馮遥避席，祖逖後施鞭。西蜀《淩雲賦》，東陽《詠月篇》。勁芰鼇足斷，精貫虱心穿。浩汗神彌王，飄颻興欲仙。冰壺通皓雪，綺樹眇晴煙。驅駕雷霆走，鋪陳錦繡鮮。清機登突於吊反奧，流韻溢山川。墨客膺潛服，談賓膝誤前。張鱗定摧敗，折角反矜憐。句句推瓊玉，聲聲播管弦。纖新撩造化，澒洞斡陶甄。衛磬琤鍧極，齊竽僭濫偏。空虛慚炙輠，點竄許懷鉛。憊色秋來草，哀吟雨後蟬。自傷魂慘沮〔六〕，何暇思幽玄？積病瘧二年，求醫在此，滎陽公不忍歸之瘴鄉。喜到樽罍側〔七〕，愁親几案邊。菁華知竭矣，肺腑尚求旃。抵滯渾成醉，徘徊轉慕羶。老歎才漸少，閑苦病相煎。瓦礫難追琢，芻蕘分棄捐。漫勞成懇懇〔八〕，那得美娟娟。拙劣仍非速，迂愚且異專。移時停筆硯，揮景乏戈鋋。儀舌忻猶在，舒帷誓不褰。會將連獻楚，深恥謬游燕。蒲有臨書葉，韋充讀《易》編。沙須披見寶，經擬帶耕田。入霧長期閏〔九〕，持朱本望研。輪轅呈曲直，鑿枘取方圓。呼吸寧徒爾，霑濡豈浪然。過簫資響亮，隨水漲淪漣。惜日看圭短，偷光恨壁堅。勤勤雕朽木，細細導蒙泉。傳癖今應甚，頭風昨已痊。丹青公舊物，一爲變蚩妍。

【校勘記】

〔一〕啓：原作「序」，據《全唐詩》卷四〇七與本詩改。

〔二〕力：疑或作「才」。

〔三〕慈：原無，據馬本、《全唐詩》補。

〔四〕待：原作「侍」，據蘭雪堂本、馬本、叢刊本、《全唐詩》改。

〔五〕攢：原作「欑」，據《全唐詩》改。

〔六〕沮：盧校宋本作「怛」。

〔七〕到：盧校宋本作「倒」。

〔八〕成：盧校宋本作「誠」，似是。

〔九〕閏：疑當作「潤」。

元稹集卷第十三

律詩

酬樂天江樓夜吟稹詩因成三十韻次用本韻

忽見君新句，君吟我舊篇。見當巴徼外，吟在楚江前。思鄙寧通律，聲清遂扣玄。三都時覺重，一顧世稱妍。排韻曾遥答，分題幾共聯？昔憑銀翰寫，今賴玉音宣。布鼓隨椎響，坯泥仰匠圓。鈴因風斷續，珠與調牽綿。阮籍驚長嘯，商陵怨别弦。猿羞啼月峽，鶴讓警秋天。志士潛興感，高僧暫廢禪。興飄滄海動，氣合碧雲連。點綴工微者，吹嘘勢特然。休文徒倚檻，彦伯浪迴船。妓樂當筵唱，兒童滿巷傳。改張思婦錦，騰躍賈人箋。魏拙虚教出，曹風敢望痊。定遭才子笑，恐賺學生癲。裁什情何厚，飛書信不專。隼猜鴻蓄縮，虎横犬迍邅。水墨看雖久，瓊瑶喜尚全。纔從魚裏得，便向市頭懸。夜置堂東序，朝鋪座右邊。手尋韋欲絶，淚滴紙渾穿。甘蔗銷殘醉，醍醐醒早眠。深藏那遽滅，同詠苦無緣。雅羡詩能聖，終嗟藥未仙。五千誠遠道，四十已中年。諸葛亮云：揚州萬里，潯陽向餘五千。僕今年忽已四十一〔二〕。暗魄多相夢，衰容每自憐。卒章還慟哭，蚊蚋溢山川。

【校勘記】

〔二〕諸葛亮云……四十一：馬本作「時公年四十一」。向餘：疑當作「尚餘」。

酬樂天待漏入閤見贈 時樂天爲中書舍人，予任翰林學士〔一〕。

未勘銀臺契，先排浴殿關。沃心因特召，承旨絶常班〔二〕。承旨學士，在諸學士上。颭閃才人袖，思政對學士，往往宮宦傳詔。嘔鴉軟舉鐶。宮花低作帳，雲從積成山。密視樞機草，偷瞻咫尺顔。恩垂天語近，對久漏聲閑。丹陛曾同立，金鑾恨獨攀。筆無鴻業潤，袍愧紫文殷。河水通天上，瀛州接世間。謫仙名籍在，何不重來還？

【校勘記】

〔一〕任：原作「在」，據《全唐詩》卷四〇八改。

〔二〕承：原作「丞」，本當作「承」，唐人常書作「丞」，故改，下同。

酬樂天早春閑遊西湖頗多野趣恨不得與微之同賞因思在越官重事殷鏡湖之遊或恐未暇因成十八韻見寄樂天前篇到時適會予亦宴鏡湖南亭因述目前所睹以成酬答末章亦示暇誠則勢使之然亦欲粗爲恬養之贈耳浙東時作

雁思欲迴賓，風聲乍變新。各攜紅粉妓，俱伴紫垣人。水面波凝縠，山腰虹音降似巾。柳條黄大帶，茭葑茭葑，草根。緑文茵。雪盡纔通屐，汀寒未有蘋。向陽偏曬羽，依岸小游鱗。浦嶼崎嶇到，林園次第巡。墨池憐嗜學，丹井羨登真。逸少墨池、稚川丹井〔一〕，皆越中異跡。雅歎游方盛，聊非意所親。白頭辭北闕，滄海是東鄰。問俗煩江界，蒐畋想渭津。故交音訊少，歸夢往來頻。獨喜同門舊，皆爲列郡臣。三刀連地軸，一葦礙車輪。尚阻青天霧，空瞻白玉塵。龍因雕字識，犬爲送書馴。勝事無窮境，流年有限身。懶將閑氣力，争鬭野塘春。

【校勘記】

〔一〕川：原作「州」，據馬本、叢刊本、《全唐詩》卷四〇八改。

江邊四十韻官爲修宅，率然有作，因招李六侍御。此後並江陵時作。

官借江邊宅，天生地勢坳。欹危饒壞構，迢遞接長郊。怪鵩頻棲息，跳蛙頗溷殽。總無籬缴繞，尤怕虎咆哮。停潦魚招獺，空倉鼠敵猫。土虚煩穴蟻，柱朽畏藏蛟。蛇虺吞簷雀，豺狼逐野麃。犬驚狂浩浩，雞亂響嘐嘐。濩落貧甘守，荒涼穢盡包。斷簾飛熠耀，當户網蠨蛸。曲突翻成沼，行廊却代庖。橋横老顛枿，馬病裹芻茭。一一牀頭點，連連砌下泡。辱泥疑在絳，避雨想經崤。相顧憂爲鼈，誰能復繫匏？誓心來利往，卜食過安爻。何計逃昏墊，移文報舊交。棟梁存伐木，苫蓋愧分茅。金瑄排黄荻，琅玕裹翠梢〔一〕。花塼水面鬭，鴛瓦玉聲敲。方礎荆山採，修椽郢匠鉋。隱錐雷震蟄〔二〕，破竹箭鳴骹。正寢初停午，貪眠欲轉胞〔三〕。囷圓收薄禄，厨敞備嘉肴。各各人寧宇，雙雙燕賀巢。高門受車轍，華廏稱蒲梢。尺寸皆隨用，毫釐敢浪抛。篾餘籠白鶴，材賸架青鵁〔四〕。製榻容筐篚〔五〕，施關拒斗筲。欄干防汲井，密室待投膠〔六〕。庭草傭工薙，園蔬稚子掊。本圖閑種植，那要擇肥磽。緑柚勤勤數，紅榴箇箇抄。池清漉螃蠏，瓜蠹拾蝦蟊。曬篆看沙鳥，磨刀綻海鮫。羅灰修藥竈，築垛閱弓弰〔七〕。散誕都由習，童蒙剩懶教。最便陶静飲，還作解愁嘲。近浦聞歸檝，遥城罷曉鐃。王孫如有問，須爲併揮鞘。

【校勘記】

〔一〕褭：蘭雪堂本、馬本、叢刊本作「裊」。　梢：原作「稍」，據蘭雪堂本、馬本、叢刊本、《全唐詩》卷四〇八改。

〔二〕錐：蘭雪堂本、馬本、叢刊本作「椎」。

〔三〕貪：馬本、叢刊本、《全唐詩》作「頻」。

〔四〕材：馬本、叢刊本闕，《全唐詩》作「枝」。　鵁：原作「蛟」，據蘭雪堂本、馬本、叢刊本、《全唐詩》改。

〔五〕篚：原作「坐」，據馬本、《全唐詩》改。　蘭雪堂本作「在」。

〔六〕投：蘭雪堂本、馬本、叢刊本、《全唐詩》作「持」。

〔七〕築：原作「築」，據蘭雪堂本、馬本、叢刊本、《全唐詩》改。

春六十韻

節應寒灰下，春生返照中。未能消積雪，已漸少回風。迎氣邦經重，齋誠帝念隆。龍驤紫宸北，天壓翠壇東。仙仗搖佳彩，榮光答聖衷。便從威仰座，隨入大羅宮。先到璇淵底，偷穿玳瑁櫳〔一〕。舘娃朝鏡晚，太液曉冰融。撩摘音剔芳情遍〔二〕，搜求好處終。九霄渾可可，萬姓尚忡忡。晝漏頻加箭，宵暉欲半弓〔三〕。驅令三殿出，乞與百蠻同。直自方壺島，斜臨絶漠戎。南巡暖珠樹〔四〕，西轉麗崆峒。度嶺梅甘坼，潛泉脈暗洪。悠悠鋪塞草，冉冉著江楓。蠶役提筐妾，耘催荷篠翁。既蒸難發地，仍送懶歸鴻。約略環區宇，殷勤綺鎬酆。華山青黛撲，渭水碧紗蒙。宿露清餘靄，晴煙塞迥空。燕巢纔點綴，鶯舌最惺憁〔五〕。膩粉梨園白，煙脂桃徑紅。鬱金垂嫩柳，罯畫委高籠。地甲門闌大，天開禁掖崇。層臺張舞鳳，閣道架飛虹。麴蘖調神力〔六〕，鶬鸞竭至忠〔七〕。歌鍾齊錫宴，車服獎庸功。俊造欣時用〔八〕，閭閻賀歲豐。倡樓妝熠熠〔九〕，農野緑芃芃〔一〇〕。貴主憍矜盛，豪家恃賴雄。偏霑打毬綵，頻得鑄錢銅。專殺擒楊若，殊恩赦鄧通。女孫新在内，嬰稚近封公。游衍關心樂，詩書對面聾。盤筵饒異味，音樂斥庸工。酒愛油衣淺，盃誇馬腦烘。挑鬟玉釵髻，刺繡寶裝攏。啓齒呈編貝，彈絲動削葱。醉圓雙媚靨，波溢兩明瞳。但賞歡無極，那知恨亦充。洞房閑窈窕，庭院獨葱蘢。謝砌縈殘絮，班窗網曙虫。望夫身化石，爲伯首如蓬。顧我沉憂士，騎他老病驄。静街乘曠蕩，初日接曈曨。飲敗肺常渴，魂驚耳更聰。虚逢好陽豔，其那苦昏懜。僶俛還移步，持疑又省躬。慵將疲顇質，漫走倦羸僮。季月行當暮，良辰坐歎窮。晉悲焚介子，魯願浴沂童。燧改鮮妍火〔一一〕，花繁晻濇桐〔一二〕。瑞雲低⿸广合⿸广合，香雨潤濛濛。藥溉分窠數，蘺栽備幼沖。種莎憐見葉，護筍冀成筒。有夢多爲蝶，因蒐定作熊。漂沉隨壤芥，榮茂委蒼穹。震動風千變，晴和鶴一沖。丁寧褰芳侶，須識未開叢。

【校勘記】

〔一〕偷：原闕，據蘭雪堂本、馬本、叢刊本、《全唐詩》卷四〇八補。

〔二〕情：原闕，據蘭雪堂本、馬本、叢刊本、《全唐詩》補。

〔三〕宵：原作「霄」，據馬本、叢刊本、《全唐詩》改。

〔四〕暖：蘭雪堂本、馬本、叢刊本、《全唐詩》作「曖」。

〔五〕惺：原作「醒」，據蘭雪堂本、馬本、叢刊本、《全唐詩》改。

〔六〕力：《全唐詩》作「化」。

〔七〕至：蘭雪堂本、馬本、叢刊本作「志」。

〔八〕欣：馬本、叢刊本作「興」。

〔九〕妝燿燿：蘭雪堂本、馬本、叢刊本作「歌細細」。

〔一〇〕綠：蘭雪堂本、馬本、叢刊本作「麥」。

〔一一〕妍：原作「研」，據蘭雪堂本、馬本、叢刊本、《全唐詩》改。

〔一二〕晻：原作「晻」，據蘭雪堂本、馬本、叢刊本、《全唐詩》改。

月三十韻

蓂葉標新朔，霜毫引細輝。白眉驚半隱，虹勢訝全微。騰魄潭空洞〔一〕，虛弓雁畏威。上弦何汲汲，佳色轉依依。綺幕殘燈斂，妝樓破鏡飛。玲瓏穿竹樹，岑寂思幈幃。坐愛規將合，行看望已幾。絳河冰鑑朗，黄道玉輪巍。迥照偏瓊砌，餘光借粉闈。泛池相皎潔，壓桂共芳菲。的的當歌扇，娟娟透舞衣。殷勤入懷什，懇款墮雲祈。素液傳烘盞，鳴琴薦碧徽。椒房深肅肅，蘭路靄霏霏。翡翠通簾影，琉璃瑩殿扉。西園筵玳瑁，東壁射蟏蛸。從星作老將占天陣，幽人釣石磯。荷鋤元亮息，迴棹子猷歸。迢遞同千里，孤高淨九圍。從星作風雨，配日麗旌旗。麟鬭寧徒設，蠅聲豈浪譏？司存委卿士，親拜出郊畿。今古雖云極，虧盈不易違。珠胎方夜滿，清露忍朝晞。漸減姮娥面，徐收楚練機。卞疑雕璧碎，潘感竟牀稀。捐篋辭班女，潛波蔽宓妃。氛埃誰定滅？蟾兔杳難希。須遣圓明盡，良嗟造化非。如能付刀尺，別爲創璿璣。

【校勘記】

〔一〕膹：蘭雪堂本、馬本、叢刊本、《全唐詩》卷四〇八作「涼」。

〔二〕思：張校宋本作「隱」。

〔三〕霏霏：原作「菲菲」，據蘭雪堂本、馬本、叢刊本、《全唐詩》改。

〔四〕卿：蘭雪堂本、馬本、叢刊本、《全唐詩》作「鄉」。

〔五〕親：蘭雪堂本、馬本、叢刊本、《全唐詩》作「新」。

〔六〕姮：原作「恒」，據《全唐詩》改。蘭雪堂本作「嫦」。

〔七〕沓：蘭雪堂本、馬本、叢刊本、《全唐詩》作「杳」。

飲致用神麴酒三十韻

七月調神麴，三春釀緑醽。雕鐫荆玉盞，烘透内丘瓶。試滴盤心露，疑添案上螢。滿尊凝止水，祝地落繁星。翻陋瓊漿濁，唯聞石髓馨。冰壺通角簟，金鏡徹雲屏。雪映煙光薄，霜涵霽色泠。蚌珠懸皎皛，桂魄倒瀴溟。晝灑蟬將飲，宵揮鶴誤聆。琉璃驚太白，鍾乳訝微青。詎敢辭濡首，并憐可鑒形。行當遺俗累，便得造禪扃。何憚説千日？甘從過百齡。但令長泛蟻，無復恨漂萍。膽壯還增氣，機忘反自冥。甕眠思畢卓，糟藉憶劉伶。彷彿中聖日，希夷來大庭。眼前須底物，座右任他銘。刮骨都無痛，如泥未擬停。殘觴猶漠漠，華燭已熒熒。真性臨時見，狂歌半睡聽。喧闐争意氣，調笑學娉婷。酩酊焉知極，羈離忽暫寧。雞聲催欲曙，蟾影照初醒。咽絶鵑啼竹，蕭撩雁去汀。遥城傳漏箭，鄉寺響風鈴。楚澤一爲梗，堯階屢變蓂。醉荒非獨此，愁夢幾曾經？每恥窮途哭，今那客淚零？感君澄醴酒，不遣渭和涇。

感石榴二十韻

何年安石國？萬里貢榴花。迢遞河源道，因依漢使槎。酸辛犯葱嶺，憔悴涉龍沙。初到摽珍木，多來比亂麻。深抛故園裏，少種貴人家。唯我荆州見，憐君胡地賒。從教當路長，兼恣入簷斜。緑葉裁煙翠，紅英動日華。新簾裙透影，疏牖燭籠紗。委作金爐焰，飄成玉砌瑕。乍驚珠綴密，終誤繡幃奢。琥珀烘梳碎，燕支懶頰塗。風翻一樹火，電轉五雲車。絳帳迎宵日，芙蕖綻早牙。淺深俱隱映，前後各分葩。宿露低蓮臉，朝光借綺霞。暗虹徒繳繞，濯錦莫周遮。俗態能嫌舊，芳姿尚可嘉。非專愛顏色，同恨阻幽遐。滿眼思鄉淚，相嗟亦自嗟。

度門寺

北祖三禪寺〔一〕，神秀禪師造。西山萬樹松。門臨溪一帶，橋映竹千重。剪鑿基階正，包藏景氣濃。諸巖分院宇，雙嶺抱垣墉。舍利開層塔，香爐占小峰。道場居士置，經藏大師封。

太子知栽植，神王守要衝。由旬排講座，丈六寫真容。佛語迦陵説，僧行猛虎從。修羅擡日拒，樓至拔霜鋒。畫井垂枯朽，穿池救噞喁。蕉非難敗壞，槿喻暫丰茸。寶界留遺事，金棺滅去蹤。鉢傳烘碼碯，石長翠芙蓉。影帳紗全落，繩牀土半壅。「金棺」已下，並寺中所有。荒林迷醉象，危壁亞盤龍〔二〕。行色憐初月，歸程待曉鐘。心源雖了了，塵世苦憧憧。宿蔭高聲讖，齋糧併力舂。他生再來此，還願總相逢。

【校勘記】

〔一〕寺：原作「地」，據盧校宋本改。

〔二〕盤：原作「聲」，據錢校、蘭雪堂本、馬本、叢刊本、《全唐詩》卷四〇八改。

大雲寺二十韻

地勝宜臺殿，山晴離垢氛。現身千佛國，護世四王軍。碧耀高樓瓦，赬飛半壁文。鶴林縈古道，雁塔没歸雲。幡影中天颺，鐘聲下界聞。攀蘿極峯頂，游目到江濆。馴鴿閑依綴，調猿静守羣。虎行風捷獵，龍睡氣氛氲。穫稻禪衣卷，燒畬劫火焚。新英蜂采掇，荒草象耕耘。鉢付靈童洗，香教善女薰。果枝低罯罯，花雨澤雰雰。示化維摩疾，降魔力士勳。聽經神變見，説偈鳥紛紜。上境光猶在，深溪暗不分。竹籠煙欲暝，松帶日餘曛。真諦成知别，迷心尚有云〔一〕。多生沉五藴，宿習樂三墳。諭鹿車雖設，如蠶緒正棼。且將平等義，還奉聖明君。

【校勘記】

〔一〕心：盧校宋本作「方」。

和友封題開善寺十韻〔一〕依次重用本韻

梁王開佛廟，雲構歲時遥。珠綴飛閑鴿，紅泥落碎椒。燈籠青燄短，香印白灰銷。古匣收遺施，行廊畫本朝。藏經霑雨爛，魔女捧花嬌〔二〕。亞樹牽藤閣，横查壓石橋。竹荒新筍細，池淺小魚跳。匠正琉璃瓦，僧鋤芍藥苗。旋蒸茶嫩葉，偏把柳長條。便欲忘歸路，方知隱易招。

【校勘記】

〔一〕善：錢校疑作「聖」。卞孝萱據元稹《楚歌十首》之七「唯餘開聖寺，猶學武皇妖」句與題注「江陵時作」而考定江陵有「開聖寺，後梁時所建」。

〔二〕花：盧校宋本作「香」。

元稹集卷第十四

律詩

牡丹二首此後並是校書郎已前作

簇蕊風頻壞，裁紅雨更新。眼看吹落地，便别一年春。

繁緑陰全合，衰紅展漸難。風光一擡舉，猶得暫時看。

象人

被色空成象，觀空色異真。自悲人是假，那復假爲人。

與楊十二巨源盧十九經濟同遊大安亭各賦二物合爲五韻探得松石

片石與孤松，曾經物外逢。月臨棲鶴影，雲抱老人峯。蜀客君當問，秦官我舊封。積膏當琥珀，新劫長芙蓉。待補蒼蒼去，樛柯早變龍。

賦得春雪映早梅

飛舞先春雪，因依上番梅。一枝方漸秀〔一〕，六出已同開。積素光逾密，真花節暗催。摶風飄不散，見晛忽偏摧。郢曲琴空奏，羌音笛自哀。今朝兩成詠，翻挾昔人才。

【校勘記】

〔一〕秀：盧校宋本作「笑」，極佳。

賦得玉卮無當韻取卮字

共惜連城寶，翻成無當卮。詎慚君子貴，深訝巧工隳。泛蟻功全小〔一〕，如虹色不移。可憐殊礫石，何計辨糟醨？江海誠難滿，盤筵莫忘施。縱乖斟酌意，猶得對光儀。

【校勘記】

〔一〕小：馬本、叢刊本作「少」。

賦得數蓂元和年作〔一〕

將課司天曆，先觀近砌蓂。一旬開應月，五日數從星。桂滿叢初合，蟾虧影漸零。辨時長有素，數閏或餘青。墜葉推前事，新芽察未形。堯年始今歲，方欲瑞千齡。

【校勘記】

〔一〕年：馬本、《全唐詩》卷四〇九作「中」。

賦得九月盡 秋字韻

霜降三旬後，蓂餘一葉秋。玄陰迎落日，涼魄盡殘鈎。半夜灰移琯，明朝帝御裘。潘安過今夕，休詠賦中愁。

賦得雨後花

紅芳憐靜色，深與雨相宜。餘滴下纖蕊，殘珠墮細枝。浣花江上思，啼粉鏡中窺。念此低徊久，風光幸一吹。

早歸

春靜曉風微，凌晨帶酒歸。遠山籠宿霧，高樹影朝暉。飲馬魚驚水，穿花露滴衣。嬌鶯似相惱，含囀傍人飛。

晚秋

竹露滴寒聲，離人曉思驚。酒醒秋簟冷，風急夏衣輕。寢倦解幽夢，慮閑添遠情。誰憐獨攲枕，斜月透窗明？

送林復夢赴韋令辟

蜀路危於劍，憐君自坦途。幾回曾啖炙，千里遠銜珠。野性便荒飲，時風忌酒徒。相門多禮讓，前後莫相踰。

憶楊十二[一]

楊子愛言詩，春天好詠時。戀花從馬滯，聯句放盃遲。日映含煙竹，風牽卧柳絲。南山更多興，須作白雲期。

【校勘記】

〔一〕憶楊十二：馬本作「憶楊十二巨源」。

夜合

綺樹滿朝陽，融融有露光。雨多疑濯錦，風散似分妝。葉密煙蒙火，枝低繡拂牆。更憐當暑見，留詠日偏長。

新竹

新篁纔解籜，寒色已青葱。冉冉偏凝粉，蕭蕭漸引風。扶疏多透日，寥落未成叢。唯有團團節，堅貞大小同。

秋相望

簷月驚殘夢，浮涼滿夏衾。蠨蛸低户網，螢火度牆陰。爐暗燈光短，牀空帳影深。此時相望久，高樹憶橫岑。

春病

病來閑卧久，因見静時心。殘月曉窗迥，落花幽院深。望山移坐榻，行藥步牆陰。車馬門前度，遥聞哀苦吟。

山竹枝 自化感寺攜來〔一〕，至清源，投之輞川耳。

深院虎溪竹，遠公身自栽。多慚折君節，扶我出山來。貴宅安危步，難將混俗材。還投輞川水，從作老龍回。

【校勘記】

〔一〕化感：盧校宋本作「感化」。

悟禪三首寄胡杲〔一〕

近聞胡隱士，潛認得心王。不恨百年促，翻悲萬劫長。有修終有限，無事亦無殃。慎莫通方便，應機不頓忘。

百年都幾日，何事苦囂然？晚歲倦爲學，閑心易到禪。病宜多宴坐，貧似少攀緣。自笑無名字，因名自在天。

近見新章句，因知見在心。春游晉祠水，晴上霍山岑。問法僧當偈，還丹客贈金。莫驚頭欲白，禪觀老彌深。

【校勘記】

〔一〕杲：原作「果」，誤，今改。

東臺去僕每爲崔、白二學士話陶先生喜不遇之事，且曰：僕得分司東臺，即足以買山家。

陶君喜不遇，予每爲君言。今日東臺去，澄心在陸渾。旋抽隨日俸，併買近山園。千萬崔兼白，殷勤承主恩。

戴光弓韋評事見贈也

潞府筋角勁，戴光因合成。因君懷膽氣，贈我定交情。不擬閑穿葉，那能枉始生？唯調一隻箭，飛入破聊城。

劉頗詩并序

昌平人劉頗，其上三世有義烈。頗少落行陣，二十解屬文，舉進士科試不就，負氣，狹路間病罌車蔽柩〔一〕，盡碎之，罄囊酬直而去。南歸唐州，爲吏所軋。勢不支，氣屈，自火其居，出契書投火中，由是以氣聞。予聞風四五年而後見，因以詩許之。

一言感激士，三世義忠臣。破甕嫌妨路，燒莊恥屬人。迴分遼海氣，閑踏洛陽塵。儻使權由我，還君白馬津。

【校勘記】

〔一〕狹：原作「俠」，據《全唐詩》卷四〇九改。

夜飲

燈火隔簾明，竹梢風雨聲。詩篇隨意贈，盃酒越巡行。漫唱江朝曲，閑徵藥草名。莫辭終夜飲，朝起又營營。

褒城驛〔一〕軍大夫嚴秦修

嚴秦修此驛，兼漲驛前池。已種萬竿竹〔二〕，又栽千樹梨〔三〕。四年三月半，新筍晚花時〔四〕。悵望東川去〔五〕，等閑題作詩〔六〕。

【校勘記】

〔一〕褒城驛：《英華》卷二九八作「題褒城驛」。

〔二〕萬：原作「千」，據《英華》改。

〔三〕又：錢校宋本、《全唐詩》卷四〇九注：「一作更。」

〔四〕晚花：錢校、《全唐詩》注：「一作牡丹。」

〔五〕悵望：《全唐詩》注：「一作恩向。」恩，疑當作「思」。

〔六〕等閑題作詩：錢校、《全唐詩》注：「一作偶然題此詩。」

閑二首

晻淡洲煙白，籬篩日腳紅。江喧過雲雨，船泊打頭風。艇子收魚市，鵶兒噪荻叢。不堪堤上立，滿眼是蚊蟲。

青衫經夏黕，白髮望鄉稠。雨冷新秋簟，星稀欲曙樓。連鴻盡南去，雙鯉本東流。北信無人寄，蟬聲滿樹頭。

欲曙

江堤閱暗流，漏鼓急殘籌。片月低城堞，稀星轉角樓。鶴媒華表上，鶻鵃柳枝頭。不爲來趨府，何因欲曙遊？

寄胡靈之

早歲顛狂伴，城中共幾年？有時潛步出，連夜小亭眠。月影侵牀上，花叢在眼前。今宵正風雨，空宅楚江邊。

夜雨

水怪潛幽草，江雲擁廢居。雷驚空屋柱，電照滿牀書。竹瓦風頻裂，茅簷雨漸疏。平生滄海意，此去怯爲魚。

酬李六醉後見寄口號用本韻

頓愈頭風疾，因吟《口號》詩。文章紛似繡，珠玉布如棋。健羨觥飛酒，蒼黄日映籬。命童寒色倦，撫稚晚啼飢。潦倒慚相識，平生頗自奇。明公將有問，林下是靈龜〔一〕。

【校勘記】

〔一〕林：疑當作「牀」。

歸田時三十七

陶君三十七，挂綬出都門。我亦今年去，商山淅岸村〔一〕。冬修方丈室，春種桔槔園。千萬人間事，從兹不復言。

【校勘記】

〔一〕淅：原作「浙」，據馬本、叢刊本、《全唐詩》卷四〇九改。

緣路

總是玲瓏竹，兼藏淺漫溪。沙平深見底，石亂不成泥。煙火遥村落，桑麻隔稻畦。此中如有問，甘被到頭迷。

誚盧戡與予數約遊三寺戡獨沉醉而不行

乘興無羈束〔一〕，閑行信馬蹄。路幽穿竹遠，野迴望雲低。素帚茅花亂，圓珠稻實齊。如何盧進士，空戀醉如泥。

【校勘記】

〔一〕羈：盧校宋本作「拘」。

遣春三首

楊公三不惑，我惑兩般全。逢酒判身病，拈花盡意憐。水生低岸没，梅蹙小珠連。千萬紅顏輩，須驚又一年。

柳眼開渾盡，梅心動已闌。風光好時少，盃酒病中難。學問慵都廢，聲名老更判。唯餘看花伴，未免憶長安。

失卻遊花伴，因風浪引將。柳堤遥認馬，梅徑誤尋香。晚景行看謝，春心漸欲狂。園林都不到，何處枉風光？

歲日

一日今年始，一年前事空。凄涼百年事，應與一年同。

湘南登臨湘樓

高處望瀟湘，花時萬井香。雨餘憐日嫩，歲閏覺春長。霞刹分危榜，煙波透遠光。情知樓上好，不是仲宣鄉。

晚宴湘亭

晚日宴清湘，晴空走豔陽。花低愁露醉，絮起覺春狂。舞旋紅裙急〔一〕，歌垂碧袖長。甘心出童羖，須一盡時荒。

【校勘記】

〔一〕旋：原作「施」，據蘭雪堂本、馬本、叢刊本、《全唐詩》卷四〇九改。

酒醒

飲醉日將盡，醒時夜已闌。暗燈風焰曉，春席水窗寒。未解縈身帶，猶傾墜枕冠。呼兒問狼藉，疑是夢中歡。

元稹集卷第十五

律詩

獨遊

遠地難逢侶，閑人且獨行。上山隨老鶴，接酒待殘鶯。花當西施面，泉勝衛玠清。鵜鶘滿春野，無限好同聲。

洞庭湖

人生除泛海，便到洞庭波。駕浪沉西日，吞空接曙河。虞巡竟安在，軒樂詎曾過。唯有君山下，狂風萬古多。

雪天

故鄉千里夢，往事萬重悲。小雪沉陰夜，閑窗老病時。獨聞歸去雁，偏詠別來詩。慚愧紅妝女，頻驚兩鬢絲。

贈熊士登

平生本多思，況復老逢春。今日梅花下，他鄉值故人。

別嶺南熊判官

十年常遠道，不忍別離聲。況復三巴外，仍逢萬里行。桐花新雨氣，梨葉晚春晴。到海知何日？風波從此生。

水上寄樂天

眼前明月水，先入漢江流。漢水流江海，西江過庾樓。庾樓今夜月，君豈在樓頭？萬一樓頭望，還應望我愁。

夏陽亭臨望寄河陽侍御堯

望遠音書絕，臨川意緒長。殷勤眼前水，千里到河陽。

日高睡〔一〕

隔是身如夢，頻來不爲名。憐君近南住，時得到山行。

【校勘記】

〔一〕盧案：詩與題不合，疑有脱誤。（《羣書拾補》初編《元微之集》校正並補闕）錢校云：「詩與題不相類，蒙疑題誤，或非全篇也。」又云：「疑此篇脱一葉，因而致誤。」

輞川〔一〕

世累爲身累，閑忙不自由。殷勤輞川水，何事出山流？

【校勘記】

〔一〕輞川：盧案：詩與題不合，疑有脱誤。

天壇歸

爲結區中累，因辭洞裏花。還來舊城郭，煙火萬人家。

雨後

倦寢數殘更，孤燈暗又明。竹梢餘雨重，時復拂簾驚。

晴日

多病苦虚羸，晴明强展眉。讀書心緒少，閑卧日長時。

直臺

麋入神羊隊，烏驚海鷺眠。仍教百餘日，迎送直廳前。

行宫[一]

寥落古行宫，宫花寂寞紅。白頭宫女在，閑坐説玄宗。

【校勘記】

〔一〕行宫：《全唐詩》卷四一〇題下注：「一作王建詩。」然宋洪邁《萬首唐人絶句》五言卷六以此詩爲元稹作品，《容齋隨筆》卷二《古行宫詩》亦稱「微之有《行宫》一絶句」，即指此首，並評謂

「語少意足，有無窮之味」。

醉行

秋風方索漠，霜貌足睽攜[一]。今日騎驄馬，街中醉踏泥。

【校勘記】

[一]睽：《全唐詩》卷四一〇作「暌」。

指巡胡

遣悶多憑酒，公心只仰胡。挺身唯直指，無意獨欺愚。

飲新酒

聞君新酒熟，況值菊花秋。莫怪平生志，圖銷盡日愁。

香毬

順俗唯團轉[一]，居中莫動揺。愛君心不惻，猶訝火長燒。

【校勘記】

〔一〕團：張校宋本作「圓」。

景申秋八首

年年秋意緒，多向雨中生。漸欲煙火近，稍憐衣服輕。詠詩閑處立，憶事夜深行。濩落尋常慣，淒涼別爲情。

蚊幌雨來卷，燭蛾燈上稀。啼兒冷秋簟，思婦問寒衣。簾斷螢火入，窗明蝙蝠飛。良辰日夜去，漸與壯心違。

嗢嗢簷霤凝，丁丁窗雨繁。枕傾筒簟滑，幔颭案燈翻。喚魘兒難覺，吟詩婢苦煩。强眠終不着，閑卧暗消魂。

瓶瀉高簷雨，窗來激箭風。病憎燈火暗，寒覺薄幃空。婢報樵蘇竭，妻愁院落通。老夫慵計數，教想蔡城東。

風頭難着枕，病眼厭看書。無酒銷長夜，回燈照小餘。三元推廢王，九曜入乘除。廊廟應多算，參差斡太虚。

經雨籬落壞，入秋田地荒。竹垂哀折節，蓮敗惜空房。小片慈菇白，低叢柚子黄。眼前撩亂輩，無不是同鄉。

雨柳枝枝弱，風光片片斜。蜻蜓憐曉露，蛺蝶戀秋花。飢啅空籬雀〔一〕，寒棲滿樹鴉。荒涼池館内，不似有人家。

病苦十年後，連陰十日餘。人方教作鼠，天豈遣爲魚。鮫綻酆城劍，蟲凋鬼火書。出聞泥濘盡，何地不摧車？

【校勘記】

〔一〕啅：與「啄」通。

遣行十首

慘切風雨夕〔一〕，沉吟離別情。燕辭前日社，蛬是每年聲〔二〕。暗淚深相感〔三〕，危心亦自驚。不如元不識，俱作路人行。

十五年前事，悽惶無限情。病僮更借出，羸馬共馳聲。射葉楊纔破，聞弓雁已驚。小年辛苦學，求得苦辛行。

徒倚簷宇下，思量去住情。暗螢穿竹見，斜雨隔窗聲。就枕回轉數，聞雞撩亂驚。一家同草草，排比送君行。

已愴朋交別，復懷兒女情。相兄亦相舊，同病又同聲。白髮年年剩，秋蓬處處驚。不堪身漸老，頻送異鄉行。

塞上風雨思，城中兄弟情。北隨鵷立位，南送雁來聲。遇適尤兼恨[四]，聞書喜復驚。唯應遥料得，知我伴君行。

暮欲歌吹樂，暗衝泥水情。稻花秋雨氣，江石夜灘聲。犬吠穿籬出，鷗眠起水驚。愁君明日夜[五]，獨自入山行。

七過褒城驛，回回各爲情。八年身世夢，一種水風聲。尋覓詩章在，思量歲月驚。更悲西塞別，終夜遶池行。

褒縣驛前境，曲江池上情。南堤衰柳意，西寺晚鐘聲。雲水興方遠，風波心已驚。可憐皆老大，不得自由行。

見説巴風俗，都無漢性情。猿聲蘆管調，羌笛竹雞聲。迎候人應少，平安火莫驚。每逢危棧處，須作貫魚行。

聞道陰平郡，翛然古戍情。橋兼麋鹿踏，山應鼓鼙聲。羌婦梳頭緊，蕃牛護尾驚。憐君閑悶極，只傍白江行。

【校勘記】

〔一〕夕：原作「多」，據《全唐詩》卷四一〇改。

〔二〕蛬：原作「蠶」，錢校、馬本、《全唐詩》作「蟬」，今據盧校宋本改。

〔三〕淚：盧校宋本作「類」。

〔四〕恨：原作「限」，據馬本、《全唐詩》改。

〔五〕日：《全唐詩》作「月」。

生春丁酉歲，凡二十章。

何處生春早？春生雲色中。籠葱閑着水，晻淡欲隨風。度曉分霞態，餘光庇雪融。晚來低漠漠，渾欲泥幽叢。

何處生春早？春生漫雪中。渾無到底片〔一〕，唯逐入樓風。屋上些些薄，池心旋旋融。自悲銷散盡，誰假入蘭叢？

何處生春早？春生霽色中。遠林橫反照〔二〕，高樹亞東風。水凍霜威在〔三〕，泥新地氣融。漸知殘雪薄，杪近最憐叢。

何處生春早？春生曙火中。星圍分暗陌，煙氣滿晴風。宮樹棲鴉亂，城樓帶雪融。競排閶闔側，珂傘自相叢。

何處生春早？春生曉禁中。殿階龍旆日，漏閣寶筝風。藥樹香煙重〔四〕，天顔瑞氣融。柳梅渾未覺，青紫已叢叢。

何處生春早？春生江路中。雨移臨浦市，晴候過湖風。蘆筍錐猶短，凌澌玉漸融。數宗船載足，商婦兩眉叢。

何處生春早？春生野墅中。病翁閑向日，征婦懶成風。斫筤天雖暖，穿區凍未融。鞭牛縣門外，争土蓋蠶叢。

何處生春早？春生冰岸中〔五〕。尚憐扶臘雪，漸覺受東風。織女雲橋斷，波神玉貌融。便成嗚咽去，流恨與蓮叢。

何處生春早？春生柳眼中。芽新纔綻日，茸短未含風。緑誤眉心重，黄驚蠟淚融。碧條殊未合，愁緒已先叢。

何處生春早？春生梅援中。蕊排難犯雪，香乞音氣擬來風。隴迥羌聲怨，江遥客思融。年年最相惱，緣未有諸叢。

何處生春早？春生鳥思中。鵲巢移舊歲，鳶羽旋高風。鴻雁驚沙暖，鴛鴦愛水融。最憐雙翡翠，飛入小梅叢。

何處生春早？春生池榭中。鏤瓊冰陷日，文縠水迴風。柳愛和身動，梅愁合樹融。草芽猶未出，挑得小萱叢。

何處生春早？春生稚戲中。亂騎殘爆竹，争唾小旋風。罵雨愁妨走，呵冰喜旋融。女兒針線盡，偷學五辛叢。

何處生春早？春生人意中。曉妝雖近火，晴戲漸憐風。暗入心情懶，先添酒思融。預知花好惡，偏在最深叢。

何處生春早？春生半睡中。見燈如見霧，聞雨似聞風。開眼猶殘夢，擡身便恐融。卻成雙翅蝶，還遶庫花叢。一本「傍人驚屢壓[六]，魂逐牡丹叢」。

何處生春早？春生曉鏡中。手寒匀面粉，鬟動倚簾風。宿霧梅心滴，朝光幕上融。思牽梳洗懶，空拔緑絲叢。

何處生春早？春生綺户中。玉櫳穿細日，羅幔張輕風。柳軟腰支嫩，梅香蜜氣融[七]。獨眠傍妬物，偷鏟合歡叢。

何處生春早？春生老病中。土膏蒸足腫，天暖癢頭風[八]。似覺肌膚展，潛知血氣融。又添新一歲，衰白轉成叢。

何處生春早？春生客思中。旅魂驚北雁，鄉信是東風。縱有心灰動，無由鬢雪融。未知開眼日，空遶未開叢。何處生春早？春生濛雨中。裛塵微有氣，拂面細如風。柳誤啼珠密，梅驚粉汗融。滿空愁澹澹，應豫憶芳叢。

【校勘記】

〔一〕底：《全唐詩》卷四一〇作「地」，似是。

〔二〕反：《全唐詩》作「返」。「反」、「返」通。

〔三〕在：原作「庇」，據盧校宋本改。

〔四〕重：張校宋本作「直」。

〔五〕冰：盧校宋本作「水」。

〔六〕壓：盧校作「魘」，似是。

〔七〕蜜：原作「密」，訛，今改。

〔八〕癢：盧校宋本作「養」。

嘉陵水

爾是無心水，東流有恨無？我心無説處，也共爾何殊？

漫天嶺贈僧

五上兩漫天，因師懺業緣。漫天無盡日，浮世有窮年。

百牢關

天上無窮路，生期七十間。那堪九年内，五度百牢關。

二月十九日酬王十八全素此後有酬和，並次用本韻。

君念世上川，嗟予老瘴天。那堪十日内，又長白頭年。

滎陽鄭公以稹寓居嚴第有池塘之勝寄詩四首因有意獻〔一〕

激射分流闊，灣環此地多。暫停隨梗浪，猶閱敗霜荷。恨阻還江勢，思深到海波。自傷才畎澮，其奈贈珠何！

【校勘記】

〔一〕嚴第：原作「嚴茅」，據張校宋本改。

酬樂天寄蘄州簟

蘄簟未經春，君先拭翠筠。知爲熱時物，預與瘴中人。碾玉連心潤，編牙小片珍。霜凝青汗簡，冰透碧游鱗。水魄輕涵黛，琉璃薄帶塵。夢成傷冷滑，驚卧老龍身。

酬李浙西先因從事見寄之作

近日金鑾直，親於漢珥貂。内人傳帝命，丞相讓吾僚。浙郡懸旌遠，長安諭日遥。因君蕊珠贈，還一夢煙霄。

酬周從事望海亭見寄

年老無流輩，行稀足薜蘿。熱時憐水近，高處見山多。衣袖長堪舞，喉嚨轉解歌。不辭狂復醉，人世有風波。

代杭民答樂天

翠幕籠斜日，朱衣儼别筵。管弦凄欲罷，城郭望依然。路溢新城市〔一〕，農開舊廢田。春坊幸無事，何惜借三年？

【校勘記】

〔一〕城：疑當作「成」。

元稹集卷第十六

律詩

杏園此後並校書郎已前詩

浩浩長安車馬塵，狂風吹送每年春。門前本是虛空界〔一〕，何事栽花誤世人。

【校勘記】

〔一〕虛空：《全唐詩》卷四一一注：「一作空虛。」

菊花

秋叢遶舍似陶家，遍遶籬邊日漸斜。不是花中偏愛菊，此花開盡更無花。

酬哥舒大少府寄同年科第

前年科第偏年少，未解知羞最愛狂。九陌爭馳好鞍馬，八人同着綵衣裳〔一〕。同年科第：宏詞吕二炅、王十一起、拔萃白二十二居易、平判李十一復禮、吕四穎〔二〕、哥舒大恒〔三〕、崔十八玄亮、逮不肖，八人皆奉榮養。

自言行樂朝朝是，豈料浮生漸漸忙！ 賴得官閑且疏散，到君花下憶諸郎。

【校勘記】

〔一〕着：原作「看」，據馬本、《全唐詩》卷四一一改。

〔二〕穎：原作「頻」，據《元和姓纂》、《唐人行第録》改。 吕穎即貞元十九年與白居易同擢拔萃八人之一。 岑仲勉認爲《全唐詩》訛作「熲」，卞孝萱則認爲應作「熲」（見《元稹年譜》）。

〔三〕恒：原闕，據《登科記》補。 馬本、叢刊本、《全唐詩》均作「煩」，疑誤。

幽棲

野人自愛幽棲所，近對長松遠是山。 盡日望雲心不繫，有時看月夜方閑。 壺中天地乾坤外，夢裏身名旦暮間。 遼海若思千歲鶴，且留城市會飛還。

清都春霽寄胡三吴十一

蕊珠宫殿經微雨，草樹無塵耀眼光。 白日當空天氣暖，好風飄樹柳陰涼。 蜂憐宿露攢芳久，燕得新泥拂户忙。 時節催年春不住，武陵花謝憶諸郎。

華嶽寺[一]

貞元二十年正月二十五日，自洛之京。二月三日春社，至華嶽寺，憩竇師院。曾未踰月，又復徂東，再謁竇師，因題四韻而已。

山前古寺臨長道，來往淹留爲愛山。雙燕營巢始西别，百花成子又東還。暝驅羸馬頻看堠[二]，曉聽鳴雞欲度關[三]。羞見竇師無外役，竹窗依舊老身閑。

【校勘記】

〔一〕華嶽寺：馬本無此題，而以本詩之題注「貞元二十年……因題四韻而已」爲題。

〔二〕暝：原作「瞑」，據叢刊本改。

〔三〕曉：原作「晚」，據蘭雪堂本、馬本、叢刊本、《全唐詩》卷四一一改。因上句作「暝驅」，則當作「曉聽」。

天壇上境[一]

貞元二十年五月十四日，夜宿天壇石幢側。十五日得盩厔馬逢少府書，知予遠上天壇，因以長句見贈，篇末仍云「靈溪試爲訪金丹」，因於壇上還贈。

野人性僻窮深僻，芸署官閑不似官。萬里洞中朝玉帝，上有洞周萬里。九光霞外宿天壇。洪漣浩渺東溟曙，白日低回上境寒[二]。因爲南昌檢仙籍，馬君家世奉還丹。

【校勘記】

〔一〕天壇上境：馬本無此題，而以本詩之題注「貞元二十年……於壇上還贈」爲題。

〔二〕低回：即「低迴」，《千載佳句》（松平文庫本）作「徘徊」，意同。

尋西明寺僧不在

春來日日到西林，飛錫經行不可尋。蓮池舊是無波水，莫逐狂風起浪心。

與吴侍御春遊

蒼龍闕下陪驄馬，紫閣峯頭見白雲。滿眼流光隨日度，今朝花落更紛紛。

晚春

晝静簷疏燕語頻〔一〕，雙雙鬬雀動階塵。柴扉日暮隨風掩，落盡閑花不見人。

【校勘記】

〔一〕簷：《全唐詩》卷四一一作「簾」。

先醉

今日樽前敗飲名，三盃未盡不能傾。怪來花下長先醉，半是春風蕩酒情。

獨醉

一樹芳菲也當春，漫隨車馬擁行塵。桃花解笑鶯能語，自醉自眠那藉人。

宿醉

風引春心不自由，等閑衝席飲多籌。朝來始向花前覺，度卻醒時一夜愁。

懼醉答盧子蒙

聞道秋來怯夜寒，不辭泥水爲盃盤。殷勤懼醉有深意，愁到醒時燈火闌。

羡醉

綺陌高樓競醉眠，共期顛頼不相憐〔一〕。也應自有尋春日，虚度而今正少年。

【校勘記】

〔一〕期：疑當作「欺」。

憶醉

自歎旅人行意速，每嫌盃酒緩歸期。今朝偏遇醒時別〔一〕，淚落風前憶醉時。

【校勘記】

〔一〕遇：原作「偶」，據《全唐詩》卷四一一改。

病醉

戲作吴吟，贈盧十九經濟、張三十四弘、辛丈丘度。

醉伴見儂因酒病〔一〕，道儂無酒不相窺。那知下藥還沽底，人去人來剩一巵。

【校勘記】

〔一〕酒病：《全唐詩》卷四一一作「病酒」。

擬醉

與盧子蒙飲於竇晦之，醉後賦詩共十九首，子蒙叙爲别卷。自此至《狂醉》皆是夕所賦。

九月閑宵初向火〔一〕，一樽清酒始行盃。憐君城外遥相憶，冒雨衝泥黑地來。

【校勘記】

〔一〕閑宵：《千載佳句》（松平文庫本）作「微寒」。

勸醉

竇家能釀銷愁酒，但是愁人便與銷。顧我共君俱寂寞〔一〕，只應連夜復連朝。

【校勘記】

〔一〕顧：原作「願」，據張校宋本改。

任醉

本怕酒醒渾不飲，因君相勸覺情來。殷勤滿酌從聽醉，乍可欲醒還一盃。

同醉

吕子元、庾及之、杜歸和同隱客泛韋氏池。

柏樹臺中推事人，杏花壇上鍊形真〔一〕。心源一種閑如水，同醉櫻桃林下春。

【校勘記】

〔一〕形真：原作「真形」，據錢校、《全唐詩》卷四一一改。「真」與下聯「春」，均協真韻。

狂醉

一自柏臺爲御史，二年辜負兩京春。峴亭今日顛狂醉，舞引紅娘亂打人。

伴僧行

春來求事百無成，因向愁中識道情。花滿杏園千萬樹，幾人能伴老僧行？

古寺

古寺春餘日半斜，竹風蕭爽勝人家。花時不到有花院，意在尋僧不在花。

定僧

落魄閑行不着家，遍尋春寺賞年華。禪僧偶向花前定〔一〕，滿樹狂風滿樹花〔二〕。

【校勘記】

〔一〕禪：馬本、叢刊本、《全唐詩》卷四一一作「野」。

〔二〕滿樹花：《千載佳句》（松平文庫本）作「滿地花」，更佳。

觀心處

滿坐喧喧笑語頻，獨憐方丈了無塵。燈前便是觀心處，要似觀心有幾人？

智度師二首[一]

四十年前馬上飛，功名藏盡擁禪衣。石榴園下擒生處，獨自閑行獨自歸。

三陷思明三突圍，鐵衣抛盡納禪衣[二]。天津橋上無人識，閑凭欄干望落暉。

【校勘記】

〔一〕宋趙與時《賓退録》卷四引陶穀《五代亂紀》載：黄巢遁免後祝髮爲浮屠，有詩云：「三十年前草上飛，鐵衣着盡着僧衣。天津橋上無人問，獨倚危欄看落暉。」指出：「近世王仲言亦信之，筆於《揮塵録》，殊不知此乃以元微之《智度師》詩竄易礫裂，合二爲一。」

〔二〕納：錢校、《全唐詩》卷四一一作「衲」。按：「納」「衲」相通。

西明寺牡丹

花向琉璃地上生，光風炫轉紫雲英。自從天女盤中見，直至今朝眼更明。

憶楊十二〔一〕

去時芍藥纔堪贈，看卻殘花已度春。只爲情深偏愴別，等閑相見莫相親。

【校勘記】

〔一〕憶楊十二：馬本作「憶楊十二巨源」。

送復夢赴韋令幕

世上如今重檢身〔一〕，吾徒耽酒作狂人。西曹舊事多持法，慎莫吐他丞相茵〔二〕。

【校勘記】

〔一〕如：《全唐詩》卷四一一作「於」。

〔二〕慎：《全唐詩》注：「一作切。」

送劉太白太白居從善坊

洛陽大底居人少，從善坊西最寂寥。想得劉君獨騎馬〔一〕，古堤愁樹隔中橋〔二〕。

【校勘記】

〔一〕得：《全唐詩》卷四一一注：「一作到。」

〔二〕愁：《全唐詩》注：「一作秋。」

奉誠園馬司徒舊宅

蕭相深誠奉至尊，舊居求作奉誠園。秋來古巷無人掃，樹滿空牆閉戟門。

與太白同之東洛至櫟陽太白染疾駐行予九月二十五日至華嶽寺雪後望山

共作洛陽千里伴，老劉因疾駐行軒。今朝獨自山前立，雪滿三峯倚寺門。

野狐泉柳林

去日野狐泉上柳，紫牙初綻拂眉低。秋來寥落驚風雨，葉滿空林踏作泥〔一〕。

【校勘記】

〔一〕滿：原闕，據蘭雪堂本、馬本、叢刊本、《全唐詩》卷四一一補。

酬胡三憑人問牡丹

竊見胡三問牡丹，爲言依舊滿西欄。花時何處偏相憶，寥落衰紅雨後看[一]。

【校勘記】

〔一〕落：原漫漶不清，據蘭雪堂本、馬本、叢刊本、《全唐詩》卷四一一補。

酬樂天秋興見贈本句云莫怪獨吟秋興苦比君校近二毛年[一]

勸君休作悲秋賦，白髮如星也任垂。畢竟百年同是夢，長年何異少何爲[二]？

【校勘記】

〔一〕君：原漫漶不清，據蘭雪堂本、馬本、叢刊本、《全唐詩》卷四一一補。

〔二〕年：原漫漶不清，據蘭雪堂本、馬本、叢刊本、《全唐詩》補。

元稹集卷第十七

律詩

雪後宿同軌店上法護寺鐘樓望月

滿山殘雪滿山風，野寺無門院院空。煙火漸稀孤店静，月明深夜古樓中。

陪韋尚書丈歸履信宅因贈韋氏兄弟

紫垣騶騎入華居，公子文衣護錦輿。眠閣書生復何事，也騎羸馬從尚書？

永貞二年正月二日上御丹鳳樓赦天下予與李公垂庾順之閑行曲江不及盛觀〔一〕

春來饒夢慵朝起，不看千官擁御樓。却着閑行是忙事，數人同傍曲江頭。

【校勘記】

〔一〕正月丁卯，大赦改元，是爲元和元年。本集卷四有《永貞曆》云：「象魏纔頒曆，龍鑣已御天。猶看後元曆，新署永貞年。半歲光陰在，三朝禮數遷。無因書簡册，空得詠詩篇。」記載了自去歲八月至今歲正月二日這一段歷史時期的變化。所謂永貞二年，實際上僅有元旦一日而已，徒在這首詩中留有其空名，而史書上是不見記載的。

韋居守晚歲常言退休之志因署其居曰大隱洞命予賦詩因贈絶句

謝公潛有東山意，已向朱門啓洞門。大隱猶疑戀朝市，不如名作罷歸園。

贈李十二牡丹花片因以餞行〔一〕

鶯澀餘聲絮墮風，牡丹花盡葉成叢。可憐顔色經年别，收取朱欄一片紅。

【校勘記】

〔一〕《唐人行第録》考：「李十二」疑是「李二十」之倒錯，即李紳也。因李紳一生官位不同，稱謂自異，然在白居易、元稹等人詩中惟其行序始終不易，故易於考定。

題李十一修行里居壁〔一〕

雲闕朝迴塵騎合，杏花春盡曲江閑。憐君雖在城中住，不隔人家便是山。

【校勘記】

〔一〕行：《全唐詩》卷四一二注：「一作竹。」

靖安窮居

喧静不由居遠近，大都車馬就權門。野人住處無名利，草滿空階樹滿園。

贈樂天

等閑相見銷長日，也有閑時更學琴。不是眼前無外物，不關心事不經心。

使東川并序　此後並御史時詩

元和四年三月七日，予以監察御史使東川，往來鞍馬間，賦詩凡三十二章。祕書省校書郎白行簡，爲予手寫爲東川卷，今所録者，但七言絶句長句耳。起《駱口驛》，盡《望驛臺》二十二首云〔一〕。

【校勘記】

〔一〕二十二首：序前云「賦詩凡三十二章」，此處又云「二十二首」，當另有十首非「七言絶句長句」，疑因此而未録，亦未見于本集。

駱口驛二首 東壁上有李二十員外逢吉、崔二十二侍御韶使雲南題名處，北壁有翰林白二十二居易題《擁石》、《關云》、《開雪》、《紅樹》等篇，有王質夫和焉。王不知是何人也。

郵亭壁上數行字，崔李題名王白詩。盡日無人共言語，不離牆下至行時。

二星徼外通蠻服，五夜燈前草御文。我到東川恰相半，向南看月北看雲。

清明日 行至漢上，憶與樂天、知退、杓直〔一〕、拒非、順之輩同遊。

常年寒食好風輕，觸處相隨取次行。今日清明漢江上，一身騎馬縣官迎。

【校勘記】

〔一〕杓：原作「枸」，訛。杓直，李建字，今據叢刊本、《全唐詩》卷四一二改。

亞枝紅往歲，與樂天曾於郭家亭子竹林中，見亞枝紅桃花半在池水。自後數年，不復記得。忽於褒城驛池岸竹間見之，宛如舊物，深所愴然。

平陽池上亞枝紅，悵望山郵是事同。還向萬竿深竹裏，一枝渾卧碧流中。

梁州夢是夜宿漢川驛，夢與杓直、樂天同遊曲江，兼入慈恩寺諸院。倏然而寤，則遞乘及階，郵使已傳呼報曉矣〔一〕。

夢君同遶曲江頭〔二〕，也向慈恩院院遊。亭吏呼人排去馬〔三〕，忽驚身在古梁州。

【校勘記】

〔一〕使：馬本、叢刊本、《全唐詩》卷四一二作「吏」，似是。

〔二〕同遶：《全唐詩》注：「一作兄弟。」

〔三〕呼人排去馬：《全唐詩》注：「一作喚人排馬去。」

南秦雪

帝城寒盡臨寒食，駱谷春深未有春。纔見嶺頭雲似蓋，已驚巖下雪如塵。千峯筍石千株一本作千條玉，萬樹松蘿萬朶銀。飛鳥不飛猿不動，青驄御史上南秦。

江樓月嘉川驛望月，憶杓直、樂天、知退、拒非、順之數賢，居近曲江，閑夜多同步月。

嘉陵江岸驛樓中，江在樓前月在空。月色滿牀兼滿地，江聲如鼓復如風。誠知遠近皆三五，但恐陰晴有異同。萬一帝鄉還潔白一本作皎潔，幾人潛傍杏園東。

慚問囚蜀門夜行，憶與順之在司馬鍊師壇上話出處時。

司馬子微壇上頭，與君深結白雲儔。尚平村落擬連買〔一〕，王屋山泉爲別遊。各待陸渾求一尉，共資三逕便同休。那知今日蜀門路，帶月夜行緣問囚。

【校勘記】

〔一〕買：原作「賣」，據《全唐詩》卷四一二改。

江上行

悶見漢江流不息，悠悠漫漫竟何成？江流不語意相問，何事遠來江上行？

漢江上笛〔一〕二月十五日夜，於西縣白馬驛南樓聞笛悵然。憶得小年曾與從兄長楚寫《漢江聞笛賦》，因而有愴耳。一本作「有懷」。

小年爲寫遊梁賦，最説漢江聞笛愁。今夜聽時在何處？月明西縣驛南樓。

【校勘記】

〔一〕漢江上笛：馬本作「漢江笛」。

郵亭月於駱口驛，見崔二十二題名處。數夜後，於青山驛玩月，憶得崔生好持確論。每於宵話之中，常曰：人生晝務夜安，步月閑行，吾不與也。言訖〔一〕，堅卧。他人雖千百其詞〔二〕，難動摇矣。至是愴然，思此題，因有獻。

君多務實我多情，大抵偏嗔步月明。今夜山郵與蠻嶂，君應堅卧我還行。

【校勘記】

〔一〕訖：原作「説」，據馬本、叢刊本、《全唐詩》卷四一二改。

〔二〕他：原作「地」，據《全唐詩》改。

嘉陵驛二首〔一〕篇末有懷

嘉陵驛上空牀客，一夜嘉陵江水聲。仍對牆南滿山樹，野花撩亂月朧明。

牆外花枝壓短牆，月明還照半張牀。無人會得此時意，一夜獨眠西畔廊。

【校勘記】

〔一〕嘉陵驛二首：馬本作「嘉陵驛二首篇末有懷」。

百牢關奉使推小吏任敬仲

嘉陵江上萬重山，何事臨江一破顔？自笑只緣任敬仲，等閑身度百牢關。

江花落

日暮嘉陵江水東，梨花萬片逐江風。江花何處最腸斷，半落江流半在空。

嘉陵江二首

秦人惟識秦中水，長想吴江與蜀江。今日嘉川驛樓下，可憐如練遶明窗。

千里嘉陵江水聲，何年重遶此江行？只應添得清宵夢，時見滿江流月明〔一〕。

【校勘記】

〔一〕流：錢校、《全唐詩》卷四一二注：「一作秋。」

西縣驛

去時樓上清明夜，月照樓前撩亂花。今日成陰復成子，可憐春盡未還家。

望喜驛

滿眼文書堆案邊，眼昏偷得暫時眠。子規驚覺燈又滅，一道月光横枕前。

好時節

身騎驄馬峨眉下，面帶霜威卓氏前。虚度東川好時節，酒樓元被蜀兒眠。

夜深行

夜深猶自遶江行，震地江聲似鼓聲。漸見戍樓疑近驛，百牢關吏火前迎。

望驛臺三月盡

可憐三月三旬足，悵望江邊望驛臺。料得孟光今日語，不曾春盡不歸來。

贈咸陽少府蕭郎

莫怪逢君淚每盈，仲由多感有深情。陸家幼女託良壻，阮氏諸房無外生。顧我自傷爲弟拙，念渠能繼事姑名。別時何處最腸斷？日暮渭陽驅馬行。

贈吕二校書[一]與吕校書同年科第，後爲别七年。元和己丑歲八月，偶於陶化坊會宿。

同年同拜校書郎，觸處潛行爛熳狂。共占花園争趙辟[二]，競添錢貫定秋娘。七年浮世皆經眼，八月閑宵忽並牀。語到欲明歡又泣，傍人相笑兩相傷。

【校勘記】

〔一〕二：原作「三」，據本集卷十六《酬哥舒大少府寄同年科第》自注之「吕二炅」改。

〔二〕辟：疑當作「璧」。

封書

鶴臺南望白雲關，城市猶存暫一還〔一〕。書出步虚三百韻，蕊珠文字在人間。

【校勘記】

〔一〕暫：盧校宋本作「望」。

仁風李著作園醉後寄李十〔一〕

朧明春月照花枝，花下音聲是管兒〔二〕。卻笑西京李員外，五更騎馬趁朝時。

【校勘記】

〔一〕李十：據《唐人行第録》考，是「李十一」之奪文，詩有云「卻笑西京李員外」，而隔一篇乃稱「杓直以員外郎判鹽鐵」也。

〔二〕音：錢校宋本、《全唐詩》卷四一二注：「一作鶯。」　是：錢校、《全唐詩》注：「一作似。」

燈影

洛陽晝夜無車馬，漫挂紅紗滿樹頭。見説平時燈影裏，玄宗潛伴太真遊。

貶江陵途中寄樂天杓直杓直以員外郎判鹽鐵樂天以拾遺在翰林〔一〕

此後並在江陵士曹時詩。李建,字杓直。

想到江陵無一事,酒盃書卷綴新文。紫芽嫩茗和枝採,朱橘香苞數瓣分。暇日上山狂逐鹿,凌晨過寺飽看雲。算緡草詔終須解,不敢將心遠羨君。

【校勘記】

〔一〕題原闕「杓直」,據《全唐詩》卷四一二補。

渡漢江

去年春奉使東川,經嶓冢山下。

嶓冢去年尋漾水,襄陽今日渡江濆。山遥遠樹纔成點,浦静沉碑欲辨文。萬里朝宗誠可羨,百川流入渺難分。鯨鯢歸穴東溟溢,又作波濤隨伍員。

哀病驄呈致用

櫪上病驄啼裊裊〔一〕,江邊廢宅路迢迢。自經梅雨長垂耳,乍食菰蔣欲折腰。金絡頭銜光未滅,玉花衫色瘦來燋。曾聽禁漏驚衙鼓,慣踏康衢怕小橋。半夜雄嘶心不死,日高飢餓尾還揺〔二〕。龍媒薄地天池遠，何事牽牛在碧霄〔三〕？

【校勘記】

〔一〕啼：張校宋本作「蹄」。

〔二〕餓：《全唐詩》卷四一二作「卧」，似勝。

〔三〕霄：原作「宵」，據《全唐詩》卷四一二改。

送嶺南崔侍御

我是北人長北望，每嗟南雁更南飛。君今又作嶺南别，南雁北歸君未歸。洞主參承驚豸角，島夷安集慕霜威。黄家賊〔馬注：黄少卿。〕用鑹〔馬注：音竄，小矟，短矛。〕刀利，白水郎行旱地稀。蜃吐朝光樓隱隱，鼇吹細浪雨霏霏。毒龍蜕骨轟雷鼓，野象埋牙斸石磯。火布垢塵須火浣，木綿温軟當綿衣。桄榔麵磣〔馬注：楚錦切，食有沙。〕檳榔澀，海氣常昏海日微。蛟老變爲妖婦女，舶來多賣假珠璣。此中無限相憂事，請爲殷勤事事依。

酬樂天八月十五夜禁中獨直玩月見寄

一年秋半月偏深，況就煙霄極賞心。金鳳臺前波漾漾，玉鈎簾下影沉沉。宴移明處清蘭路，歌待新詞促翰林。何意枚皋正承詔，瞥然塵念到江陰。

予病瘴樂天寄通中散碧腴垂雲膏仍題四韻以慰遠懷開拆之間因有酬答〔一〕

紫河變鍊紅霞散，翠液煎研碧玉英。金籍真人天上合，鹽車病驥軛前驚。愁腸欲轉蛟龍吼，醉眼初開日月明。唯有思君治不得，膏銷雪盡意還生。

【校勘記】

〔一〕拆：《全唐詩》卷四一二作「拆」，意同。

元稹集卷第十八

律詩

陪諸公遊故江西韋大夫通德湖舊居有感題四韻兼呈李六侍御即韋大夫舊寮也

高墉行馬接通湖，巨壑藏舟感大夫。塵壁暗埋悲舊札，風簾吹斷落殘珠。煙波漾日侵隤岸，狐兔奔叢拂坐隅。唯有滿園桃李下，膺門偏拜阮元瑜。

送友封二首黔府竇鞏，字友封。

桃葉成陰燕引雛，南風吹浪颭檣烏。瘴雲拂地黄梅雨，明月滿帆青草湖。迢遞旅魂歸去遠，顛狂酒興病來孤。知君兄弟憐詩句，遍爲姑將惱大巫〔一〕。

惠和坊裏當時别，豈料江陵送上船。鵬翼張風期萬里，馬頭無角已三年。甘將泥尾隨龜後，尚有雲心在鶴前。若見中丞忽相問，爲言腰折氣衝天。

【校勘記】

〔一〕姑：盧校宋本作「拈」。

放言五首

近來逢酒便高歌，醉舞詩狂漸欲魔。五斗解醒猶恨少，十分飛盞未嫌多。眼前讎敵都休問，身外功名一任他。死是老閑生也得〔一〕，擬將何事奈吾何。

莫將心事厭長沙，雲到何方不是家。酒熟餔糟學漁父，飯來開口似神鴉。竹枝待鳳千莖直，柳樹迎風一向斜。總被天公霑雨露，等頭成長盡生涯。

霆轟電烻數聲頻，不奈狂夫不藉身。縱使被雷燒作燼，寧殊埋骨颺爲塵。得成胡蝶尋花樹，儻化江魚棹錦鱗〔二〕。必若乖龍在諸處，何須驚動自來人？

安得心源處處安？何勞終日望林巒？玉英惟向火中冷，蓮葉元來水上乾。甯戚飯牛圖底事，陸通歌鳳也無端。孫登不語啓期樂，各自當情各自歡。

三十年來世上行，也曾狂走趁浮名。兩迴左降須知命，數度登朝何處榮。乞我盃中松葉滿，遮渠肘上柳枝生。他時定葬燒缸地，賣與人家得酒盛。

【校勘記】

〔一〕老：錢校、《全唐詩》卷四一三作「等」。

〔二〕棹：《全唐詩》作「掉」，似是。

劉二十八以文石枕見贈仍題絶句以將厚意因持壁州鞭酬謝兼廣爲四韻

枕截文瓊珠綴篇，野人酬贈壁州鞭。用長時節君須策，泥醉風雲我要眠。歌眄彩霞臨藥竈，執陪仙仗引鑪煙。張騫卻上知何日？隨會歸期在此年。

奉和嚴司空重陽日同崔常侍崔郎中及諸公登龍山落帽臺佳宴

謝公秋思眇天涯〔一〕，蠟屐登高爲菊花。貴重近臣光綺席，笑憐從事落烏紗。萸房暗綻紅珠朵，茗椀寒供白露芽〔二〕。詠碎龍山歸去號，馬奔流電妓奔車。

【校勘記】

〔一〕秋：馬本、《全唐詩》卷四一三作「愁」。

〔二〕椀：原作「援」，據《全唐詩》改。

送王十一郎遊剡中

越州都在浙河灣，塵土消沉景象閑。百里油盆鏡湖水，千峯鈿朵會稽山。軍城樓閣隨高下，禹廟煙霞自往還。想得玉郎乘畫舸〔一〕，幾回明月墜雲間？

【校勘記】

〔一〕玉郎：《全唐詩》卷四一三注：「一作王郎。」

送友封〔一〕

輕風略略柳欣欣，晴色空濛遠似塵。斗柄未回猶帶閏，江痕潛上已生春。蘭成宅裏尋枯樹，宋玉亭前別故人。心斷洛陽三兩處，窈娘提抱古天津〔二〕。

【校勘記】

〔一〕送友封：盧校宋本作「重送友封」。

〔二〕提：《全唐詩》卷四一三作「堤」，似是。

送致用

淚霑雙袖血成文，不爲悲身爲别君。望鶴眼穿期海外，待烏頭白老江濆。遥看逆浪愁翻雪，漸失征帆錯認雲。欲識九回腸斷處，潯陽流水九條分[一]。

【校勘記】

〔一〕九：《全唐詩》卷四一三作「逐」。

早春登龍山静勝寺時非休澣司空特許是行因贈幕中諸公

謝傅知憐景氣新，許尋高寺望江春。龍文遠水吞平岸，羊角輕風旋細塵。山茗粉含鷹嘴嫩，海榴紅綻錦窠匀。歸來笑問諸從事，占得閑行有幾人？

書樂天紙

金鑾殿裏書殘紙，乞與荊州元判司。不忍拈將等閑用，半封京信半題詩。

酬李甫見贈十首〔一〕各酬本意，次用舊韻。

宋玉秋來續《楚詞》〔二〕，陰鏗官慢足閑詩〔三〕。親情書札相安慰，多道蕭何作判司。

杜甫天材頗絶倫，每尋詩卷似情親。憐渠直道當時語，不着心源傍古人。

十歲荒狂任博徒，挼〔馬注：奴何切，或作挼。挼莎，兩手相切摩也〕莎五木擲梟盧。野詩良輔偏憐假，長借金鞍迓酒胡。

曾經綽立侍丹墀〔四〕，綻蕊宫花拂面枝。雉尾扇開朝日出，柘黄衫對碧霄垂。

一自低心翰墨場，箭靫抛盡負書囊。近來兼愛休糧藥，柏葉莎羅雜豆黄〔五〕。

莫笑風塵滿病顔，此生元在有無間。卷舒蓮葉終難濕，去住雲心一種閑。

無事抛棋侵虎口，幾時開眼復聯行。終須殺盡緣邊敵，四面通同掩太荒〔六〕。

原憲甘貧每自開，子春傷足少人哀。巷南唯有陳居士，時學文殊一問來。

每識閑人如未識，與君相識便相憐〔七〕。經旬不解來過宿，忍見空牀夜夜眠。

開拆新詩展大璆〔八〕，明珠炫轉玉音浮。酬君十首三更坐，減卻常時半夜愁〔九〕。

【校勘記】

〔一〕李：錢校、蘭雪堂本、叢刊本、《全唐詩》卷四一三作「孝」。馬本題作「酬李甫見贈十首各酬本意次用舊韻」。

〔二〕秋來：錢校、《全唐詩》注：「一作悲秋。」「宋玉秋來續《楚詞》」首，蘭雪堂本作第十首。

〔三〕慢：馬本、叢刊本作「漫」。

〔四〕綽：錢校宋本作「倬」。

〔五〕莎：原作「沙」，據錢校改。

〔六〕同：錢校、《全唐詩》注：「一作流。」

〔七〕便：《全唐詩》作「更」。

〔八〕拆：《全唐詩》作「坼」，意同。

〔九〕常：《全唐詩》注：「一作當。」

和樂天招錢蔚章看山絶句

碧落招邀閑曠望，黄金城外玉方壺。人間還有大江海，萬里煙波天上無。

折枝花贈行

櫻桃花下送君時，一寸春心逐折枝。別後相思最多處，千株萬片遶林垂。

寄劉頗二首

平生嗜酒顛狂甚，不許諸公占丈夫。唯愛劉君一片膽，近來還敢似人無。
前年碣石煙塵起，共看官軍過洛城。無限公卿因戰得，與君依舊緑衫行。

晨起送使病不行因過王十一館居二首

自笑今朝誤夙興，逢他御史瘧相仍。過君未起房門掩，深映寒窗一盞燈。
密宇深房小火爐，飯香魚熟近中厨。野人愛静仍耽寢，自問黄昏肯去無？

送孫勝

桐花暗澹柳惺憁，池帶輕波柳帶風。今日與君臨水别，可憐春盡宋亭中。

遊三寺回呈上府主嚴司空時因尋寺道出當陽縣奉命覆視縣囚牽於游衍不暇詳究故以詩自誚爾〔一〕

謝公恣縱顛狂掾，觸處閑行許自由。舉板支頤對山色，當筵吹帽落臺頭。貪緣稽首他方佛，無暇精心滿縣囚。莫責尋常吐茵吏，書囊赤白報君侯。

【校勘記】

〔一〕衍：原作「行」，據蘭雪堂本、馬本、叢刊本及《詩·大雅·板》：「昊天曰旦，及爾游衍」改。

遠望

滿眼傷心冬景和，一山紅樹寺邊多。仲宣無限思鄉淚，漳水東流碧玉波。

早春尋李校書

款款春風澹澹雲，柳枝低作翠櫳裙。梅含雞舌兼紅氣，江弄瓊花散綠紋〔一〕。帶霧山鶯啼尚小〔二〕，穿沙蘆筍葉纔分。今朝何事偏相覓，撩亂芳情最是君。

【校勘記】

〔一〕散綠紋：《千載佳句》（松平文庫本）作「帶碧文」。

〔二〕帶：《千載佳句》作「咽」，似勝。　小：《全唐詩》卷四一三注：「一作少。」

過襄陽樓呈上府主嚴司空樓在江陵節度使宅北隅

襄陽樓下樹陰成，荷葉如錢水面平。拂水柳花千萬點，隔林鶯舌兩三聲〔一〕。有時水畔看雲立，每日樓前信馬行。早晚暫教王粲上，庾公應待月分明。

【校勘記】

〔一〕林：《千載佳句》（松平文庫本）作「樓」。

八月六日與僧如展前松滋主簿韋戴同遊碧澗寺賦得扉字韻寺臨蜀江内有碧澗穿注〔一〕兩廊又有龍女洞能興雲雨詩中噴字以平聲韻

空闊長江礙鐵圍，高低行樹倚巖扉。穿廊玉澗噴紅旭，躡塔金輪拆翠微。草引風輕馴虎睡，洞驅雲入毒龍歸。他生莫忘靈山別，滿壁人名後會稀。

【校勘記】

〔一〕注：張校宋本作「經」。

奉和竇容州

明公莫訝容州遠，一路瀟湘景氣濃。斑竹初成二妃廟，碧蓮遥聳九疑峯。禁林聞道長傾鳳，池水那能久滯龍？自歎風波去無極，不知何日又相逢？

盧頭陀詩并序

道泉頭陀，字源一，姓盧氏，本名士衍。弟曰起郎士玫[一]，則官閥可知也。〔馬注：玫曾爲節度使。〕少力學，善記憶[二]，戡解職仕，不三十餘，歷八諸侯府，皆掌劇事。性强邁，不録幽瑣，爲吏所搆，謫官建州。無何。有異人密授心契，冥失所在。盧氏既爲大門族，兄弟且賢豪，惶駭求索無所得，胤子某。積歲窮盡荒僻，一夕於衡山佛舍衆頭陀中，燈下識之，號叫泣血無所顧。然而先是衆以爲姜頭陀，自是知其爲盧頭陀矣。邇後往來湘潭間，不常次舍，衹以衡山爲詣極。元和九年，張中丞領潭之歲，予拜張公於潭，適上人在焉。即日詣所舍東寺一見，蒙念不礙小劣，盡得本末其事，列而序之。仍以四韻七言爲贈爾。

盧師深話出家由，剃盡心花始剃頭。馬哭青山別車匿，鵲飛螺髻見羅睺。還來舊日經過處，似隔前身夢寐遊。爲向八龍兄弟説，他生縁會此生休。

【校勘記】

〔一〕「起」字下，疑脱「居」字。

〔二〕記：原作「能」，據蘭雪堂本、馬本、叢刊本、《全唐詩》卷四一三改。

醉别盧頭陀

醉迷狂象别吾師，夢覺觀空始自悲。盡日笙歌人散後，滿江風雨獨醒時。心超幾地行無處，雲到何天住有期？頓見佛光身上出，已蒙衣内綴摩尼。

元稹集卷第十九

律詩

陪張湖南宴望岳樓稹爲監察御史張中丞知雜事

觀象樓前奉末班，絳峯只似殿庭間。今日高樓重陪宴，雨籠衡岳是南山。

岳陽樓

岳陽樓上日銜窗，影到深潭赤玉幢。悵望殘春萬般意，滿櫺湖水入西江。

寄庾敬休

小來同在曲江頭，不省春時不共游。今日江風好暄暖，可憐春盡古湘州。

花栽二首〔一〕

買得山花一兩栽，離鄉别土易摧頹。欲知北客居南意〔二〕，看取南花北地來。

南花北地種應難，且向船中盡日看。縱使將來眼前死，猶勝抛擲在空欄。

【校勘記】

〔一〕花栽二首：錢校宋本、《全唐詩》卷四一四注：「一作買花栽。」

〔二〕居：錢校宋本、《全唐詩》注：「一作留。」

宿石磯〔一〕

石磯江水夜潺湲，半夜江風引杜鵑。燈暗酒醒顛倒枕〔二〕，五更斜月入空船。

【校勘記】

〔一〕宿石磯：馬本、叢刊本作「宿石」。　磯：原作「機」，據《全唐詩》卷四一四改，下同。

〔二〕醒：《千載佳句》（松平文庫本）作「醒」，似勝。

遭風二十韻

洞庭瀰漫接天迴，一點君山似措盃。暝色已籠秋竹樹，夕陽猶帶舊樓臺。湘南賈伴乘風信，夏口篙工厄泝洄。後侶逢灘方拽簽，前宗到浦已眠桅。俄驚四面雲屏合，坐見千峯雪浪堆。罔象睢盱頻逞怪，石尤翻動忽成災。騰凌豈但河宫溢，坱軋渾憂地軸摧。疑是陰兵致昏黑，果聞靈鼓借喧豗。龍歸窟穴深潭漩，蜃作波濤古岸頽。水客暗遊燒野火〔一〕，楓人夜長吼春雷。浸淫沙市兒童亂，汩没汀洲雁鶩哀。自歎生涯看轉燭，更悲商旅哭沉財。檣烏斗折頭倉掉〔二〕，水狗斜傾尾纜開。在昔詎慚横海志，此時甘乏濟川才。歷陽舊事曾爲鼇，鮌穴相傳有化能。閉目唯愁滿空電，冥心真類不然灰。那知否極休徵至，漸覺宵分曙氣催。怪族潛收湖黯湛，幽妖盡走日崔嵬。紫衣將校臨船問，白馬君侯傍柳來。喚上驛亭還酩酊，兩行紅袖拂樽罍。

【校勘記】

〔一〕水：《全唐詩》卷四一四注：「一作木。」

〔二〕檣：原作「牆」，據《全唐詩》改。

贈崔元儒

殷勤夏口阮元瑜，二十年前舊飲徒。最愛輕欺杏園客，也曾辜負酒家胡。些些風景閑猶在，事事顛狂老漸無。今日頭盤三兩擲，翠娥潛笑白髭鬚。

鄂州寓館嚴澗宅澗不在〔一〕

鳳有高梧鶴有松，偶來江外寄行蹤。花枝滿院空啼鳥，塵榻無人憶卧龍。心想夜閑唯足夢〔二〕，眼看春盡不相逢。何時最是思君處？月入斜窗曉寺鐘。

【校勘記】

〔一〕「澗」字上：馬本、《全唐詩》卷四一四有「時」字。

〔二〕足：疑當作「是」。

送杜元穎〔一〕

江上五年同送客，與君長羨北歸人。今朝又送君先去，千里洛陽城裏塵。

【校勘記】

〔一〕潁：原作「穎」，據《全唐詩》卷四一四改。

貽蜀五首并序

元和九年，蜀從事韋臧文告别，蜀多朋舊，稹性懶爲寒温書，因賦代懷五章，而贈行亦在其數。

病馬詩寄上李尚書

萬里長鳴望蜀門，病身猶帶舊瘡痕。遥看雲路心空在，久服鹽車力漸煩。尚有高懸雙鏡眼，何由並駕兩朱轓？唯應夜識深山道，忽遇君侯一報恩。

李中丞表臣

韋門同是舊親賓，獨恨潘牀簟有塵。十里花溪錦城麗，五年沙尾白頭新。倅戎何事勞專席？老掾甘心逐衆人。卻待文星上天去，少分光影照沉淪。

盧評事子蒙

爲我殷勤盧子蒙，近來無復昔時同。懶成積疹推難動，禪盡狂心鍊到空。老愛早眠虚夜月，病妨盃酒負春風。唯公兩弟閑相訪，往往潸然一望公。

張校書元夫

未面西川張校書，書來稠疊頗相於。我聞聲價金應敵，衆道風姿玉不如。遠處從人須謹慎，少年爲事要舒徐。勸君便是酬君愛，莫比尋常贈鯉魚。

韋兵曹臧文

處處侯門可曳裾，人人争事蜀尚書。摩天氣直山曾拔，澈底心清水共虚。鵬翼已翻君好去，烏頭未變我何如？殷勤爲話深相感，不學馮諼待食魚。

贈童子郎〔一〕嚴司空孫，字照郎，十歲能賦詩，往往有奇句，書題有成人風。

衛瓘諸孫衛玠珍，可憐雛鳳好青春。解拈玉葉排新句，認得金環識舊身。十歲佩觽嬌稚子[三]，八行飛札老成人。楊公莫訝清無業，家有驪珠不復貧。

【校勘記】

〔一〕贈童子郎：馬本、《全唐詩》卷四一四作「贈嚴童子」。

〔三〕稚：原作「雅」，據蘭雪堂本、馬本、叢刊本、《全唐詩》改。

桐孫詩[一]并序　此後元和十年詔召入京及通州司馬已後詩

元和五年，予貶掾江陵。三月二十四日，宿曾峯館。山月曉時，見桐花滿地，因有八韻寄白翰林詩。當時草蹙，未暇紀題。及今六年，詔許西歸。去時桐樹上孫枝已拱矣，予亦白鬚兩莖而蒼然斑鬢，感念前事，因題舊詩，仍賦《桐孫詩》一絶，又不知幾何年復來商山道中！元和十年正月題。

去日桐花半桐葉，别來桐樹老桐孫。城中過盡無窮事，白髮滿頭歸故園。

【校勘記】

〔一〕孫：原作「花」，據本詩序與《全唐詩》卷四一四改。

西歸絶句十二首

雙堠頻頻減去程，漸知身得近京城。春來愛有歸鄉夢，一半猶疑夢裏行。

五年江上損容顔，今日春風到武關。兩紙京書臨水讀，得復言、樂天書。小桃花樹滿商山。同歸諫院韋丞相，韋丞相貫之。共貶河南亞大夫。裴中丞度。今日還鄉獨憔悴，幾人憐見白髭鬚？

只去長安六日期，多應及得杏花時。春明門外誰相待？不夢閑人夢酒卮。

白頭歸舍意如何？賀處無窮弔亦多。左降去時裴相宅，裴相公垍。舊來車馬幾人過？

還鄉何用淚沾襟？一半雲霄一半沉。世事漸多饒悵望，舊曾行處便傷心。

閑遊寺觀從容到，遍問親知次第尋。腸斷裴家光德宅，無人掃地戟門深。

一世營營死是休，生前無事定無由。不知山下東流水，何事長須日夜流？

今朝西渡丹河水，心寄丹河無限愁。若到莊前竹園下，殷勤爲遶故山流。丹，淅莊之東流。

寒窗風雪擁深爐，彼此相傷指白鬚。一夜思量十年事，幾人强健幾人無？宿竇十二藍田宅。

雲覆藍橋雪滿谿，須臾便與碧峯齊。風回麵市連天合，凍壓花枝着水低。

寒花帶雪滿山腰，着柳冰珠滿碧條。天色漸明回一望，玉塵隨馬度藍橋。

留呈夢得子厚致用〔一〕題藍橋驛

泉溜才通疑夜磬，燒去聲煙餘暖有春泥。千層玉帳鋪松蓋，五出銀區印虎蹄。暗落金烏山漸黑，深埋粉堠路渾迷。心知魏闕無多地，十二瓊樓百里西。

【校勘記】

〔一〕馬本題作「留呈夢得子厚致用題藍橋驛」。

小碎

小碎詩篇取次書，等閑題柱意何如？諸郎到處應相問，留取三行代鯉魚一本留與。

和樂天高相宅

莫愁已去無窮事，漫苦如今有限身。二百年來城裏宅，一家知换幾多人？

和樂天仇家酒

病嗟酒户年年減，老覺塵機漸漸深。飲罷醒餘更惆悵，不如閑事不經心。

和樂天贈雲寂僧

欲離煩惱三千界，不在禪門八萬條。心火自生還自滅〔一〕，雲師無路與君銷。

【校勘記】

〔一〕滅：原作「減」，據蘭雪堂本、馬本、叢刊本、《全唐詩》卷四一四改。

澧西别樂天博載樊宗憲李景信兩秀才姪谷三月三十日相餞送〔一〕

今朝相送自同遊，酒語詩情替别愁。忽到澧西總回去，一身騎馬向通州。

【校勘記】

〔一〕澧：原作「灃」，據《全唐詩》卷四一四及本集卷十二《酬樂天東南行詩一百韻》「與樂天於鄠東蒲池村别」，可知「灃」當作「澧」，故改。下同。

寄曇嵩寂三上人

長學對治思苦處〔一〕，偏將死苦教人間。今因爲説無生死，無可對治心更閑。

【校勘記】

〔一〕思：盧校宋本作「死」。

題漫天嶺智藏師蘭若僧云住此二十八年

僧臨大道閲浮生，來往憧憧利與名。二十八年何限客，不曾閑見一人行。

蒼溪縣寄揚州兄弟

蒼溪縣下嘉陵水，入峽穿江到海流。憑仗鯉魚將遠信，雁回時節到揚州。

贈吴渠州從姨兄士則

憶昔分襟童子郎〔一〕，白頭抛擲又他鄉。三千里外巴南恨，二十年前城裏狂。甯氏舅甥俱寂寞，荀家兄弟半淪亡。淚因生别兼懷舊，迴首江山欲萬行。

【校勘記】

〔一〕昔：原作「惜」，據《全唐詩》卷四一四改。

長灘夢李紳

孤吟獨寢意千般，合眼逢君一夜歡。慚愧夢魂無遠近，不辭風雨到長灘。

元稹集卷第二十

律詩

新政縣

新政縣前逢月夜，嘉陵江底看星辰。已聞城上三更鼓，不見心中一箇人。鬚鬢暗添巴路雪，衣裳無復帝鄉塵。曾沾幾許名兼利，勞動生涯涉苦辛。

南昌灘

渠江明淨峽逶迤，船到明灘拽簝遲。櫓窡動摇妨作夢，巴童指點笑吟詩。畬餘宿麥黄山腹，日背殘花白水湄。物色可憐心莫恨，此行都是獨行時。

見樂天詩

通州到日日平西，江館無人虎印泥。忽向破簷殘漏處，見君詩在柱心題。

夜坐

雨滯更愁南瘴毒，月明兼喜北風凉。古城樓影横空館，濕地蟲聲遶暗廊。螢火亂飛秋已近，星辰早没夜初長。孩提萬里何時見？狼藉家書卧滿牀[一]。

【校勘記】

〔一〕卧滿牀：馬本、《全唐詩》卷四一五作「滿卧牀」。

聞樂天授江州司馬

殘燈無焰影幢幢，此夕聞君謫九江。垂死病中仍悵望[一]，暗風吹雨入寒窗[二]。

【校勘記】

〔一〕仍悵望：馬本、《全唐詩》卷四一五作「驚坐起」。

〔二〕雨：《全唐詩》注：「一作面。」　寒：張校宋本作「疏」。

歲日贈拒非

君思曲水嗟身老，我望通州感道窮。同入新年兩行淚，白頭翁坐説城中[一]。

【校勘記】

〔一〕翁：錢校、《全唐詩》注：「一作閑。」

送盧戡

紅樹蟬聲滿夕陽，白頭相送倍相傷。老嗟去日光陰促，病覺今年晝夜長。顧我親情皆遠道，念君兄弟欲他鄉。紅旗滿眼襄州路，此别淚流千萬行。

雨聲

風吹竹葉休還動，雨點荷心暗復鳴。曾向西江船上宿，慣聞寒夜滴篷聲。

奉和滎陽公離筵作

南郡生徒辭絳帳，東山妓樂擁油旌。鈞天排比簫韶待，猶顧人間有别情。

嘉陵水此後並通州詩

古時應是山頭水，自古流來江路深。若使江流會人意，也應知我遠來心。

閬州開元寺壁題樂天詩

憶君無計寫君詩，寫盡千行説向誰？題在閬州東寺壁，幾時知是見君時？

憑李忠州寄書樂天

萬里寄書將上峽〔一〕，卻憑冰峽寄江州〔二〕。傷心最是江頭月，莫把書將上庾樓。

【校勘記】

〔一〕上：《全唐詩》卷四一五作「出」，似是。

〔二〕冰：《全唐詩》作「巫」，盧校宋本作「沿」。

得樂天書

遠信入門先有淚，妻驚女哭問何如？尋常不省曾如此，應是江州司馬書。

寄樂天

無身尚擬魂相就，身在那無夢往還。直到他身亦相覓〔一〕，不能空記樹中環。

【校勘記】

〔一〕身：《全唐詩》卷四一五作「生」。

酬知退

終須修到無修處，聞盡聲聞始不聞。莫著妄心銷被我〔一〕，我心無我亦無君。

【校勘記】

〔一〕被：蘭雪堂本、馬本、《全唐詩》卷四一五作「彼」。

通州

平生欲得山中住，天與通州遶郡山。睡到日西無一事，月儲三萬買教閑〔一〕。

【校勘記】

〔一〕三：疑是「五」之誤。陳寅恪云：此自是指不治民之司馬之月俸而言，但據《唐會要》、《册府元龜》、《新唐書·食貨志》諸書，上州司馬之俸似應在五萬左右。今言「三萬」，爲數過少。或「三」字爲「五」字之誤歟？（《元微之〈遣悲懷〉詩之原題及其次序》）

酬樂天書後三韻

今日廬峯霞遶寺，昔時鸞殿鳳迴書。兩封相去八年後〔一〕，一種俱云五夜初。漸覺此生都是夢，不能將淚滴雙魚。

【校勘記】

〔一〕封：原作「科」，據蘭雪堂本、馬本、叢刊本、《全唐詩》卷四一五改。

相憶淚

西江流水到江州，聞道分成九道流。我滴兩行相憶淚，遣君何處遣人求〔一〕？除非入海無由住，縱使逢灘永擬休〔二〕。會向伍員潮上見，氣充頑石報心讎〔三〕。

【校勘記】

〔一〕遣君：《全唐詩》卷四一五注：「一作君從。」似是。

〔二〕永：蘭雪堂本、馬本、叢刊本、《全唐詩》作「未」。

〔三〕充：疑當作「衝」。

喜李十一景信到

何事相逢翻有淚？念君緣我到通州。留君剩住君須住，我不自由君自由。

與李十一夜飲〔一〕

寒夜燈前賴酒壺，與君相對興猶孤。忠州刺史應閑臥，江水猿聲睡得無？

【校勘記】

〔一〕此詩與下面一首《贈李十一》，據岑仲勉《唐人行第録》考證，俱是「李六」之訛。「李六」即李景儉。岑云：蓋景儉由唐州赴忠州任，可循漢水西上，先與通州之元稹會面，然後遄赴忠任，故有「忠州刺史應閑臥」之戲語，一會便別，故又歎其唐鄧司馬之不能久任，詩辭合，時事合，破「六」爲「十一」，擬測亦甚自然，與原作「李十一」（景信或建）不相入者有天淵之別矣。

贈李十一

淮水連年起戰塵，油旌三换一何頻。共君前後俱從事，羞見功名與別人。

寒食日

今年寒食好風流，此日一家同出遊。碧水青山無限思，莫將心道是涪州〔一〕。

【校勘記】

〔一〕涪：錢校、《全唐詩》卷四一五注：「一作通。」

三兄以白角巾寄遺髪不勝冠因有感歎

病瘴年深渾禿盡，那能勝置角頭巾？暗梳蓬髪羞臨鏡，私戴蓮花恥見人。白髪過於冠色白，銀釘少校頷中銀。我身四十猶如此，何況吾兄六十身？

別李十一五絶〔一〕

巴南分與親情別，不料與君牀並頭。爲我遠來休悵望〔二〕，折君災難是通州。

京城每與閑人別，猶自傷心與白頭。今日別君心更苦，別君總是在通州〔三〕。

萬里尚能來遠道，一程那忍便分頭。鳥籠猿檻君應會，十步向前非我州。

來時見我江南岸，今日送君江上頭。別後料添新夢寐，虎驚蛇伏一作亂是通州〔四〕。

聞君欲去潛銷骨，一夜暗添新白頭。明朝別後應腸斷，獨棹破船歸到州。

【校勘記】

〔一〕盧校宋本無次首，「五絶」爲「四絶」。

〔二〕悵：原作「恨」，據蘭雪堂本、馬本、叢刊本、《全唐詩》卷四一五改。

〔三〕總：蘭雪堂本、馬本、叢刊本、《全唐詩》作「緣」。

〔四〕一作：原作「一片」，據馬本、叢刊本、《全唐詩》改。

酬樂天醉別

前回一去五年別，此別又知何日回？好住樂天休悵望，匹如元不到京來。

酬樂天雨後見憶

雨滑危梁性命愁，差池一步一生休。黄泉便是通州郡，漸入深泥漸到州。

和樂天過祕閣書省舊廳

聞君西省重徘徊，祕閣書房次第開。壁記欲題三漏合，吏人驚問十年來。經排蠹簡憐初校〔一〕，芸長陳根識舊栽。司馬見詩心最苦，滿身蚊蚋哭煙埃〔二〕。

【校勘記】

〔一〕校：錢校：「一作撥。」

〔二〕哭：《全唐詩》卷四一五注：「一作笑。」

和樂天贈楊祕書

舊與楊郎在帝城，搜天斡地覓詩情。曾因並句甘稱小，不爲論年便唤兄。刮骨直穿由苦鬬〔一〕，夢腸翻出暫閑行。因君投贈還相和，老去那能競底名？

【校勘記】

〔一〕由：《全唐詩》卷四一五注：「一作猶。」

和樂天題王家亭子

風吹筍籜飄紅砌，雨打桐花蓋緑莎。都大資人無暇日〔一〕，泛池全少買池多。

【校勘記】

〔一〕資：《千載佳句》（松平文庫本）作「貴」。

酬樂天頻夢微之

山水萬重書斷絶，念君憐我夢相聞。我今因病魂顛倒，唯夢閑人不夢君。

琵琶

學語胡兒撼玉玲〔一〕，甘州破裏最星星。使君自恨常多事，不得功夫夜夜聽。

【校勘記】

〔一〕玲：張校宋本作「鈴」。

春詞

山翠湖光似欲流，蛙聲鳥思卻堪愁〔一〕。西施顔色今何在？但看春風百草頭〔二〕。

【校勘記】

〔一〕蛙：蘭雪堂本、馬本、叢刊本、《全唐詩》卷四一五作「蜂」。

〔二〕但看：《千載佳句》（松平文庫本）作「應在」。

元稹集卷第二十一

律詩

酬樂天春寄微之

鸚心明黠雀幽蒙，何事相將盡入籠？君避海鯨驚浪裏，我隨巴蟒瘴煙中。千山塞路音書絶，兩地知春曆日同。一樹梅花數升酒，醉尋江岸哭東風〔一〕。

【校勘記】

〔一〕哭：盧校宋本作「笑」。

酬樂天舟泊夜讀微之詩

知君暗泊西江岸，讀我閑詩欲到明。今夜通州還不睡，滿山風雨杜鵑聲。

酬樂天武關南見微之題山石榴花詩

比因酬贈爲花時，不爲君行不復知。又更幾年還共到，滿牆塵土兩篇詩。

酬樂天見寄

三千里外巴蛇穴，四十年來司馬官。瘴色滿身治不盡，瘡痕刮骨洗應難。常甘人向衰容薄，獨訝君將舊眼看。前日詩中高蓋字，〔馬注：白詩云：「舉目争能不惆悵，高車大馬滿長安。」〕至今脣舌遍長安。

酬樂天得稹所寄紵絲布白輕庸製成衣服以詩報之〔一〕

湓城萬里隔巴庸，紵薄綈輕共一封。腰帶定知今瘦小，衣衫難作遠裁縫。唯愁書到炎涼變，忽見詩來意緒濃。春草緑茸雲色白，想君騎馬好儀容。

【校勘記】

〔一〕庸：周密《齊東野語》卷十《輕容》云「庸」字「乃爲流俗妄改」，實與「輕容」、「輕褣」同指薄紗。

和樂天尋郭道士不遇昔常爲僧〔一〕，於荆州相別。

昔年我見盃中渡，今日人言鶴上逢。兩虎定隨千歲鹿，雙林添作幾株松。方瞳應是新燒藥〔二〕，短腳知緣舊施春。爲僧時先有時疾〔三〕。欲請僧繇遠相畫，苦愁頻變本形容。

【校勘記】

〔一〕「昔」字上，馬本有「道士」二字。　常：盧校宋本作「嘗」。

〔二〕瞳：原作「曈」，據馬本、叢刊本、《全唐詩》卷四一六改。

〔三〕時疾：錢校、馬本、叢刊本、《全唐詩》作「腳疾」。

酬樂天寄生衣

秋茅處處流痎瘧，夜鳥聲聲哭瘴雲。羸骨不勝纖細物，欲將文服卻還君。

酬樂天得微之詩知通州事因成四首

茅簷屋舍竹籬州，虎怕偏蹄蛇兩頭。通州，元和二年，偏蹄虎害人，比之白額。兩頭蛇處處皆有之也。暗蟲有時迷酒影，浮塵向日似波流。沙含水弩多傷骨，田仰畬刀少用牛。知得共君相見否？近來魂夢轉悠悠。

平地才應一頃餘，閣欄都大似巢居。巴人多在山坡架木爲居，自號閣欄頭也。入衙官吏聲疑鳥，下峽舟船腹似魚。市井無錢論尺丈，田疇付火罷耘鋤。此中愁殺須甘分，惟惜平生舊著書。本句云：努力安心過三考，已曾愁殺李尚書。又予病甚，將平生所爲文自題云：異日，送白二十二郎也。

哭鳥晝飛人少見，倀魂夜嘯虎行多。滿身沙虱無防處，獨腳山魈不奈何。甘受鬼神侵骨髓，常憂歧路處風波。南歌未有東西分，敢唱滄浪一字歌。本句云：時時三唱濯纓歌。

荒蕪滿院不能鋤，甑有塵埃圃乏蔬。定覺身將囚一種，未知生共死何如？飢摇困尾喪家狗〔一〕，熱暴枯鱗失水魚〔二〕。苦境萬般君莫問，自憐方寸本來虚。

【校勘記】

〔一〕宋袁文《甕牖閒評》卷四云：「喪字當作去聲，言失家之狗，而微之此詩作平聲用，何也？」按：喪家狗據《韓詩外傳》，依文意應讀平聲，此詩蓋本此。

〔二〕熱：盧校宋本作「渴」。

酬樂天聞李尚書拜相以詩見賀

初因弾劾死東川，又爲親情弄化權。予爲監察御史，劾奏故東川節度使嚴礪籍没衣冠等八十餘家，由是操權者大怒。分司東臺日，又劾奏宰相親，因緣遂貶江陵士曹耳。百口共經三峽水，一時重上兩漫天。尚書入用雖旬月，司馬銜寃已十年。若待更遭秋瘴後，便愁平地有重泉。

酬樂天歎窮愁見寄

病煎愁緒轉紛紛，百里何由說向君？老去心情隨日減，遠來書信隔年聞。三冬有電連春雨，九月無霜盡火雲。併與巴南終歲熱，四時誰道各平分？

酬樂天三月三日見寄

常年此日花前醉，今日花前病裏銷。獨倚破簾閑悵望，可憐虚度好春朝。

酬樂天歎損傷見寄

前途何在轉忙忙〔一〕？漸老那能不自傷？病爲怕風多睡月，起因花藥暫扶牀〔二〕。函關氣索迷真侶〔三〕，峽水波翻礙故鄉。唯有秋來兩行淚，對君新贈遠詩章。

【校勘記】

〔一〕忙忙：馬本、《全唐詩》卷四一六作「茫茫」。

〔二〕花：《全唐詩》注：「一作行。」

〔三〕索：盧校作「紫」。

瘴塞

瘴塞巴山哭鳥悲，紅妝少婦斂啼眉。殷勤奉藥來相勸，云是前年欲病時。

紅荆

庭中栽得紅荆樹，十月花開不待春。直到孩提盡驚怪，一家同是北來人。

黄草峽聽柔之琴二首〔馬注：柔之，公繼室裴夫人也。〕

胡笳夜奏塞聲寒，是我鄉音聽漸難。料得小來辛苦學，又應知向峽中彈〔一〕。

別鶴淒清覺露寒，離聲漸咽命雛難。憐君伴我涪州宿，猶有心情徹夜彈。

【校勘記】

〔一〕應：《全唐詩》卷四一六作「因」。

書劍

渝工劍刃皆歐冶，巴吏書蹤盡子雲。唯我心知有來處，泊船黄草夜思君。

内狀詩寄楊白二員外時知制誥

天門暗闢玉琤鍧，晝送中樞曉禁清。彤管内人書細膩，金奩御印篆分明。衝街不避將軍令，跋敕兼題宰相名。南省郎官誰待詔〔一〕？與君將向世間行。

【校勘記】

〔一〕官：《全唐詩》卷四一六注：「一作中。」

别毅郎此後三首〔一〕，工部侍郎時詩。

爾爺只爲一盃酒，此别那知死與生？兒有何辜才七歲，亦教兒作瘴江行？愛惜爾爺唯有我，我今憔悴望何人？傷心自比籠中鶴，翦盡翅翎愁到身〔二〕。

【校勘記】

〔一〕馬本無「三首」兩字。

〔二〕翅：《全唐詩》注：「一作羽。」

自責

犀帶金魚束紫袍，不能將命報分毫。他時得見牛常侍，爲爾君前捧佩刀。

送公度之福建此後並同州刺史時作

棠陰猶在建溪磯〔一〕，此去那論是與非。若見白頭須盡敬，恐曾江岸識胡威。

【校勘記】

〔一〕溪：《全唐詩》卷四一六注：「一作康。」

喜五兄自泗州至

眼中三十年來淚，一望南雲一度垂。慚愧臨淮李常侍，遠教形影暫相隨。

杏花

常年出入右銀臺，每怪春光例早回。慚愧杏園行在景，同州園裏也先開。

第三歲日詠春風憑楊員外寄長安柳

三日春風已有情，拂人頭面稍憐輕。殷勤爲報長安柳，莫惜枝條動軟聲。

贈别楊員外巨源

憶昔西河縣下時，青衫憔悴宦名卑[一]。揄揚陶令緣求酒，結託蕭娘只在詩。朱紫衣裳浮世重，蒼黄歲序長年悲。白頭後會知何日？一盞煩君不用辭。

【校勘記】

〔一〕衫：馬本、《全唐詩》卷四一六作「山」。

寄樂天二首

榮辱升沉影與身，世情誰是舊雷陳？唯應鮑叔猶憐我，自保曾參不殺人。山入白樓沙苑暮，潮生滄海野塘春。老逢佳景唯惆悵，兩地各傷何限神？

論才賦命不相干，鳳有文章雉有冠。羸骨欲銷猶被刻，瘡痕未没又遭彈。劍頭已折藏須蓋，丁字雖剛屈莫難。休學州前羅刹石，一生身敵海波瀾。

聽妻彈別鶴操[一]

《别鶴》聲聲怨夜弦，聞君此奏欲潸然。商瞿五十知無子，便付琴書與仲宣。

【校勘記】

〔一〕《白居易集》卷二十一有《和微之聽妻彈〈别鶴操〉因爲解釋其義依韻加四句》一詩，係五言仄韻十四韻詩，與此首七言絶句不同。元稹當另有一首用五言仄韻十二韻詩。

和王侍郎酬廣宣上人觀放榜後相賀

渥洼徒自有權奇，伯樂書名世始知。竟走牆前稀得僞[一]，高縣日下表無私。都中紙貴流傳後[二]，海外金填姓字時。珍重劉繇因首薦，進士李景述以同判解頭及第。爲君送和碧雲詩[三]。

【校勘記】

〔一〕竟：馬本、《全唐詩》卷四一六作「競」。　稀：馬本、《全唐詩》作「希」。

〔二〕貴：《千載佳句》（松平文庫本）作「盡」。

〔三〕送：疑當作「遥」。

元稹集卷第二十二

律詩

酬樂天喜鄰郡此後並越州酬和，並各次用本韻。

蹇驢瘦馬塵中伴，紫綬朱衣夢裹身。符竹偶因成對岸，文章虛被配爲鄰。湖翻白浪常看雪，火照紅妝不待春〔一〕。老大那能更爭競，任君投募醉鄉人。

【校勘記】

〔一〕照：盧校宋本作「點」。

再酬復言和前篇

經過二郡逢賢牧，聚集諸郎宴老身。清夜漫勞紅燭會，白頭非是翠娥鄰。曾攜酒伴無端宿，自入朝行便别春。潦倒微之從不占，未知公議道何人？

贈樂天

莫言鄰境易經過，彼此分符欲奈何。垂老相逢漸難別，白頭期限各無多。

重贈樂人高玲瓏能歌〔一〕，歌予數十詩。

休遣玲瓏唱我詩，我詩多是别君詞〔二〕。明朝又向江頭别〔三〕，月落潮平是去時。

【校勘記】

〔一〕高：馬本、叢刊本、《全唐詩》卷四一七作「商」。

〔二〕别：《全唐詩》注：「一作寄。」

〔三〕向：《千載佳句》（松平文庫本）作「擬」。

别後西陵晚眺

晚日未抛詩筆硯，夕陽空望郡樓臺。與君後會知何日？不似潮頭暮卻迴。

以州宅誇於樂天〔一〕

州城迥遶拂雲堆，鏡水稽山滿眼來。四面常時對屏障，一家終日在樓臺。星河似向簷前落，鼓角驚從地底迴。我是玉皇香案吏，謫居猶得住蓬萊〔二〕。

【校勘記】

〔一〕以州宅誇於樂天：《英華》卷二五八作「越中寄白樂天」。

〔二〕謫：錢校、《英華》作「降」。

重誇州宅旦暮景色兼酬前篇末句

仙都難畫亦難書〔一〕，暫合登臨不合居。繞郭煙嵐新雨後，滿山樓閣上燈初。人聲曉動千門闢，湖色宵涵萬象虚。爲問西州西刹岸〔二〕，濤頭衝突近何如〔三〕？樂天答微之詩，云落句有西州羅刹之誚〔四〕。

【校勘記】

〔一〕畫：原作「盡」，據錢校宋本、《英華》卷二五八改。

〔二〕西刹岸：《英華》作「羅刹石」，《全唐詩》卷四一七作「羅刹岸」。　岸：錢校作「石」。

〔三〕濤頭：錢校宋本、《英華》作「風波」。

〔四〕詩云：《英華》作「詩題云」。此注是錢校宋本所加。

酬樂天吟張員外詩見寄因思上京每與樂天於居敬兄升平里詠張新詩

樂天書内重封到，居敬堂前共讀時。四友一爲泉路客，三人兩詠浙江詩。别無遠近皆難見，老減心情自各知〔一〕。盃酒與它年少隔，不相酬贈欲何之？

【校勘記】

〔一〕自各：《千載佳句》（松平文庫本）作「各自」。

寄樂天

閑夜思君坐到明，追尋往事倍傷情。同登科後心相合，初得官時髭未生。二十年來諳世路，三千里外老江城。猶應更有前途在，知向人間何處行？

戲贈樂天復言此後三篇同韻〔一〕

樂事難逢歲易徂，白頭光景莫令孤。弄濤船更曾觀否？望市望市樓，蘇之勝地也。樓還有會無？眼力少將尋案牘，心情且强擲梟盧。孫園虎寺隨宜看，不必遥遥羨鏡湖。

【校勘記】

〔一〕題注原無，據馬本、《全唐詩》卷四一七及本集此後三詩補。

重酬樂天

紅塵擾擾日西徂，我興雲心兩共孤。暫出已遭千騎擁，故交求見一人無。百篇書判從饒白，八采詩章未伏盧〔一〕。最笑近來黄叔度，自投名刺占陂湖。

【校勘記】

〔一〕采：《全唐詩》卷四一七作「米」。《北史·盧思道傳》云：「文宣崩，當朝文士，各作輓歌十首，擇其善者而用之，思道獨得八篇，時人稱爲八米盧郎。」宋朱翌《猗覺寮雜記》上云：「米字蓋采字之誤，十首中采擇八首耳。」

再酬復言

繞郭笙歌夜景徂，稽山迴帶月輪孤。休文欲詠心應破，道子雖來畫得無。顧我小才同培塿，知君險鬬敵都盧。不然豈有姑蘇郡，擬着陂塘比鏡湖？

郡務稍簡因得整比舊詩並連綴焚削封章繁委篋笥僅逾百軸偶成自歎因寄樂天

近來章奏小年詩，一種成空盡可悲。書得眼昏朱似碧，用來心破髮如絲。催身易老緣多事，報主深恩在幾時？天遣兩家無嗣子，欲將文集與它誰？

酬樂天餘思不盡加爲六韻之作

律吕同聲我爾身〔一〕，文章君是一伶倫。衆推賈誼爲才子，帝喜相如作侍臣。樂天先有《秦中吟》及《百節判》，皆爲書肆市賈題其卷云：「白才子文章。」又樂天知制誥詞云：「覽其詞賦，喜與相如並處一時。」次韻千言曾報答，樂天曾寄予千字律詩數首，予皆次用本韻酬和。後來遂以成風耳。直詞三道共經綸。樂天與予同應制科〔二〕，並求前輩切直詞策，以盡經邦之術。其事已具之字詩注中爾〔三〕。元詩駮雜真難辨，後輩好僞作予詩，傳流諸處。自到會稽已有人寫《宮詞》百篇，及《雜詩》兩卷，皆云是予所撰，及手勘驗，無一篇是者。白樸流傳用轉新。樂天於翰林中書，取書詔批答詞等，撰爲程式，禁中號曰白樸。每有新入學士求訪，寶重過於六典也。蔡女圖書雖在口，蔡琰口誦家書四百餘篇。于公門户豈生塵？樂天常贈予詩云：「其心如肺石，動必達窮民。東川八十家，寃憤一言申。」因感無兒之歎，故予自有此句。商瞿未老猶希冀，莫把籯金便付人。

【校勘記】

〔一〕爾：《全唐詩》卷四一七注：「一作愛。」

〔二〕馬本無「樂天與予同應制科……」此條作者自注。

〔三〕注：原作「謹」，據《全唐詩》改。

寄樂天

莫嗟虚老海壖西，天下風光數會稽。靈汜橋前百里鏡，石帆山崪五雲溪〔一〕。冰銷田地蘆錐短〔二〕，春入枝條柳眼低。安得故人生羽翼，飛來相伴醉如泥。

【校勘記】

〔一〕崪：即「弅」，《全唐詩》卷四一七作「崦」。

〔二〕銷：《千載佳句》（松平文庫本）作「消」。

酬樂天雪中見寄

知君夜聽風蕭索，曉望林亭雪半糊。撼落不教封柳眼，掃來偏盡附梅株。敲扶密竹枝猶亞，煦暖寒禽氣漸蘇。坐覺湖聲迷遠浪，回驚雲路在常途〔一〕。錢塘湖上蘋先合，梳洗樓前粉暗鋪。石立玉童披鶴氅，臺施瑶席换龍鬚。滿空飛舞應爲瑞，寡和高歌只自娱。莫遣擁簾傷思婦，且將盈尺慰農夫。稱觴彼此情何異？對景東西事有殊。鏡水遶山山盡白，琉璃雲母世間無。

【校勘記】

〔一〕常：《全唐詩》卷四一七作「長」。

和樂天早春見寄

雨香雲澹覺微和，誰送春聲入棹歌？萱近北堂穿土早，柳偏東面受風多。湖添水劑消殘雪〔一〕，江送潮頭湧漫波。同受新年不同賞，無由縮地欲如何？

【校勘記】

〔一〕劑：《全唐詩》卷四一七作「色」。

酬復言長慶四年元日郡齋感懷見寄

臘盡殘銷春又歸〔一〕，逢新别故欲沾衣。自驚身上添年幾〔二〕，休繫心中小是非〔三〕。富貴祝來何所遂？聰明鞭得轉無機。祝富貴，鞭聰明，皆正旦童稚俗法。羞看稚子先拈酒，悵望平生舊采薇。去日漸加餘日少，賀人雖鬧故人稀。椒花麗句閑重檢，艾髮衰容惜寸輝。苦思正旦酬白雪[四]，閑觀風色動青旂。千官仗下爐煙裏，東海西頭意獨違。

【校勘記】

〔一〕銷：疑當作「宵」。

〔二〕幾：馬本、《全唐詩》卷四一七作「紀」。

〔三〕休繫：《全唐詩》注：「一作休較。」

〔四〕旦：《全唐詩》注：「一作朝。」

代郡齋神答樂天

虛白堂神傳好語，二年長伴獨吟時。夜憐星月多離燭，日滉波濤一下帷。爲報何人償酒債？引看牆上使君詩。

酬樂天重寄別

卻報君侯聽苦辭，老頭抛我欲何之。武牢關外雖分手，不似如今衰白時。

和樂天重題別東樓

山容水態使君知，樓上從容萬狀移。日映文章霞細麗，風驅鱗甲浪參差。鼓催潮户凌晨擊，笛賽婆官徹夜吹。唤客潛揮遠紅袖，賣爐高挂小青旗。賸鋪牀席春眠處，高捲簾帷月上時〔一〕。光景無因將得去，爲郎鈔在和郎詩。

【校勘記】

〔一〕高：《全唐詩》卷四一七作「乍」，《千載佳句》（松平文庫本）作「盡」。

餘杭周從事以十章見寄詞調清婉難於遍酬聊和詩首篇以答來貺

擾擾紛紛旦暮間，經營閑事不曾閑。多緣老病推辭酒，少有功夫久羨山。清夜笙歌喧四郭，黄昏鐘漏下重關。何由得似周從事，醉入人家醒始還？

寄浙西李大夫四首

柳眼梅心漸欲春，白頭西望憶何人？金陵太守曾相伴，共踏銀臺一路塵。

蕊珠深處少人知，網索西臨太液池。浴殿曉聞天語後，步廊騎馬笑相隨。網索在太液池上〔一〕，學士候對，歇於此。

禁林同直話交情，無夜無曾不到明。最憶西樓人静後〔二〕，玉晨鐘磬兩三聲。玉晨觀，在紫宸殿後面也。

由來鵬化便圖南，浙右雖雄我未甘。早渡西江好歸去，莫抛舟楫滯春潭。

【校勘記】

〔一〕池：原闕，據《通鑑》卷二四五注引補。馬本無此條小注。

〔二〕後：《全唐詩》卷四一七作「夜」。

初除浙東妻有阻色因以四韻曉之

嫁時五月歸巴地，今日雙旌上越州。興慶首行平聲千命婦〔一〕，予在中書日，妻以郡君朝太后於興慶宫，猥爲班首。會稽旁帶六諸侯。海樓翡翠閑相逐，鏡水鴛鴦暖共游。我有主恩羞未報，君於此外更何求？

【校勘記】

〔一〕千：《才調集》卷五作「遷」。

爲樂天自勘詩集因思頃年城南醉歸馬上遞唱豔曲十餘里不絶長慶初俱以制誥侍宿南郊齋宫夜後偶吟數十篇兩掖諸公洎翰林學士三十餘人驚起就聽逮至卒吏莫不衆觀羣公直至侍從行禮之時不復聚寐予與樂天吟哦竟亦不絶因書於樂天卷後越中冬夜風雨不覺將曉諸門互啓關鎖即事成篇

春野醉吟十里程，齋宫潛詠萬人驚。今宵不寐到明讀，風雨曉聞關鎖聲〔一〕。

【校勘記】

〔一〕關：錢校、蘭雪堂本、馬本、叢刊本、《全唐詩》卷四一七作「開」。

題長慶四年曆日尾

殘曆半張餘十四，灰心雪鬢兩悽然。定知新歲御樓後，從此不名長慶年。

元稹集卷第二十三

樂府

樂府古題序〔一〕丁酉

《詩》訖于周，《離騷》訖于楚。是後，詩之流爲二十四名：賦、頌、銘、贊、文、誄、箴、詩、行、詠、吟、題、怨、歎、章、篇、操、引、謡、謳、歌、曲、詞、調，皆詩人六義之餘，而作者之旨〔二〕。由操而下八名，皆起於郊祭、軍賓、吉凶、苦樂之際。在音聲者，因聲以度詞，審調以節唱，句度短長之數，聲韻平上之差，莫不由之准度。而又别其在琴瑟者爲操、引，採民甿者爲謳、謡，備曲度者，總得謂之歌、曲、詞、調，斯皆由樂以定詞，非選調以配樂也〔三〕。由詩而下九名，皆屬事而作，雖題號不同，而悉謂之爲詩可也。後之審樂者，往往採取其詞，度爲歌曲，蓋選詞以配樂，非由樂以定詞也。而纂撰者由詩而下十七名，盡編爲《樂録》。樂府等題，除《鐃吹》、《横吹》、《郊祀》、《清商》等詞在《樂志》者，其餘《木蘭》、《仲卿》、《四愁》、《七哀》之輩，亦未必盡播於管弦明矣。後之文人，達樂者少，不復如是配别。但遇興紀題，往往兼以句讀短長爲歌、詩之異。劉補闕云〔四〕：樂府肇於漢魏。按仲尼學《文王操》，伯牙作《流波》、《水仙》等操，齊犢沐作《雉朝飛》〔五〕，衛女作《思歸引》，則不於漢魏而後始，亦以明矣。況自《風》、《雅》，至於樂流，莫非諷興當時之事，以貽後代之人。沿襲古題，唱和重複，於文或有短長，於義咸爲贅賸。尚不如寓意古題，刺美見事，猶有詩人引古以諷之義焉。曹、劉、沈、鮑之徒，時得如此，亦復稀少。近代唯詩人杜甫《悲陳陶》、《哀江頭》、《兵車》、《麗人》等，凡所歌行，率皆即事名篇，無復倚傍。予少時與友人樂天、李公垂輩，謂是爲當，遂不復擬賦古題。昨梁州見進士劉猛〔六〕、李餘各賦古樂府詩數十首，其中一二十章，咸有新意，予因選而和之。其有雖用古題，全無古義者，若《出門行》不言離别，《將進酒》特書列女之類是也。其或頗同古義，全創新詞者，則《田家》止述軍輸、《捉捕》詞先螻蟻之類是也〔七〕。劉、李二子方將極意於斯文，因爲粗明古今歌詩同異之音焉〔八〕。

【校勘記】

〔一〕樂府古題序：馬本作「樂府有序」。

〔二〕旨：原作「言」，據宋蜀本、馬本、叢刊本改。

〔三〕調：疑當作「詞」。

〔四〕云：原作「之」，據《唐文粹》卷九五改。

〔五〕犢：原作「牘」，據《樂府詩集》卷五七、《全唐詩》卷四一八改。

〔六〕梁：宋蜀本、《唐文粹》作「南梁」。

〔七〕詞：《唐文粹》作「請」。

〔八〕粗明：原作「親朋」，據宋蜀本、蘭雪堂本、馬本、叢刊本、《樂府詩集》改。　音：疑當作「旨」。

夢上天此後十首並和劉猛〔一〕

夢上高高天，高高蒼蒼高不極〔二〕。下視五嶽塊纍纍，仰天依舊蒼蒼色。踏雲聳身身更上，攀天上天攀未得。西瞻若木兔輪低〔三〕，東望蟠桃海波黑。日月之光不到此，非暗非明煙塞塞。天悠地遠身跨風，下無階梯上無力。來時畏有他人上，截斷龍胡斬鵬翼。茫茫漫漫方自悲，哭向青雲椎素臆。哭聲厭咽旁人惡，喚起驚悲淚飄露。千慚萬謝喚厭人，向使無君終不寤。

【校勘記】

〔一〕十：原作「七」，據馬本、叢刊本及本集改。馬本在此題前有總題曰「和劉猛古題樂府十首」，而無此題注。

〔二〕高高：錢校、《樂府詩集》卷九五作「高天」。

〔三〕木：蘭雪堂本、叢刊本、《樂府詩集》、《唐文粹》卷一三、《全唐詩》卷四一八作「水」。

冬白紵〔一〕

吴宮夜長宮漏款，簾幕四垂燈焰暖。西施自舞王自管，雪紵翻翻鶴翎散上聲，促節牽繁舞腰懶〔二〕。舞腰懶，王罷飲，蓋覆西施鳳花錦。身作匡牀臂爲枕〔三〕，朝珮樅玉王晏寢〔四〕。寢醒閽報門無事〔五〕，子胥死後言爲諱。近王之臣諭王意，共笑越王窮惴惴，夜夜抱冰寒不睡。

【校勘記】

〔一〕冬白紵：《樂府詩集》卷五六作「冬白紵歌」。

〔二〕懶：錢校、《唐文粹》卷一三作「軟」，下同。

〔三〕爲：錢校宋本作「作」。

〔四〕樅玉：宋蜀本作「摐玉」，《唐文粹》作「瑽瑽」，錢校、《樂府詩集》、《全唐詩》卷二一作「摐摐」。

〔五〕寢醒閽報門：錢校、《唐文粹》作「醒來閽門報」。

將進酒

將進酒，將進酒，酒中有毒酖主父，言之主父傷主母。母爲妾地父妾天，仰天俯地不忍言。

陽爲僵踣主父前，主父不知加妾鞭〔一〕。旁人知妾爲主説，主將淚洗鞭頭血。推（地雷反）椎主母牽下堂〔二〕，扶妾遣升堂上牀。將進酒，酒中無毒令主壽，願主迴恩歸主母，遣妾如此由主父〔三〕。妾爲此事人偶知，自慚不密方自悲。主今顛倒安置妾，貪天僭地誰不爲？

【校勘記】

〔一〕妾：原作「妄」，據宋蜀本、蘭雪堂本、叢刊本、《全唐詩》卷四一八改。

〔二〕椎：《樂府詩集》卷一七作「摧」。

〔三〕由：《樂府詩集》、《全唐詩》作「事」。

採珠行

海波無底珠沉海，採珠之人判死採。萬人判死一得珠，斛量買婢人何在〔一〕？年年採珠珠避人，今年採珠由海神。海神採珠珠盡死，死盡明珠空海水。珠爲海物海屬神〔二〕，神今自採何況人？

【校勘記】

〔一〕人：《樂府詩集》卷九五作「天」。

〔二〕海屬神：《樂府詩集》作「屬海神」。

董逃行

董逃董逃董卓逃，揩鏗戈甲聲劳嘈。剜剜深臍脂焰焰，人皆數歎曰〔一〕：爾獨不憶年年取我身上膏。膏銷骨盡煙火死，長安城中賊毛起。城門四走公卿士，走勸劉虞作天子。劉虞不敢作天子〔二〕，曹瞞篡亂從此始。董逃董逃人莫喜，勝負相環相枕倚〔三〕。縫綴難成裁破易，何況曲針不能伸巧指。欲學裁縫須準擬。

【校勘記】

〔一〕數：宋蜀本、蘭雪堂本、馬本、叢刊本均無此字，疑衍。

〔二〕敢：《全唐詩》卷四一八注：「一作取。」

〔三〕相環：錢校宋本、《樂府詩集》卷三四、《全唐詩》卷二〇作「翻環」。

憶遠曲

憶遠曲，郎身不遠郎心遠。沙隨郎飯俱在匙，郎意看沙那比飯？水中畫字無字痕〔一〕，君心暗畫誰會君？況妾事姑姑進止，身去門前同萬里。一家盡是郎腹心，妾似生來無兩耳。妾身何足言？聽妾私勸君：君今夜夜醉何處？姑來伴妾自閉門。嫁夫恨不早，養兒將備老。妾自嫁郎身骨立，老姑爲郎求娶妾，妾不忍見姑郎忍見，爲郎忍耐看姑面。

【校勘記】

〔一〕畫：宋蜀本、馬本、叢刊本、《全唐詩》卷四一八作「書」。

夫遠征

趙卒四十萬，盡爲坑中鬼。趙王未信趙母言，猶點新兵更填死。填死之兵兵氣索，秦强趙破括敵起，括雖專命起尚輕，何况牽肘之人牽不已。坑中之鬼妻在營，髽麻戴絰鵝雁鳴。送夫之婦又行哭，哭聲送死非送行。夫遠征，遠征不必戍長城，出門便不知死生。

織婦詞〔一〕

織婦何太忙，蠶經三卧行欲老。蠶神女聖早成絲，今年絲税抽徵早。早徵非是官人惡，去歲官家事戎索。征人戰苦束刀瘡，主將勳高换羅幕。繅絲織帛猶努力，變緝撩機苦難織〔二〕。東家頭白雙女兒，爲解挑紋嫁不得。予掾荆時，目擊貢綾户有終老不嫁之女。簷前嫋嫋游絲上，上有蜘蛛巧來往。羡他蟲豸解緣天，能向虛空織羅網。

【校勘記】

〔一〕織婦詞：《唐文粹》卷一二作「織女詞」。

〔二〕繿：蘭雪堂本、馬本、叢刊本、《全唐詩》卷四一八作「緝」。　撩：錢校作「掩」。

田家詞〔一〕

牛吒吒許角反〔二〕，田确确，旱塊敲牛蹄趵趵音剥。種得官倉珠顆穀。六十年來兵簇簇，月月食糧車轆轆〔三〕。一日官軍收海服，驅牛駕車食牛肉。歸來收得牛兩角〔四〕，重鑄耬犁作斤劚〔五〕。姑舂婦擔去輸官〔六〕，輸官不足歸賣屋，願官早勝讎早覆〔七〕。農死有兒牛有犢，誓不遣官軍糧不足〔八〕。

【校勘記】

〔一〕田家詞：《樂府詩集》卷九三作「田家行」。

〔二〕吒吒：原作「吒吒」，據《全唐詩》卷四一八改。

〔三〕月月：《樂府詩集》作「日月」。

〔四〕收：原作「攸」，據宋蜀本、《樂府詩集》、《唐文粹》卷十六下改。

〔五〕耬：原作「樓」，據《樂府詩集》改。馬本、《全唐詩》作「鋤」，錢校、《唐文粹》作「鍬」。

〔六〕去輸官：錢校、《唐文粹》作「輸促促」。

〔七〕早覆：原作「旱覆」，據宋蜀本、馬本、叢刊本、《樂府詩集》改。《唐文粹》無「願官早勝讎早覆」句。

〔八〕誓：《樂府詩集》、《唐文粹》無，疑衍。

俠客行

俠客不怕死，怕在事不成〔一〕。事成不肯藏姓名，我非竊賊誰夜行？白日堂堂殺袁盎，九衢草草人面青。此客此心師海鯨〔二〕，海鯨露背横滄溟，海波分作兩處生。分海減海力〔三〕，俠客有謀人不識測〔四〕，三尺鐵蛇延二國。

【校勘記】

〔一〕在：錢校宋本作「死」。

〔二〕師：《唐文粹》卷一三作「歸」。

〔三〕分海減海力：《樂府詩集》卷六七、《全唐詩》卷二一五作「海鯨分海減海力」，《唐文粹》作「分海減力」。分海：錢校作「海波分」。

〔四〕不識測：錢校、《樂府詩集》、《唐文粹》作「莫測」，《樂府詩集》卷二一五作「不測」。「識」字疑爲衍文。

君莫非此後九首和李餘〔一〕

鳥不解走，獸不解飛，兩不相解，那得相譏？犬不飲露，蟬不啖肥，以蟬易犬，蟬死犬饑。燕在梁棟，鼠在階基，各自窠窟，人不能移〔二〕。婦好針縷，夫讀《書》、《詩》，男翁女嫁，卒不相知。懼聾摘耳，効痛嚬眉，我不非爾，爾無我非〔三〕。

【校勘記】

〔一〕馬本、《樂府詩集》卷九五無此題注。

〔二〕人不能移：錢校、《樂府詩集》作「不能改移」。

〔三〕無：《全唐詩》卷四一八注：「一作不。」

田野狐兔行〔一〕

種豆耘鋤，種禾溝甽，禾苗豆甲，狐搰兔翦〔二〕。割鵠餧鷹，烹鱗啖犬。鷹怕兔毫，犬被狐引，狐兔相須，鷹犬相盡茲引反。日暗天寒，禾稀豆損，鷹犬就烹，狐兔俱哂。

【校勘記】

〔一〕野：《樂府詩集》卷九五作「頭」。

〔二〕搰：原作「榾」，據上下文意改。

當來日大難行〔一〕

當來日，大難行。前有坂〔二〕，後有坑。大梁側，小梁傾。兩軸相絞，兩輪相撐。大牛豎，小牛横。烏啄牛背，足跌力儜？當來日，大難行。太行雖險，險可使平。輪軸自撓，牽制不停。泥潦漸久，荆棘旋生。行必不得，不如不行。

【校勘記】

〔一〕當來日大難行：《樂府詩集》卷三六、《全唐詩》卷二〇作「當來日大難」。

〔二〕坡：《全唐詩》卷四一八作「陂」。

人道短

古道天道長、人道短，我道天道短、人道長。天道晝夜迴轉不曾住，春秋冬夏忙。顛風暴雨電雷狂，晴被陰暗，月奪日光，往往星宿，日亦堂堂。天既職性命，道德人自强。堯舜有聖德，天不能遣〔一〕，壽命永昌。泥金刻玉與秦始皇，周公、傅説何不長宰相？老聃、仲尼何事棲遑？莽、卓、恭、顯，皆數十年富貴，梁冀夫婦，車馬煌煌。若此顛倒事，豈非天道短，豈非人道長！堯舜留得神聖事，百代天子有典章。仲尼留得孝順語，千年萬歲父子不敢相滅亡。没後千餘載，唐家天子封作文宣王。老君留得五千字，子孫萬萬稱聖唐〔二〕。謚作玄元帝，魂魄坐天堂。周公《周禮》十二卷〔三〕，有能行者知紀綱。傅説《説命》三四紙，有能師者稱祖宗。天能夭人命，人使道無窮。若此神聖事，誰道人道短？豈非人道長！天能種百草，蕕得十年有氣息，蕣纔一日芳〔四〕，人能揀得丁沉蘭蕙，料理百和香。天解養禽獸，餧虎豹豺狼。人解和麴糵，充礿祀烝嘗〔五〕。杜鵑無百作〔六〕，天遣百鳥哺雛，不遣哺鳳皇。巨蟒壽千歲，天遣食牛吞象充腹腸。蛟螭與變化，鬼怪與隱藏，蚊蚋與利觜，枳棘與鋒鋩。賴得人道有揀别，信任天道真茫茫。若此撩亂事，豈非天道短！賴得人道長！

【校勘記】

〔一〕不：原作「下」，據宋蜀本、錢校宋本、馬本、《全唐詩》卷四一八改。

〔二〕稱：原無，據《樂府詩集》卷九五、《全唐詩》補。

〔三〕十二：原作「二十」，據《樂府詩集》和《周禮》改。

〔四〕蕣：原作「舜」，據宋蜀本、錢校、《樂府詩集》改。

〔五〕袀：錢校、《樂府詩集》作「襝」。

〔六〕作：《全唐詩》注：「一作年。」

苦樂相倚曲

古來苦樂之相倚，近於掌上之十指。君心半夜猜恨生，荆棘滿懷天未明。漢成眼瞀飛燕時〔一〕，可憐班女恩已衰。未有因由相決絶，猶得半年佯暖熱。轉將深意諭旁人，緝綴疵瑕遣潛説〔二〕。一朝詔下辭金屋，班姬自痛何倉卒！呼天俯地將自明〔三〕，不悟尋時已銷骨〔四〕。白首宫人前再拜〔五〕，願將日月相揮解〔六〕。苦樂相尋晝夜間，燈光那得天明在〔七〕？主今被奪心應苦，妾奪深恩初爲主。欲知妾意恨主時，主今爲妾思量取。班姬收淚抱妾身：「我曾排擯無限人。」

【校勘記】

〔一〕成：錢校、《樂府詩集》卷九五、《唐文粹》卷一二作「皇」。　眼瞀：宋蜀本作「聘幣」。

〔二〕疵瑕：《全唐詩》卷四一八作「瑕疵」。　潛：《唐文粹》作「譖」。

〔三〕俯：《樂府詩集》、《全唐詩》作「撫」。

〔四〕已：錢校、《樂府詩集》、《全唐詩》作「暗」。

〔五〕宫：原作「官」，據《樂府詩集》、《全唐詩》改。

〔六〕揮：馬本、叢刊本、《全唐詩》作「輝」。

〔七〕得：馬本、《全唐詩》作「有」。

出門行

兄弟同出門，同行不同志。悽悽分歧路，各各營所爲。兄上荆山巔，翻石辨虹氣。弟沉滄海底，偷珠待龍睡。出門不數年，同歸亦同遂。俱用私所珍，升沉自兹異：獻珠龍王宫，值龍覓珠次，但喜復得珠，不求珠所自。酬客雙龍女，授客六龍轡，遣充行雨神，雨澤隨客意。雩夏鐘鼓繁，禜秋玉帛積。彩色畫廊廟，奴僮被珠翠。驥騄千萬雙，鴛鴦七十二。言者未摇舌〔一〕，無人敢輕議。其兄因獻璞，再刖不履地。門户親戚疏，匡牀妻妾棄。銘心有所待，視足無所愧。持璞自枕頭，淚痕雙血漬。一朝龍醒寤，本問偷珠事。因知行雨偏，妻子五刑備。仁兄捧屍哭，勢友掉頭諱。喪車黔首葬，弔客青蠅至。楚有望氣人，王前忽長跪：賀王得貴寶〔二〕，不遠王所莅。求之果如言，剖出浮筠膩〔三〕。白珩無顔色，垂棘有瑕累。在楚裂地封〔四〕，入趙連城貴。秦遺李斯書，書爲傳國瑞。秦亡漢魏傳，傳者得神器。

卞和名永永，與寶不相墜。勸爾出門行，行難莫行易。易得還易失，難同亦難離。善賈識貪廉，良田無稙穲。磨劍莫磨錐，磨錐成小利。

【校勘記】

〔一〕未摇舌：錢校、《樂府詩集》卷六一、《全唐詩》卷二四作「禾稼枯」。

〔二〕王：原作「生」，據宋蜀本改。

〔三〕出：錢校、《樂府詩集》、《全唐詩》作「則」。　�：《全唐詩》作「雲」。

〔四〕裂：宋蜀本、《樂府詩集》作「列」。

捉捕歌

捉捕復捉捕，莫捉狐與兔。狐兔藏窟穴，豺狼妨道路。道路非不妨，最憂螻蟻聚。豺狼不陷穽，螻蟻潛幽蠹。切切主人窗，主人輕細故。延緣蝕欒櫨，漸入棟梁柱。梁棟盡空虚，攻穿痕不露。主人坦然意，晝夜安寢寤。網羅布參差，鷹犬走迴互〔一〕。盡力窮窟穴，無心自還顧。客來歌捉捕，歌竟淚如雨：「豈是惜狐兔，畏君先後誤。願君掃梁棟，莫遣螻蟻附。次及清道途，盡滅豺狼步。」主人堂上坐，行客門前度。然後巡野田，遍張畋獵具。外無梟獍援，内有熊羆驅。狡兔掘荒榛，妖狐薰古墓。用力不足多，得禽自無數。畏君聽未詳，聽客有明喻：「蟣虱誰不輕？鯨鯢誰不惡？在海尚猶遐〔二〕，在懷交穢污。」歌此勸主人，主人那不悟？不悟還更歌〔三〕，誰能恐違忤？

【校勘記】

〔一〕迴：《樂府詩集》卷九五、《全唐詩》卷四一八作「回」。

〔二〕在：原作「狂」，據宋蜀本、錢校、蘭雪堂本、馬本、叢刊本、《全唐詩》改。

〔三〕歌：《全唐詩》注：「一作多。」

古築城曲五解〔一〕

年年塞下丁，長作出塞兵。自從冒頓强，官築遮虜城。

築城須努力，城高遮得賊。但恐賊路多，有城遮不得。

丁口傳父口〔二〕，莫問城堅不？平城被虜圍，漢斸城牆走。

因兹請休和〔三〕，虜往騎來過〔四〕。半疑兼半信，築城猶嵯峨。

築城安敢煩？願聽丁一言：「請築鴻臚寺，兼愁虜出關。」

【校勘記】

〔一〕古築城曲五解：《樂府詩集》卷一五、《全唐詩》卷二六作「築城曲」。

〔二〕口：《全唐詩》卷四一八作「言」。

〔三〕因兹：錢校、《唐文粹》卷一二作「兹虜」。　請休：《樂府詩集》、《全唐詩》卷二六作「虜請」。

〔四〕過：《樂府詩集》、《全唐詩》作「多」。

估客樂

估客無住着〔一〕，有利身則行〔二〕。出門求火伴，入户辭父兄。父兄相教示：「求利莫求名。求名莫所避〔三〕，求利無不營。」火伴相勒縛：「賣假莫賣誠。交關但交假〔四〕，本生上聲得失輕〔五〕。」自兹相將去，誓死意不更。一解市頭語〔六〕，便無鄰里情〔七〕。鍮石打臂釧，糯米吹項瓔〔八〕。歸來村中賣，敲作金石聲〔九〕。村中田舍娘，貴賤不敢爭。所費百錢本，已得十倍贏。顔色轉光静〔一〇〕，飲食亦甘馨。子本頻蕃息，貨販日兼并〔一一〕。求珠駕滄海，採玉上荆衡〔一二〕。北買党項馬，西擒吐蕃鸚。炎洲布火浣，蜀地錦織成。越婢脂肉滑，奚僮眉眼明。通算衣食費，不計遠近程。經遊天下遍〔一三〕，卻到長安城。城中東西市，聞客次第迎。迎客兼説客，多財爲勢傾。客心本明黠，聞語心已驚。先問十常侍，次求百公卿。侯家與主第，點綴無不精。歸來始安坐，富與王者勍〔一四〕。市卒醉肉臭〔一五〕，縣胥家舍成。豈唯絶言語，奔走極使令。大兒販材木，巧識梁棟形。小兒販鹽鹵，不入州縣征。一身偃市利，突若截海鯨。鈎距不敢下，下則牙齒横。生爲估客樂，判爾樂一生。爾又生兩子，錢刀何歲平？

【校勘記】

〔一〕着：馬本作「者」。

〔二〕則：《樂府詩集》卷四八、《全唐詩》卷二一作「即」。

〔三〕莫：《樂府詩集》、《全唐詩》卷二一及卷四一八作「有」。

〔四〕但：宋蜀本、《樂府詩集》、《全唐詩》卷二一作「少」。

〔五〕本生得失輕：《樂府詩集》、《全唐詩》卷二一作「交假本生輕」。

〔六〕一：原作「亦」，據錢校、《樂府詩集》、《全唐詩》卷二一改。

〔七〕鄰：馬本、《樂府詩集》作「鄉」。

〔八〕吹：《全唐詩》卷二一作「炊」。

〔九〕石：宋蜀本、蘭雪堂本、馬本、叢刊本、《樂府詩集》作「玉」。

〔一〇〕静：《樂府詩集》、《全唐詩》作「浄」，似是。

〔一一〕販：《樂府詩集》、《全唐詩》卷二一作「賂」。

〔一二〕玉：原作「珠」，據宋蜀本、《樂府詩集》、《全唐詩》卷四一八改。

〔一三〕遊：《樂府詩集》、《全唐詩》卷二一作「營」。

〔一四〕者：《樂府詩集》、《全唐詩》卷二一作「家」。

〔一五〕醉：宋蜀本、《樂府詩集》、《全唐詩》卷二一作「酒」。

元稹集卷第二十四

樂府

連昌宮詞

連昌宮中滿宮竹，歲久無人森似束〔一〕。又有牆頭千葉桃，風動落花紅蔌蔌〔二〕。宮邊老人爲予泣〔三〕：「小年進食曾因入〔四〕。上皇正在望仙樓，太真同凭欄干立。樓上樓前盡珠翠，炫轉熒煌照天地。歸來如夢復如癡，何暇備言宮裏事？初過寒食一百六，店舍無煙宮樹緑。夜半月高弦索鳴，賀老〔馬注：唐開元中，賀懷智善琵琶〔五〕。〕琵琶定場屋。力士傳呼覓念奴，念奴潛伴諸郎宿。須臾覓得又連催，特敕街中許燃燭〔六〕。春嬌滿眼睡紅綃〔七〕，掠削雲鬢旋裝束〔八〕。飛上九天歌一聲，二十五郎吹管逐。逡巡大遍《涼州》徹〔九〕，色色《龜兹》轟録續〔一〇〕。李謩擫笛傍宮牆〔一一〕，偷得新翻數般曲。念奴，天寶中名倡〔一二〕，善歌。每歲樓下酺宴，累日之後，萬衆喧隘。嚴安之、韋黄裳輩闢易而不能禁〔一三〕，衆樂爲之罷奏。玄宗遣高力士大呼於樓上曰〔一四〕：「欲遣念奴唱歌，邠王二十五郎吹小管逐〔一五〕，看人能聽否？」未嘗不悄然奉詔，其爲當時所重也如此。然而玄宗不欲奪俠遊之盛，未嘗置在宮禁。或歲幸湯泉〔一六〕，時巡東洛，有司潛遺從行而已。又玄宗嘗於上陽宮夜後按新翻一曲〔一七〕，屬明夕正月十五日，潛遊燈下。忽聞酒樓上有笛奏前夕新曲〔一八〕，大駭之。明日密遣捕捉笛者，詰驗之，自云：「某其夕竊於天津橋玩月〔一九〕，聞宮中度曲〔二〇〕，遂於橋柱上插譜記之〔二一〕。臣即長安少年善笛者李謩也〔二二〕。」玄宗異而遣之。平明大駕發行宮，萬人鼓舞途路中〔二三〕。百官隊仗避岐薛，〔馬本、《全唐詩》注：岐王範、薛王業，玄宗（明皇）之弟。〕楊氏諸姨〔馬本、《全唐詩》注：貴妃三姊，帝呼爲姨，封韓、虢、秦三夫人。〕車鬬風。明年十月東都破，〔馬本、《全唐詩》注：天寶十三年（當作載），禄山破洛陽。〕（按：安禄山破東都當在天寶十四載十二月，元稹所記與同上所注均誤。）御路猶存禄山過〔二四〕。驅令供頓不敢藏，萬姓無聲淚潛墮〔二五〕。兩京定後六七年，卻尋家舍行宮前。莊園燒盡有枯井，行宮門閉樹宛然〔二六〕。爾後相傳六皇帝〔二七〕，不到離宮門久閉。往來年少説長安，玄武樓成花萼廢〔二八〕。去年敕使因斫竹〔二九〕，偶值門開暫相逐。荆榛櫛比塞池塘，狐兔驕癡緣樹木。舞榭欹傾基尚在，文窗窈窕紗猶緑。塵埋粉壁舊花鈿，烏啄風箏碎珠玉〔三〇〕。上皇偏愛臨砌花，依然御榻臨階斜。蛇出燕巢盤鬬拱〔三一〕，菌生香案正當衙。寢殿相連端正樓，太真梳洗樓上頭。晨光未出簾影黑，至今反挂珊瑚鈎。指似傍人因慟哭〔三二〕，卻出宮門淚相續〔三三〕。自從此後還閉門，夜夜狐狸上門屋。」我聞此語心骨悲，太平誰致亂者誰？翁言：「野父何分別？耳聞眼見爲君説〔三四〕。姚崇宋璟作相公，勸諫上皇言語切。燮理陰陽禾黍豐，調和中外無兵戎。長官清平太守好〔三五〕，揀選皆言由相公〔三六〕。開元之末姚宋死〔三七〕，朝廷漸漸由妃子。禄山宫裏養作兒〔三八〕，虢國門前鬧如市。弄權宰相不記名，依稀憶得楊與李〔三九〕。廟謨顛倒四海摇〔四〇〕，五十年來作瘡痏。今皇神聖丞相明，詔書纔下吴蜀平。官軍又取淮西賊，此賊亦除天下寧。年年耕種宫前道，今年不遣子孫耕。」老翁此意深望幸，努力廟謀休用兵〔四一〕。穆宗時〔四二〕，嬪御多誦稹歌，宫中號爲「元才子」。後荆南監軍崔峻歸朝，出稹《連昌宫辭》等百餘篇奏御，穆宗大悦，即日拜祠部郎中知制誥。

【校勘記】

〔一〕似：《全唐詩》卷四一九注：「一作自。」

〔二〕蔌蔌：《英華》卷三四三作「簌簌」。

〔三〕人：《全唐詩》作「翁」。

〔四〕進食曾因：《又玄集》卷中、《英華》、《唐文粹》卷一四下作「選進因曾」。

〔五〕懷：原作「申」，據本集卷二六《琵琶歌》改。

〔六〕街：《英華》作「御」。宋費衮《梁谿漫志》卷六云：唐火禁甚嚴，罪抵死。街中燃燭亦常事，至特赦乃許，則火禁之嚴可知。

〔七〕睡：宋蜀本作「淚」，錢校、《全唐詩》注：「一作眠。」　綃：《英華》作「銷」，是。

〔八〕旋：《又玄集》作「施」。

〔九〕涼：《又玄集》、《英華》、《唐文粹》卷一四下作「梁」。

〔一〇〕録：《英華》作「緑」。

〔一一〕謩：同「謨」。　擪：原作「壓」，據《又玄集》、馬本、《唐文粹》改。

〔一二〕倡：《唐文粹》作「妓」。《又玄集》無此條長注。

〔一三〕韋：《唐文粹》作「辛」。　而：原無，乃錢校據《英華》、《文粹》補。

〔一四〕玄宗：《唐文粹》作「明皇」，下同。

〔一五〕王：原無，乃錢校據《英華》、《文粹》補。

〔一六〕湯泉：《唐文粹》作「温湯」。

〔一七〕嘗於：《唐文粹》作「幸」。

〔一八〕新曲：《唐文粹》作「新翻之曲者」。

〔一九〕某：原無，乃錢校據《英華》、《唐文粹》補。　橋：《唐文粹》作「橋上」。

〔二〇〕度曲：《唐文粹》作「湊曲」，並在「湊曲」下有「愛其新聲」四字。

〔二一〕「遂於」句：《唐文粹》作「遂於天津橋柱以爪畫譜記之」。

〔二二〕「臣即」兩句：《唐文粹》作「問其誰氏，奏云：『臣即長安少年李謩也。』玄宗異之，賜物遣去。」《英華》則無此條長注。

〔二三〕鼓：《全唐詩》作「歌」。　途路：錢校、《英華》作「在途」。

〔二四〕猶：《英華》作「獨」。

〔二五〕聲：錢校、《英華》作「言」。

〔二六〕閉：《又玄集》、錢校、《唐文粹》作「闔」。

〔二七〕後：原作「復」，據以上諸本改。　「六皇帝」下，《全唐詩》有注云：「肅、代、德、順、憲、穆。」

〔二八〕成：《全唐詩》注：「一作前。」

〔二九〕去年敕使因：《全唐詩》注：「一作去年因敕使。」

〔三〇〕烏：《全唐詩》注：「一作鳥。」

〔三一〕拱：《全唐詩》作「栱」。「鬬拱」即斗拱。

〔三二〕似：《又玄集》、錢校、《唐文粹》作「向」，馬本作「示」。

〔三三〕出：《全唐詩》注：「一作立。」

〔三四〕耳聞眼見：《英華》作「眼見耳聞」。

〔三五〕平：錢校宋本、《英華》作「强」。

〔三六〕相：《全唐詩》注：「一作至。」

〔三七〕之：《又玄集》、錢校、《英華》、《唐文粹》作「欲」。

〔三八〕作：錢校、《英華》作「爲」。

〔三九〕依稀憶得：錢校、《英華》作「憶得依稀」。

〔四〇〕謨：《英華》、《唐文粹》作「謀」。

〔四一〕謀：《全唐詩》注：「一作謨。」

〔四二〕以上諸本均無「穆宗時」以下注文，此注當係錢氏所加。

望雲騅馬歌并序

德宗皇帝以八馬幸蜀，〔馬注：興元元年二月丁卯李懷光反，帝自奉天如梁州。〕七馬道斃，唯望雲騅來往不頓。貞元中老死天廐。臣稹作歌以記之。

憶昔先皇幸蜀時，八馬入谷七馬疲。肉綻筋攣四蹄脱，七馬死盡無馬騎。天子蒙塵天雨泣，巉巖道路淋漓濕。崢嶸白草眇難期，謥洞黄泉安可入？白草、謥洞，並雒谷中地名。古諺云：「謥洞入黄泉。」朱泚圍兵抽未盡，懷光寇騎追行及。〔《全唐詩》注：興元元年二月，李懷光反。〕嬪娥相顧倚樹啼，鵷鷺無聲仰天立〔一〕。圉人初進望雲騅，衫色憔悴衆馬欺〔二〕。上前噴吼如有意，耳尖卓立節踠奇。君王試遣迴胸臆，撮骨鋸牙駢兩肋。蹄懸四距或矩腦顆方〔三〕，胯聳三山尾株直〔四〕。圉人畏誚仍相惑〔五〕，此馬無良空有力。頻頻嚙掣轡難施，往往跳趫鞍不得〔六〕。

色沮聲悲仰天訴，天不遺言君未識。亞身受取白玉羈〔七〕，開口銜將紫金勒。君王自此方敢騎，似遇良臣久悽惻。龍騰魚鼈踔然驚〔八〕，驥肦驢騾少顔色〔九〕。七聖心迷運方厄，五丁力盡路猶窄。橐它山上斧刃堆〔一〇〕，望秦嶺下錐頭石。五六百里真符縣，八十四盤青山驛。掣開流電有輝光，突過浮雲無朕跡。地平險盡施黄屋〔一一〕，九九屬車十二纛。齊映前導引騅頭〔一二〕，〔馬注：帝自奉天奔梁，道險澀，映常爲帝御，會馬駭突，帝命捨轡，映日（按：當作「曰」）：「馬奔踶，不過傷臣，捨或驚清蹕。」〕嚴震迎號抱騅足。〔馬注：時震爲山南西道節度使，聞帝徙蹕，馳表奉迎。〕路傍垂白天寶民，望騅禮拜見騅哭。皆言〔一三〕：玄宗當時無此馬，不免騎騾來幸蜀。雄雄猛將李令公〔一四〕，〔馬注：李晟。〕收城殺賊豺狼空。天旋地轉日再中，天子卻坐明光宫。朝廷無事忘征戰，校獵朝迴暮毬宴。御馬齊登擬用槽，廄中號乘輿之副曰擬用槽〔一五〕。君王自試宣徽殿。圉人還進望雲騅，性强步闊無方便。分騣擺杖頭太高〔一六〕，擘肘迴頭項難轉〔一七〕。人人共惡難迴跋，潛遣飛龍減芻秣〔一八〕。銀鞍繡韂不復施〔一九〕，空盡茲引反天年御槽活。當時鄒諺已有言〔二〇〕，莫倚功高浪開闊〔二一〕。登山縱似望雲騅，平地須饒紅叱撥。長安三月花垂草，果下翩翩紫騮好。千官暖熱李令閑，〔馬注：平朱泚之後，天子既厭兵，患將臣生事，而張延賞當國，復與晟有隙，勸帝奪其兵柄。〕百馬生獰望雲老。望雲騅，爾之種類世世奇，當時項王乘爾祖〔二二〕，分配英豪稱霸主〔二三〕。爾身今日逢聖人，從幸巴渝歸入秦。功成事遂身退天之道，何必隨羣逐隊到死踏紅塵？望雲雖，用與不用各有時，爾勿悲。

【校勘記】

〔一〕立：《英華》卷三四四作「泣」。

〔二〕衫色：《全唐詩》卷四一九作「彩色」，錢校宋本作「袍衫」，疑當作「形色」。

〔三〕跜：《又玄集》卷中作「矩」，馬本、《全唐詩》作「跼」。　跜腦：錢校、《英華》作「距脛」。

〔四〕聳：宋蜀本、《又玄集》、馬本、《英華》、《全唐詩》作「竦」。

〔五〕惑：《英華》作「感」。

〔六〕鞍：錢校、《英華》作「騎」。

〔七〕羈：錢校、《英華》作「鞍」。

〔八〕踔：馬本、叢刊本、《全唐詩》作「啅」。　踔然：錢校、《英華》作「咸震」。

〔九〕朌：《又玄集》、《英華》作「眄」，《全唐詩》注：「一作眄。」

〔一〇〕橐它：宋蜀本、《英華》作「駱駝」。

〔一一〕險：錢校宋本、《英華》作「隘」。

〔一二〕導：《又玄集》作「道」。

〔一三〕言：《又玄集》、錢校、《英華》作「云」。

〔一四〕雄雄：宋蜀本作「英雄」。

〔一五〕副：馬本、叢刊本、《全唐詩》作「馬」。　曰：《英華》作「口」。

〔一六〕騣擺杖：錢校、《英華》作「鬃擺袂」。

〔一七〕頭：錢校、《英華》作「顱」。

〔一八〕飛龍：宋蜀本作「龍驤」。

〔一九〕銀：錢校、《英華》作「金」。

〔二〇〕鄒：宋蜀本、《又玄集》、《英華》作「鄙」。　言：《英華》、錢校作「云」。

〔二一〕高：錢校、《英華》作「能」。

〔二二〕祖：原作「袓」，據宋蜀本、《又玄集》、蘭雪堂本、錢校、馬本、叢刊本、《英華》改。

〔二三〕豪：《又玄集》、《英華》作「雄」。

和李校書新題樂府十二首〔一〕并序

予友李公垂貺予《樂府新題》二十首，雅有所謂，不虛爲文。予取其病時之尤急者，列而和之，蓋十二而已。昔三代之盛也，士議而庶人謗。又曰：世理則詞直，世忌則詞隱。予遭理世而君盛聖，故直其詞以示後，使夫後之人，謂今日爲不忌之時焉〔二〕。

【校勘記】

〔一〕《樂府詩集》卷九六題作「新題樂府」。

〔二〕郭茂倩引元稹序曰：李公垂作《樂府新題》二十篇，稹取其病時之尤急者，列而和之，蓋十五而已，今所得纔十二篇。又得《八駿圖》一篇，總十三篇。

上陽白髮人〔一〕

天寶年中花鳥使，天寶中，密號採取豔異者爲花鳥使。撩花狎鳥含春思。滿懷墨詔求嬪御，走上高樓半酣醉。醉酣直入卿士家，閨闈不得偷迴避。良人顧妾心死別〔二〕，小女呼爺血垂淚。十中有一得更衣〔三〕，永醉深宮作宮婢〔四〕。御馬南奔胡馬蹙，宮女三千合宮棄。宮門一閉不復開，上陽花草青苔地。月夜閑聞洛水聲，秋池暗度風荷氣。日日長看提象門，終身不見門前事。近年又送數人來，自言興慶南宮至。我悲此曲將徹骨，更想深冤復酸鼻。此輩賤嬪何足言，帝子天孫古稱貴。諸王在閤四十年，十宅六宮門戶閟〔五〕。隋煬枝條襲封邑〔六〕，近古封前代子孫爲二王、三恪。肅宗血胤無官位。肅宗已後，諸王並未出閤。王無妃媵主無壻〔七〕，陽亢陰淫結災累。何如決壅順衆流，女遣從夫男作吏。

【校勘記】

〔一〕《樂府詩集》卷九六題解曰：白居易傳曰：「天寶五載已後，楊貴妃專寵，後宮無復進幸。六宮有美色者，輒置别所，上陽其一也。貞元中尚存焉。」

〔二〕妾：錢校、《樂府詩集》作「望」。

〔三〕有一得：錢校、《樂府詩集》作「一得預」。

〔四〕永醉：宋蜀本、蘭雪堂本、馬本、叢刊本、《全唐詩》卷四一九作「永配」，錢校、《樂府詩集》作「九配」。

〔五〕十：原作「七」，據《樂府詩集》、錢校、《唐會要·諸王門》改。按：十宅即指十王（慶、忠、棣、鄂、榮、光、儀、潁、永延、盛、濟等，以十舉其全數）分居之宅。

〔六〕隋：原作「隨」，據《樂府詩集》及《全唐詩》改。

〔七〕壻：錢校、《樂府詩集》作「夫」。

華原磬〔一〕

〔一〕《李傳》云：天寶中，始廢泗濱磬，用華原石。

泗濱浮石裁爲磬，古樂疏音少人聽。工師小賤牙曠稀，不辨邪聲嫌雅正。正聲不屈古調高，鍾律參差管弦病。鏗金戛瑟徒相雜，投玉敲冰杳然震〔二〕。華原軟石易追琢，高下隨人無《雅》《鄭》。棄舊美新由樂胥，自此黄鍾不能競。玄宗愛樂愛新樂，梨園弟子承恩横。《霓裳》纔徹胡騎來，《雲門》未得蒙親定。我藏古磬藏在心，有時激作《南風》詠。伯夔曾撫野獸馴，仲尼暫和春雷盛[三]。何時得向筍簴懸？爲君一吼君心醒。願君每聽念封疆，不遺豺狼斸人命。

【校勘記】

[一]《樂府詩集》卷九六有題解曰：白居易傳曰：「天寶中，始廢泗濱磬，用華原石代之。磬人曰：『泗濱磬下，調之不能和，得華原石，考之乃和。』由是不改。」

[二]震：原作「零」，據蘭雪堂本、馬本、叢刊本改。宋蜀本作「令」。

[三]和：《樂府詩集》、《全唐詩》卷四一九作「叩」。

五弦彈[一]

趙璧五弦彈徵調，徵聲巉絶何清峭。辭雄皓鶴警露啼[二]，失子哀猿繞林嘯。風入春松正淩亂，鶯含曉舌憐嬌妙。嗚嗚暗溜咽冰泉，殺殺霜刀澀寒鞘。促節頻催漸繁撥，珠幢斗絶金鈴掉。千靫鳴鏑發胡弓，萬片清球擊虞廟。衆樂雖同第一部，德宗皇帝常偏召。旬休節假暫歸來，一聲狂殺長安少。主第侯家最難見，挼蘇雷反歌按曲皆承詔[三]。水精簾外教貴嬪，玳瑁筵心伴中要。臣有五賢非此弦，或在拘囚或屠釣。一賢得進勝累百，兩賢得進同周召〔四〕。三賢事漢滅暴强，四賢鎮岳寧邊徼。五賢並用調五常，五常既序三光曜。趙璧五弦非此賢，九九何勞設庭燎？

【校勘記】

〔一〕《樂府詩集》卷九六題解曰：《樂苑》曰：「五弦未詳所起，形如琵琶，五弦四隔，孤柱一。合散聲五，隔聲二十，柱聲一，總二十六聲，隨調應律。」《樂府雜録》曰：「五弦琵琶稍小，蓋北國所出。」《唐書·樂志》曰：「唐貞元中，趙璧妙於此伎。」《國史補》曰：「趙璧彈五弦，人問其術，曰：『吾之於五弦也，始則心驅之，中則神遇之，終則天隨之。方吾洗然眼如耳，耳如鼻，不如五弦之爲璧，璧之爲五弦也。』」

〔二〕辭：錢校、《樂府詩集》作「避」。

〔三〕挼歌按曲：《全唐詩》卷四一九注：「一作按歌接曲。」

〔四〕召：原作「邵」，據《樂府詩集》、《全唐詩》改。

西涼伎

吾聞昔日西涼州，人煙撲地桑柘稠。蒲萄酒熟恣行樂，紅豔青旗朱粉樓。樓下當壚稱卓女，樓頭伴客名莫愁。鄉人不識離别苦，更卒多爲沉滯遊。哥舒開府設高宴，八珍九醖當前頭。前頭百戲競撩亂，丸劍跳躑霜雪浮。師子搖光毛彩竪〔一〕，胡姬醉舞筋骨柔〔二〕。大宛來獻赤汗馬，贊普亦奉翠茸裘。一朝燕賊亂中國，河湟忽盡空遺丘〔三〕。開遠門前萬里堠，今來蹙到行原州。平時開遠門外立堠，云去安西九千九百里，以示戎人不爲萬里行，其就盈故矣〔四〕。去京五百而近何其逼，天子縣内半没爲荒陬，西京之道爾阻修〔五〕。連城邊將但高會，每説此曲能不羞〔六〕？

【校勘記】

〔一〕師：即「獅」。

〔二〕姬：宋蜀本、《樂府詩集》卷九六、《全唐詩》卷四一九作「騰」。

〔三〕忽：錢校、《樂府詩集》作「淚」，《全唐詩》作「没」。

〔四〕其就盈故：張校宋本作「其實就盈數」。

〔五〕京：《樂府詩集》作「涼」。

〔六〕説：《樂府詩集》、《全唐詩》作「聽」。

法曲〔一〕

吾聞黄帝鼓清角，弭伏熊羆舞玄鶴。舜持干羽苗革心，堯用《咸池》鳳巢閣。《大夏》《濩》《武》皆象功，功多已訝玄功薄。漢祖過沛亦有歌〔二〕，秦王破陣非無作。作之宗廟見艱難，作之軍旅傳糟粕。明皇度曲多新態，宛轉侵淫易沉著。《赤白桃李》取花名，《霓裳羽衣》號天落。雅弄雖云已變亂，夷音未得相參錯。自從胡騎起煙塵，毛毳腥羶滿咸洛。女爲胡婦學胡妝，伎進胡音務胡樂音洛。火鳳聲沉多咽絶，春鶯囀罷長蕭索。胡音胡騎與胡妝〔三〕，五十年來競紛泊。

【校勘記】

〔一〕《樂府詩集》卷九六題解曰：《唐會要》曰：「文宗開成三年，改法曲爲仙韶曲。」按：法曲起於唐，謂之法部。其曲之妙者，有《破陣樂》、《一戎大定樂》、《長生樂》、《赤白桃李花》，餘曲有《堂堂》、《望瀛》、《霓裳羽衣》、《獻仙音》、《獻天花》之類，總名法曲。白居易傳曰：「法曲雖似失雅音，蓋諸夏之聲也，故歷朝行焉。」太常丞宋沇傳漢中王舊説曰：「玄宗雖雅好度曲，然未嘗使蕃漢雜奏。天寶十三載，始詔道調法曲，與胡部新聲合作。識者深異之。明年冬而安禄山反。」

〔二〕過沛：原作「歌沛」，據《樂府詩集》、《全唐詩》卷四一九改。

〔三〕胡音：原無，據《全唐詩》與錢校補。

馴犀〔一〕

《李傳》云：貞元丙子歲，南海來貢，至十三年冬，苦寒，死於宛中〔二〕。

建中之初放馴象，遠歸林邑近交廣。獸返深山鳥構巢，鷹鵰鴰鶻無羈鞅。貞元之歲貢馴犀，上林置圈官司養。玉盆金棧非不珍，虎啖狴牢魚食網。渡江之橘踰汶貉，反時易性安能長？臘月北風霜雪深，踡跼鱗身遂長往。行地無疆費傳驛，通天異物罹幽枉〔三〕。乃知養獸如養人，不必人人自敦獎。不擾則得之於理，不奪有以多於賞。脱衣推食衣食之，不若男耕女令紡。堯民不自知有堯，但見安閑聊擊壤。前觀馴象後觀犀〔四〕，理國其如指諸掌。

【校勘記】

〔一〕《樂府詩集》卷九六有題解曰：白居易傳曰：「貞元丙戌歲，南海進馴犀，詔養苑中，至十三年冬大寒而馴犀死。」

〔二〕宛：馬本、叢刊本、《全唐詩》卷四一九作「苑」。

〔三〕罹：宋蜀本作「性」。

〔四〕後觀：《樂府詩集》、《全唐詩》作「後馴」。

立部伎〔一〕

《李傳》云：太常選坐部伎無性靈者，退入立部伎〔二〕。又選立部伎無性靈者，退入雅樂部，則雅樂可知矣〔三〕。李君作歌以諷焉。

胡部新聲錦筵坐，中庭漢振高音播。太宗廟樂傳子孫，取類羣凶陣初破。戢戢攢槍霜雪耀，騰騰擊鼓風雷磨〔四〕。初疑遇敵身啓行，終象由文士憲左。昔日高宗常立聽，曲終然後臨玉座。如今節將一掉頭，電卷風收盡摧挫。宋晉鄭女歌聲發〔五〕，滿堂會客齊喧歌〔六〕。珊珊佩玉動腰身〔七〕，一一貫珠隨咳唾。頃向圓丘見郊祀，亦曾正旦親朝賀。太常雅樂備宮懸，九奏未終百寮惰。惉懘難令季札辨，遲迴但恐文侯臥。工師盡取聾昧人，豈是先王作之過？宋沇嘗傳天寶季，法曲胡音忽相和。明年十月燕寇來，（元稹誤記。按：安禄山之反在天寶十四載十一月，其破洛陽是同年十二月之事。）九廟千門虜塵涴。太常丞宋沇傳漢中王舊説云〔八〕：玄宗雖雅好度曲〔九〕，然而未嘗使蕃漢雜奏。天寶十三載，始詔道調法曲與胡部新聲合作，識者異之。明年禄山叛。我聞此語歎復泣，古來邪正將誰奈？奸聲入耳佞入心〔一〇〕，侏儒飽飯夷齊餓。

【校勘記】

〔一〕《樂府詩集》卷九六題解曰：《新唐書·禮樂志》曰：「太宗貞觀中，始造讌樂。其後又分爲立、坐二部，堂下立奏謂之立部伎，堂上坐奏謂之坐部伎。」

〔二〕靈：《樂府詩集》、《全唐詩》卷四一九作「識」，下同。陳寅恪引《樂府雜録》琵琶條有「性靈弟子」之説，似以「靈」爲是。

〔三〕「部則雅樂」四字，原無，據錢校宋本、《樂府詩集》、《全唐詩》補。

〔四〕風：宋蜀本、錢校宋本、《樂府詩集》、《全唐詩》作「雲」。

〔五〕晉：《樂府詩集》作「音」。女：原作「友」，據錢校、《樂府詩集》、《全唐詩》改。

〔六〕歌：《樂府詩集》作「和」。

〔七〕珊珊：原作「珊瑚」，據錢校、《樂府詩集》、《全唐詩》改。

〔八〕丞：盧校宋本作「卿」。

〔九〕玄宗：《全唐詩》作「明皇」，下同。

〔一〇〕入心：原作「人心」，據宋蜀本、《樂府詩集》、《全唐詩》改。

驃國樂〔一〕

〔一〕《李傳》云：貞元辛巳歲，始來獻。

驃之樂器頭象駝，音聲不合十二和〔二〕。從舞跳趫筋節硬〔三〕，繁詞變亂名字訛。千彈萬唱皆咽咽，左旋右轉空傞傞。俯地呼天終不會，曲成調變當如何？德宗深意在柔遠，笙鏞不御停嬪娥〔四〕。史館書爲朝貢傳，太常編入鞮韎科。古時陶堯作天子，遜遁親聽《康衢歌》。又遣遒人持木鐸，遍採謳謡天下過。萬人有意皆洞達，四嶽不敢施煩苛。盡令區中擊壤塊，燕及海外覃恩波。秦霸周衰古官廢〔五〕，下堙上塞王道頗。共矜異俗同聲教，不念齊民方薦瘥。傳稱魚鼈亦咸若，苟能効此誠足多。借如牛馬未蒙澤，豈在抱甕滋黿鼉？教化從來有源委，必將泳海先泳河。非是倒置自中古〔六〕，驃兮驃兮誰爾訶！

【校勘記】

〔一〕《樂府詩集》卷九七題解曰：《新唐書·禮樂志》曰：「貞元十七年，驃國王雍羌遣其弟悉利移城主舒難陀獻其國樂，至成都，韋皋復譜次其聲，又圖其舞容樂器以獻，大抵皆夷狄之器。其聲曲不隸於有司，故無足采。」《舊書·志》曰：「驃國王獻本國樂凡一十二曲，以樂工三十五人來朝，樂曲皆演釋氏經論之辭。」《會要》曰：「驃國在雲南西，與天竺國相近，故樂曲多演釋氏詞云。」

〔二〕合：原作「舍」，據馬本、《樂府詩集》、《全唐詩》卷四一九改。

〔三〕從：《樂府詩集》、《全唐詩》作「促」。

〔四〕嬪：《樂府詩集》、《全唐詩》作「嬙」。

〔五〕官：原作「宫」，據蘭雪堂本、馬本、叢刊本、《樂府詩集》、《全唐詩》改。

〔六〕非是：《樂府詩集》作「是非」。 中古：《樂府詩集》、《全唐詩》作「古有」。

胡旋女〔一〕《李傳》云：天寶中，西國來獻。

天寶欲末胡欲亂，胡人獻女能胡旋。旋得明王不覺迷〔二〕，妖胡奄到長生殿。胡旋之義世莫知，胡旋之容我能傳。蓬斷霜根羊角疾，竿戴朱盤火輪炫。驪珠迸珥逐龍星〔三〕，虹音降暈輕巾掣流電。潛鯨暗噏笡殘謝反海波〔四〕，迴風亂舞當空霰〔五〕。萬過其誰辨終始，四座安能分背面？才人觀者相爲言，承奉君恩在圓變。是非好惡隨君口，南北東西逐君眄〔六〕。柔軟依身着珮帶〔七〕，徘徊繞指同環釧。佞臣聞此心計迴，惑亂君心君眼眩〔八〕。君言似曲屈如鉤〔九〕，君言好直舒爲箭。巧隨清影觸處行，妙學春鶯百般囀〔一〇〕。傾天側地用君力，抑塞周遮恐君見。翠華南幸萬里橋，玄宗始悟坤維轉。緯書云〔一一〕：僧一行嘗奏玄宗曰：陛下行幸萬里，聖祚無疆。故天寶中歲幸洛陽，冀充盈數，及上幸蜀，至萬里橋，乃歎謂左右曰：一行之奏其是乎？ 寄言旋目與旋心，有國有家當共譴。

【校勘記】

〔一〕《樂府詩集》卷九七題解曰：白居易傳曰：「天寶末，康居國獻胡旋女。」《唐書·樂志》曰：「康居國樂舞急轉如風，俗謂之胡旋。」《樂府雜録》曰：「胡旋舞居一小圓毬子上舞，縱橫騰擲，兩足終不離毬上，其妙如此。」

〔二〕王：張校宋本作「皇」。

〔三〕龍：《樂府詩集》、《全唐詩》卷四一九作「飛」。

〔四〕海波：《樂府詩集》作「波海」。

〔五〕迴：《樂府詩集》作「回」，下同。

〔六〕盻：《樂府詩集》作「眄」。

〔七〕着：原作「看」，據《樂府詩集》改。

〔八〕惑亂：《樂府詩集》、《全唐詩》作「熒惑」。

〔九〕言：張校宋本作「心」，似是。　如：錢校、《樂府詩集》、《全唐詩》作「爲」。

〔一〇〕妙：馬本作「好」。

〔一一〕緯：原作「諱」，據宋蜀本、《全唐詩》改。

蠻子朝〔一〕《李傳》云：貞元末，蜀川始通蠻酋〔二〕。

西南六詔（馬注：蒙巂詔、越析（磨些）詔、浪穹詔、邆睒詔、施浪詔、蒙舍詔。）有遺種，僻在荒陬路尋壍。部落支離君長賤，比諸夷狄爲幽冗。犬戎强盛頻侵削，降有憤心戰無勇。夜防鈔盗保深山，朝望煙塵上高冢。烏道繩橋來款附，非因慕化因危悚〔三〕。清平官擊金呿嵯，求天叩地持雙珙。益州大將韋令公，〔馬注：韋皋。〕頃實遭時定汧隴。自居劇鎮無他績，幸得蠻來固恩寵。爲蠻開道引蠻朝，接蠻送蠻常繼踵〔四〕。天子臨軒四方賀，朝廷無事唯端拱。漏天走馬春雨寒，瀘水飛蛇瘴煙重。椎頭醜類除憂患，瘇足役夫勞洶湧。匈奴互市歲不供，雲蠻通好轡長駷。戎王養馬漸多年，南人耗顇西人恐。

【校勘記】

〔一〕《樂府詩集》卷九七題解曰：《唐書》曰：「貞元之初，韋皋招撫諸蠻，至九年四月，南詔異牟尋請歸附，十四年（載）又遣使朝賀。」

〔二〕酋：《樂府詩集》、《全唐詩》卷四一九作「國」，張校宋本作「首」。

〔三〕危：原作「爲」，據《樂府詩集》、《全唐詩》改。

〔四〕接：《樂府詩集》、《全唐詩》作「迎」。

縛戎人近制：西邊每擒蕃囚，例皆傳置南方，不加勦戮，故李君作歌以諷焉。

邊頭大將差健卒，入抄擒生快於鶻。但逢頳面即捉來，半是蕃人半戎羯〔一〕。大將論功重多級，捷書飛奏何超忽？聖朝不殺諧至仁，遠送炎方示微罰〔二〕。萬里虛勞肉食費，連頭盡被氈裘喝。華茵重席卧腥臊，病犬愁鴣聲咽嗢。中有一人能漢語，自言家本長安窟〔三〕。小年隨父戍安西〔四〕，河渭瓜沙眼看没。天寶未亂家數載〔五〕，狼星四角光蓬勃。中原禍作邊防危，果有豺狼四來伐。蕃馬臕成正翹健，蕃兵肉飽争唐突。煙塵亂起無亭燧，主帥驚跳棄旄鉞。半夜城摧鵝雁鳴，妻啼子叫曾不歇。陰森神廟未敢依，脆薄河冰安可越？荆棘深處共潛身，前困蒺藜後臲卼。平明蕃騎四面走，古墓深林盡株榾。少壯爲俘頭被髠，老翁留居足多刖〔六〕。烏鳶滿野屍狼藉，樓榭成灰牆突兀。暗水濺濺入舊池，平沙漫漫鋪明月。戎王遣將來安慰，口不敢言心咄咄。供進腋腋音夜御叱般〔七〕，豈料穹廬揀肥腯。五六十年消息絶，中間盟會又猖獗。眼穿東日望堯雲，腸斷正朝梳漢髮。延州鎮李如暹，蓬子將軍之子也。嘗没西蕃，及歸自云：蕃法唯正歲一日，許唐人没蕃者服衣冠，如暹當此日，由是悲不自勝，遂與蕃妻密定歸計。近來如此思漢者〔八〕，半爲老病半埋骨。尚教孫子學鄉音〔九〕，猶話平時好城闕。老者儻盡少者壯，生長蕃中似蕃悖。不知祖父皆漢民，便恐爲蕃心矻矻。緣邊飽餧十萬衆〔一〇〕，何不齊驅一時發？年年但捉兩三人，精衛銜蘆塞溟渤。

【校勘記】

〔一〕蕃：錢校、《樂府詩集》卷九七作「邊」。

〔二〕微：錢校、《樂府詩集》作「懲」。

〔三〕安：錢校、《樂府詩集》、《全唐詩》卷四一九作「城」。

〔四〕小：《全唐詩》作「少」。

〔五〕家：宋蜀本、馬本作「前」，《樂府詩集》、《全唐詩》作「猶」。

〔六〕翁：《樂府詩集》作「弱」。

〔七〕叱：原作「吐」，據錢校、蘭雪堂本、馬本、叢刊本、《樂府詩集》改。

〔八〕來：《樂府詩集》作「年」。

〔九〕尚：錢校、《樂府詩集》作「嘗」，注：「一作向。」《全唐詩》作「常」。

〔一〇〕餧：即「餒」。

陰山道〔一〕《李傳》云：元和二年，有詔悉以金銀酬回鶻馬價。

年年買馬陰山道，馬死陰山帛空耗。元和天子念女工，内出金銀代酬犒。臣有一言昧死進，死生甘分答恩燾。費財爲馬不獨生，耗帛傷工有他盜。臣聞平時七十萬匹馬，關中不省聞嘶譟。四十八監選龍媒，時貢天庭付良造。如今坰野十無一，盡在飛龍相踐暴。萬束芻茭供旦暮，千鍾菽粟長牽漕。屯軍郡國百餘鎮，縑緗歲奉春冬勞。税户逋逃例攤配，官司折納仍貪冒。挑紋變纈力倍費，棄舊從新人所好。越縠繚綾織一端〔二〕，十匹素縑功未到〔三〕。豪家富賈踰常制〔四〕，令族親班無雅操〔五〕。從騎愛奴絲布衫，臂鷹小兒雲錦韜。羣臣利己要差僭〔六〕，天子深衷空閔悼。綽立花塼鵷鳳行〔七〕，雨露恩波幾時報？

【校勘記】

〔一〕《樂府詩集》卷九七題解曰：《通典》曰：「秦始皇平天下，北却匈奴，築長城，渡河以陰山爲塞。陰山，唐之安北都護府也。」《唐書》曰：「高宗顯慶初，詔蘇定方等并回紇，破賀魯於陰山，即其地也。」

〔二〕繚：原作「撩」，據《樂府詩集》、《全唐詩》卷四一九改。

〔三〕素：宋蜀本作「半」。

〔四〕賈：原作「貴」，據《樂府詩集》、《全唐詩》、錢校改。

〔五〕令：原作「今」，據宋蜀本、錢校、蘭雪堂本、馬本、叢刊本、《樂府詩集》、《全唐詩》改。親：《樂府詩集》、《全唐詩》作「清」。

〔六〕要：錢校、《樂府詩集》作「安」。

〔七〕綽：錢校、《樂府詩集》作「久」。

元稹集卷第二十五

樂府

有鳥二十章庚寅

有鳥有鳥名老鴟，鴟張貪很老不衰。似鷹指爪唯攫肉，戾天羽翮徒翰飛。朝偷暮竊恣昏飽，後顧前瞻高樹枝。珠丸彈射死不去，意在護巢兼護兒。

有鳥有鳥毛似鶴，行步雖遲性靈惡。主人但見閑慢容，許占蓬萊最高閣。弱羽長憂俊鶻拳，疽腸暗著一作把鵷雛啄。千年不死伴靈龜，梟心鶴貌何人覺！

有鳥有鳥如鸛雀，食蛇抱礐天姿惡。行經水滸爲毒流，羽拂酒盃爲死藥。漢后忍渴天豈知？驪姬墳地君寧覺。嗚呼爲有白色毛，亦得乘軒謬稱鶴。

有鳥有鳥名爲鳩，毛衣軟毳心性柔。鶻緣暖足憐不喫，鷂爲同科曾共游。飛飛漸上高高閣〔一〕，百鳥不猜稱好逑。佳人許伴鵷雛食，望爾化爲張氏鈎。

有鳥有鳥名野雞，天姿耿介行步齊。主人偏養憐整頓，玉粟充腸瑶樹棲。池塘潛狎不鳴雁，津梁暗引無用鵜。秋鷹迸逐霜鶻遠，鵬鳥護巢當晝啼〔二〕。主人頻問遺妖術，力盡計窮音響悽。當時何不早量分？莫遣輝光深照泥。

有鳥有鳥羣翠碧，毛羽短長心並窄。皆曾偷食渌池魚，前去後來更逼迫。食魚滿腹各自飛，池上見人長似客。飛飛競占嘉樹林，百鳥不争緣鳳惜。

有鳥有鳥羣紙鳶，因風假勢童子牽。去地漸高人眼亂，世人爲爾羽毛全〔三〕。風吹繩斷童子走，餘勢尚存猶在天。愁爾一朝還到地，落在深泥誰復憐？

有鳥有鳥名啄木，木中求食常不足。偏啄鄧林求一蟲〔四〕，蟲孔未穿長嘴秃。木皮已穴蟲在心，蟲蝕木心根柢覆。可憐樹上百鳥兒，有時飛向新林宿。

有鳥有鳥衆蝙蝠，長伴佳人占華屋。妖鼠多年羽翮生，不辨雌雄無本族。穿墉伺隙善潛身，晝伏宵飛惡明燭。大厦雖存柱石傾，暗齧棟梁成蠹木。

有鳥有鳥名爲鴞，深藏孔穴難動摇。鷹鸇遶樹探不得，隨珠彈盡聲轉嬌〔五〕。主人煩惑罷擒取，許占神林爲物妖。當時幸有燎原火，何不鼓風連夜燒？

有鳥有鳥名燕子，口中未省無泥滓。春風吹送廊廡間，秋社驅將嵌孔裏。雷驚雨灑一時蘇，雲壓霜摧半年死〔六〕。驅去驅來長信風，暫託棟梁何用喜！

有鳥有鳥名老烏〔七〕，貪癡突詩天下無。田中攫肉吞不足，偏入諸巢探衆雛。歸來仍占主人樹，腹飽巢高聲響粗。山鴉野鵲閑受肉，鳳皇不得聞罪辜。秋鷹掣斷架上索，利爪一揮毛血落。可憐鴉鵲慕腥羶，猶向巢邊競紛泊。

有鳥有鳥謂白鷴，雪毛皓白紅嘴殷。貴人妾婦愛光彩，行提坐臂怡朱顔。妖姬謝寵辭金屋，雕籠又伴新人宿。無心爲主擬銜花，空長白毛映紅肉。

有鳥有鳥羣雀兒，中庭啄粟籬上飛。秋鷹欺小嫌不食，鳳皇容衆從爾隨。大鵬忽起遮白日，餘風簸蕩山岳移。翩翾百萬徒驚噪，扶摇勢遠何由知？古來妄説銜花報，縱解銜花何所爲？可惜官倉無限粟，伯夷餓死黄口肥〔八〕。

有鳥有鳥皆百舌，舌端百囀聲咄喹。先春盡學百鳥啼，真僞不分聽者悦。伶倫鳳律亂宫商，蟠木天雞誤時節〔九〕。朝朝暮暮主人耳，桃李無言管弦咽。五月炎光朱火盛，陽焰燒陰幽響絶。安知不是卷舌星？化作剛刀一時截。

有鳥有鳥毛羽黄，雄者爲鴛雌者鴦。主人併養七十二，羅列雕籠開洞房。雄鳴一聲雌鼓翼，夜不得棲朝不食。氣息榻然雙翅垂〔一〇〕，猶入籠中就顔色。

有鳥有鳥名鵶雛，鈴子眼睛蒼錦襦〔一一〕。貴人腕軟憐易臂，奮肘一揮前後呼。俊鶻無由拳狡兔，金鵰不得擒魅狐。文王長在苑中獵，何日非熊休賣屠？

有鳥有鳥名鸚鵡，養在雕籠解人語。主人曾問私所聞，因説妖姬暗欺主。主人方惑翻見疑，趁歸隴底雙翅垂。山鴉野雀怪鸚語，競噪爭窺無已時。君不見隋朝隴頭姥，嬌養雙鸚囑新婦，一鸚曾説婦無儀，悍婦殺鸚欺主母；一鸚閉口不復言，母問不言何太久？鸚言悍婦殺鸚由，母爲逐之鄉里醜。當時主母信爾言〔一二〕，顧爾微禽命何有？今之主人翻爾疑，何事籠中漫開口？

有鳥有鳥名俊鶻，鷂小鵰癡俊無匹〔一三〕。雛鴨拂鷂血迸天〔一四〕，狡兔中拳頭粉骨。平明度海朝未食，拔上秋空雲影没〔一五〕。瞥然飛下人不知，攪碎荒城魅狐窟。

有鳥有鳥真白鶴，飛上九霄雲漠漠。司晨守夜悲雞犬，啄腐吞腥笑鵰鶚。堯年值雪度關山，晉室聞琴下寥廓。遼東盡爾千歲人，悵望橋邊舊城郭。

【校勘記】

〔一〕上：盧校宋本作「向」。

〔二〕鵬：馬本、叢刊本、《全唐詩》卷四二〇作「鵬」，似是。

〔三〕爲爾羽毛：盧校作「謂爾毛羽」。

〔四〕偏：盧校宋本作「遍」，似是。

〔五〕嬌：張校宋本作「驕」。

〔六〕雲：宋蜀本、《全唐詩》注：「一作雪。」

〔七〕老：原作「体」，據宋蜀本、馬本、《全唐詩》改。

〔八〕口：馬本、《全唐詩》注：「一作鳥。」

〔九〕蟠：《全唐詩》作「盤」。

〔一〇〕榻：疑當作「嗒」。

〔一一〕睛：原作「精」，據《全唐詩》改。

〔一二〕信：《全唐詩》注：「一作聽。」

〔一三〕鷂：《全唐詩》注：「一作雞。」

〔一四〕鷂：《全唐詩》作「爪」。

〔一五〕拔：蘭雪堂本、馬本、叢刊本作「挾」。

有酒十章

有酒有酒雞初鳴，夜長睡足神慮清。悄然危坐心不平，浩思一氣初彭亨。澒洞浩汗真無名，無名胡不終渾成〔一〕？胡爲沉濁以升清，矗然分畫高下程。天蒸地鬱羣動萌，毛鱗裸介如鬇鬡。嗚呼萬物紛已生，我可奈何兮盃一傾。

有酒有酒東方明，一盃既進吞元精。尚思天地之始名，一元既二分濁清。地居方直天體明，胡不八荒圢圢如砥平。胡爲山高屹崪海泓澄〔二〕，胡不日車杲杲晝夜行，胡爲月輪滅缺星黽盯？嗚呼不得真宰情，我可奈何兮盃再傾。

有酒有酒兮湛淥波〔三〕，飲將愉兮氣彌和。念萬古之紛羅，我獨慨然而浩歌。歌曰：天耶，地耶，肇萬物耶，儲胥大庭之君耶。恍耶，忽耶，有耶〔四〕，傳而信耶，久而謬耶。文字生而羲農作耶，仁義別而賢聖出耶〔五〕。炎始暴耶，蚩尤熾耶，軒轅戰耶，不得已耶。仁耶，聖耶，愍人之毒耶。天蕩蕩耶，堯穆穆耶，豈其讓耶，歸有德耶。舜其貪耶，德能嗣耶，豈其讓耶，授有功耶。禹功大耶，人戴之耶。益不逮耶，啓能德耶，家天下耶，榮後嗣耶。於後嗣之榮則可耶，於天下之榮其可耶。嗚呼！遠堯舜之日耶，何棄舜之速耶。辛癸虐耶，湯武革耶，順天意耶，公天下耶。踵夏榮嗣，私其公耶，並建萬國，均其私耶。專征遞伐，鬬海内耶。秦掃其類，威定之耶。二代而殞，守不仁耶。漢魏而降，乘其機耶。短長理亂，繫其術耶。堯耶，舜耶，終不可逮耶。將德之者不位，位者不逮其德耶！時耶，時耶，時其可耶。我可奈何兮，一盃又進歌且歌。

有酒有酒兮黯兮溟，仰天大呼兮：天漫漫兮高兮青，高兮漫兮吾孰知天否與靈。取人之仰者，無乃在乎昭昭乎日與夫日星〔六〕。何三光之並照兮，奄雲雨之冥冥。幽妖倏忽兮水怪族形，黿鼉岸走兮海若鬬鯨。河潰潰兮愈濁，濟翻翻兮不寧。蛇噴雲而出穴，虎嘯風兮屢鳴。汙高巢而鳳去兮，溺厚地而芝蘭以之不生。葵心傾兮何向？松影直而孰明？人懼愁兮戴榮，天寂默兮無聲。嗚呼！天在雲之上兮，人在雲之下兮，又安能決雲而上征！嗚呼！既上征之不可兮，我奈何兮盃復傾。

有酒有酒香滿尊，君寧不飲開君顔。豈不知君飲此心恨，君人獨醒誰與言〔七〕？君寧不見颶風翻海火燎原，巨鼇唐突高焰延。精衛銜蘆塞海溢〔八〕，枯魚噴沫救池燔。筋疲力竭波更大，鰭焦甲裂身已乾。有翼勸爾升九天，有鱗勸爾登龍門。九天下視日月轉，龍門上激雷雨奔。螗蜋雖怒誰爾懼？鶡旦雖啼誰爾憐？摶空意遠風來壯，我可奈何兮，一盃又進消我煩。

有酒有酒歌且哀，江春例早多早梅。櫻桃桃李相續開，間以木蘭之秀香徘徊〔九〕。東風吹盡南風來，鶯聲漸澀花摧頽。四月清和豔殘卉，芍藥翻紅蒲映水。夏龍痡毒雷雨多，蒲葉離披豔紅死。紅豔猶存榴樹花，紫苞欲綻高筍牙。筍牙成竹冒霜雪，榴花落地還銷歇。萬古盈虧相逐行，君看夜夜當窗月。榮落虧盈可奈何？生成未遍霜霰過。霜霰過兮復奈何！靈芝夐絶荆棘多。荆棘多兮可奈何？可奈何兮終奈何！秦皇堯舜俱腐骨，我可奈何兮，又進一盃歌復歌。

有酒有酒方爛漫，飲酣拔劍心眼亂。聲若雷砰目流電，醉舞翻環身眩轉。乾綱倒軋坤維旋〔一〇〕，白日横空星宿見。一夫心醉萬物變，何況蚩尤之蹴踏，安得不以熊羆戰？嗚呼！風后力牧得親見，我可奈何兮，又進一盃除健羡。

有酒有酒兮告臨江，風漫漫兮波長。渺渺兮注海，海蒼蒼兮路茫茫。彼萬流之混入兮，又安能分若畎澮淮河與夫岷吴之巨江！味作鹹而若一，雖甘淡兮誰謂爾爲良？濟涓涓而縷貫，將奈何兮萬里之渾黄。鯨歸穴兮渤溢，鼇載山兮低昂。陰火然兮衆族沸渭，颶風作兮晝夜猖狂。顧千珍與萬怪兮，皆委潤而深藏。信天地之瀦蓄兮，我可奈何兮，一盃又進兮包大荒。

有酒有酒兮日將落，餘光委照在林薄。陽烏撩亂兮屋上棲，陰怪跳趫兮水中躍。月争光兮星又繁，燒横空兮焰仍爍。我可奈何兮時既昏，一盃又進兮聊處廓。

有酒有酒兮再祝，祝予心兮何欲。欲天泰而地寧，欲人康而歲熟。欲鳳翥而鵷隨兮，欲龍亨而驥逐。欲日盛而星微兮，欲滋蘭而殲毒。欲人欲而天從，苟天未從兮，我可奈何兮，一盃又進聊自足。

【校勘記】

〔一〕無名：原無，據盧校宋本增。

〔二〕爲：原無，據盧校宋本補。

〔三〕淥：宋蜀本作「緑」。

〔四〕「有耶」下，疑脱「無耶」二字。

〔五〕賢聖：馬本、叢刊本、《全唐詩》卷四二〇作「聖賢」。

〔六〕「夫」下「日」字，疑當作「月」。

〔七〕君：《全唐詩》作「今」。　君人：疑當作「君今」。

〔八〕溢：原無，據《全唐詩》補。

〔九〕以：宋蜀本作「有」。

〔一〇〕乾：原作「乹」，據馬本、《全唐詩》改。

華之巫景戌

有一人兮神之側，廟森森兮神默默。神默默兮可奈何？願一見神兮何可得。女巫索我何所有？神之開閉予之手。我能進若神之前，神不自言寄予口。爾欲見神安爾身，買我神錢沽我酒。我家又有神之盤，爾進此盤神爾安。此盤不進行路難，陸有摧車舟有瀾。我聞此語長太息，豈有神明欺正直。爾居大道誰南北？恣矯神言假神力。假神力兮神未悟，行道之人不得度。我欲見神誅爾巫，豈是因巫假神祜。爾巫，爾巫，爾獨不聞乎？

與其媚於奥，不若媚於竈。使我傾心事爾巫，吾寧驅車守吾道。爾巫爾巫且相保，吾心自有丘之禱〔一〕。

【校勘記】

〔一〕禱：原作「檮」，據宋蜀本、蘭雪堂本、馬本、叢刊本、《全唐詩》卷四二〇改。

廟之神

我馬煩兮釋我車，神之廟兮山之阿。予一拜而一祝：祝予心之無涯，涕汍瀾而零落，神寂默而無譁。神兮，神兮，奈神之寂默而不言何。復再拜而再祝，鼓吾腹兮歌吾歌。歌曰：「今耶，古耶！有耶，無耶。福不自神耶，神不福人耶。巫爾惑耶，稔而誅耶。謁不得耶，終不可謁耶。」返吾駕而遵吾道，廟之木兮山之花。

元稹集卷第二十六

樂府

村花晚 庚寅

三春已暮桃李傷，棠梨花白蔓菁黄。村中女兒争摘將，插刺頭鬟相誇張。田翁蠶老迷臭香，曬暴攲𢿱薰衣裳。非無後秀與孤芳，奈爾千株萬頃之茫茫。天公此意何可量？長教爾輩時節長。

紫躑躅

紫躑躅，滅紫襱裙倚山腹〔一〕。文君新寡乍歸來，羞怨春風不能哭。我從相識便相憐，但是花叢不迴目。去年春别湘水頭，今年夏見青山曲。青山，驛名。迢迢遠在青山上，山高水濶難容足。願爲朝日早相暾，願作輕風暗相觸。爾躑躅，我向通川爾幽獨。可憐今夜宿青山，何年卻向青山宿〔二〕？山花漸暗月漸明，月照空山滿山緑。山空月午夜無人，何處知我顔如玉？

【校勘記】

〔一〕襱：宋蜀本、蘭雪堂本、馬本、《全唐詩》卷四二一作「攏」。

〔二〕向：宋蜀本作「歸」。

山枇杷

山枇杷，花似牡丹殷烏間反潑血。往年乘傳過青山，正值山花好時節。壓枝凝豔已全開，映葉香苞纔半裂。緊搏紅袖欲支頤〔一〕，慢解賀買反絳囊初破結。金綫叢飄繁蕊亂，珊瑚朵重纖莖折。因風旋落裙片飛，帶日斜看目精熱。亞水依巖半傾側，籠雲隱霧多愁絶。緑珠語盡身欲投，漢武眼穿神漸滅。穠姿秀色人皆愛，怨媚羞容我偏別。説向閑人人不聽，曾向樂天詩人説〔二〕。昨來谷口先相問，及到山前已消歇。左降通州十日遲，又與幽花一年別。山枇杷，爾託深山何太拙〔三〕？天高萬里看不精，帝在九重聲不徹。園中杏樹良人醉，陌上柳枝年少折。因爾幽芳喻昔賢，磻溪冷坐權門咽。

【校勘記】

〔一〕搏：《全唐詩》卷四二一注：「一作縛。」

〔二〕詩人：錢校作「時一」。蘭雪堂本、馬本、叢刊本、《全唐詩》作「詩一」。

〔三〕託：原作「記」，據宋蜀本、蘭雪堂本、馬本、叢刊本、《全唐詩》改。

樹上烏癸卯

樹上烏，洲中有樹巢若鋪。百巢一樹知幾烏？一烏不下三四雛。雛又生雛知幾雛？老烏未死雛已烏，散向人間何處無？攫麑啄卵方可食，男女羣强最多力。靈蛇萬古唯一珠，豈可抨彈千萬億〔一〕？吾不會天教爾輩多子孫，告訴天公天不言。

【校勘記】

〔一〕抨：原作「枰」，據宋蜀本、蘭雪堂本、馬本、《全唐詩》卷四二一改。

琵琶歌寄管兒兼誨鐵山。此後並《新題樂府》。

琵琶宮調八十一，旋宮三調彈不出。玄宗偏許賀懷智，段師此藝還相匹。自後流傳指撥衰，崑崙善才徒爾爲。澒聲少得似雷吼，纏去聲弦不敢彈羊皮。人間奇事會相續，但有卞和無有玉。段師弟子數千人〔一〕，李家管兒稱上足。管兒不作供奉兒，拋在東都雙鬢絲。逢人便請送盃盞，著盡功夫人不知。李家兄弟皆愛酒，我是酒徒爲密友。著作曾邀連夜宿，中碾春溪華新緑。平明船載管兒行，盡日聽彈《無限曲》。曲名《無限》知者鮮，《霓裳羽衣》偏宛轉。《涼州大遍》最豪嘈，《六么散序》多籠撚[二]。我聞此曲深賞奇，賞着奇處驚管兒[三]。管兒爲我雙淚垂，自彈此曲長自悲[四]。淚垂捍撥朱弦濕，冰泉嗚咽流鶯澀[五]。因兹彈作《雨霖鈴》，風雨蕭條鬼神泣。一彈既罷又一彈，珠幢夜静風珊珊。低徊慢弄關山思，坐對燕然秋月寒。月寒一聲深殿磬，驟彈曲破音繁併。百萬金鈴旋去聲玉盤，醉客滿船皆暫醒。自兹聽後六七年，管兒在洛我朝天。游想慈恩杏園裏，夢寐仁風花樹前。去年御史留東臺，公私蹙促顔不開。今春制獄正撩亂，晝夜推囚心似灰。暫輟歸時尋著作，著作南園花坼萼。臙脂耀眼桃正紅，雪片滿溪梅已落。是夕青春值三五，花枝向月雲含吐。著作施樽命管兒，管兒久别今方睹。管兒還爲彈《六么》，《六么》依舊聲迢迢。猿鳴雪岫來三峽，鶴唳晴空聞九霄。逡巡彈得《六么》徹，霜刀破竹無殘節。幽關鴉軋胡雁悲，斷弦砉騞層冰裂。我爲含凄歎奇絶，許作長歌始終説。藝奇思寡塵事多，許來寒暑又經過。如今左降在閑處，始爲管兒歌此歌。歌此歌，寄管兒。管兒管兒憂爾衰，爾衰之後繼者誰？繼之無乃在鐵山，鐵山已近曹穆間。二善才姓。性靈甚好功猶淺，急處未得臻幽閑。努力鐵山勤學取，莫遣後來無所祖。

【校勘記】

〔一〕千：宋蜀本、蘭雪堂本、馬本、叢刊本、《全唐詩》卷四二一作「十」。

〔二〕六么：宋蜀本、錢校作「緑腰」，下同。宋陳元靚《事林廣記》卷十二《音樂類·古代樂舞·六么舞》云：「六么，本名緑腰，後訛爲六么。」

〔三〕着：原作「者」，據以上諸本和錢校改。

〔四〕自：《全唐詩》注：「一作長。」

〔五〕冰：宋蜀本作「水」。

小胡笳引 桂府王推官出蜀匠雷氏金徽琴，請姜宣彈。

雷氏金徽琴，王君寶重輕千金。三峽流中將得來，明窗拂席幽匣開。朱弦宛轉盤鳳足，驟擊數聲風雨迴。哀笳慢拍董家本〔一〕，姜生得之妙思忖。泛徽胡雁咽蕭蕭，繞指轆轤圓衮衮。吞恨緘情乍輕激，故國闗山心歷歷。潺湲疑是雁鸊鵜，砉騞如聞發鳴鏑。流宫變徵漸幽咽，别鶴欲飛猿欲絶。秋霜滿樹葉辭風，寒雛墜地烏啼血。哀弦已罷春恨長，恨長何恨懷我鄉。我鄉安在長城窟，聞君虜奏心飄忽。何時窄袖短貂裘？臙脂山下彎明月。

【校勘記】

〔一〕拍：馬本、叢刊本、《全唐詩》卷四二一作「指」。

去杭州 送王師範

房杜王魏之子孫，雖及百代爲清門。駿骨鳳毛真可貴，崗頭澤底何足論！近世不以勳賢之胄爲令族，而以崗盧澤李爲甲門。去年江上識君面，愛君風貌情已敦。與君言語見君性，靈府坦蕩消塵煩。自兹心洽跡亦洽，居常並榻遊並軒。柳陰覆岸鄭監水，李花壓樹韋公園。每出新詩共聯綴，閑因醉舞相牽援。時尋沙尾楓林夕，夜摘蘭叢衣露繁。今君別我欲何去？自言遠結迢迢婚。簡書五府已再至，波濤萬里酬一言。爲君再拜贈君語，願君静聽君勿喧：君名師範欲何範，君之烈祖遺範存。永寧昔在掄鑒表，沙汰沉濁澄浚源。君今取友由取士，得不別白清與渾。昔公事主盡忠讜，雖及死諫誓不諼。今君佐藩如佐主，得不陳露酬所恩。昔公爲善日不足，假寐待旦朝至尊。今君三十朝未與，得不寸晷倍璵璠。昔公令子尚貴主，公執舅禮婦執笲。返拜之儀自此絶，《關雎》之化皎不昏。君今遠娉奉明祀，得不齊勵親蘋蘩。斯言皆爲書佩帶，然後別袂乃可捫。別袂可捫不可解，解袂開帆悽別魂。魂摇江樹鳥飛没，帆挂檣竿鳥尾翻。翻風駕浪指何處〔一〕？直指杭州由上元。上元蕭寺基址在，杭州潮水霜雪屯。潮户迎潮擊潮鼓，潮平潮退有潮痕。得得爲題羅刹石，古來非獨伍員寃。

【校勘記】

〔一〕指：馬本、叢刊本、《全唐詩》卷四二一作「拍」。

南家桃

南家桃樹深紅色，日照露光看不得。樹小花狂風易吹，一夜風吹滿牆北。離人自有經時別〔一〕，眼前落花心歎息。更待明年花滿枝，一年迢遞空相憶。

【校勘記】

〔一〕離：原作「誰」，據宋蜀本、蘭雪堂本、馬本、叢刊本、《全唐詩》卷四二一改。

志堅師

嵩山老僧披破衲〔一〕，七十八年三十臘。靈武朝天遼海征，宇宙曾行三四匝。初因怏怏剃却頭，便繞嵩山寂師塔。淮西未反半年前〔二〕，已見淮西陣雲合。

【校勘記】

〔一〕破：原闕，據蘭雪堂本、馬本、叢刊本、《全唐詩》卷四二一補。宋蜀本「破」作「舊」。

〔二〕反：原作「返」，今據文意改。

答子蒙

報盧君，門外雪紛紛。紛紛門外雪，城中鼓聲絶。强梁御史人覷步，安得夜開沽酒户？

辛夷花問韓員外

問君辛夷花，君言已班駁。不畏辛夷不爛開，顧我筋骸官束縛。縛遣推囚名御史，狼藉囚徒滿田地。明日不推緣國忌，依前不得花前醉。韓員外家好辛夷，開時乞取三兩枝。折枝爲贈君莫惜，縱君不折風亦吹。

廳前柏

廳前柏，知君曾對羅希奭。我本癲狂耽酒人，何事與君爲對敵？爲對敵，洛陽城中花赤白。花赤白，囚漸多，花之赤白奈爾何！

夜别筵

夜長酒闌燈花長，燈花落地復落牀。似我别淚三四行，滴君滿坐之衣裳。與君别後淚痕在，年年著衣心莫改。

三泉驛

三泉驛内逢上巳，新葉趨塵花落地。勸君滿盞君莫辭，别後無人共君醉。洛陽城中無限人，貴人自貴貧自貧。

何滿子歌 張湖南座爲唐有熊作〔一〕

何滿能歌能宛轉，天寶年中世稱罕。嬰刑繫在囹圄間，水調哀音歌憤懣〔二〕。梨園弟子奏玄宗，一唱承恩羈網緩。便將《何滿》爲曲名，御譜親題樂府纂。魚家入内本領絶，葉氏有年聲氣短。自外徒煩記得詞，點拍纔成已夸誕。我來湖外拜君侯，正值灰飛仲春琯。廣宴江亭爲我開，紅妝逼坐花枝暖〔三〕。此時有熊踏華筵，未吐芳詞貌夷坦。翠蛾轉盻摇雀釵〔四〕，碧袖歌垂翻鶴卵。定面凝眸一聲發，雲停塵下何勞算？迢迢擊磬遠玲玲，一一貫珠勻款款。犯羽含商移調態，留情度意拋弦管。湘妃寶瑟水上來，秦女玉簫空外滿。纏綿疊破最慇懃，整頓衣裳頗閑散〔五〕。冰含遠溜咽還通，鶯泥晚花啼漸懶。斂黛吞聲若自冤，鄭袖見捐西子浣。陰山鳴雁曉斷行，巫峽哀猿夜呼伴。古者諸侯饗外賓，《鹿鳴》三奏陳圭瓚。何如有熊一曲終，牙籌記令紅螺盌。

【校勘記】

〔一〕熊：宋蜀本、《唐詩紀事》卷三七、《全唐詩》卷四二一作「態」，下同。

〔二〕水：原作「下」，據《全唐詩》改。

〔三〕逼坐：《唐詩紀事》作「遲日」。

〔四〕昑：《唐詩紀事》、《全唐詩》作「盼」。

〔五〕頗：宋蜀本作「争」，《唐詩紀事》作「事」。

通州丁溪館夜別李景信三首

月蒙蒙兮山掩掩，束束別魂眉斂斂。蠡殘覆時天欲明，碧幌青燈風灩灩以陝反〔一〕。淚消語盡還暫眠，唯夢千山萬山險。

水環環兮山簇簇，啼鳥聲聲婦人哭。離牀別臉睡還開，燈灺暗飄珠蔌蔌。山深虎横館無門，夜集巴兒扣空木。雨瀟瀟兮鵑咽咽，傾冠倒枕燈臨滅。倦僮呼喚鷹復眠，啼雞拍翅三聲絶。握手相看其奈何，奈何其奈天明別。

【校勘記】

〔一〕陜：原作「俠」，據宋蜀本、馬本與「灩」字讀音改。

酬鄭從事四年九月宴望海亭次用舊韻

海亭樹木何蘢葱，寒光透坼秋玲瓏。湖山四面争氣色，曠望不與人間同。一拳墺伏東武小，龜山別名。兩山鬬構秦望雄。兩峯爲秦望、望秦二山。嵌空古墓失文種，墓在州城西山上。《圖經》：湖水到山〔一〕，迎棺柩入海，今所存古穴耳。骨兀怪石疑防風〔二〕，舟船駢比毗必反有宗侶〔三〕，水雲滃泱無始終。雪花布遍稻隴白，日脚插入秋波紅。興餘望劇酒四坐，歌聲舞豔煙霞中。酒酣從事歌送我，歌云：「此樂難再逢。良時年少猶健羨，使君況是頭白翁。」我聞此曲深歎息，唧唧不異秋草蟲。憶年十五學構廈，有意蓋覆天下窮。安知四十虛富貴，朱紫束縛心志空。妝梳妓女上樓榭，止欲歡樂微茫躬。雖無趣尚慕賢聖〔四〕，幸有心目知西東〔五〕。欲將滑甘柔藏府，已被鬱噎銜喉嚨。君今勸我酒太醉，醉語不復能沖融。勸君莫學虛富貴，不是賢人難變通。一本「富貴不是賢人通」。

【校勘記】

〔一〕湖：疑當作「潮」。

〔二〕骨：《全唐詩》卷四二一作「突」。

〔三〕吡：原闕，據宋蜀本、《全唐詩》補。

〔四〕尚：宋蜀本作「向」。

〔五〕目：原作「自」，據宋蜀本、馬本、叢刊本、《全唐詩》改。

按本篇末，王國維手校云：辛酉五月二十三日，以宋建本校宋本樂府四卷，爲卷五至卷八，與越州本不同。

集外詩〔一〕

【校勘記】

〔一〕董本、蘭雪堂本、馬本、叢刊本均無「集外詩」。據洪邁《容齋五筆》卷二《元微之詩》曰：「《唐書·藝文志》元稹《長慶集》一百卷，《小集》十卷，而傳于今者，惟閩、蜀刻本，爲六十卷。三館所藏，獨有《小集》。文惠公（按：即洪邁之兄洪适。）鎮越，以其舊治，而文集蓋缺，乃求而刻之。外《春遊》一篇云（略，文字與本集同。），白樂天書之，題云『元相公《春遊》』，錢思公藏其真跡。穆父守越時，摹刻于蓬萊閣下，今不復存。集中逸此詩，文惠爲列之於集外。」由此可見，此六十卷本之《集外詩》和《集外文章》，可能均是洪适所補。

春遊〔一〕

此一篇乃白樂天所書，錢穆父在越模于蓬萊閣下，今亡矣〔二〕。

酒户年年減，山行漸漸難。欲終心懶慢〔三〕，轉恐興闌散。鏡水波猶冷，稽峯雪尚殘。不能辜物色〔四〕，乍可怯春寒。遠目傷千里，新年思萬端。無人知此意，閑憑小闌干〔五〕。

【校勘記】

〔一〕此詩據宋人洪邁説是洪适所補，白樂天所書，題曰「元相公《春遊》」，而顧學頡先生據歷史博物館所藏錢穆父摹刻的拓本與清人朱彝尊説，考爲白居易所作，收入《白居易集》的《外集》，但因洪邁又説：「樂天所書，予少時得其石刻，後亦失之。」可見此詩自宋時即作爲元稹的詩編入，而《白集》中向無此作，似仍需再研究。

〔二〕《全唐詩》卷四二三作爲元稹詩，而無此題注。

〔三〕終：拓本作「從」。

〔四〕辜：拓本作「孤」。

〔五〕小：拓本作「曲」。

春分投簡明洞天作〔一〕

中分春一半，今日半春徂。老惜光陰甚，慵牽興緒孤。偶成投祕簡，聊得泛平湖〔二〕。郡邑移仙界，山川展畫圖。旌旗遮嶼浦，士女滿闉闍。似木吴兒勁，如花越女姝。牛儂驚力直，蠶妾笑睢盱。怪我攜章甫，嘲人託鷓鴣。閭閻隨地勝，風俗與華殊。跣足沿流婦，丫頭避役奴。雕題雖少有，雞卜尚多巫。鄉味尤珍蛤，家神愛事烏。舟船通海嶠，田種繞城隅。櫛比千艘合，袈裟萬頃鋪。亥茶闐小市，漁父隔深蘆。日脚斜穿浪，雲根遠曳蒲。凝風花氣度，新雨草芽蘇。粉壞梅辭萼，紅含杏綴珠。薅餘秧漸長，燒後葑猶枯。緑綟高懸柳，青錢密辨榆〔三〕。馴鷗眠淺瀨，驚雉迸平蕪。水静王餘見，山空謝豹呼。燕狂捎蛺蝶，螟挂集蒲蘆。淺碧鶴新卵，深黄鵝嫩雛〔四〕。村扉以白板，寺壁耀赬糊。禹廟纔離郭，陳莊恰半途。石帆何峭峣？龍瑞本縈紆。穴爲探符坼，潭因失箭刳。堤形彎熨斗〔五〕，峯勢踴香爐。幢蓋迎三洞，煙霞貯一壺。桃枝蟠復直，桑樹亞還扶。鼈解稱從事，松堪作大夫。榮光飄殿閣，虚籟合笙竽。庭狎仙翁鹿，池游縣令鳧。君心除健羡，扣寂入虚無。岡踏翻星紀，章飛動帝樞。東皇提白日，北斗下玄都。騎吏裙皆紫，科車幰盡朱。地侯鞭社伯，海若跨天吴。霧噴雷公怒，煙揚竈鬼趨。投壺憐玉女，嘿飯笑麻姑。果實經千歲，衣裳重六銖。瓊盃傳素液，金匕進雕胡。掌裏承來露，柈中釣得鱸。菌生悲局促，柯爛覺須臾。稊米休言聖，醯雞益伏愚。鼓鼙催暝色，簪組縛微軀。遂別真徒侣，還來世路衢。題詩歎城郭，揮手謝妻孥。幸有桃源近，全家肯去無？

【校勘記】

〔一〕明洞：《全唐詩》卷四二三作「陽明洞」。

〔二〕泛平：原作「平泛」，據《全唐詩》改。

〔三〕辨：《全唐詩》作「辮」。

〔四〕嫩：原作「懶」，據《全唐詩》改。

〔五〕形：原作「刑」，據《全唐詩》改。

除夜酬樂天

引儺綏旆亂毿毿，戲罷人歸思不堪。虚漲火塵龜浦北，無由阿傘鳳城南。休官期限元同約，除夜情懷老共諳。莫道明朝始添歲，今年春在歲前三。

酬樂天初冬早寒見寄〔一〕

乍起衣猶冷，微吟帽半欹。霜凝南屋瓦，雞唱後園枝。洛水碧雲曉，吴宫黄葉時。兩傳千里意，書札不如詩。

【校勘記】

〔一〕此詩亦見于《劉賓客文集》外集卷二。據岑仲勉在《論白氏長慶集源流並評東洋本白集》十三《檢討元劉酬和白詩後所見》中認爲詩中「洛水碧雲曉，吴宫黄葉時」之句「顯見是吴洛唱和，非元白唱和」，而證此詩是劉禹錫的作品。

八月十四日夜玩月

猶欠一宵輪未滿，紫霞紅襯碧雲端。誰能唤得姮娥下？引向堂前子細看。

寒食夜

紅染桃花雪壓梨，玲瓏雞子鬬贏時。今年不是明寒食，暗地鞦韆别有期。

三月三十日程氏館餞杜十四歸京

江春今日盡〔一〕，程館祖筵開。我正南冠縶，君尋北路迴〔二〕。謀身誠太拙，從宦苦無媒。處困方明命，遭時不在才。踰年長倚玉，連夜共銜盃。涸溜沾濡沫，餘光照死灰。行看鴻欲翥，敢憚酒相催。拍逐飛觥絶，香隨舞袖來。消梨拋五遍，娑葛醆三臺。已許樽前倒，臨風淚莫頹。

【校勘記】

〔一〕春：原作「村」，據《全唐詩》卷四二三改。

〔二〕迴：《全唐詩》作「回」。

逢白公

遠路事無限，相逢唯一言。月色照榮辱，長安千萬門。

酬白太傅〔一〕

太空秋色涼，獨鳥下微陽。三徑池塘靜，六街車馬忙。漸能高酒户，始是入詩狂。官冷且無事，追陪慎莫忘。

【校勘記】

〔一〕岑仲勉云：按《舊書・白傳》，開成元年，除同州不拜，尋授太子少傅，此作太傅，誤一；元卒大和五年，更不見白加少傅，誤二，此必他人詩，非稹詩也。究竟作者是誰，不得而知。

酬白樂天杏花園

劉郎不用閑惆悵，且作花間共醉人。算得貞元舊朝士〔一〕，幾員同見大和春〔二〕？

【校勘記】

〔一〕算得：《全唐詩》卷四二三注：「一作屈指。」

〔二〕員：《全唐詩》作「人」。

和張秘書因寄馬贈詩〔一〕

丞相功高厭武名，牽將戰馬寄儒生。四蹄荀距藏難盡〔二〕，六尺鬉頭見尚驚。減粟偷兒憎未飽〔三〕，騎驢詩客罵先行。勸君還卻司空著，莫遣衙參傍子城。

【校勘記】

〔一〕和：《全唐詩》卷四二三作「酬」，《英華》卷三三〇作「和酬」

〔二〕難：《全唐詩》作「雖」。

〔三〕飽：原作「鮑」，據《全唐詩》改。

元稹集卷第二十七

賦

奉制試樂爲御賦以「和樂行道之本」爲韻，依次用。

臣伏奉庚寅之詔曰：「天子以樂爲御，其義則那。」臣以爲引重任者無御不可，播盛德者非樂而何？蟠乎地而極乎天〔一〕，周流既超於馬力；發乎邇而應乎遠，馳聲亦倍於鑾和。喻之爲至，此實居多。大道既移〔二〕，則舞行象成於倒載〔三〕；小戎或駕，則琴音決勝於騶歌〔四〕。故聖王取彼歡然，方諸沃若〔五〕，制其節奏，戒乎行作。聽《祈招》之什，冀絶跡於覆車〔六〕；賦盤遊之詞，俾慮危於朽索。是以南薰馳而虞德盛，北里騁而殷道惡，控海内當並騖於勛華，執人柄豈争功於良樂。斯御也，動無險阻，發自和平，周旋罔害，歡愛則行。止之而優游靈府，推之而浹洽寰瀛。非勞轅軛，但布莖英。陋乎足跡，運以精誠。爾或馳驅，難期於無災無害；我之步驟，乃在於大鳴小鳴。故曰：得禽而詭遇，不如率獸以仁聲。且跋涉者疲於山川，絛暢者格乎穹旻〔七〕。慕入律而百蠻麏至〔八〕，錫有功而諸侯軌道。

豈出户庭，非專擊考。乘六氣之辨[九]，哂六轡之徒施；鼓八風而行，知八駿之非寶。於是屏造父，命后夔，或無聲而至矣，或先進以道之，豈獨周域中而利其銜策，亦將肥天下而淪乎骨肌[一〇]。若此，則宇宙蓋由乎一馬，牽制盡在於四維。雖質文更變，而公共操持，莫不得之者昌，失之者損。俗化清而鞭朴廢，和順積而車書混。故臣稹前此而言曰[一一]：「引重任者御爲之先，播盛德者樂爲之本。」伏惟皇帝陛下，推是心而居其奥，臣徒欲貢所聞而安敢窺其閫！

【校勘記】

〔一〕蟠乎：原作「蟠平」，據馬本、叢刊本、《英華》卷七四、《全唐文》卷六四七改。

〔二〕移：《英華》作「夷」。

〔三〕倒：《全唐文》作「覆」。

〔四〕騶：即「驟」，同音假借。

〔五〕方：《全唐文》作「喻」。

〔六〕覆：《全唐文》作「奔」。

〔七〕條暢：《英華》作「滌蕩」。　旻：蘭雪堂本、馬本、叢刊本、《英華》皆作「昊」。

〔八〕入：《英華》作「六」。　麕：「英華」作「羣」。

〔九〕辨：《英華》作「變」。

〔一〇〕淪乎骨肌：《英華》作「浹乎骨肌」。《漢書·禮樂志》：「夫樂本情性，浹肌膚而臧骨髓。」《淮南子·原道》：「不浹于骨髓。」

〔一一〕此：《英華》、《全唐文》作「跪」。

善歌如貫珠賦以「聲氣圓直有如貫珠」爲韻〔一〕，依次用。

珠以編次，歌有繼聲〔二〕，美綿綿而不絶，狀纍纍以相成〔三〕。偏佳朗暢，屢此圓明〔四〕，度雕梁而暗繞，誤風綴之頻驚〔五〕。響象而然，非謂結之以繩約〔六〕；氣至則爾，故可貫之以精誠。原夫以節爲珠，以聲爲緯，漸杳杳而無極，以多多而益貴。悠揚緑水，訝合浦之同歸；繚繞青霄，環五星之一氣。望明月而宛轉，感潛鮫之歔欷，若非象照乘之珍，安能忘在齊之味？其始也，長言邐迤，度曲纏綿，吟斷章而離離若間，引妙囀而一一皆圓。小大雖掄〔七〕，離朱視之而不見；唱和相續，師乙美之而謂連。當其拂樹彌長，凌風乍直，意出彈者與高音而臻極；及夫屬思漸繁〔八〕，因聲屢有，想無脛者隨促節而奔走。以洞徹爲精英〔九〕，比疵瑕於能否。次第其韻，且殷勤於士衡之文；上下其音，謂低昂於遊女之手。窈窕逮矣，徘徊繹如，彷彿成象，玲瓏構虛。頻寄詞於章句之末，願連光於咳唾之餘〔一〇〕，清而且圓，直而不散，方同累丸之重疊，豈比沉泉之撩亂[一一]。善懼而知者[一二]，初憫默於暗投；善則返之，乃因循於舊貫。美清泠而發越，憶輝光之璀璨。始終雖異[一三]，細大靡殊。中規矩於圓折，成條貫以縈紆。似是而非，賦《湛露》則方驚綴冕[一四]；有聲無實，歌《芳樹》而空想垂珠。美惡難掩，前後不踰[一五]，亦比掄材而至者，豈獨善歌之謂乎？

【校勘記】

〔一〕爲韻：原無，據馬本、《英華》卷七八補。

〔二〕有：《英華》作「以」。

〔三〕以：盧校宋本作「而」。

〔四〕此：《英華》、《全唐文》卷六四七作「比」。

〔五〕風綴之：《英華》作「綴網而」。

〔六〕結：《英華》作「守」。

〔七〕掄：《英華》、《全唐文》作「倫」。

〔八〕漸：《英華》作「潛」。

〔九〕洞徹：《英華》作「動激」。

〔一〇〕咳唾：《英華》作「謦欬」。

〔一一〕沉：《英華》作「深」。

〔一二〕而：《英華》、《全唐文》作「無」。

〔一三〕雖：《英華》作「無」。

〔一四〕冕：《英華》作「網」。

〔一五〕不：《英華》作「莫」。

鎮圭賦以「王者端拱四維鎮寧」爲韻，依次用〔一〕。

天子之鎮圭十有二寸，其長義在撫十有二州之域，而爲億兆之王。圭比德焉，所以表特達之美〔二〕；鎮大名也，有以示彈壓之强。以之徵守，則有土之臣至；以之恤患，則受災之地康。當寧乃無爲於南面〔三〕，朝日乃有事於東方〔四〕。會百辟而執之，班五瑞於來者。作山龍之端表，我則清光皎然；雜蒲穀以成行〔五〕，爾則鞠躬如也。想夫彤闈乍曉，碧砌生寒，當玉座而高居，狀中峯之冠瑶岫；透爐煙而迴出，意秋月之壓雲端。是以聖后矜持，庶寮瞻重。安八荒於術内〔六〕，故捧必當心；握萬務於掌中，故天不盈拱。映冕旒則璿樞星綴，開黼黻而瓊枝花擁〔七〕。豈獨使威儀可觀，亦以明社稷有奉。美哉！聖人之制器也，靡不有類。鋭上以象天，方下而法地。備采章以盡飾，緣崇高而定位。夫衆色不可雜施，依方面之正者惟五；羣山不可以咸寫，選域中之大者有四。盡舉凡而得一，故相傳而莫二。義存敬慎，道在底綏〔八〕。詳觀組約，足辨操持。俾經制之不亂，若繅藉之相維。況國家備物繼周，垂衣體舜。自天有命，非因桐葉而封唐；提象握機，故配土行而執鎮。豈惟傳歷代之瑞寶，抑亦彰受命之符信者也〔九〕。重曰：圭，鋭也，睿作思而百志靈。鎮，安也，安於道而萬物寧。亦嘗三復斯名矣，所以表道德之維馨。若此，則君爲道之本〔一〇〕，器乃道之形。苟能據於道而依於德，亦可以執無名之璞而逍遥乎大庭。

【校勘記】

〔一〕用：原作「韻」，據《全唐文》卷六四七改。

〔二〕表：原作「美」，據《英華》卷一一一、《全唐文》改。

〔三〕〔四〕《英華》、《全唐文》無「乃」字。

〔五〕行：《英華》作「形」。

〔六〕術：馬本、《全唐文》作「度」。

〔七〕開：叢刊本作「間」。

〔八〕道：原作「進」，據蘭雪堂本、馬本、叢刊本、《英華》、《全唐文》改。

〔九〕抑：原作「押」，據以上諸本改。

〔一〇〕本：《英華》作「宰」。

觀兵部馬射賦 以「藝成而動舉必有功」爲韻

大司馬以馳射而選才〔一〕，衆君子皆注目而觀藝，至張侯之所，乃執弓而誓。誓曰：「今皇帝製《羽舞》以敷文德，擇材官而奮武衛。兼以超乘者爲雄〔二〕，不惟中鵠者得祭〔三〕。用先才捷，志亦和平。以多馬爲能，故以馬爲試；以得鹿爲美〔四〕，故以鹿爲正。豈獨武人之利，實唯君子之争！」射者皆曰：「諾。雖五善之未習〔五〕，庶一舉而有成。」於是馬逸騤騤，士勇伾伾。蓄鋭氣，候歌詩。初聽《采蘋》之章，共調白羽；次逞穿楊之妙，忽縱青絲。旁瞻突過，咸懼發遲。曾驥足之展矣〔六〕，翻猿臂而射之。揮弓電掣，激矢風追；方當耦象，決裂麗龜。砉爾摧班，示偏工於小者；安然飛鞚，故無憂於殆而。信侯蹄之不爽，則舍拔之無遺，故司射舉旌以効勝曰：「爾能克備，我爵可期。賈餘勇者，宜乘破竹之勢；善量力者，當引負薪之辭。」由是靡不争先，莫肯爲後，皆曰：「措盃於肘，十得其九。」忝明試者，亦何嘗而不有。破的之術，萬不失一。凡獻藝者，豈自疑於無必。銜冠髮怒，揚鞭氣逸，引滿雷砰〔七〕，騰凌飆疾，皆窮百中之妙，盡由一孔而出〔八〕，乃知來者之藝，蓋亦前人之匹〔九〕。若此，則蹲甲壯基〔一〇〕，揚觶觀孔〔一一〕，信一場之獨擅，終六轡之末總。豈比乎浮雲迴度，開月影而彎環；驟雨横飛，挾星精而摇動。雖當至理，不忘庸功。天子垂衣，儼鵷行於北闕；夏官司馬，閲騎從於南宫。貢士之程，職司其舉。會款塞五方之俗，觀校埒百夫之禦。得俊爲雄，唯能是與。星郎草奏，上獻拱辰之防；天驕解顔，喜見射鵰之侣。客獨訂之而笑曰〔一二〕：「此蓋有司之拔萃〔一三〕，固非吾君之右汝。我有筆陣與詞鋒，可以偃干戈而息戎旅。」司文者聞之而驚曰：「爾其自礪于爾躬，吾將獻爾于王所。」

【校勘記】

〔一〕選：原作「遇」，據蘭雪堂本、馬本、叢刊本、《英華》卷六五、《全唐文》卷六四七改。

〔二〕兼：《英華》作「莫不」。

〔三〕《英華》無「不惟」二字。

〔四〕鹿：原作「禄」，據《全唐文》改。

〔五〕善：原作「菩」，據蘭雪堂本、馬本、叢刊本、《英華》、《全唐文》改。

〔六〕曾：《全唐文》作「鼘」。

〔七〕砰：原作「碎」，據馬本、《英華》、《全唐文》改。

〔八〕孔：原作「札」，據《英華》改。

〔九〕亦：《英華》作「由」。

〔一〇〕甲：原作「中」，據以上諸本改。　基：《英華》作「潘」，並注曰：「一作養，《左傳》：『潘尪之黨與養由基蹲甲而射之。』」

〔一一〕揚：原作「塲」，據馬本、《英華》、《全唐文》改。

〔一二〕訂：《英華》、《全唐文》作「顧」，似是。

〔一三〕萃：原作「莘」，據蘭雪堂本、馬本、《英華》、《全唐文》改。

郊天日五色祥雲賦以題并賦字爲韻

臣奉某日詔書曰：「惟元祀月正之三日，將有事於南郊。」直端門而未出，天錫予以雲瑞〔一〕。是何祥而何吉？臣拜稽首〔二〕，敢言其實。陛下乘五位而出震，迎五帝以郊天〔三〕。五方騰其粹氣，故雲五色以相宣。控壇乍直〔四〕，捧日初圓。獸蹲而龍鱗熠熠，鳥跂而鳳翼翩翩。羽蓋凝而軒皇暫駐，風馬駕而王母欲前〔五〕。影帶旂常〔六〕，疑錯繡之遥動〔七〕；昭章文物〔八〕，皆摛錦之相連。觀之者無小無大，謂之曰若煙非煙〔九〕。昔者卿雲作歌於虞舜，白雲著詞於漢武，皆跂望而爲言，非仰觀而遂睹。今陛下德至天地，恩覃草莽。當翠輦黄屋之方行〔一〇〕，見金枝玉葉之可數〔一一〕；陋泰山之觸石方出，鄙高唐之舉袂如舞。昭布於公侯卿士〔一二〕，莫不稱萬歲者三；並美於麟鳳龜龍，可以與四靈而爲五〔一三〕。於是載筆氏書百辟之詞曰：「鬱鬱紛紛，維慶霄之雲〔一四〕。古有堯舜〔一五〕，幸得以爲君。」象胥氏譯四夷之歌曰：「煒煒煌煌，天子之祥〔一六〕。唐有神聖，莫敢不來王。」帝用愀然曰：「予何力，澤未周於四海，雲胡爲而五色〔一七〕？來爾羣后〔一八〕，舉爾衆職。因五行以修五事〔一九〕，由五常以厚五德〔二〇〕，正五刑以去五虐，繁五稼而除五賊。苟順夫人理之父子君臣〔二一〕，安知夫雲物之赤黄蒼黑〔二二〕？進我輦路〔二三〕，就我陶匏。雖有光華之萬狀，不若豐穰於四郊。」凡百庶寮，相趨而顧。稍疑江上之綺，果異封中之素。補天者，雖欲抑之而不出〔二四〕；吞筆者，安可寢之而無賦？越明日，臣稹詠霈澤於雞竿之前，竚斯雲散之爲五采之湛露〔二五〕。

【校勘記】

〔一〕雲：《全唐文》卷六四七作「靈」。

〔二〕拜：《英華》卷一一作「稹」。

〔三〕以：《全唐文》作「而」。

〔四〕控壇：《英華》作「排空」。

〔五〕母：原作「毋」，據杜甫之《玄都壇歌寄元逸人》「王母晝下雲旗翻」改。

〔六〕旂常：《英華》作「其彩」。

〔七〕動：《英華》作「屬」。

〔八〕昭章文：《英華》作「光照乎」。

〔九〕謂之曰若煙非煙：《英華》作「觀之曰非煙若煙」。

〔一〇〕《英華》無「方」字。

〔一一〕《英華》無「可」字。

〔一二〕布：《英華》作「示」。

〔一三〕《英華》、《全唐文》無「爲」字。

〔一四〕維：原無，據《英華》補。

〔一五〕有：《英華》作「之」。

〔一六〕子：《英華》作「宇」。

〔一七〕而：《英華》作「乎」。

〔一八〕爾：《英華》作「以」。

〔一九〕因：《英華》作「由」。

〔二〇〕由：《英華》作「遵」。

〔二一〕《英華》無「之」字。

〔二二〕安知夫雲物之：《英華》作「則安知雲物」。

〔三〕輂：原作「輩」，據蘭雪堂本、馬本改。

〔四〕抑：原作「押」，據馬本、叢刊本、《英華》、《全唐文》改。

〔五〕竚：《英華》、《全唐文》作「睹」。

元稹集卷第二十八

策

才識兼茂明於體用策一道〔一〕校書郎時應制考，入三次等，充敕頭，授左拾遺。

問〔二〕：

皇帝若曰：朕觀古之王者，授命君人，兢兢業業，承天順地，靡不思賢能以濟其理，求讜直以聞其過，故禹拜昌言而嘉猷罔伏，漢徵極諫而文學稍進。匡時濟俗，罔不率繇。厥後相循〔三〕，有名無實，而又設以科條，增求茂異，捨斥己之至諫〔四〕，進無用之虛文，指切著明，罕稱於代。茲朕所以歎息鬱悼，思索其真，是用發懇惻之誠，咨體用之要，庶乎言之可行，行之不倦，上獲其益，下輸其情，君臣之間，歡然相與，子大夫得不勉思朕言而發明之〔五〕。我國家光宅四海，年將二百，十聖弘化，萬邦懷仁〔六〕。三王之禮靡不講，六代之樂罔不舉，浸澤于下，升中于天，周漢已還，莫斯爲盛。自禍階漏壞，兵宿中原，生人困竭，耗其太半。農戰非古，衣食罕儲，念茲疲氓，遂乖富貴〔七〕。督耕植之業，而人無戀本之心；峻榷酤之科，而下有重斂之困。舉何方而可以復其盛？用何道而可以濟其艱？既往之失，何者宜懲？將來之虞，何者當戒？昔主父懲患於晁錯而用推恩，夷吾致霸於齊桓而行寓令。精采古人之意〔八〕，啓迪來哲之懷，眷兹洽聞〔九〕，固所詳究。又執契之道，垂衣不言。委之於下，則人用其私；專之於上，則下無其効。漢元優游於儒學〔一〇〕，盛業竟衰；光武責課於公卿〔一一〕，峻政非美。二途取捨，未獲所從。予心浩然，益所疑惑。子大夫熟究其旨，屬之於篇，興自朕躬，無悼後害〔一二〕。

【校勘記】

〔一〕《全唐文》卷六五二題作「對才識兼茂明於體用策」，無題注。《英華》卷四八七題作「才識兼茂明於體用對策」，並有注曰：「元和元年四月二十八日。」馬本此注于文末。卞孝萱據《册府元龜·貢舉部·考試》載「元和元年四月丙午」舉行考試，「辛酉」公布結果，推論元稹「對策」應是四月十三日。

〔二〕問：據馬本、《英華》、《全唐文》補。

〔三〕相：原作「杞」，據馬本、《英華》、《全唐文》改。

〔四〕諫：馬本、《英華》、《全唐文》作「論」。

〔五〕發：馬本、《英華》、《全唐文》作「茂」。

〔六〕邦：《英華》作「方」。

〔七〕遂乖富貴：《英華》、《全唐文》作「未遂富庶」，馬本作「遠乘富庶」。其「乘」似當作「乖」。

〔八〕采：馬本、叢刊本、《英華》、《全唐文》作「求」。

〔九〕洽：原作「合」，據馬本、《英華》改。

〔一〇〕優：原作「憂」，據《英華》、《全唐文》改。

〔一一〕責：原作「貴」，據馬本、叢刊本、《英華》改。

〔一二〕無：《英華》作「毋」。

對：

臣方病近古之策不行，而陛下幸及之〔一〕，是天下人人之福也，微臣其敢忍意而不言乎？且臣聞之，古者以言賦納，豈虛美哉？蓋用之也。是以益贊禹而班師，説復王而作命，斯皆用言之大略也。洎漢文帝羞不若堯舜〔二〕，始以策求士，乃天下郡國有賢良之貢入焉，塞詔者晁錯而已。至武帝時〔三〕，董仲舒出，然而卒不能選用條對，施之天下。夫用其策不棄其人，以其利於時也；得其人而棄其策，又何爲乎？若此，則徒設試言之科，而不得用言之實矣。降及魏晉，朝成而暮敗之不暇，又惡足言其策哉？我唐列聖君臨，策天下之士者多矣。異時莫不光揚其名聲，寵綏其爵禄，然而曾不聞天下之人曰：「某日天子降某問，得某士，行某策，濟某功。」抑不知直言之詔屢下，而直言之士不出耶，亦不知直言之士屢出，而直言之策不用耶？

今陛下肇臨海内，務切黎元，求斥己之至言，責著明之確論，實命説代言之盛意也，微臣何足以奉承之。然臣所以上愚《對》，皆以指病陳術而爲典要〔四〕，不以舉凡體論而飾文詞〔五〕。事苟便人，雖繁必獻；言苟詣理〔六〕，雖鄙必書，固不足以副陛下懇惻之誠，庶可盡微臣體用之目〔七〕。伏願陛下以臣此策，委之有司，苟或可觀，施之天下，使天下之人曰：「惜哉漢文，雖以策求士，迨我明天子，然後能以策濟人。」則臣始終之願畢矣。如或言不適用，策不便時，則臣有訾聖欺天之罪，將置於典刑，陛下固不得而宥之矣，亦臣之所甘心焉。臣伏讀聖策，乃見陛下念禮樂之寖微，恤黎人之重困〔八〕，責復盛濟艱之術，酌推恩寓令之宜，斯皆當今之急病也，微臣敢不别白而書之。

昔我高祖武皇帝撥去亂政，我太宗文皇帝鞬櫜干戈，被之以仁風，潤之以膏露，戢天下之役而天下之人安，省天下之刑而天下之人壽，通天下之志而天下之氣和，總天下之賢而天下之衆理。理故敬讓之節著，和故歡愛之教行〔九〕，是以革三王之所因，兼六代之盡美〔一〇〕。稱至德者，舉文皇以代堯舜，豈異事哉？有誠信以將之也〔一一〕。明皇即位，實號中興，方其任姚、宋而右賢能也〔一二〕，雖禹湯文武之俗，不能過焉〔一三〕。四十年間，刑罰不試，人用滋殖，四海大和。於是舉昇中告禪之儀〔一四〕，則封太山而秩嵩華；念歲巡時邁之典〔一五〕，則去咸鎬而朝洛陽。禮既畢行，物亦隨耗。天寶之後，徭戍漸興〔一六〕，氣盛而微，理固然也。曩時之乳哺而有之者，一朝爲兵殲之。兵興已來，至今爲梗。兵興則户減，户減則地荒，地荒則賦重，賦重則人貧。人貧則逋役逃征之罪多，而權管權宜之法用矣〔一七〕。

今陛下躬親本務，首問羣儒，念禮樂之不興，慮昇平之未復〔一八〕，斯誠天下之人將絶復完之日也，微臣何幸而對揚之。微臣以爲將欲興禮樂，必在富黎人〔一九〕；將欲富黎人，必在息兵革〔二〇〕。息兵之術，臣請兩言之〔二一〕：

夫古之所謂銷兵革者，非謂幅裂其旗章，鑠鍊其鋒刃而已也。蓋誠信著於上，則忠孝行於下；富壽立於内〔二二〕，則夷狄和於外。夷狄和則邊鄙之兵息，富壽立則爭奪之患銷〔二三〕；爭奪之患銷〔二四〕，則和順之心作，和順之心作而禮樂之道興矣。此先王修政、戢兵、興禮樂、富黎人之大略也。陛下必欲責臣以詳究之術，臣又請指事以明之。夫食力之不充，雖神農設教〔二五〕，天下不能無餒殍之人矣。是以古之不農而食之者四而已：吏有斷察之明則食之〔二六〕，軍有臨敵之勇則食之，工有便人之巧則食之，商有通物之志則食之〔二七〕。是四者，率皆明者、勇者、巧者、智者之事也。百天下之人，無一二焉。苟不能於此者，不農則不得食，不績則不得衣。人之情，衣食迫於中〔二八〕，則作業興於外，是以遊食者恒寡，而務本者恒多，豈强之哉？彼易安而此難及也〔二九〕。今之是事則不然。吏理無考課之明，卒伍廢簡稽之實，百貨極淫巧之工，列肆盡并兼之賈。加以依浮圖者，無去華絶俗之真，而有抗役逃刑之寵；假戎服者〔三〇〕，無超乘挽强之勇，而有横擊詬吏之驕。是以十天下之人，九爲遊食，蠢朴愚謹不能自遷者〔三一〕，而後依於農。此又非他，彼逸而易安，此勞而難處也。是以游墮之户歲增〔三二〕，而耕桑之賦愈重，曩時之十室共輸而猶不給者〔三三〕，今且聚之於一夫矣〔三四〕。雖有慈惠之長、仁隱之吏，尚不能存，若憯斷擊搏之〔三五〕，則將轉移於溝壑矣。今之課吏者，以賦斂無逋負爲上，第以臣觀之，足陛下之賦者，誠所以害陛下之人耳。若此，則農桑之用既如是〔三六〕，遊墮之衆又如此。耕桑之賦重，則戀本之心薄；遊墮之户衆，則富庶之道乖〔三七〕。此必然之理也。

今陛下誠能明考課之法，減冗食之徒，絶雕蟲不急之工，罷商賈并兼之業，潔浮圖之行，峻簡稽之書〔三八〕，薄農桑之征〔三九〕，興耕戰之術，則遊墮之户盡歸，而戀本之心固矣。戀本之心固，則富庶之教興〔四〇〕，而貞觀、開元之盛復矣。若此，則既往之失由前，將來之虞由後，在陛下懲之、戒之、慎之、久之而已。至於主父偃乘七國併吞之後，將分裂而矯推恩〔四一〕；管夷吾當諸侯争奪之時，先詐力而行寓令，皆一時之權術也，豈可謂明白四達，若日月而懸於聖朝哉〔四二〕？臣雖賤庸，尚不敢陳王道於帝皇之日，況權術乎？此臣之所以甚羞也，故不及而詳究言之〔四三〕。

臣伏睹聖策，又見陛下以爲執契則羣下用情〔四四〕，躬親則庶官無黨〔四五〕，以漢元尚儒學而衰盛業〔四六〕，謂光武課吏職而昧通方，以臣思之，皆不然也。夫委之於下而用其情，蓋考績之科廢，而清濁之流濫也。尚儒術而衰盛業，蓋章句之學興，而經緯之文喪也〔四七〕。課吏職而昧通方，蓋苛察之法行，而會計之期速也。臣請條列而言之：

夫神農之斵耒耜教闢耨〔四八〕，所以墾良田而殖嘉穀也，然而不能遏稂莠之滋焉，其所以待之者〔四九〕，芟夷之而已〔五〇〕。堯之闢朝廷擇百揆，而所以殖舜禹而種皋陶也，然而不能遏共工驩兜之逆焉〔五一〕，其所以辨之者〔五二〕，放棄殛誅之而已。神農不以稂莠滋而廢耒耜之用，故能存用器之方；唐堯不以四罪進而奪舜禹之任，故能終任賢之道。若此，則陛下之所顧任如何耳〔五三〕，豈可謂任之必不可哉？至於考績之科廢〔五四〕，章句之學興，經緯之道衰，會計之期速，皆當今之極弊也。幸陛下反漢元之事〔五五〕，臣請遽數以終之〔五六〕。

今國家之所謂興儒術者，豈不以有通經文字之科乎？其所謂通經者，不過於覆射數字〔五七〕，明義者，纔至於辨析章條〔五八〕。是以中第者歲盈百數，而通經之士蔑然，以是爲通經，通經固若是乎哉〔五九〕？至於工文自試者，又不過於雕詞鏤句之才，搜摘絶離之學，苟或出於此者，則公卿可坐至，郎署可俯求，崇樹風聲，不由殿最。連科者進速，累捷者位高，擯嘿因循者爲清流〔六〇〕，行法蒞官者爲俗吏〔六一〕，以是爲儒術，儒術又若是乎哉〔六二〕？其所謂課吏職者，豈不以朝廷有遷次進拔之用乎？臣竊觀今之備朝選而不由文字者〔六三〕，百無一二焉。夫施衆網以加一禽，尚不能得，況張一目以羅萬品，而望其飛者、走者、大者、小者盡出乎其間，其可得乎哉？以此察羣吏，羣吏又可察乎哉？苟或不可察，又可任之而絕其私乎哉？此所以陛下將執契而歎用情，念垂衣而懼不理，蓋臣所謂課察之道不明也。

陛下誠能使禮部以兩科求士，凡自《唐禮》、《六典》、《律令》，凡國之制度之書者用〔六四〕。至於九經、歷代史，能專其一者，悉得謂之學士：以鐶貫大義與道合符者爲上第，口習文理者次之。其詩、賦、判、論，以文自試者，皆得謂之文士：以經緯今古、理中是非者爲上第，藻績雅麗者次之。凡自布衣達于未隸在朝者〔六五〕，悉得以兩科求仕，禮部第其高下，歸之吏部而寵秩之。若此，則儒術之道興，而經緯之文盛矣。吏部罷書判身言之選，設三式以任人：一曰校能之式，每歲以朝右崇重者一人，與吏部郎校天下羣吏之理最在第一至第三者，校定日據其功狀而登進之，牧宰字人之官籍之爲理者，則上賞行焉。若此，則遷次之道明，而遲速之分定矣。二曰記功之式〔六六〕，每歲羣吏之理最在第四者，籍而書之，滿歲，吏部會集而授署之。若此者，殿最之道存，而清濁之流異矣。三曰任賢之式〔六七〕，每歲內自僕射至于羣有司之正長，外至于廉問節制者〔六八〕，各舉備朝選者一人。外自牧守，内至于百執事之立於朝者，各舉吏郡縣者一人。因其所舉而授任之，辨其考績而賞罰之。不舉賢爲不精，舉不賢爲不察〔六九〕，不精與不察之罪同。若此，則保任之法行，而賢不肖之位殊矣。四曰叙常之式〔七〇〕，其有業不通於學，才不應於文，政不登於最，行不加於人〔七一〕，則限以停年課資之格而役任之。若此，則叙用之式恒〔七二〕，而尺寸之才無所棄矣。兩科立則羣才遂，四式行則庶官當〔七三〕，陛下又執左契以御之，握樞以正之〔七四〕，委庶官如心目之運支體，豈支體運而無効於心目乎？察羣才如明鏡之形美惡，豈美惡形而逃隱於明鑑乎〔七五〕？然後陛下闢四門，使可言之路通；明四目，以天下之目視；達四聰，以天下之耳聽。不私其心，以百姓心爲心〔七六〕，端拱巖廊，高居深視〔七七〕。以冕旒自蔽，而秋毫必察；以黈纊塞耳，而芥動必聞。則彼漢元章句之儒，光武督責之術，又惡足繫爲陛下言之哉〔七八〕？

且臣聞之：聖人在上，人不夭札。若臣者，生未及壯，戴陛下爲君，仁壽歡康，未始有極，何忽自苦隳肝膽而言天下之事乎？誠以國家兵興以來〔七九〕，天下之人，憯怛悲愁，五十年矣。自陛下陟位之後，戴白之老，莫不泣血而話開元之政，臣恐此輩不及見陛下功成理定之化，而先飲恨於窮泉〔八〇〕，此臣之所以汲汲於私心也，陛下能不憐察其意乎？謹對。

【校勘記】

〔一〕幸:《英華》卷四八七作「言」。

〔二〕洎:原作「泊」,據《英華》改。

〔三〕時:原作「然後」,據《英華》改。

〔四〕而:原無,據馬本、《英華》、《全唐文》卷六五二補。

〔五〕文:原無,據馬本、《英華》、《全唐文》補。

〔六〕詣:《英華》、馬本、《全唐文》作「諧」。

〔七〕體用之目:《英華》作「之獻替耳」。

〔八〕人:當作「民」,係避李世民之諱。下同。

〔九〕教:馬本、《英華》、《全唐文》均作「化」。

〔一〇〕盡美:《英華》作「所舉」。

〔一一〕誠信:《英華》作「物」。

〔一二〕右:《英華》作「召」。

〔一三〕過:馬本、叢刊本、《全唐文》作「舉」。

〔一四〕舉:馬本、叢刊本、《全唐文》作「奉」。

〔一五〕念歲巡時邁：《英華》作「舉東巡西狩」。

〔一六〕徭戍漸興：《英華》作「征戍聿興」。　漸：馬本、叢刊本作「作」。

〔一七〕馬本、叢刊本、《英華》、《全唐文》均無「權管」二字。

〔一八〕慮：馬本、叢刊本、《英華》、《全唐文》作「歎」。

〔一九〕必在：馬本、叢刊本、《全唐文》作「在先」，《英華》作「必先」，似是。

〔二〇〕必在：同〔一九〕。

〔二一〕兩：馬本、叢刊本、《全唐文》作「略」。

〔二二〕富壽：馬本、叢刊本、《英華》作「敬讓」，似是。

〔二三〕富壽：同〔二二〕。

〔二四〕爭奪之患銷：原無，據馬本、《英華》及上下文意補。

〔二五〕設：原無，據馬本、叢刊本、《英華》、《全唐文》補。

〔二六〕察：以上諸本均作「獄」。

〔二七〕志：以上諸本作「智」，似是。

〔二八〕衣食迫：原作「迫食」，據以上諸本改。

〔二九〕安：以上諸本均作「圖」。

〔三〇〕馬本無「假」字。

〔三一〕謹：《英華》作「鈍」。

〔三二〕是以遊墮之户歲增：馬本、叢刊本、《全唐文》作「以墮遊之户藏富」，《英華》作「以墮遊之户轉增」。

〔三三〕輸：馬本、叢刊本作「耕」。　猶：《全唐文》作「有」。

〔三四〕聚之於：《英華》作「數家」。

〔三五〕搏：原作「摶」，據馬本、叢刊本改。

〔三六〕用既如是：馬本、叢刊本、《英華》、《全唐文》均作「賦既如彼」，似是。

〔三七〕乖：馬本、叢刊本、《全唐文》作「廢」。

〔三八〕峻：原作「陵」，據馬本、《英華》、《全唐文》改。

〔三九〕征：以上諸本均作「徭」。

〔四〇〕教：《英華》作「道」。

〔四一〕將：《英華》作「謀」。

〔四二〕若日月而懸於：馬本、叢刊本、《英華》、《全唐文》作「與日月而齊明」。

〔四三〕以上諸本均無「而」字，疑衍。

〔四四〕陛下、羣下：原作「能下」、「郡下」，據以上諸本改。

〔四五〕親則：原無，據馬本、叢刊本、《英華》、《全唐文》補。

〔四六〕元：馬本、《英華》作「文」。

〔四七〕而：原無，據馬本、《英華》補。　文：《英華》作「道」。

〔四八〕闢：馬本、叢刊本、《英華》均作「耕」。

〔四九〕待：馬本、叢刊本、《英華》、《全唐文》作「遏」。

〔五〇〕芟夷：以上諸本均作「芟夷錢鏄」。

〔五一〕然而：以上諸本均作「又」。

〔五二〕辨：馬本、《英華》、《全唐文》作「遏」。

〔五三〕任：原無，據《英華》補。　如何：《英華》作「何如」。

〔五四〕科：《英華》作「課」。

〔五五〕漢元：馬本、《英華》、《全唐文》作「漢元光武」。

〔五六〕遽：原作「據」，據馬本改。

〔五七〕不過：《英華》作「又不出」。

〔五八〕纔：原作「讒」，據馬本改。

〔五九〕通經：馬本、《英華》、《全唐文》均無此二字。

〔六〇〕擯：馬本、《英華》、《全唐文》作「拱」。

〔六一〕者：原無，據馬本補。

〔六二〕儒術：馬本、《英華》、《全唐文》均無此二字。

〔六三〕竊：原作「切」，據馬本、《英華》、《全唐文》改。

〔六四〕凡國之：馬本、《英華》、《全唐文》作「及國家」。

〔六五〕于未：原作「干末」，據馬本、《英華》、《全唐文》改。

〔六六〕「二曰記功之式」段，馬本、叢刊本、《英華》、《全唐文》均無。

〔六七〕三：以上諸本均作「二」。

〔六八〕于：原作「十」，據以上諸本改。

〔六九〕舉不賢爲不察：原無，據以上諸本及上下文意補。　察：以上諸本原作「精」，又據上下文意改。

〔七〇〕四：以上諸本均作「三」。

〔七一〕加：馬本、《英華》、《全唐文》作「知」。

〔七二〕則叙用之式：《英華》作「則敷用之典」。　式：馬本、《全唐文》亦作「典」。

〔七三〕四：以上諸本均作「三」。

〔七四〕握樞：以上諸本均作「總極」。

〔七五〕鑑：馬本、《全唐文》作「鏡」。

〔七六〕不私其心，以百姓心爲心：《英華》作「不私其言，以爲好惡」。

〔七七〕深視：馬本、《英華》、《全唐文》作「宸極」。

〔七八〕繁：馬本、《英華》、《全唐文》均無。

〔七九〕誠以：馬本、《英華》、《全唐文》作「臣以爲」。

〔八〇〕歆：原作「没」，據馬本、《英華》、《全唐文》改。

元稹集卷第二十九

書

論教本書

臣伏見陛下降明詔〔一〕，修廢學，增胄子，選司成。大哉堯之爲君，伯夷典禮，夔教胄子之深旨也。然而事有萬萬急於此者，敢冒昧殊死而言之。

臣聞諸賈生曰：「三代之君仁且久者，教之然也。」誠哉是言！且夫周成王，人之中才也，近管、蔡則讒入，有周、邵則義聞〔二〕，豈可謂天聰明哉？然而克終於道者，得不謂教之然耶？始其爲太子也，未生胎教，既生保教。太公爲之師，周公爲之傅，邵公爲之保，伯禽、唐叔與之遊，禮、樂、詩、書爲之習。目不得閱淫豔妖誘之色〔三〕，耳不得聞優笑凌亂之聲，口不得習操斷擊搏之書〔四〕，居不得近容順陰邪之黨，遊不得恣追禽逐獸之樂，玩不得有遐異僻絶之珍〔五〕。凡此數者，非謂備之於前而不爲也，亦將不得見而爲之矣〔六〕。及其長而爲君也，血氣既定，遊習既成，雖有放心快己之事日陳於前，固不能奪已成之習、已定之心矣。則彼忠直道德之言，固吾之所習聞也，陳之者有以論焉〔七〕。回佞庸違之説，固吾之所積懼也，諂之者有以辨焉。人之情，莫不欲耀其所能而黨其所近，苟將得志，則必快其所蘊矣。物之性亦然。是以魚得水而游，馬逸駕而走，鳥乘風而翔，火得薪而熾，此皆物之快其所蘊也。今夫成王，所蘊道德也，所近聖賢也。是以舉其近，則周公左而邵公右，伯禽魯而太公齊；快其蘊，則興禮樂而朝諸侯，措刑罰而美教化。教之至也，可不謂信然哉！

及夫秦則不然。滅先王之學，曰將以愚天下；黜師保之位，曰將以明君臣。胡亥之生也，《詩》、《書》不得聞，聖賢不得近。彼趙高者，詐宦之戮人也，而傅之以殘忍戕賊之術〔八〕，且日恣睢盱天下以爲貴〔九〕，莫見其面以爲尊，是以天下之人未盡愚，而胡亥固已不能分獸畜矣。趙高之威懾天下，而胡亥固已自幽於深宫矣〔一〇〕。李斯者，秦之寵丞相也，因讒冤死〔一一〕，無以自明，而況於疏遠之臣庶乎？若此，則秦之亡有以致之也。

漢高承之以兵革，漢文守之以廉謹，卒不能蘇復大訓，是以景、武、昭、宣，天資甚美，纔可以免禍亂，哀、平之間，則不能虞篡弑矣〔一二〕。然而惠帝廢易之際，猶賴羽翼以勝其邪心，是後有國之君，議教化者，莫不以興廉舉孝、設學崇儒爲意。曾不知教化之不行自貴者始，略其貴者，教其賤者，無乃鄰於倒置乎？

洎我太宗文皇帝之在藩邸，以至於爲太子也，選知道德者十八人與之遊習，即位之後，雖宴遊飲食之間〔一三〕，若十八人者，實在其中，上失無不言，下情無不達，不四三年而名高盛古，豈一日二日而致是乎？遊習之漸也。貞觀已還，師傅之官皆宰相兼領，其餘宮寮〔一四〕，選亦甚重。馬周以官高〔一五〕，恨不得爲司議郎，此其驗也。文皇之後，漸疏賤之。至於武后臨朝〔一六〕，剪棄王族，當中、睿二聖危難之際〔一七〕，雖有骨鯁敢言之士，既不得在調護保安之職，終不能措扶衛之一詞，而令近胡安金藏剖腹以明之〔一八〕，豈不大哀哉？兵興以來，茲弊尤甚，師資保傅之官，非疾廢眊聵不任事者爲之〔一九〕，即休戎罷帥不知書者處之。至於友諭贊議之徒，疏冗散賤之甚者，搢紳耻由之〔二〇〕。夫以匹夫之愛其子者，猶求明哲慈惠之師以教之，直諒多聞之友以成之〔二一〕，豈天下之元子，而可以疾廢眊聵不知書者爲之師，疏冗散賤不適用者爲之友乎？此何足反居上之甚也〔二二〕！

近制，宮寮之外，往往以沉滯僻老之儒，充侍書侍讀之選〔二三〕，而又疏棄斥遠之，越月踰時不得召見，彼又安能傳成道德而保養其躬哉？臣以爲積此弊者，豈不以皇天眷祐，祚我唐德，以舜繼舜〔二四〕，以堯繼堯，傳陛下十一聖矣。莫不生而神明，長而仁聖，以是爲屑屑習儀者，故不之省耳。臣獨以爲於列聖之謀則可也，計無窮傳後嗣則不可〔二五〕。脱或萬代之後，有若周成王中才者，而又生於深宮優笑之間，無周、邵保助之教，則將不能知喜怒哀樂之所自矣，況稼穡之艱難乎？

今陛下以上聖之資，肇臨海内，是天下之人傾耳注目之日也〔二六〕。特願陛下思成王訓導之功，念文皇遊習之漸，選重師保，慎簡宮寮〔二七〕，皆用博厚弘深之儒，而又練達機務者爲之。更進迭見，日就月將。因令皇太子洎諸王〔二八〕，定齒胄講業之儀，行嚴師問道之禮〔二九〕，至德要道以成之，撤膳記過以警之。血氣未定，則輟禽色之娱以就學；聖質既備，則資遊習之善以弘德。此所謂一人元良〔三〇〕，萬國以貞之化也〔三一〕。豈直修廢學，選司成，而足倫匹其盛哉？而又俾則百王，莫不幼同師，長同術，識君道之素定，知天倫之自然，然後選用賢良，樹爲藩屏。出則有晉、鄭、魯、衛之盛，入則有東牟、朱虚之强，蓋所謂宗子維城、犬牙盤石之勢，又豈與夫魏、晉以降，囚賊其兄弟而自剪其本枝者同年而語乎〔三二〕？微臣竊不自揆〔三三〕，思爲陛下建永永無窮之長算，輒敢冒昧殊死而言之。

【校勘記】

〔一〕「臣」字上，《英華》卷六七六有「某年某月日，某官臣稹昧死再拜，獻書皇帝陛下」十九字。

〔二〕有：《唐文粹》卷二六作「親」。　邵：即「召」，指召公奭。下同。

〔三〕誘：原作「謗」，據馬本、叢刊本、《英華》改。

〔四〕搏：原作「摶」，據馬本、叢刊本、《英華》改。

〔五〕有：《唐文粹》作「愛」。

〔六〕《唐文粹》無「而爲」二字。

〔七〕論：馬本、叢刊本、《英華》《全唐文》卷六五〇作「諭」。

〔八〕傳：原作「傳」，據馬本、叢刊本改，下同。

〔九〕盱：《英華》、《唐文粹》、《全唐文》皆無，疑衍。

〔一〇〕固：原無，據《英華》、《唐文粹》補。

〔一一〕因：原作「困」，據《英華》、《全唐文》改。

〔一二〕虞：馬本作「處」。

〔一三〕宴：原作「冥」，據馬本、叢刊本改。

〔一四〕宫：馬本、《唐文粹》作「官」，下同。

〔一五〕馬：原作「焉」，據叢刊本、《英華》改。　官：《英華》、《唐文粹》、《全唐文》作「位」。

〔一六〕於：《唐文粹》無，疑衍。

〔一七〕危難：《唐文粹》作「勞勤」。

〔一八〕胡：據《新唐書·忠義上》（卷一九一），安金藏是京兆長安人，不是胡人，故作「胡」誤。又，安氏「在太常工籍，非醫匠」，《英華》「近」字作「醫匠」亦誤。

〔一九〕眊：原作「毦」，據張校宋本改，下同。

〔二〇〕由：《英華》、《唐文粹》、《全唐文》無，疑衍。

〔二一〕成：《唐文粹》作「輔」。

〔二二〕何足反居上之：《唐文粹》、《全唐文》作「何反不及上古之」。

〔二三〕侍書：《唐文粹》作「直講」，似是。

〔二四〕繼：《唐文粹》作「生」。

〔二五〕窮傳：《全唐文》作「窮之業以傳」。

〔二六〕之人：《英華》、《唐文粹》作「人人」。

〔二七〕簡：《英華》作「擇」。

〔二八〕洎：《唐文粹》作「聚」。

〔二九〕嚴師問道：《唐文粹》作「問道嚴師」。

〔三〇〕人：原作「有」，據馬本、叢刊本、《英華》、《全唐文》改。

〔三一〕國：《唐文粹》作「方」。　化：原作「他」，據以上諸本改。

〔三二〕囚賊：《唐文粹》作「因賤」。

〔三三〕《唐文粹》無「不自揆」三字。

與史館韓侍郎書〔一〕

侍郎退之足下：稹與前襄州文學掾甄逢遊善〔二〕，逢即故刑部員外郎濟之子。濟，天寶中隱於衛之青巖山，採訪使苗公等五人皆以狀薦，凡十徵不起，末以左拾遺就拜之。適值禄山朝奏京師，懇於上前求爲賓介，玄宗可其奏。禄山還至衛縣，遣太守鄭遵意詣山致命〔三〕，輟行信宿以俟之。甄生懼及其難〔四〕，俯首從事。至天寶十二載，禄山反狀潛兆，慮不得脱，乃僞瘖其口，復隱青巖。踰年而禄山叛，即日遣僞節度使蔡希德緘刀逼召，且曰：「或不可强，斬首來徇。」既而甄生噤閉無言，延頸承刃，氣和色定，若甘心然。希德義而捨之，禄山亦終不能致。慶緒繼逆，虜而囚之於東都安國觀。代宗復洛，甄生卧匡牀詣元帥府，至則號慓自治，代宗爲之動色，遂命傳置長安。肅宗高其行，因授館於三司治所，令從賊官囚慚拜之。受污者莫不俯伏仰歎，恨不即死於其地。且夫辨所從於居易之時〔五〕，堅直操於利仁之世〔六〕，而猶褊淺選儒者之所不爲，蓋怫人之心難，而害己之避深也。況乎天下亂矣，王澤竭矣。夫死忠者不必顯，從亂者不必誅，而眷眷本朝，甘心白刃，難矣哉！是以理平則爲公、爲卿、爲鵷、爲鷺〔七〕，世變則爲蛇、爲豕、爲獍、爲梟者〔八〕，十恒八九焉。若甄生冕弁不加於其身，禄食不進於其口，於天寶蓋青巖之一男子耳〔九〕。及亂則延頸受刃，分死不回，不以不必顯而廢忠，不以不必誅而從亂，參合古今之士，蓋百一焉。稹常讀注記，缺而未書[一〇]，謹備所聞，蓋欲執事者編此義烈，以永永於來世耳[一一]。子逢始生之歲，顔太師[一二]、崔太傅皆爲歌詩以美賢者之有後，且序甄生之本末云[一三]。及逢既長，耕先人舊田於襄之宜城，讀書爲文，不詣州里。歲饉則力穡節用，以給足親族；歲穰則施餘於其鄰里鄉黨之不能自持者，前後斥家財排患難於朋友者數四，由是以義聞。襄之守狀爲文學，始就羈於吏職。稹聞風既久，因與之遊。逢每冤其父之名不在於史，將欲抱所冤詣京師，告訴於司史氏，蓋行有日矣。以愚料之，甄子僕短馬瘦，言簡行孤，得不爲驕閽之所排訶，則權力者疑誕以臨之[一四]，固無自而入矣。因曉甄生以無自入之勢，且告以執事者辱與稹遊，願得所冤之狀告，甄生厚相信待，由是輟行。既而自思，淬賤之中，猶願貢所聞於執事，得非愚且僭耶？然而誚笑之暇[一五]，幸垂察焉。

【校勘記】

〔一〕館韓侍郎：《英華》卷六九〇、《唐文粹》卷八二作「官韓郎中」。

〔二〕與前：《英華》作「前與」。

〔三〕山：《唐文粹》作「山中」。

〔四〕《唐文粹》無「懼及其難，俯首從事。至天寶十二載，禄山反狀潛兆」二十字。

〔五〕夫：原作「大」，據《英華》、《唐文粹》、《全唐文》卷六五三改。
〔六〕利仁之世：《全唐文》作「利人之際」。
〔七〕理：《唐文粹》、《全唐文》作「治」。
〔八〕則：原無，據《英華》、《唐文粹》、《全唐文》補。
〔九〕天寶：《英華》、《全唐文》作「天寶末」。
〔一〇〕而：原作「面」，據《英華》、《全唐文》改。
〔一一〕永永：《英華》作「蒸蒸」。
〔一二〕師：《唐文粹》作「保」。
〔一三〕序：《英華》作「述」。
〔一四〕疑誕：《唐文粹》作「遲疑」。
〔一五〕暇：《英華》作「下」。

元稹集卷第三十

書

敘詩寄樂天書

積九歲學賦詩，長者往往驚其可教。年十五六，粗識聲病。時貞元十年已後，德宗皇帝春秋高，理務因人〔一〕，最不欲文法吏生天下罪過。外閫節將動十餘年不許朝覲，死於其地不易者十八九。而又將豪卒愎之處，因喪負衆，横相賊殺，告變駱驛，使者迭窺。旋以狀聞天子曰：「某邑將某能遏亂〔二〕，亂衆寧附，願爲帥。」名爲衆情，其實逼詐，因而可之者又十八九。前置介倅因緣交授者亦十四五。由是諸侯敢自爲旨意，有羅列兒孫以自固者〔三〕，有開導蠻夷以自重者，省寺符篆固几閣，甚者礙詔旨〔四〕，視一境如一室，刑殺其下，不啻僕畜。厚加剥奪，名爲進奉，其實貢入之數百一焉。京城之中，亭第邸店以曲巷斷，侯甸之内，水陸腴沃以鄉里計，其餘奴婢資財，生生之備稱之〔五〕。朝廷大臣以謹慎不言爲樸雅〔六〕，以時進見者，不過一二親信。直臣義士，往往抑塞。禁省之間，時或繕完隤墜。豪家大帥，乘聲相扇，延及老佛，土木妖熾〔七〕，習俗不怪。上不欲今有司備宫闈中小碎須求〔八〕，往往持幣帛以易餅餌，吏緣其端，剽奪百貨，勢不可禁。僕時孩騃，不慣聞見，獨於書傳中初習，理亂萌漸，心體悸震，若不可活，思欲發之久矣。適有人以陳子昂《感遇》詩相示，吟玩激烈，即日爲《寄思玄子》詩二十首。故鄭京兆於僕爲外諸翁，深賜憐獎，因以所賦呈獻。京兆翁深相駭異，祕書少監王表在座，顧謂表曰：「使此兒五十不死，其志義何如哉！惜吾輩不見其成就。」因召諸子訓責泣下〔九〕。僕亦竊不自得，由是勇於爲文。又久之，得杜甫詩數百首，愛其浩蕩津涯，處處臻到，始病沈、宋之不存寄興，而訝子昂之未暇旁備矣。不數年，與詩人楊巨源友善，日課爲詩，性復僻懶，人事常有閑暇，間則有作，識足下時有詩數百篇矣。習慣性靈，遂成病蔽。每公私感憤，道義激揚，朋友切磨，古今成敗，日月遷逝，光景慘舒，山川勝勢，風雲景色〔一〇〕，當花對酒，樂罷哀餘，通滯屈伸，悲歡合散，至於疾恙躬身〔一一〕，悼懷惜逝〔一二〕，凡所對遇異於常者，則欲賦詩。又不幸，年三十二時有罪譴棄。今三十七矣，五六年之間，是丈夫心力壯時，常在閑處無所役用。性不近道，未能淡然忘懷，又復懶於他欲。全盛之氣，注射語言，雜糅精粗，遂成多大，然亦未嘗繕寫。

適值河東李明府景儉在江陵時，僻好僕詩章，謂爲能解，欲得盡取觀覽，僕因撰成卷軸。

其中有旨意可觀，而詞近古往者，爲古諷。意亦可觀，而流在樂府者，爲樂諷。詞雖近古，而止於吟寫性情者，爲古體。詞實樂流，而止於模象物色者，爲新題樂府。聲勢沿順屬對穩切者，爲律詩，仍以七言、五言爲兩體。其中有稍存寄興、與諷爲流者爲律諷。不幸少有伉儷之悲，撫存感往，成數十詩，取潘子《悼亡》爲題。又有以干教化者，近世婦人暈淡眉目，綰約頭鬢，衣服修廣之度，及匹配色澤〔一三〕，尤劇怪豔，因爲豔詩百餘首。詞有今古，又兩體。自十六時，至是元和七年矣，有詩八百餘首，色類相從，共成十體，凡二十卷。自笑冗亂，亦不復置之於行李。昨來京師，偶在筐篋，及通〔馬注：司馬通州。〕行，盡置足下，僅亦有說。

僕聞上士立德，其次立事，不遇立言。凡人急位，其次急利，下急食。僕天與不厚，既乏全然之德，命與不遇，未遭可爲之事，性與不惠，復無垂範之言，兀兀狂癡，行近四十，徼名取位不過於第八品，而冒憲已六七年。授通之初，有習通之熟者曰：「通之地濕墊卑褊，人士稀少，近荒札〔一四〕，死亡過半。邑無吏，市無貨，百姓茹草木，刺史以下計粒而食。大有虎、貘、蛇、虺之患〔一五〕，小有蟆蚋、浮塵、蜘蛛、蛒蜂之類，皆能鑽噆肌膚，使人瘡痏。夏多陰霪，秋爲痢瘧，地無醫巫，藥石萬里，病者有百死一生之慮。」夫何以僕之命不厚也如此，智不足也又如此，其所詣之憂險也又復如此！則安能保持萬全，與足下必復京輦，以須他是日立言事之驗耶？但恐一旦與急食者相扶而終〔一六〕，使足下受天下友不如己之誚〔一七〕。是用悉所爲文，留穢箱笥，比夫格弈樗塞之戲，猶曰愈於飽食，僕所爲不又愈於格弈樗塞之戲乎？

昨行巴南道中，又有詩五十一首，文書中得七年已後所爲，向二百篇，繁亂冗雜，不復置之執事。前所爲《寄思玄子》者，小歲云爲，文不能自足其意。貴其起予之始，且志京兆翁見遇之由，今亦寫爲古諷之一，移諸左右。僕少時授吹噓之術於鄭先生，病懶不就，今在閑處，思欲怡神保和，以求其病，異日亦不復費詞於無用之文矣。省視之煩，庶亦已於是乎！

【校勘記】

〔一〕因：《唐文粹》卷八四作「用」。

〔二〕邑：原作「色」，據宋蜀本、馬本、《全唐文》卷六五三改。

〔三〕孫：原作「孩」，據馬本、《全唐文》改。

〔四〕礙：《唐文粹》作「擬」。

〔五〕稱之：宋蜀本、《唐文粹》作「稱是」。

〔六〕樸：原作「科」，據宋蜀本、馬本、《唐文粹》、《全唐文》改。

〔七〕土木妖熾：原作「土不妖娥」，據宋蜀本、馬本、叢刊本、《唐文粹》、《全唐文》改。

〔八〕今：宋蜀本、《唐文粹》、《全唐文》作「令」。

〔九〕責：原作「貴」，據宋蜀本、馬本、叢刊本、《唐文粹》改。

〔一〇〕景：《唐文粹》作「氣」。

〔一一〕躬：《唐文粹》作「其」。

〔一二〕惜逝：《唐文粹》作「昔遊」。

〔一三〕「及匹」以下，宋蜀本闕佚。

〔一四〕荒札：《唐文粹》作「歲荒凶」。

〔一五〕貘：《唐文粹》、《全唐文》作「豹」。

〔一六〕者：原無，據《唐文粹》補。

〔一七〕誚：原作「謂」，據馬本、叢刊本、《唐文粹》、《全唐文》改。

誨姪等書

告崙等：吾謫竄方始，見汝未期，粗以所懷，貽誨於汝。汝等心志未立，冠歲行登，古人譏十九童心，能不自懼？吾不能遠諭他人，汝獨不見吾兄之奉家法乎？吾家世儉貧，先人遺訓常恐置産怠子孫，故家無樵蘇之地，爾所詳也。吾竊見吾兄，自二十年來，以下士之禄，持窘絶之家，其間半是乞丐羇遊，以相給足。然而吾生三十二年矣，知衣食之所自，始東都爲御史時。吾常自思，尚不省受吾兄正色之訓，而況於鞭笞詰責乎？嗚呼！吾所以幸而爲兄者，則汝所以得而爲父矣〔一〕。有父如此，尚不足爲汝師乎？

吾尚有血誠，將告于汝：吾幼乏岐嶷，十歲知文，嚴毅之訓不聞，師友之資盡廢。憶得初讀書時，感慈旨一言之歎，遂志於學。是時尚在鳳翔，每借書於齊倉曹家，徒步執卷，就陸姊夫師授，棲棲勤勤其始也若此。至年十五，得明經及第，因捧先人舊書，於西窗下鑽仰沉吟〔二〕，僅於不窺園井矣。如是者十年，然後粗霑一命，粗成一名。及今思之，上不能及烏鳥之報復，下未能減親戚之飢寒，抱釁終身〔三〕，偷活今日。故李密云：「生願爲人兄，得奉養之日長。」吾每念此言，無不雨涕。

汝等又見吾自爲御史來，効職無避禍之心，臨事有致命之志，尚知之乎？吾此意雖吾弟兄未忍及此，蓋以往歲忝職諫官，不忍小見，妄干朝聽〔四〕，謫棄河南，泣血西歸，生死無告。不幸餘命不殞，重戴冠纓，常誓効死君前，揚名後代，歿有以謝先人於地下耳。

嗚呼！及其時而不思，既思之而不及，尚何言哉？今汝等父母天地，兄弟成行，不於此時佩服詩書，以求榮達，其爲人耶？其曰人耶？

吾又以吾兄所職，易涉悔尤，汝等出入遊從，亦宜切慎，吾誠不宜言及於此。吾生長京城，朋從不少〔五〕，然而未嘗識倡優之門，不曾於喧嘩縱觀，汝信之乎？吾終鮮姊妹，陸氏諸生，念之倍汝，小婢子等。既抱吾殁身之恨，未有吾克己之誠，日夜思之，若忘生次。汝因便録吾此書寄之，庶其自發。千萬努力，無棄斯須。稹付崙鄭等。

【校勘記】

〔一〕汝所以得：馬本、《全唐文》卷六五三作「汝等又幸」。

〔二〕吟：盧校宋本作「研」。

〔三〕疊：馬本、《全唐文》作「疉」。

〔四〕干：原作「于」，據馬本、《全唐文》改。

〔五〕朋：原作「則」，據馬本、叢刊本、《全唐文》改。

元稹集卷第三十一

書

代諭淮西書

某月日，山南東道節度兼申光蔡等州招撫使、檢校司空嚴某，致書前彰義軍兵馬使吴侍御及淮西將士官吏、申光蔡等州百姓等：奉十月十九日詔書，以某充申光蔡招撫使，某月日遣使齎敕送付界首布告訖。某頃鎮太原，與吴侍御伯父相國公同受恩寄，交問歲時，歡好不絶，僅十餘年，可謂至矣。及吴侍御先尚書繼當寵命，某又領鎮荆南，前好復修，款密如舊，弔喪問疾，禮無不時，亦可謂勤矣。某於吴侍御伯父、先父既等夷〔一〕，於吴侍御實丈人行，固已私矣。況朝廷以吴侍御因喪擾惑，迷誤詔旨，思欲致訓〔二〕，未忍加兵，仍以某爲招撫之使。是吴尚書之嗣既絶，而由某有復聯之望。捧詔以來，夙夜憂歎，不任憐痛之懷。某欲上徵古類，恐引諭不明，切爲諸公以近事灼然在耳目者言之。

今吴侍御棄喪背禮，捨父干君，誘聚師徒，希求爵位者，豈不以貞元末年，天下方鎮物故，往往依憑衆請而得者，十恒二三，以此爲自偷之證耶？甚不然也。德宗皇帝御天下日久，春秋高，理務便安，不欲生事，或謀及卒伍而置師長，蓋一時之權也。今天子二十八即皇帝位，控一海内，臣妾夷狄，赫然皇威，熏灼白日。初楊惠琳、劉闢、李錡猶守故態，謂朝廷未即誅擒，曾不知逾月之間，皆頭懸藁街，腰斬都市，此諸公之所聞見也。自是蠻夷懾竄，戎臣震惕，相與奔走朝闕之不暇。今廟堂之上，命將擇帥，容易於授卿長，即吴侍御希求非望之志，安得復行於今日哉？此衆不可憑、位不可取之明驗也。

今吴侍御蓄聚糗糧，繕完城壘，偷侵縣邑，不自危亡者，豈不以貞元中吴相國爲讒邪所鬭，錯誤朝章，韓太保率衆奉詞，而吴相國終以宥免，又以此爲自偷之證耶？又不然也。日者謀議之臣，算畫不審。韓太保行陣之將耳，總統非所長，而又徵天下烏合之衆以授之。是以遷延進退，不時成功。然猶吴相國悔過乞降，深自咎責，朝廷多之，僅乃全活。且吴相國躬服節儉，衣食與士卒同，蓄貨力耕，向三十載，然後粗能支一戰耳。今吴尚書馭衆日淺，吴侍御年位俱卑，諸將之在下者，皆怏怏苟容，非有威懷信服之志。百姓日蹙，賦斂月加，天兵四臨，耕織盡廢。竊聞壯者刼而爲兵，老弱妻孥吞聲於道路，而欲以吴相國三十年拊循積聚之力爲自比，甚相懸矣。況國家命全軍之將，用不竭之資，烏尚書董懷汝之師，李尚書舉陳許之衆，柳中丞以鄂之全軍軍於安陸，令狐中丞以淮南之鋭旅屯於壽春，某以襄陽之勁卒數萬集於唐，而又益之以魏博之驍騎，江陵之强弩。以攻則彼有壓卵之危，以守則我無出疆之費。用三州之賦，敵天下四海之饒；以一旅之師，抗天下無窮之衆。雖妾婦騃孩，猶知笑之，而况於義夫壯士哉？

若聖天子推含垢之化，圖不戰之功，使環而守之。塞其飛走，則男不得耕，女不得織，鹽茗之路絶，倉廩之積空，不三數月，求諸公於枯魚之肆矣。儻或神算風驅，天威雷激，使齊攻四面，各裂一隅，彼若聚而待之則自窮，分而應之則不足，東抗則西入，南備則北侵，腹背受攻，首尾皆畏，赤族之刑既迫，輿櫬之計方施，則固難期於曩時之宥免矣。此又力不可支，勢不可久之明驗也。

今吴侍御厚利買交，嚴刑劫質，謂王師可敵，謂己衆不離者，豈不以大將李義等言甘約重，許與死生之爲耶？又不然也。夫李錡據吴楚之雄，兼榷管之利，選才養士，向十五年。獨以張子良爲腹心不貳之將，故授以鋭健先鋒之兵；又以裴行立爲骨肉不欺之親，故授以敢死酬恩之卒。然而一朝遷延王命，稱疾不朝，子良朝倒戈以攻於外，而行立夕縱火以應於内，錡則戮死，而張裴甚榮，此又諸公之所聞見也。劉闢乘韋令饒衍之後，廩藏穀帛，以億萬計，啖養士卒，憑恃阻固，以仇良輔有樸厚不摇之心，是以成其要害而授之兵。然而天兵一麾，因壘來下，席卷餘孽，巴蜀大定，闢則戮死，而良輔甚榮，此又諸公之所聞見也。盧從史内藴私邪，外張威武，熒惑天聽，逗留王師，以烏尚書有委用親信之恩，故授之以爪牙衛己之衆。然而睿略潛施，元凶就執，烏尚書清壘整旅以俟命，從史放死，而尚書甚榮，此又諸公之所見聞也。此數君子者，豈受利不厚，而誓約不明哉？蓋逆順之理殊，而子孫之禍大也。且田太保季安藉累伐繼襲之勢，身没之後，胤子不肖，將卒聚謀而請之天子，天子嘉其忠而與之。賚百萬之財以贍軍，復三年之賦以勵俗，輟郎署之英以榮其賓介，而坐專席操郡國者又相繼。彼魏博三軍之士，豈獨不受恩於田氏父子耶？蓋苦其束縛禁閉，終日以城門爲戰場，思復泰然，游泳於王澤耳。

今國家用烏尚書爲重鎮，所以警諸將囚縛受賞之功〔三〕；用仇大夫爲先驅，所以警城堡降下寵榮之利；使田大夫統魏博向義之旅，所以勵三軍去邪附正之機。奈何吴侍御碎六尺之軀，爲李義輩求福之費；絶公侯之嗣，爲淮西軍受賞之資；其爲人謀也則厚矣，自謀何薄哉？此又將不可恃而兵不可保之明驗也。

今天子垂惻隱之詔，建招撫之名。吴侍御若束身歸朝，將吏等繼踵向闕，從不得與烏尚書、張金吾分封並位，受立功之賞，獨不得與田懷諫命服趨朝，奉先人之冢嗣耶？且張伯靖五溪之蠻隸耳，聚徒殺人，爲惡甚大。聖上憐其愚，詔某招致之，而猶據戎行之右職，忝佐郡之清員，豈獨於吴侍御洎淮西之將吏，而阻其自新之路哉？

諺曰：「天不可違。」又曰：「時不可失。」書至之日，善自圖之。如或違天失時，寢而不報，則王師進擊於外，義士潛謀於中，身首之戮指期，肘腋之危坐見，異日爲天下戮笑，而李義等成封侯之利〔四〕，豈不大哀哉？戎事方殷，未獲周盡，感念平昔，興然動懷。

【校勘記】

〔一〕於：《全唐文》卷六五三作「與」。

〔二〕思欲：馬本、叢刊本作「欲思」。

〔三〕功：原作「切」，據馬本、叢刊本改。

〔四〕成：原作「戈」，據《全唐文》改。

上門下裴相公書〔一〕

昔者相公之掾洛也〔二〕，稹獲陪侍道途。不以安庸，語及章句〔三〕，則固竊聞閤下以文皇敕起居郎書「居安思危」四字於笏上〔四〕，爲至戒矣。今陛下當晉武平吴之後，閤下即周公東征而還，安孰甚焉，思豈可廢？況今四郊並開，掃門之賓競至；碣石餘沴，束身之款未堅。則閤下推食握髮之意，可遽移之於高枕擊鐘之逸乎？且夫得人則理之談，實老生之常語。至於切近，猶飢者欲食，不可惡熟俗而不言也。若稹之末學淺見，又安敢引喻古昔於閣下！獨憶得近日故裴兵部之爲人也，甄辨清浄[五]，號爲名流。及其爲相也，構致羣材，使棟梁榱桷，咸適其用，人頗隘之，至於激濁揚清，亦無所愛吝。是以秉政不累月[六]，閣下自外寮爲起居郎，韋相自巴州知制誥，張河南自邕幕爲御史，李西川自饒州爲雜端，密勿建梁之地[七]，半得其人。如故韋簡州動及稹等，拔於疑礙，置之朝行者又十數，然後排異己之巨敵，引協心之至交。當時一二年間，幾至於姦無蹊隧，而政有根本矣。及山東沴作，上以兵事咨之，則對以禁暴息人之外，不能有以佐震耀。是以樽俎之謀，不專於廊廟。蓋兼善精微之士，素熟於心胸；而泛駕乘桴之才，未嘗校量於左右也。比於閣下今日之雄材大略爲短矣。然而即世之後，雖無李巖、廖立之思，而十年之内，備將相號公卿者[八]，多其引拔。嗚呼，方鮑叔之功，斯不細矣。昨者閣下力事淮、蔡[九]，獨當鑪錘，内蘊深謀，外排羣議，始以追韓信[一〇]、拔吕蒙爲急務，固非叔孫通薦儒之日也。今殊勳既建，王化方行[一一]，亦當念魏鄭公守成之難[一二]，而三復文皇帝思危之詔乎！

以愚思之[一三]，欲人之不怨，莫若遷授之有常；欲人之竭誠，莫若援拯於焚溺。何謂有常而不怨？以省言之，由後行爲前行；以臺言之，自察院轉殿院。苟不如是則怨矣，苟能如是何恩哉！何謂援拯而竭誠？某又不敢移之於他人，借如小生之庸且昧也，固不及班行之中輩，又敢自讓於郎吏之末者乎？向使元和中一年爲拾遺〔一四〕，二年爲補闕，不三四年爲員外，又三四年爲正郎，則宰物者雖朝許之以綸誥，暮許之以專席，厚則厚矣，遽責其隳肝瀝膽，同斯養之用力，亦難哉！及夫爲計不良，困於溝瀆者十年矣。苟有舒其胝攣置之趨走者，又安敢愛氣力、吝心髓於和扁耶〔一五〕？是猶龜鼉之有泉，烏鳥之有林，何嘗愧於水木。苟或縶而籠之，鎖而檻之，其或放之投之者，則必啁啾顧慕以報之，報其免於難也。

今天下病溝瀆，困籠檻，思閣下藥之、養之、投之、放之者，豈特小生而已哉？且曩時之窒閣下及小生者，豈不以閣下疏有「居安思危」之字爲抵忌，對上以河南縣尉非貶官爲説乎？向非裴兵部一二明之，則某終老於窮賤，固其宜也。儻閣下復三二年遲迴於外任〔一六〕，則少陽邀望之際，固未得奉煌煌之命，以周知其巢穴矣。當元濟討除之始，又安能定已成之策於上前，排未亡之疑於衆口哉？今天下能不有萬一於閣下之才略，而猶跼足帖脅，私自憐愛其志力哉？

況當今陛下在宥四海，與人爲天，特降含垢棄瑕之書，且授隨才任能之柄於閣下。閣下若能蕩滌痕累，洞開嫌疑，棄仇如振塵，愛士如救餒，使恃才薄行者自贖於煩辱，以能見忌者騁力於通衢，上以副陛下咸與惟新之懷〔一七〕，次有以廣閣下常善救人之道〔一八〕，從使千百年外〔一九〕，謂閣下與裴兵部爲交相短長，亦足爲賢相矣，未盡善也。且夫當陛下肇臨宇宙之初，與得天久照之後，愈光明矣。安有裴兵部拔羣材於前則盡行，閣下拔羣材於後則盡廢？以閣下沐浴恩波之始，與徽猷克壯之秋，愈汪洋矣，又安有救裴寰之罪、换禹錫之官則盡易；振天下之窮滯、行涣汗之條目則盡難？某雖至愚，未敢然也。某自十年遭罹多故，每欲發書朋舊，尚不敢盡陳其情〔二〇〕，豈不知干宰相有不測之罪耶？熟自計之，與其瘴死蠻夷，自題不遇之榜，比夫塵穢尊重，伏危言之刑無異也。聊因所善，緘獻鄙誠，翹企刑書，不敢逃讓〔二一〕。

【校勘記】

〔一〕門下裴相公：《唐文粹》卷八七作「裴度相公」。

〔二〕「昔者」句上，《唐文粹》、《全唐文》卷六五三有「通州司馬元稹謹再拜獻書相公閣下」十五字。

〔三〕語及章句：《全唐文》作「諮及章啓」。

〔四〕敕：原作「初」，據《唐文粹》、《全唐文》改。

〔五〕甄：原作「堅」，據《唐文粹》、《全唐文》改。

〔六〕政：盧校宋本作「國」。

〔七〕建：盧校宋本作「津」，似是。

〔八〕公：原作「名」，據盧校宋本改。

〔九〕昨：原作「非」，據馬本、叢刊本、《全唐文》改。

〔一〇〕韓：原作「倖」，據錢校改。

〔一一〕王：原作「主」，據馬本、叢刊本、《全唐文》改。《唐文粹》作「至」。

〔一二〕當：馬本、叢刊本、《全唐文》作「常」。

〔一三〕思：《唐文粹》、《全唐文》作「揆」。

〔一四〕中：原作「之」，據《唐文粹》、《全唐文》改。

〔一五〕髓：盧校作「肝」。

〔一六〕三二：《唐文粹》作「二三」。

〔一七〕懷：《唐文粹》作「德」。

〔一八〕有：《唐文粹》、《全唐文》無，疑衍。　常：馬本、《全唐文》作「好」，盧校作「賞」。

〔一九〕《唐文粹》、《全唐文》無「從」字。

〔二〇〕盡陳：原作「陳盡」，據《唐文粹》、《全唐文》改。

〔二一〕「讓」字下，《唐文粹》、《全唐文》有「不宣積頓首」五字。

元稹集卷第三十二

奏　表

敘奏〔一〕

劉秩云〔二〕：「奏不可削。」予以爲有可得而削之者，有不可得而削之者〔三〕。貢謀猷，持嗜慾，君有之則譽歸於上，臣專之則譽歸於下。苟而存之，其讓也，非道也。經制度，明利害，區邪正，辨嫌惑，存之則事分著，去之則是非泯。苟而削之，其過也，非道也。

元和初，章武皇帝〔馬注：憲宗。〕新即位，臣下未有以言刮視聽者。予始以對詔在拾遺中供奉，由是獻《教本書》、《諫職》、《論事》等表十數通，仍爲裴度、李正辭、韋纁訟所言當行，而宰相曲道上語。上頗悟，召見問狀，宰相大惡之。不一月，出爲河南尉。後累歲補侍御史，使東川。謹以元和赦書劾節度使嚴礪籍涂山甫等八十八家，過賦梓、遂之民數百萬。朝廷異之，奪七刺史〔馬注：詳三十七卷。〕料，悉以所籍歸於人。會潘孟陽代礪爲節度使，貪墨過礪，且有所承迎，雖不敢盡廢詔，因命當得所籍者皆入資。資過其稱，榷薪盜賦無不爲，仍爲礪密狀不當得醜謚。予自東川而還，朋礪者潛切齒矣。無何，外莅東都臺〔四〕。天子久不在都，都下多不法，百司皆牢獄，有栽接吏械人逾歲而臺府不得而知之者〔五〕，予因飛奏絶百司專禁錮。河南尉判官，予劾之，忤宰相旨。監徐帥死於軍，徐帥郵傳其柩，柩至洛，其下毆詬主郵吏，予命吏徙柩於外，不得復乘傳。浙西觀察使封杖決安吉令至死；河南尹誣奏書生尹太階請死之；飛龍使誘趙實家逃奴爲養子；田季安盜娶洛陽衣冠女；汴州没入死商錢且千萬；滑州賦於民以千，授於人以八百；朝廷饋東師，主計者誤命牛車四千三十乘飛芻越太行〔六〕。類是數十事，或移或奏，皆主之〔七〕。

貞元以來，不慣用文法，内外寵臣皆喑嗚。會河南尹房式詐諼事發，奏攝之，前所喑嗚者皆叫譟。宰相素以劾判官事相銜〔八〕，乘是黜予江陵掾。後十年，始爲膳部員外郎。

穆宗初，宰相更用事，丞相段公一日獨得對，因請亟用兵部郎中薛存慶、考功員外郎牛僧孺，予亦在請中，上然之。不十數日，次用爲給舍。他相忿恨者，日夜構飛語。予懼罪，比上書自明。上憐之，三召與語。語及兵賦洎西北邊〔九〕，因命經紀之。是後書奏及進見，皆言天下事。外間不知，多臆度。陛下益憐其不漏省中語〔一〇〕，召入禁林〔一一〕，且欲亟任爲宰相。是時，裴太原亦有宰相望〔一二〕，巧者謀欲俱廢之，乃以予所無構於裴。裴奏至，驗之皆失實。上以裴方擁兵〔一三〕，不欲校曲直，出予爲工部侍郎，而相裴之期亦衰矣。不累月，上盡得所構者，雖不能暴揚之，遂果初意，卒命予與裴俱宰相。復有購狂民告予借客刺裴者，鞫之復無狀，然而裴與予以故俱罷相。

始元和十五年八月得見上，至是未二歲，僭忝恩寵，無是之速者，遭罹謗咎，亦無是之甚者。是以心腹腎腸，糜費於扶衛危亡之不暇，又惡暇經紀陛下之所付哉！然而造次顛沛之中，前後列上兵賦邊防之狀，可得而存者一百一十有五。苟而削之，是傷先帝之器使也。至於陳情辨志之章，去之則無以自明於朋友也。其餘郡縣之請奏[四]，賀慶之常禮，因亦附之於件目。始《教本書》至爲人雜奏，二十有七軸，凡二百七十有七奏[五]。終歿吾世，貽之子孫式，所以明經制之難行，而銷毀之易至也。

【校勘記】

〔一〕叙奏：馬本作「表奏有序」，《全唐文》卷六五三作「文稿自叙」。

〔二〕秩：《全唐文》作「歆」。

〔三〕《全唐文》無「可得而削之者」六字。

〔四〕外：《全唐文》作「分」。

〔五〕栽：《全唐文》作「裁」。　人：《全唐文》作「入」。

〔六〕十：《全唐文》作「百」。

〔七〕主：原作「止」，據《全唐文》改。

〔八〕銜：盧校作「疑」。

〔九〕邊：《全唐文》作「邊事」。

〔一〇〕省：《全唐文》作「禁」。按「省中」亦曰「禁中」。

〔一一〕林：原作「司」，據《全唐文》改。

〔一二〕裴太原：《全唐文》作「裴度在太原」。

〔一三〕擁：《全唐文》作「握」。

〔一四〕請奏：《全唐文》作「奏請」。

〔一五〕七十：《全唐文》作「二十」。

獻事表〔一〕

臣聞理亂之始〔二〕，各有萌象，一者無門，在君上啓之而已。所謂萌象，豈有他哉？容直言，廣視聽，躬親庶務〔三〕，委信大臣，使左右近習者不敢蔽疏遠之臣庶，此理之象也。此而不理，萬無一焉。大臣不親，直言不進，抵忌諱者殺，犯左右者刑，與一二近習者決事於深宫之中，羣臣莫得參預籌畫〔四〕，此亂之萌也。此而不亂，亦萬無一焉。是以古者人君即位之始，萌象未見之時，必有狂直敢言之士，抵忌諱，獻危言。在上者苟或宥而容之，激而進之，則天下之君子望風而悦曰：「彼之狂而猶容於上，上之人其欲來天下之士乎？吾之道可以行矣！」其小人擇利而言曰[五]：「彼之直，可以得幸於上，吾將直言以徼利可也[六]。」由是天下之賢與不肖[七]，各以所忠貢言於上。上下之志，霈然而通；得失之情，幽遠必達。合天下之智，理萬物之心，人人樂得其所，戴其上如赤子之親慈母也，雖欲誘之爲亂，其可得乎？臣故曰：「容直言，廣視聽，而不理者，萬無一焉。」及夫進計者入而不出，直言者戮而不容，則天下之君子自謀於心曰：「與其言且不用而身爲戮，吾寧危行言遜以保其終乎！」其小人擇利而言曰[八]：「君之所惡者，拂心逆耳之言也，吾將苟順是非以事之可也[九]。」由是進見者革而不内[一〇]，言事者寢而不聞，若此則十步之事不得見也，朝廷之情不得聞也，而況於天下之大、四方之遠乎？故曰：聾瞽之君非無耳目也，蓋左右前後者屏蔽之，不使視聽爾。此而不亂，其可得哉？

昔太宗文皇帝初即位時，天下之人莫有諫者，唯孫伏伽嘗以小事持諫於上[一一]。文皇帝大悦，厚賜田宅以勉之。自是言事者惟懼乎言不直、諫不極，不能激文皇之盛意，曾不以觸龍鱗犯忌諱爲不可矣。於是房、杜、王、魏之徒，議可否於前，天下四方之人，言得失於外，不四三年而天下大理[一二]。豈文皇獨運聰明於上哉？蓋亦羣下各盡其言[一三]，以宣揚發暢於天下也。且夫樂全安而惡戮辱，古今之情一也，豈獨貞觀之人，輕犯忌諱而好戮辱哉〔一四〕？蓋文皇激而進之之功也。喜順從而怒謇犯，亦古今之情一也，豈獨文皇甘逆耳而怒從心哉？蓋以順從之利輕，而危亡之禍大；無窮之業重，而奉己之事微，思爲子孫垂不朽建永安之計也。爲後嗣者，豈可順一朝之意〔一五〕，而輕用文皇之天下乎？

累聖傳序，於今垂二百年矣。莫不率由斯道，致俗和平。況陛下以上聖之姿〔一六〕，紹復前統，即位之日，天下惟新。罪叔文之徒，而凶邪之黨散；懸惠琳之首，而悖亂之氣消；發承光之詐，而假威之孽除；反焦陂之田，而蒸庶之情感。其餘滌瑕緩死，薄賦恤人，賜帛耆年，旌閭孝悌，修廢學、建義倉，莫不曲被殊私，覃于有截。斯皆陛下上法堯舜，近法太宗，致理之萌形見者數十，豈臣庸劣一二能明。然而下臣竊復孜孜蚩蚩有所未決者〔一七〕，獨以陛下即位已來，既周歲矣，百辟卿士，至于天下四方之人，曾未有獻一計、進一言，受陛下伏伽之賞者。左右前後，拾遺補闕，亦未有奏一封、執一諫，受陛下激而進之之勸者。設諫鼓，置匭函，曾未聞雪一寃、決一事，明陛下無幽不察之意者。若臣等備位諫列，名爲供奉官，曠日彌年，不得召見，每就列位，屏氣鞠躬，不敢仰視，又安暇議得失獻可否哉？供奉官尚爾，又況於疏遠之臣庶，雖有特達不羣之智，思欲自効，其路何階？遂使凡今之人，以諫鼓、匭函爲虚器，謂拾遺補闕爲冗員。臣竊思之，以陛下之睿博弘深，勵精求理，豈或入而不出，言而不用哉〔一八〕？蓋羣下因循不能有所發明之罪也。且臣思之，今之備召承顧問者，獨一二執政而已。每一對揚，不及俄頃問議天下之事，臣竊料之，恭承聖問仰謝寵光之不暇〔一九〕，又安暇陳理亂議教化哉？其餘瑣瑣有司，或時一召見，言簿書之出入，計錢穀之登降不暇，又安足置牙齒間？臣竊惟陛下以景命惟新之初，何如貞觀致理之後？當貞觀致理之後，以房、杜、王、魏匡輔之智，而猶上封進計者薦至，獻可替否者日聞。今陛下當致理之初，在四方多虞之日，然而言事進計者，終歲無一人，豈非羣下因循竊位之罪乎？

若臣稹者，禀性駑鈍，昧然無識。然以當陛下臨御之始，首陛下策賢之科，擢授諫司，恩萬常品〔二〇〕，若復默默與在位者處，則臣莫大之罪，亦萬於常品矣〔二一〕。輒敢冒昧殊死，件奏十事於後：

一曰教太子以崇邦本；二曰任諸王以固磐石；三曰出宮人以消水旱；四曰嫁諸女以遂人倫；五曰無時召宰相以講庶政；六曰序次對百辟以廣聰明；七曰復正衙奏事以示躬親；八曰許方幅糾彈以懾姦佞；九曰禁非時貢獻以絶誅求；十曰省出入畋遊以防銜橛〔二二〕。凡此十者，設使言之而是，是而見用〔二三〕，非臣之福也，天下之福也。苟或言之而非，非而見罪，乃臣之分也，亦臣之願也。〔二四〕。

【校勘記】

〔一〕《英華》卷六二二題注：「憲宗元和元年。」

〔二〕「臣」字上，《英華》有「臣稹言」三字。

〔三〕親：原作「勤」，據《英華》改。

〔四〕預：原無，據《英華》補。

〔五〕擇：原作「竦」，據《英華》改。　言：《全唐文》卷六五〇作「喜」。

〔六〕直言以：《英華》作「以直言」。

〔七〕與：原無，據《英華》補。

〔八〕言：《英華》、《全唐文》作「喜」。

〔九〕事：《英華》作「幸」。

〔一〇〕革而不內：《英華》作「隔而不納」。

〔一一〕持：《全唐文》作「特」。

〔一二〕四三：《英華》作「三四」。

〔一三〕言：《英華》作「忠言」。

〔一四〕好：《英華》、《全唐文》作「不惡」。

〔一五〕豈：原作「其」，據《英華》改。

〔一六〕姿：叢刊本、《全唐文》作「資」。

〔一七〕蚩蚩：原作「咄咄」，據《英華》改。

〔一八〕入而不出，言而不用：「出言」，《英華》作「言出」。

〔一九〕不暇：原作「暇」，據《英華》、《全唐文》補「不」字。

〔二〇〕萬：《全唐文》作「邁」。

〔二一〕同〔二〇〕。

〔二二〕橛：原作「蹶」，據《英華》改。

〔二三〕用：《英華》作「納」。

〔二四〕「也」字下，《全唐文》、《英華》均有：「無任懇悃奮激効節愛時之至。謹詣東上闔（疑當作「閤」）門奏表并事件以聞。臣積誠惶誠恐，頓首頓首，死罪死罪。謹言。」

元稹集卷第三十三

表

論追制表〔一〕

臣聞令之必行於下者〔二〕，信也。令苟不信，患莫大焉。今陛下初臨宇内，務切黎元，至於牧守字人之官，所宜詳擇。苟未得人，不當虚授；苟或任使，不可屢遷。臣竊見近除寧州刺史論傪、虔州刺史高弘本、通州刺史豆盧靖，曾不涉旬，並已追制。又以杜兼爲蘇州刺史，行未半途，復改郎署。臣不知誰請於陛下而授之，誰請於陛下而追之。追之是，則授之非；授之是，則追之非。以非爲是者罰必加，然後人不敢輕其舉；以是爲非者罪必及，然後下不敢用其私。此先王所以不令而人從，不言而人信，豈異事哉？率是道也。今陛下如綸之令朝降，反汗之詔夕施，紛紛紜紜，無所歸咎，臣竊恐陛下之令，未能取信於朝廷，而況於取信天下乎〔三〕？臣伏願陛下徵舉者之詞，察追者之請。若舉者之詞直，則請而追之者不得無過；若追者之理勝，則舉而授之者不得無辜。賞罰是非，所宜明當。

況陛下肇臨黎庶，教化惟新，詔令之間，四方所仰，小有得失，天下必聞。臣實庸愚，謬居諫列，職當言責，不敢偷安，苟有所裨〔四〕，萬死無恨，無任愚迫懇款之至〔五〕。

【校勘記】

〔一〕《英華》卷六二五題注：「憲宗。」

〔二〕「臣」字上，《英華》有「臣某言」三字。　必行於下：盧校宋本作「必於行」。

〔三〕於取信：《英華》作「取信於」。

〔四〕裨：《英華》作「補」。

〔五〕「至」字下，《英華》有「謹詣東上閤門奉表以聞」十字。

論諫職表〔一〕

臣聞先王之制禄也〔二〕，居其位而不行其職者誅，是以上無虚授，下不隱情。臣竊觀今之備位素餐不行其職者，莫過於臣輩。臣聞太宗文皇帝時，王珪、魏徵爲諫官，文皇雖宴遊寢食之間，王、魏實在其所。用至於文皇發一言，則王、魏善之而後出〔三〕，舉一事，則王、魏慮之而後行。以文皇之明，合王、魏之智，是以舉無遺事，言有典常，文皇猶以爲視聽之未廣也，因命三品已上入議軍國大政〔四〕，必遣諫官一員隨入以參驗之。當是之時，司股肱耳目之任者，有君臣之義焉，有父子之恩焉，有朋友之歡焉。是以否無不替，可無不行，不四三年，而天下大理。蠻夷君長帶刀入侍者，不可勝計，豈干戈征伐之所致乎？蓋壅蔽之患銷[五]，而幽遠之情達也。若此，然後可以稱天子之諍臣矣。

近之司諫諍者則不然，大不得備召見，次不得參時政，排行就列，纍纍而已。且臣聞之，諫官之職，曰左右前後拾遺補闕，大則廷議，小則上封。近年已來，正衙不奏事[六]，庶官罷巡對，若此，則不見遺闕，補拾何階？不得敷陳，廷議安設？其所謂舉諫職者，唯獨誥令有不便，除授有不當，則奏一封執一見而已。以臣思之，君臣之際，論列是非，諷諭於未形，籌畫於至密，尚不能回至尊之盛意，備讒慝之巧言，而況於既行之誥令，已命之除授，然後奏一對執一見[七]，思欲收絲綸之詔，迴日月之光，信無裨於萬一矣。至使凡今之人，以上封進計爲妄動，拾遺補闕爲冗員，以此稱供奉官，與王珪、魏徵爲等列，臣雖至愚，能不自愧？

且陛下若以爲臣等無所裨補，不足參侍從，固不當假以名器，立之於朝[八]。苟以爲務廣聰明，稍闢理道[九]，又不當屏棄疏賤之[一〇]，使至於此。伏願陛下許臣於延英候對，召臣一見，賜以温顔，使臣得盡愚懇之誠，備陳諫官之職。苟或言有可採，得裨陛下萬分之一，是臣千載之一時也。如或言不詣理，塵黷聖聰，則臣自置刑書，以謝謬官之罪，亦臣之所以甘心也。無任懇款發憤効職忘軀之至。謹詣東上閤門奉表以聞。

【校勘記】

〔一〕《英華》卷六二三題注：「憲宗。」

〔二〕「臣」字上，《英華》有「臣某言」。

〔三〕善：《英華》作「詳」。

〔四〕命：《英華》作「許」，蘭雪堂本字跡不清。

〔五〕壅：原作「擁」，據《英華》改。

〔六〕衙：原作「衛」，據蘭雪堂本、馬本、叢刊本、《英華》改。

〔七〕對：《英華》、《全唐文》卷六五〇作「封」。

〔八〕立之：《英華》作「無立」。

〔九〕闕：《英華》作「開」。

〔一〇〕當：《英華》作「宜」。

論討賊表〔一〕

臣伏見賊闞有不庭之罪〔二〕，陛下尚覆露以待之，此誠陛下罪己泣辜之仁也，微臣何足以識之哉〔三〕？然臣聞之，天之所以爲天者，以其能化物也。物之性不一，故天之道有和煦震曜之異焉。始其生也，動之以幽伏〔四〕，被之以春陽，扇之以仁風，潤之以膏雨，則百果草木之柔者順者，油然而生矣。及夫勾曲角觡，堅本頑心，凝者滯者，幽者蟄者，扇之以和煦而不出，潤之以膏雨而不滋，則必迅之以雷霆，曜之以威赫，然後頑滯之心改，幽蟄之氣宣。豈天之道仁於彼而厲於此乎？化與不化之異也。是以蚩尤之亂作，黄帝鑄五兵以殺絶之；共工之行惡，虞舜揭五刑以放死之。豈不欲夢華胥舞干羽，而躋之於仁壽哉？蓋不可化也。及夫舞干而適至，因壘而來歸，此又物之可化者也。豈黄帝、虞舜、文王之德有優劣哉？，蓋蚩尤、共工、苗人、崇人之罪有深淺也〔五〕。

今陛下法天之德，與物爲春，凡在生成，孰不柔茂，而蕞爾微醜，天將棄之。置蝨賊於其心，假螻蟻以爲聚，忠臣孝子，思得食其肉而快其心久矣。陛下猶聳之以名爵，導之以訓誥，崇之以寵章而不至，假之以旄鉞而益驕。戕賊我忠貞，損污我仁義，人人不勝其憤，有司不忍其威。是以違陛下匿瑕含垢之仁，順皇天震曜殺戮之用〔六〕，此誠天下人人快憤激忠之日也。陛下猶思困壘以降之，舞干以化之，善則善矣，其如天下之憤何！其如天下之憤何！

臣願陛下可有司之奏，法皇天之威，與公卿大臣議斬叛弔人之師，以快天下人人之憤，實天下幸甚，微臣無任懇悃嫉惡之至〔七〕。

【校勘記】

〔一〕論討賊表：《英華》卷六一六作「論西川討賊表　憲宗」。

〔二〕「臣」字上，《英華》有「臣某言」三字。

〔三〕何：《英華》作「又何」。

〔四〕動：《英華》作「薰」。

〔五〕之：原無，據《英華》補。

〔六〕用：《英華》作「罪」。

〔七〕「至」字下，《英華》有「謹詣東上閤門奉表以聞」十字。

論西戎表〔一〕

蒙恩顧問〔二〕，竊見陛下患戎之意深矣。自貞元以來，國家所以甘億兆之費於塞下，蓋以犬戎有侵軼之患〔三〕，而邊人思守禦之利也。然而河湟之地日削，田萊之業日空，塞下之人日亡，戎狄之心日熾。若此非他〔四〕，不得備之之術也〔五〕。且臣聞之：君之命帥，帥之命將，將之使卒，猶心之使臂，臂之使指，然後敵可擒，而軍可制也。今之屯戍者則不然。衆其城堡，異其師長，獲一馬則圖功，虜一戎則告捷。至於屠縣道掠萬人，則曰力弱不足以應敵，援寡不足以摧凶。苟謹閑繕完不失其守者，則朝廷議賞之不給，又孰肯摧鋒刃、冒殊死，而出入於係虜哉？此又非他，衆分力散，而責師之刑無所加也〔六〕。而又加之以爲農者不教戰，屯聚者不兼農，寇至則卒伍被甲而乘城，野人空拳以應敵，此又耕戰之術不修，而屯聚之方太逸也〔七〕。

今夫邠岐汧隴之地，皆后稷、公劉之所理也。土宜植物〔八〕，人務稼穡。陛下誠能使本道節制廣於荒隙大建屯田；塞下諸軍，除使令守防之外，一切出之於野；限之名田〔九〕，復其租入，然後因其阡陌，制之閭井，因其卒伍，樹之師長〔一〇〕，固其塍塹，以備不虞，犬戎適至，則有連阡接畛之兵；戎騎纔歸，則復耰鋤穫耨之事。若此，則曩時之聚食者，盡歸之於服勤之農矣〔一一〕；前此之係虜者，盡化爲守禦之兵矣。三五年間〔一二〕，塞下有相因之粟，邊人無侵軼之虞。陛下又董之以良師，威之以必刑，則彼瑣瑣之戎，陛下將署其君長，征其牛羊，奴虜以擒之可也，螻蟻以攘之可也，又何必詢王恢，使蘇武，用晁錯，訪婁敬，而後復河湟稱即叙哉？此備戎之大略也〔一三〕。

方今猶有急於此者，臣敢冒昧殊死而言之。臣聞善弈棋者，將刼其棋，必固其嬴，是以敵可殺而地不危。今庸蜀有犬吠之警〔一四〕，南蠻絶貢誠之路，陛下又輟邊將以統問罪之師。

脱或蜂蠆相完，尚稽天討，兵連不解，綿夏涉秋，則犬戎乘釁啓心之日也。陛下其圖之。

臣無任懇款憂邊之至〔一五〕。

【校勘記】

〔一〕論：《英華》卷六一六作「論討」。

〔二〕「蒙」字上，《英華》有「臣某言臣某月日」七字。

〔三〕患：原作「惠」，據蘭雪堂本、馬本、叢刊本、《英華》、《全唐文》卷六五〇改。

〔四〕非：《英華》作「無」。

〔五〕之之：《英華》作「戎之」。

〔六〕師：《英華》作「帥」。

〔七〕方：《英華》作「兵」。

〔八〕植：《英華》作「殖」。

〔九〕之：原作「人」，據《英華》改。

〔一〇〕同〔六〕。

〔一一〕之於：《英華》作「爲」。

〔一二〕三：《英華》作「不三」。

〔一三〕備：《英華》作「禦」，似是。

〔一四〕警：原作「驚」，據《英華》改。

〔一五〕邊：《英華》作「惶」。「至」字下，《英華》有「謹詣東上閤門奉表以聞」十字。

同州刺史謝上表

臣罪重責輕〔一〕，憂惶失據，慮爲臺府迫逐〔二〕，不敢徘徊闕庭，便自朝堂匍匐進發〔三〕，謹以今月九日到州上訖〔四〕。臣某辜負聖朝〔五〕，辱累恩獎，便合自求死所，豈宜尚忝官榮〔六〕？臣稹誠恐誠慚〔七〕，死罪死罪。

臣八歲喪父，家貧無業，母兄乞丐以供資養，衣不布體，食不充腸。幼學之年，不蒙師訓，因感鄰里兒稚，有父兄爲開學校，涕咽發憤，願知詩書。慈母哀臣，親爲教授。年十有五，得明經出身。自是苦心爲文〔八〕，夙夜强學。年二十四，登乙科〔九〕，授校書郎。年二十八，蒙制舉首選，授左拾遺。始自爲學，至於升朝，無朋友爲臣吹噓，無親黨爲臣援庇。莫非苦己，實不因人，獨立成性，遂無交結。任拾遺日，屢陳時政，蒙先皇帝召對延英〔一〇〕，旋爲宰相所憎，貶臣河南縣尉。及爲監察御史，又不敢規避，專心糾繩，復爲宰相怒臣不庇親黨，因以他事貶臣江陵判司。廢棄十年，分死溝瀆。元和十四年，憲宗皇帝開釋有罪，始授臣膳部員外郎。與臣同省署者，多是臣初登朝時舉人；任卿相者，半是臣同諫院時遺闕[一一]。愚臣既不能低心曲就，輩流亦以此望風怒臣[一二]。不料陛下天聽過卑，知臣薄藝，朱書授臣制誥，延英召臣賜緋。宰相惡臣不出其門，由是百計侵毀[一三]。陛下察臣無罪，寵獎逾深，召臣面授舍人，遣充承旨學士[一四]，金章紫服，光飾陋軀，人生之榮[一五]，臣亦至矣。然臣益遭誹謗，日夜憂危，唯陛下聖鑒照臨，彌加保任，竟排羣議，擢備台司[一六]。臣忝有肺肝，豈並尋常宰相？況當行營退散之後，牛元翼未出之間，每聞陛下軫念之言，微臣恨不身先士卒。所以問計策[一七]，遣王友明等救解深州[一八]，蓋欲上副聖情，豈是別懷他意？不料姦人疑臣殺害裴度，妄有告論，塵黷聖聰，愧羞天地。臣本待辨明亦了[一九]，便擬殺身謝責，豈料聖慈尚在，薄貶同州。雖違咫尺之顔，不遠郊畿之境，伏料必是宸衷獨斷，乞臣此官。若遣他人商量，乍可與臣遠處藩鎮，豈肯遣臣俯近闕庭[二〇]？臣所恨今月三日，尚蒙召對延英，此時不解泣血，仰辭天顔，便至今日竄逐。臣自離京國，目斷魂銷，每至五更朝謁之時，臣實制淚不得，若餘生未死，他時萬一歸還，不敢更望得見天顔，但得再聞京城鐘鼓之音，臣雖黄土覆面，無恨九原[二一]。臣某無任自恨自慚[二二]，攀戀聖慈之至。然臣一日未死，亦合有所陳論。或聞党項小有動摇，臣今謹具手疏陳奏，伏望恕臣死罪，特留聖覽。臣此表并臣手疏[二三]，並請留中不出[二四]。手疏今在《論邊事》卷[二五]。謹遣某官某乙奉表謝罪以聞〔二六〕。

【校勘記】

〔一〕「臣」字上，《英華》卷五八七、《全唐文》卷六五〇有「臣積言：伏奉今月三日制書，授臣使持節同州諸軍事、守同州刺史兼本州防禦使」卅二字。

〔二〕迫：《英華》作「逼」。

〔三〕便：原書字跡不清，據蘭雪堂本、馬本、叢刊本、《英華》、《全唐文》補。

〔四〕九：《英華》作「六」。

〔五〕某：《英華》作「積」。　朝：盧校宋本作「明」。

〔六〕宜：《英華》作「謂」。

〔七〕臣積：原無，據《英華》補。

〔八〕自：《英華》作「由」。

〔九〕登乙科：《英華》、《全唐文》作「登吏部乙科」。

〔一〇〕對：原作「問」，據《英華》改。

〔一一〕遺闕：《英華》、《全唐文》作「拾遺補闕」。

〔一二〕此：原無，據《英華》補。

〔一三〕計：《英華》作「方」。

〔一四〕承旨學士：《英華》作「承旨翰林學士」。

〔一五〕人生：原作「生人」，據《英華》改。

〔一六〕備：《英華》作「授」。

〔一七〕所以問計策：《全唐文》作「所問於計策」。

〔一八〕王友明：原作「干友朋」，據《舊唐書・元稹傳》、《英華》、《全唐文》改。　王：馬本作「于」。《通鑑》引《考異》曰：《實録》作「于友明」，後作「于啓明」。

〔一九〕亦：盧校宋本作「未」。

〔二〇〕肯：《英華》作「有」。

〔二一〕原：《英華》作「泉」。

〔二二〕慚：《英華》作「悲」。

〔二三〕臣：《英華》作「今」。

〔二四〕請：《英華》作「望」。

〔二五〕《英華》、《全唐文》無此注。

〔二六〕遣某官某乙：《英華》、《全唐文》作「差知衙官試殿中監馬弘直」。

賀汴州誅李岕表

臣某言：伏見逆賊李岕，已就誅夷。韓充入汴州訖，一方既定，率土無虞。凡在臣僚，實增歡抃〔一〕。

臣某中賀。伏以汴州抱吴楚之津梁〔二〕，據咽喉之要地，將驕卒悍，易動難安。急攻則越逸是憂〔三〕，緩取則遷延易變〔四〕。自非陛下盡排羣議，獨斷宸衷，外委將臣，内敷睿算，風行號令，天助機謀，則何以斬此鯨鯢，破兹梟獍？臣摧凶志切，受國恩深，仰荷威靈，倍萬常品，限以符守，不敢稱慶闕庭〔五〕，無任踴躍屏營之至。

【校勘記】

〔一〕歡：原作「欣」，據《英華》卷五六八改。

〔二〕抱：《英華》作「扼」。

〔三〕逸：《英華》作「軼」。

〔四〕易：《英華》作「慮」。

〔五〕敢：《英華》、《全唐文》卷六五〇作「獲」。　慶：《英華》作「賀」。

元稹集卷第三十四

表　狀

賀聖體平復御紫宸殿受朝賀表

臣聞兩耀有晦明〔一〕，所以成其不已；四瀆有盈縮，所以成其不竭。不有燎火，無以辨玉質；不有霜霰，無以見松心〔二〕。是以軒轅神倦，然後夢華胥之遊；秦穆疾寐，然後享鈞天之樂。堯以癯瘠而爲聖，禹以胼胝而稱功，斯皆因疾成妍，以勞逢福，非臣臆度，敢進瞽言。昨者聖體不安，纔經累日〔三〕，穆卜罔害〔四〕，勿藥有瘳〔五〕，此所以表北極之長尊，配南山而永固者也。況日臨黄道，萬物皆榮，帝御紫宸，千官畢賀。臣以守符外郡〔六〕，不獲稱慶明庭，空懷鼓舞之心，有阻賡歌之末〔七〕，無任跳躍歡欣瞻望徘徊之至〔八〕。

【校勘記】

〔一〕「臣聞」上，《英華》卷五六九、《全唐文》卷六五〇有「臣某言：今日得上都進奏官報稱，昨日陛下御紫宸殿，受羣臣朝賀（《英華》作「賀表」），伏審聖躬萬福，親見百寮，率土皆歡，溥天同慶。

臣某中賀」四十八字。

〔二〕見：《英華》作「驗」。

〔三〕累：《英華》、《全唐文》作「旬」。

〔四〕卜罔害：《英華》作「不卜吉」，《全唐文》作「卜言吉」。

〔五〕瘳：《英華》作「喜」。

〔六〕臣：《英華》作「臣恨」。

〔七〕有阻：《英華》作「莫備」。

〔八〕「無任」句：《英華》作「臣某無任跳躍徘徊瞻望歡欣之至，謹差知衙官劉宗奉表陳賀以聞」。

代李中丞謝官表

臣某言：伏奉今月二十九日制〔一〕，授臣御史中丞，寵秩踰涯，心魂戰越。臣某中謝。臣生值聖時，蔭分天屬，雖牽絲入仕，或因瑣碎之文；而執簡當朝，實由睦族而致。頃以材駑氣直，屢棄遐荒。陛下擢自遠藩〔二〕，任兼臺閣。夙夜循省，効報無階。誰謂天眷曲臨，過蒙獎拔〔三〕，坐令專席，位忝中司。固當陳乞於天，安敢叨榮於己？如或綸言既降，丹慊莫從；則當破柱求姦，碎首請事，死而後已，義不苟然。增日月之末光，答天地之殊造，無任懇款屏營之至〔四〕。

【校勘記】

〔一〕制：《英華》卷五八九作「敕」。

〔二〕遠藩：《英華》作「藩方」。

〔三〕拔：《英華》作「擢」。

〔四〕懇款屏營之至：原闕，據《英華》、《全唐文》卷六五〇補。

爲嚴司空謝招討使表

臣某言：中使某乙至。伏奉今月十九日敕，以臣兼充申光蔡等州招討使〔一〕，并賜臣手詔兩道。天光下濟，聖澤逾深，捧詔慚惶，心魂戰越。臣某中謝。伏以陛下威加四海，德被萬方，下蜀〔馬注：劉闢。〕無束馬之勞，平吴〔馬注：李錡。〕但斬鯨而已。百蠻述職，九有懷仁，凡在生成，孰不柔茂？而蕞爾元濟，天將勦除。置蟊賊於其心，假螻蟻以爲聚。父死不葬，王命未臨，擅脅師徒，偷侵縣道。此誠仁人孝子決憤激忠之日也。陛下尚先含垢，未忍加誅，曲示綏懷，俾臣招撫。臣誠雖懇到〔二〕，性本孱愚，任重憂深，驚惶失據。然以苗心可化，舜舞方興，仰荷威靈，冀其柔服。臣即日與鄰道計會，奉宣詔旨，誘諭頑凶，威愛並施，使之來格。如或尚驅梟獍，不襲椒蘭，臣則誓死剪除，俾無遺孽〔三〕。其歸投百姓等，臣並准詔別加優卹，置在安全，仰副聖情，不令驚擾〔四〕。臣先奉恩詔，今臣發赴唐州，不獲奔走伏謝闕庭，無任恐懼之至。

【校勘記】

〔一〕討：原作「撫」，據《全唐文》卷六五〇與本篇題目改。

〔二〕到：原作「倒」，據馬本、《全唐文》改。

〔三〕俾：原作「傾」，據蘭雪堂本、馬本、叢刊本、《全唐文》改。

〔四〕令：原作「今」，據馬本、叢刊本、《全唐文》改。

賀誅吴元濟表〔一〕

臣聞拯遺甿於溝瀆〔二〕，非聖不能；掃餘沴以雪霜，非天不可。日者神棄申、蔡，蓄爲污瀦。五十年間，三后貽顧。眇爾元濟，繼爲凶妖，謂君命可逃，謂父死爲利。陛下凝兹睿算，取彼凶殘，不越殷宗之期，遂勦淮夷之命。威動區宇，道光祖宗，凡在生成，孰不歡抃？臣忝官藩翰〔三〕，率舞闕庭，瞻望徘徊，無任踴躍屏營之至。

【校勘記】

〔一〕《英華》卷五六七有題注：「憲宗。」

〔二〕「臣聞」句上，《英華》有「臣某言：某月得當道節度使牒呈本州稱，逆賊吴元濟已就誅斬訖，臣某中賀」卅字。

〔三〕「翰」字下，《英華》、《全唐文》卷六五〇有「不獲」二字。

爲蕭相讓官表〔一〕

臣某言：伏奉今日制，授臣某官，恩加望外，寵過憂深，魂魄驚翔，手足失墜。臣某中謝。臣猥以凡才，謬居重任，當陛下維新之始，辱陛下爰立之恩。有累樞衡，無禆袞職。外致匈奴之哂，内失蒼生之心。推换炎凉，因循聖澤，妨塞賢路，塵忝台階。自顧疲駑，方求息駕。豈謂陛下特迂宸鑒〔二〕，曲用朽才〔三〕。再提腹背之毛〔四〕，重委股肱之地。大孤人望〔五〕，獨簡帝心〔六〕。雖君父恩深，莫知其惡；而駑駘力竭，何以自安？豈敢退而生全〔七〕，實願求其死所。伏望再移天眷，重選時英，特回加膝之恩，别受沃心之相，全陛下始終之道，成微臣生死之榮，無任懇迫慚惶之至〔八〕。

【校勘記】

〔一〕相：《英華》卷五七四、《全唐文》卷六五〇作「相公」。
〔二〕宸：《英華》作「神」。
〔三〕用朽才：《英華》作「盼凡材」。
〔四〕提：《英華》作「生」。
〔五〕孤：《英華》作「辜」。
〔六〕獨：《英華》作「猶」。
〔七〕全：《英華》作「光」。
〔八〕惶：《英華》作「懼」。

爲蕭相謝追贈祖父祖妣亡父表

恩波下濟，澤被窮泉；天眷旁臨，日聞幽穸。臣某中謝。臣祖臣父，或勳或賢，義著族姻，名書國籍。逮臣不肖，有累前人，妄繼玄成之官，實愧仲弓之德。自陛下遣臣待罪宰相，不能有以匡逮聖明，齷齪知慚，屏營失據。常恐孔傳銘鼎〔一〕，折足可期，于啓閭門，構堂無所。豈謂偶逢昌運，幸沐殊私，赦臣致寇之辜，念臣積善之本。追崇祖禰，錫命官封。子道有光，升卿之言果驗；孫謀表慶，令伯之報方申。海嶽恩深，涓埃効淺，彷徨自顧，跼蹐何安？無任感德忘軀之至。

【校勘記】

〔一〕傳：《全唐文》卷六五〇作「悝」。

遷廟議狀〔一〕

謹案：禮官以順宗至德大聖大安孝皇帝神主升祔，則中宗大和大聖大昭孝皇帝神主爲代數當遷之廟。諫者云〔二〕：「中宗復辟中興，當爲百代不遷之廟。」臺省官等又議云：「則天爲居攝，則中宗非中興〔三〕，不得爲不遷之廟。」以愚所裁，皆非得禮之中。

案禮官與臺省官等議，但以爲中宗非中興，故不得爲不遷之宗，曾不知雖實爲中興，亦不得爲不遷之廟。何則？祖有功而宗有德，蓋謂始有功者爲祖，始有德者爲宗，非謂後代有功有德者盡爲祖宗也。《禮緯》云：「唐虞立二昭二穆，與太祖之廟爲五。夏不立太祖之廟，四廟而已。至後代以禹爲宗，亦立五廟。其餘仲康復厥位，少康代寒浞，豈非嗣夏中興哉？並無祖宗之號。至殷以契爲始祖，初立五廟，後代以湯爲宗，遂立六廟。太戊、武丁之徒，雖有中宗、高宗之名，蓋子孫加之懿號而已，亦無不祧之説。周人以后稷爲始祖，後代又祖文王而宗武王〔四〕，遂立七廟。唐虞夏殷周，雖立廟之數不同，其實親親之廟，皆以四爲准。」《禮記·王制》云：「天子七廟，三昭三穆，與太祖之廟七。」蓋后稷、文、武三廟爲不遷，其餘成康已降，盡爲祧廟。故《周禮》守祧注云：「先公之祧，祔於后稷之廟。先王之祧，祔於文武之廟。」若以爲後代有功有德者盡爲不遷之廟，則成康刑措，宣王中興，平王東周之始王，並無不祧之説，豈非有功有德哉？蓋以爲七廟之數既定，若親盡之廟不毁，則親親之昭穆無所設矣，故不得不祧耳。至漢承秦滅學之後，諸儒不通大義，匡衡、貢禹之徒遂建議云：「高帝爲太祖，孝文爲太宗，孝武爲代宗，孝宣爲中宗，惠景已下爲遷廟。」適值漢祚不永，昭成已降，德不逮於四君，向若漢有八百之祚，繼德之君有若孝文、孝武者七人，盡爲不遷之廟，豈可後代遂不祀其祖禰哉？不經之言，孰甚於此！又有以七廟之外，別立祖宗之廟爲説者，以理推之，尤爲不可。假如聖廟以景皇帝爲太祖，神堯大聖大光孝皇帝爲高祖，文武大聖大廣孝皇帝爲太宗，別立昭穆之廟六，合不遷之廟爲九，蓋以爲積厚者流澤廣，故以增親親之廟六矣。夫傳無窮者，爲萬代計，國家以聖生聖，以明繼明，無非有德之宗，盡爲有功之祖，則百祖千宗〔五〕，盡居別廟，於禮又可乎？必若俟其褒貶，然後定祧遷，則是臣子有輕譏之非〔六〕，萬代無可傳之法。考殷周則無據，言情理則兩乖〔七〕。考古宜今〔八〕，孰云可者？曷若削漢朝不經之説，徵殷周可久之文，從親盡則遷之常規，爲萬代不朽之定制〔九〕。不易親親之祀，終無惑惑之疑，誠一王之盛典也。謹議。

【校勘記】

〔一〕《英華》卷七六三、《全唐文》卷六五二無「狀」字。以下幾篇同。

〔二〕謀：蘭雪堂本、馬本、叢刊本、《英華》、《全唐文》作「議」。

〔三〕中興：《英華》、《全唐文》作「中興之主」。

〔四〕而：原作「爲」，據叢刊本、《英華》改。

〔五〕百祖千宗：《英華》作「有祖有宗」。

〔六〕議：叢刊本、《英華》、《全唐文》作「議」。

〔七〕理：原作「禮」，據《全唐文》改。

〔八〕考：《英華》作「酌」。

〔九〕萬：《英華》作「百」。

錢貨議狀

奉進止：當今百姓之困，衆情所知。欲減税則國用不充〔一〕，欲依舊則人困轉甚，皆由貨輕錢重，徵税暗加。宜令百寮各陳意見，以革其弊。

右，閏正月十七日，宰相奉宣進止如前者〔二〕。臣以爲當今百姓之困，其弊數十，不獨在於錢貨徵税之謂也。既聖問言之，又以爲黎庶之重困，不在於賦税之闇加，患在於剥奪之不已。錢貨之輕重，不在於議論之不當，患在於法令之不行〔三〕。今天下賦税一法也，厚薄一概也，然而廉能莅之則生息，貪愚莅之則敗傷，蓋得人則理之明驗也，豈徵税暗加之謂乎？自嶺已南，以金銀爲貨幣；自巴已外，以鹽帛爲交易；黔巫溪峽，大抵用水銀、硃砂、繒綵、巾帽以相市。然而前人以之理，後人以之擾；東郡以之耗，西郡以之贏，又得人則理之明驗也，豈錢重貨輕之謂乎？自國家置兩税已來，天下之財，限爲三品〔四〕：一曰上供，二曰留使，三曰留州。皆量出以爲入，定額以給資。然而節將有進獻以市國恩者，有賂遺以買私名者，有藏鏹滯帛以貽子孫者，有高樓廣榭以熾第宅者，彼之俸入有常也，公私有分也，此何從而得之？又國家置度支轉運已來，一則管鹽以易貨，一則受財以經費〔五〕。近制有年進、月進之名，有正至三節之獻，彼之管鹽有常也，受財有數也，此又何從而得之？且百姓，國家之百姓也；貨財，國家之貨財也。不足則取之，有餘則捨之，在我而已，又何必授之重柄，假之利權，徇彼之徼恩，成我之怨府哉？

今陛下初臨億兆，首問羣寮。誠能禁藩鎮大臣不時之獻，罷度支轉運别進之名，絶賂遺之私，節侈靡之俗，峻風憲之舉，深贓罪之刑，精覈考課之條，慎選字人之長，若此，則不減税而人安，不改法而人理矣。至於古今言錢幣之輕重者熟矣。或更大錢，或放私鑄；或龜或貝，或皮或刀；或禁埋藏〔六〕，或禁銷毁；或禁器用，或禁滯積：皆可以救一時之弊也。然而或損或益者，蓋法有行不行之謂也。

臣不敢遠徵古證。竊見元和已來，初有公私器用禁銅之令，次有交易錢帛兼行之法，近有積錢不得過數之限，每更守尹，則必有用錢不得加除之牓。然而銅器備列於公私，錢帛不兼於賣鬻，積錢不出於牆垣，欺濫遍行於市井，亦未聞鞭一夫，黜一吏，賞一告訐，壞一蓄藏，豈法不便於時耶？蓋行之不至也。陛下誠能採古今救弊之方，施賞罰必行之令，則聖祖神宗之法制何限〔七〕，前賢後智之議論何窮，豈待愚臣盜竊古人之見，自稱革弊之術哉！謹録奏聞，伏聽敕旨〔八〕。

【校勘記】

〔一〕欲：原無，據《英華》卷七六九補。

〔二〕「右閏正月十七日辛相奉宣進止如前」句：《英華》無。

〔三〕法：原作「號」，據《英華》、《全唐文》卷六五一、《唐文粹補遺》卷四改。

〔四〕品：《英華》作「等」。

〔五〕經：《全唐文》、《唐文粹補遺》作「輕」。
〔六〕埋：原作「理」，據叢刊本改。
〔七〕神：《全唐文》、《唐文粹補遺》作「仁」。
〔八〕「謹録」兩句：《英華》作「謹議」。

兩省供奉官諫駕幸温湯狀

今月二十一日，車駕欲幸温湯。

右，臣等伏以駕幸温湯，始自玄宗皇帝。乘開元致理之後，當天寶盈羨之秋，葺殿宇於驪山，置官曹於昭應，警蹕於繚垣之内，周行於馳道之中，萬乘齊驅，有司盡去。無妨朝會，不廢戒嚴，而猶物議喧囂，財力耗頳。數年之外，天下蕭然。累聖已來，深懲覆轍，驪宫圮毁，永絶修營。官曹盡復於田萊〔一〕，殿宇半堙於巖谷。深林有逸才之獸，環山無匡衛之廬。陛下若騎從輕馳，則道途無拱辰之備；若乘輿稍具，則邑縣有駕肩之憂；若帳殿宿張，則原野非徼巡之所；若鑾車夕入，則門禁失啓閉之時。六軍守衛於空宫，百吏宴安於私室。忝爲臣子，誰不惕然！況陛下新御寶圖，將行大典，郊天之儀方設，謁陵之禮未遑，遽有温泉之行，恐失人神之望。臣等謬居榮近，冒死上言。伏乞特罷宸遊，曲回天卷〔二〕。稍待昇平之後，别卜遊幸之期，則云亭之禪可登，崆峒之駕非遠。豈必驅馳一往，竦駭羣情，勝境未周，聖躬徒倦。臣等無任懇追忘軀之至。謹詣東上閤門奏狀以聞，伏候敕旨。元和十五年十二月二十日，兩省三十人同狀〔三〕。

【校勘記】

〔一〕萊：原作「菜」，據蘭雪堂本、《全唐文》卷六五一改。

〔二〕回：原作「面」，據《全唐文》改。

〔三〕蘭雪堂本、《全唐文》無此注文。卞《譜》引《舊唐書·穆宗紀》「(元和十五年)十一月乙亥朔。……戊午，詔曰：『朕來日暫往華清宫，至暮卻還。』……」，認爲「乙亥」是「己亥」之訛。十一月己亥朔，二十日戊午。「十二月」是「十一月」之訛。

元稹集卷第三十五

狀

辨日旁瑞氣狀

今月二日，日旁瑞氣。

右，奉宣。其日日上有横赤氣，五色鮮明黄潤〔一〕，日兩邊各有嘉氣，内赤外青，宰臣稱賀，云是五色雲見，不知是否者？謹按乙巳占，有赤氣横在日上謂之戴。其分當有益土進爵推戴人君之象〔二〕，又人君當立王侯，封建親戚，以爲福祐之徵。竊見其日除王潛、郭釗、田布等官，則陛下凡有舉措，盡合天心。微臣所引《占書》，悉皆明驗〔三〕。伏請以戴氣宣付史官，不可誤書「五色雲見」。又云：青赤短小在日旁謂之珥，微曲向日謂之抱。珥者，纓珥之象。天子有喜并有和親之事，又當拜將。抱者，扶抱向就之象。鄰國臣佐來降，天子有喜賀之事、子孫之慶，臣下忠誠輔主，國中歡喜和合。今北狄和親，西戎通好，昨者承元請命，其日三將同升，萬姓歡呼，四方來賀，亦可謂陛下凡有舉措，盡合天心。微臣所引《占書》，悉皆明驗。伏請亦以抱珥宣付史官，不可誤書「五色雲見」。以前謹具圖籍所載如右〔四〕。

伏以五色慶雲，蓋是小瑞，戴氣抱珥，所謂殊祥。宰臣忽遽之間，未暇精究其事。此皆陛下禮行郊廟，誠達神祇，展百拜而忘疲，入九室而流涕。近臣興感，上帝垂休，克呈捧日之祥，以表動天之德。微臣同霑侍從，别感恩慈。方當鼓舞之時，恨不叫呼而賀。然臣以爲陛下特宜手敕宰臣云〔五〕：「今月二日，卿等所言日旁五色雲見，參驗圖書，蓋是戴珥之象。此皆祖宗積慶，特示子孫之祥〔六〕。豈冲昧微誠，能致昊穹之貺。宜令有司擇日告廟，上以奉高祖無窮之祐，次以報憲宗有截之功。誕告華夷，並令知悉。」若此，則陛下感通之德，已見九霄；推讓之風，將光萬葉〔七〕。爛然宸翰，手敕以示於宰臣〔八〕；煥乎天文，撰詔自生於聖旨。事超萬古，道冠百王，伏惟天恩，密賜裁察。

【校勘記】

〔一〕赤氣五色：《英華》卷六三六作「赤五色氣」。

〔二〕推：原作「惟」，據蘭雪堂本、馬本、叢刊本、《英華》、《全唐文》卷六五一改。

〔三〕明：原作「期」，據《英華》改。

〔四〕謹具：《英華》、《全唐文》作「件」。

〔五〕宜：《英華》、《全唐文》作「宣」。
〔六〕示：原作「爾」，據《英華》、《全唐文》改。
〔七〕光：《英華》作「傳」。
〔八〕宰臣：《英華》作「天下」。

謝准朱書撰田弘正碑文狀

魏博節度使李愬請與田弘正立德政碑

右，臣伏奉今月二十四日敕，令臣撰前件碑文者。伏以田弘正首變魏俗，彰先帝之睿謀；近入鎮州，宣陛下之神武。積成忠懇，大有勳勞，人懷去思，願刻金石。陛下所宜外詔台席，内委翰林，妙選雄文，式揚丕績。豈謂天光曲照，御札特書，猥付微臣，實非常例。臣頃以特恩拔擢，便欲効死仰酬，遂竭愚誠，累蒙召對。自去年九月已後，橫遭謗毁，無因再睹天顔，分隨枯朽而凋，永絶恩波之望。豈料聖慈長在，記憶姓名，無人奏請撰碑，便自宸衷宣付。微臣忝非木石，粗有肺肝，空懷感涕之心，未獲殺身之所，無任感恩思報鏤骨銘肌之至。

謝恩賜告身衣服並借馬狀

忽降天書〔一〕，乍乘雲驥，頒衣焕目，賫帛盈庭，皆非朽陋之才，宜受光揚之賜，微臣無任抃躍慚惶之至。況臣性本疏愚〔二〕，素無朋黨〔三〕。去年陛下擢自郎吏，命掌書詞，非因宰相奏論，特是聖慈超授。感恩深切，頻獻封章，遂遭分外侵誣，不敢保全軀命。豈謂恩光轉至，渥澤逾深，出自宸衷，選居近地，便令入院〔四〕。當日召見天顔，口敕授官，面賜章服，拔令承旨，不顧班資。近日寵榮，無臣此例。發言感泣，指日誓心：苟無死節之誠，願受鬼誅之禍。伏奉恩旨，令臣明日本司赴上，舊例更合中謝。伏緣先有疏論邊事及幽州事宜，兼李愿入朝，並要面自論奏。伏料二十日入假已後，南衙機務稍閑，特乞恩許臣中謝。謹録奏聞，伏候敕旨〔五〕。

【校勘記】

〔一〕「忽降」句上，《英華》卷六二八、《全唐文》卷六五一有「右，泰倫重晏至，奉宣恩旨，授臣前件官並告身衣服疋帛及借馬者」廿六字。

〔二〕性本：《英華》、《全唐文》作「素守」。

〔三〕素：《英華》、《全唐文》作「且」。

〔四〕「便」字上，《英華》有「不試」二字。

〔五〕候敕旨：《英華》、《全唐文》作「聽進止」。

謝賜設狀

臣聞推食之賜〔一〕，用勸勳勞；置醴之恩，以待賢彦。微臣猥承天眷，擢自内庭〔二〕，雨露頻施，涓埃莫効。陛下載分美禄，特降珍羞。空懷滿腹之慚，未有沃心之便〔三〕，既充膚革，誓竭肺肝。竊位素餐，實非誠願，微臣無任感激恩私之至。

【校勘記】

〔一〕「臣聞」句上，《英華》卷六三二、《全唐文》卷六五一有「右，今日某乙宣恩旨，賜臣就院設者」十四字。

〔二〕自：《英華》作「在」。

〔三〕便：《全唐文》作「鞭」。

謝御札狀

御札二十三字

右，泰倫重晏至，賜臣前件御札。其中聖旨云：「鎮州逆亂，枉害忠良，若與元翼鎮州節度使[一]，即是捨賊之門者[二]。」伏以睿算若神，聖慈猶父。視凶狡之構亂，義在克清；念台輔之銜冤，期於必報。此蓋仁深天地，勇過雷霆，臣實庸愚，難議窺測。況臣謀猷失次，罪戾是憂，宸翰忽臨，天章焕發。舞鳳回翔於懷袖[三]，飛龍顧眄於縑緗[四]，豈獨傳之子孫，便可鏤於肌骨，微臣無任踴躍光榮之至。

【校勘記】

〔一〕翼：《英華》卷六三〇作「□冀」。

〔二〕即：《英華》無此字，據狀前所稱「御札二十三字」，此處正多一字，疑衍。

〔三〕回：《英華》作「迴」。

〔四〕眄：馬本、《全唐文》卷六五一作「盼」。

進田弘正碑文狀

田弘正魏博德政碑文

右，前件《碑文》，伏蒙御筆朱書，遣臣撰述。恩生望外，事出宸衷，銘鏤骨肌，難酬雨露。然臣伏以陛下所以令臣與弘正立碑，蓋欲遣魏博及鎮州將吏等並知弘正首懷忠義，以致功勳。臣若苟務文章，廣徵經典，非唯將吏不會，亦恐弘正未詳。雖臨四達之衢，難記萬人之口〔一〕。臣所以効馬遷史體，叙事直書，約李斯碑文，勒銘稱制，使弘正見銘而戒逸，將吏觀叙而愛忠。不隱實功，不爲溢美，文雖朴野，事頗彰明。伏乞天慈，特留宸鑒。其《碑文》謹隨狀封進。謹具奏聞，伏候敕旨。

【校勘記】

〔一〕記：《英華》卷六四一、《全唐文》卷六五一作「掩」。

進詩狀

臣某《雜詩》十卷

右，臣面奉聖旨，令臣寫録《雜詩》進來者。伏惟皇帝陛下學深江海，文動星辰，乙夜觀書，秋風詠賦。微臣入院之始，學士等盛傳陛下親批《賀雨》一章，體備鸞凰，思含珠玉。臣雖不得目覩宸翰，臣實竊得心念聖言，既仰燭龍之光，難逞聚螢之照，欲爲陳獻，益自慚惶。况臣九歲學詩，少經貧賤，十年謫宦，備極恓惶，凡所爲文，多因感激。故自古風詩至古今樂府，稍存寄興，頗近謳謡，雖無作者之風，粗中遒人之採。自律詩百韻，至於兩韻七言，或因朋友戲投，或以悲歡自遣〔二〕，既無六義，皆出一時，詞旨繁蕪，倍增慚恐。今謹隨狀進呈，無任戰汗屏營之至。

【校勘記】

〔一〕歡：盧校宋本作「傷」。

進西北邊圖經狀

《京西京北圖經》四卷

右，臣今月二日進《京西京北圖》一面，山川險易，細大無遺。猶慮幅尺高低，閱覽有煩於睿鑒；屋壁施設，俯仰頗勞於聖躬。尋於古今圖籍之中，纂撰《京西京北圖經》，共成四卷。所冀衽席之上，欹枕而郡邑可觀；遊幸之時，倚馬而山川盡在。又太和公主下嫁，伏恐聖慮念其道途〔一〕，臣今具録天德城已北，到回鶻衙帳已來，食宿井泉，附於《圖經》之内。并别寫一本，與《圖經序》謹同封進。其《圖》四卷，隨狀進呈。

【校勘記】

〔一〕途：《英華》卷六四一、《全唐文》卷六五一作「遠」。

進西北邊圖狀

《京西京北州鎮烽戍道路等圖》一面

右，臣先畫《聖唐西極圖》三面，草本並畢，伏候面自奏論，方擬呈進。前月十一日於思政殿面奉聖旨云：「諸家所進《河隴圖》，勘驗皆有差異，并檢尋近日烽鎮城堡不得。」令臣所畫，稍須精詳。伏緣臣先畫《西極圖》，疆界闊遠，郡國繁多。若烽鎮館驛盡言，即山川榜帖太密，恐煩聖覽，不甚分明。愚臣數日之間，別畫一《京西京北州鎮烽戍道路等圖》已畢，纖毫必載，尺寸無遺〔一〕。若邊上奏報煙塵，陛下便可坐觀處所；若欲驗臣此圖與諸家所進何如，伏乞聖明於南衙及北軍中召取一久任邊將者，或於中使內有經過邊上校熟者，宣示其道〔二〕，辨別精粗，即知愚臣一一皆有依憑，不敢妄加增減。其《聖唐西極圖》三本，伏緣經略意大事須面自陳。伏恐次及降誕務繁，未敢進狀候對。其《京西京北州鎮烽戍道路等圖》并《序》〔三〕，謹隨狀進呈。

【校勘記】

〔一〕尺寸：盧校宋本作「咫尺」。

〔二〕其：盧校疑作「共」。道：原作「遺」，據馬本、《全唐文》卷六五一改。

〔三〕州：原無，據本文補。

進雙雞等狀〔一〕

同州防禦使供進烏鶻并雙雞共四聯

右，臣當州元和十五年奉宣，令採雙雞五聯，各重四斤。頻年採取，一聯不獲。自臣到州，詢問採捕人等，皆云二十年採得一聯雞〔二〕，爾後更不曾採得。昨旬日之内，併獲兩聯，斤兩輕重，稍符詔旨。況浚郊初啓，既以大剪豺狼，鷙鳥白來，可以助清梟獍。臣所恨身無羽翼，不獲陪奉屬車，擒狡兔之根源，破妖狐之羣黨〔三〕。臣某無任忘軀思奮睹物感恩之至，謹遣某官某乙隨狀奉進。謹進。

【校勘記】

〔一〕進雙雞等狀：《英華》卷六四二作「同州進雙雞等狀」。

〔二〕年：《英華》、《全唐文》卷六五一作「年前」。　雞：《全唐文》作「雙雞」。

〔三〕妖狐：《英華》作「狐狸」。

元稹集卷第三十六

狀

進馬狀

同州防禦烏馬一四八歲堪打毬及獵〔一〕

右，臣竊聞道路相傳，車駕欲暫遊幸温湯，未知虚實者。臣職居守土，侍從無因，羡魏闕之埃塵，猶隨日御；恨新豐之雞犬，亦聽車音。目斷魂銷，形留神往。又得進奏官狀，知河中華州京兆府並於昭應排比進獻，臣當州素乏所出，無以粗展丹誠。臣既别受恩私，又不合獨無壤奠。伏以前件馬，北方正色，東道奇蹤，調習多時，備諳材力。解擊毬者，每嘉其環迴斗轉，動必愜心〔二〕；善獵射者，皆歎其度塹踰溝，走不换足。欲隨正至獻賀，竊慮羣衆混同，徘徊顧瞻〔三〕，蓄鋭斯久。今者宸遊近甸，帝降靈泉，施展是時，戢藏何益。伏望陛下揚鞭頓轡，取驗其馴良〔四〕；結尾絡頭，試觀其神彩〔五〕。臣某深恩未報，愚志空存，自慚駑鈍之姿，莫展驅馳之効。捫心戀主〔六〕，因馬諭身，輕冒天威，無任戰汗。其馬謹隨狀進。

謹進。

【校勘記】

〔一〕「防禦」下，《英華》卷六四二、《全唐文》卷六五一有「使供進」三字。

〔二〕必：《英華》、《全唐文》作「可」。

〔三〕顧瞻：《全唐文》作「瞻顧」。

〔四〕〔五〕其：原無，據《英華》、《全唐文》補。

〔六〕主：原作「生」，據蘭雪堂本、馬本、叢刊本、《英華》、《全唐文》改。

爲蕭相謝告身狀

恩賜臣俛告身一通

右，中使某乙至，奉宣進止，賜臣某官告身一通。鳳銜眞誥，虬捧天書，錦帙金箋，霞光日照〔一〕。臣聞高宗命説，乃申納誨之詞；大舜相龍，爰有堲讒之訓。空書簡策〔二〕，未焕縑緗，如臣寵榮，豈足爲諭〔三〕！慚惶踴躍〔四〕，進退難安，拜受恩光，戰汗交集，無任感戴殊私之至。

【校勘記】

〔一〕光：原作「明」，據《全唐文》卷六五一改。

〔二〕書：馬本、叢刊本、《全唐文》作「聞」。

〔三〕如臣寵榮，豈足爲諭：《英華》卷六二八、《全唐文》作「豈臣寵榮，而足爲諭」。

〔四〕踴躍：《英華》、《全唐文》作「增懼」。

爲令狐相國謝賜金石凌紅雪狀

恩賜金石凌紅雪各一合〔一〕

右，中使某乙至〔二〕，奉宣進止：以臣將赴山陵，時屬炎暑，賜前件紅雪等并合〔三〕。臣職司復上〔四〕，戀切攀髯，方當匍匐而前，敢有赫曦之懼。豈謂天光下濟，靈藥旁沾！念臣有丹赤之愚，故賜臣以洗心之物；察臣有木訥之性，故賜臣以苦口之滋。就日疑不冶之清冰〔五〕，在合若遇圓之絳雪。恩加望外，感極愚衷〔六〕，無任跼蹐屏營之至。

【校勘記】

〔一〕合：《全唐文》卷六五一作「兩」。

〔二〕某乙：《全唐文》作「竇千乘」。

〔三〕《全唐文》無「并合」兩字。
〔四〕上：馬本、叢刊本、《全唐文》作「土」。
〔五〕治：原作「治」，據馬本、《全唐文》改。
〔六〕愚衷：《全唐文》作「成悲」。

爲蕭相國謝太夫人國號告身狀〔一〕

恩賜臣母國號告身一通

右，某月日〔二〕，某乙奉宣恩旨：賜臣母前件告身。恩光灼燿，捧戴兢惶，對揚天休，無任戰越。臣家傳儒素，母實劬勞，每織屨以資臣宦遊〔三〕，嘗斷織以勉臣師學。念臣庸昧，本望非高，所希捧檄之榮，敢思開國之慶。陛下恩加望外，簡自宸衷，石窌封疆，已光於萬葉〔四〕；蕊珠文字，重降於九霄。朝野謂之殊私，宗族以爲榮觀。臣及臣母，以抃以歡，誓將齋戒洗心，永奉真人之誥〔五〕；緘縢在笥，深藏太常之符〔六〕。寶過金籯，瑞同鵲印，蓼蕭知感，雨露難醻，無任抃躍戴恩之至〔七〕。

【校勘記】

〔一〕爲蕭相國謝太夫人國號告身狀：《英華》卷六二九作「爲蕭相謝賜太夫人國號告身狀」。

〔二〕某月：《英華》作「今月」。

〔三〕宧：原作「官」，據蘭雪堂本、馬本、《英華》改。

〔四〕葉：《全唐文》卷六五一作「業」。

〔五〕真：原作「其」，據蘭雪堂本、馬本、叢刊本、《英華》、《全唐文》改。

〔六〕太常：《英華》、《全唐文》作「大帝」。

〔七〕戴恩：《英華》、《全唐文》作「兢懼」。

爲令狐相國謝回一子官與弟狀

臣弟定蒙恩授京兆府藍田縣尉

右，臣伏奉某月日敕：以所賜臣一子官迴授臣弟定京兆府藍田縣尉〔一〕。寵過憂來〔二〕，恩殊感極，彷徨自顧，悚惕難居。臣本凡才〔三〕，猥當重任，雖星辰軌道，幸屬聖時，而歲月環周，實妨賢路，未蒙罪退，益自慚惶。豈謂天慈，仍加渥澤。特降推恩之命，曲成友愛之私，九族生光，百年何報。况藍田美邑，黄綬清流，旋覩冉冉之趨，倍慶怡怡之樂。手足交抃，形影相輝，空鏤肝心，難醻雨露，無任抃躍感恩之至。

【校勘記】

〔一〕官：原作「言」，據蘭雪堂本、馬本、叢刊本、《英華》卷六二九、《全唐文》卷六五一改。

〔二〕來：《英華》、《全唐文》作「深」。

〔三〕才：《英華》、《全唐文》作「愚」。

賀降誕日德音狀

降誕日德音

右，臣等伏奉今月日敕書：以降誕之辰，奉迎皇太后宮中上壽。獲申歡慰，宜集百寮。及外命婦進名賀，皇太后仍御光順門内殿，與百寮相見，便爲常式者〔一〕。伏以誕聖嘉辰〔二〕，承天令節，新恩肇降，品彙咸休。皇太后念樞星之祥，重遊甲觀；羣執事排閶闔而入，盡唱賡歌。同沾就日之榮，實慶溥天之樂。況百寮承式，萬歲傳聲〔三〕，永爲利見之規，彌荷無窮之澤。臣等謬參樞務，親奉德音，慶抃之誠，倍萬常品，無任鼓舞歡呼之至。

【校勘記】

〔一〕爲：《全唐文》卷六五一作「永爲」。

〔二〕誕：《全唐文》作「降」。

〔三〕聲：盧校宋本作「呼」。

中書省議賦税及鑄錢等狀

中書門下奏：據楊於陵等議狀，請天下兩税、榷酒、鹽利等悉以布帛絲綿等物充税，一切不徵見錢者。

右，據中書門下狀稱，應徵兩税，起元和十六年已後，並配端匹斤兩之物，以爲税額，不用計錢，令其折納，仍約元和十五年徵納布帛等估回計者。伏以兩税不納見錢，百姓誠爲穩便，或慮土宜不等，恐須更有商量。請令天下州縣，有山野溪洞無布帛絲綿之處，得以九穀百貨，一物已上，但堪本處交易用度者，並許折納。便充留州留使錢數，仍令依當處堪納兩税匹段及雜貨，估價計折輸納。給用之時，並不得令有加擡。臣等又見比來州縣，緣不納見錢，抑令小户數人，并合共成端匹，期會來往，費擾倍多。令請天下州縣有貧下户兩税數少〔一〕，情願輸納見錢者，亦任穩便。若此，則上無抑配之名，下有樂輸之利，以兹折中，實謂得宜。

又據中書門下狀稱：鹽利酒利，本以榷率計錢，有殊兩税之名，不可除去錢額。但合納見錢者，亦請令折納時估匹段者。伏以糶鹽價錢，自有本使收管，不要州縣條流。

至於榷酒利錢，雖則名目不同，其實出於百姓。今天下十分州府，九分是隨兩稅均配，其中一分置店沽酒，蓋是分外誅求。一則厚取疲人，二則嚴刑檢下。上供既有定數，餘利並入使司。事實煩苛，法非畫一。今請天下州府榷酒錢，一切據貫配入兩稅，仍取兩貫已上户均配，兩貫已下户，不在配限。先有置店沽酒處，並請勒停。若此，則賦斂無名額之煩，貧富有等差之異，人知定准，吏絶因緣，臣等商量，以此爲便。

右，據中書門下狀，欲令諸道公私銅器，各納節度團練等使，令本處軍人鎔鑄。其鑄本請以留州留使錢，年支未用物充，待一年後，鑄銅器盡勒停。其州府有出銅鉛可以廣鑄處，每年與本充鑄者。臣等約計天下百姓有銅器用度者，分數無多，散納諸使，斤兩蓋寡。創置鑪冶，器具頗繁，一年勒停，並是廢物。軍人既未素習，鎔鑄亦恐甚難。又每年留州留使錢額，本約一年用度支留。若待鑄得新錢，然遣當州給用，必恐百事又闕〔二〕，不應時須。臣等商量，請令諸使諸州一切在所，許百姓以銅器折納稅錢，并度支給價收市。每年每季，隨便近有監冶處，據數送納。所冀鑪冶無創置之勞，工匠有素習之便，不煩鑄本，自有利宜。其州府出銅鉛可廣鑄處，請委諸道有銅鉛處長史，各言利害，具狀申陳，參酌衆情，然議可否。以前據中書門下奏，請令中書門下兩省重議可否奏聞者。臣等謹議如前，謹録奏聞，伏候敕旨。

元和十五年八月日中書舍人臣武儒衡等奏：駕部郎中知制誥臣李宗閔、中書舍人臣王起、庫部郎中知制誥臣牛僧孺、祠部郎中知制誥臣元稹〔三〕。

【校勘記】

〔一〕令：馬本、《全唐文》卷六五一作「今」。

〔二〕又：蘭雪堂本、馬本、叢刊本、《全唐文》作「久」。

〔三〕此句原在下篇首行，據上下文意當是本文之落款，故移此。

中書省議舉縣令狀〔一〕

吏部重奏舉薦縣令節文〔二〕

右，吏部以停年課資之格，取宰邑字人之官，公幹强白者拘以考淺〔三〕，疾廢耄聵者得在選中，倒置是非，無甚於此。朝廷將欲漸去其弊，所以特設舉薦之科。明詔既行，起請尋下，有司再議釐革，何以取信於人！據吏部云：「增加新户，開墾荒田，已是考課舊條。獄絶繫囚，冤人申雪，亦是政途常事。舉寮吏不法，恐生告訐之風。有利益公家，又未指陳其目。選授者例無異績，尚得四考守常；舉薦者縱未殊尤〔四〕，豈可一年便罷。今請但行連坐舉主之文，不必更依吏部分外條件。」又云：「見任官及處士散試官，並請停集。」且起家散試[五]，固有才能；見任他官[六]，何妨撫字[七]。若皆限其資歷，即與常選何殊？今請除見任縣令外[八]，其餘並令赴集。又云：「檢勘榜樣，剥放程式，及試書判，並請准平選人例處分。」若此，則案牘之吏得肆姦欺，書判雖工，何關政術？有同減選赴集，豈是特舉與官！今請應舉薦人，量納文狀，便令注擬，亦不在剥放及試書判之限[九]。又云：「並請注破碎之縣，責其効實。」本舉良能，冀蒙優獎，皆居破碎之處，恐同貶降之條。以前數件，並恐不可施行。伏請但依起請節文處分，仍請據今年縣令員闕，先盡舉薦人數。留闕有餘，然後許注擬平選人等，冀將允當。同前五舍人同署[一〇]。

【校勘記】

〔一〕中書省議舉縣令狀：《英華》卷七六五作「舉縣宰議」。

〔二〕《英華》無此句。

〔三〕以：《英華》作「於」。

〔四〕縱：《英華》作「從」。

〔五〕起：《英華》作「處」。

〔六〕他：《英華》作「之」。

〔七〕字：《英華》作「事」。

〔八〕外：原無，據《英華》補。

〔九〕剥：原作「駁」，據馬本、《英華》、《全唐文》與上文改。

〔一〇〕「同前」句：《英華》作「謹議」。